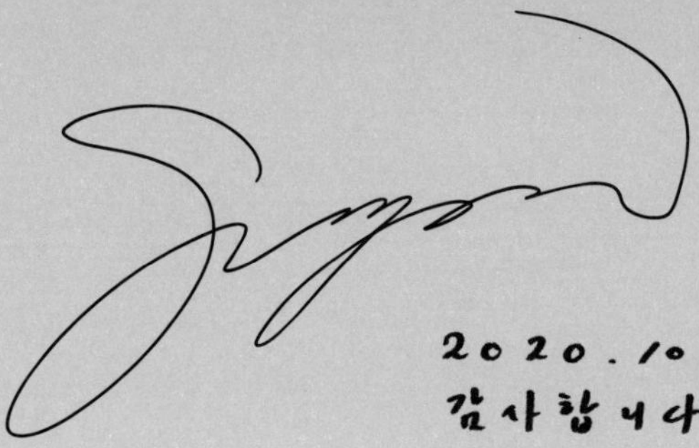

2020. 10월
감사합니다.
이 수연

비밀의 숲 2

상

이수연 대본집

비밀의 숲 2 —— 상

초판 1쇄 인쇄 2020년 10월 20일
초판 1쇄 발행 2020년 10월 27일

지은이 | 이수연
펴낸이 | 金湞珉
펴낸곳 | 북로그컴퍼니
주소 | 서울시 마포구 월드컵북로1길 60(서교동), 5층
전화 | 02-738-0214
팩스 | 02-738-1030
등록 | 제2010-000174호

ISBN 979-11-90224-56-7 04810
ISBN 979-11-90224-55-0 04810(세트)

· 이 도서의 국립중앙도서관 출판예정도서목록(CIP)은 서지정보유통지원시스템 홈페이지(http://seoji.nl.go.kr)와 국가자료공동목록시스템(http://www.nl.go.kr/kolisnet)에서 이용하실 수 있습니다.(CIP제어번호: CIP2020039262)

이수연 대본집 상

북로그컴퍼니

작가의 말

이 시간이 또 돌아왔네요, 방송이 다 끝나고 대본집에 인사말을 올리는 때가.
시즌2를 하게 되고 또 이렇게 대본집도 낼 수 있다는 게 생각해보면 일견 신기합니다.
이 모든 게 가능했던 건 숲1에 함께했던 배우님들의 뜻이 한데 모여져서겠지요.

황시목 역의 **조승우** 배우님은 저한텐 그때의 표정이 제일 깊게 각인됐습니다.
구치소 정보국장 앞에서 여진한테 향해지던 옆얼굴이요.
사실 조승우 배우님이야 나오는 모든 장면이 명연기인지라 하나만 꼽는 게 말이 안 되지만
여기서는 좀 각별했어요.
시목이는 누군가를 취조하거나 조사할 때 굉장히 면밀히 관찰하는 사람이라서
상대에게서 조금도 시선을 떼지 않는데 여기선 중요한 흑막이 드러나는 부분임에도
불구하고 여진이가 상처받겠구나, 깨닫는 순간 여진이만 보잖아요.
실체적 진실을 최우선으로 해온 사람인데 그것보다 더 중요한 게 생겼다는 것,
사람으로서 시목이가 여진을 쳐다보고 있다는 게 느껴지는 매우 소중한 순간이었습니다.

한여진 역의 **배두나** 배우님은 최빛하고의 마지막 대화라든가,
16부 장건 형사 전화에 나도? 하면서 눈물을 뚝뚝 흘리는 장면이라든가,
좋았던 장면이 셀 수 없지만 어떻게 저런 연기가 되지? 하면서 봤던 씬은 역시 또,
구치소 정보국장과의 씬이었습니다.
우리 단장님이요? 이 대사 이후에 무너지는 표정.
그 큰 눈만 봐도 여진이가 지금 속부터 무너지고 있구나가 너무 전해져서
어떻게 저렇게 할 수가 있을까 싶었어요.
누구나 있는 눈 코 입 뺨 이마인데 대체 어떻게 하는 것입니까, 배두나님?

최빛 역의 **전혜진** 배우님은 원래는 더 잘못을 비판받았어야 하는 캐릭터인데
최빛이 아니라 전혜진님이 너무 멋있어서 도저히 더는 타락시킬 수가 없었습니다.
원래는 16부 기자회견 전에 수사국장하고 좀 더 말을 맞추는 장면을 썼었거든요,

최빛이야 능히 그러고도 남았겠지만 전혜진님이 이럴 리가 없어! 하면서 지워버렸습니다. 최빛이 우태하랑 처음으로 단둘이 만나는 장면에서의 표정이 제일 기억에 남아요. "둘 중 하나만 엮어도 같이 물려 들어갈 건데. 사람들은 다 알게 되고 우린 망할 건데." 라고 말하는 부분이 있었는데, 우린 망할 건데, 이 대사를 칠 때 한 템포 쉬고 나오던 표정이 압권이었습니다. 망한다는 말을 그런 얼굴로 할 수 있는 분은 전혜진님밖에 없을 거예요.

우태하 역의 **최무성** 배우님은 모니터 할 때마다 보조작가님하고 저하고 계속 "왜지? 너무 귀여워."를 반복했어요. 원래 제가 쓴 우태하는 귀여운 구석이라곤 없는 인물인데 최무성님은 나오실 때마다 귀여웠어요. 왜니까?? 배우가 호감형이란 게 이렇게 중요하구나, 다시 한 번 깨달았습니다. 그런데 그런 것과는 별도로 표정 연기가 기가 막히시다, 느낀 부분이 여러 군데 있습니다. 예를 들어 대검에서 시목을 처음 만난 우태하가, 시목이 나간 후 혼자서 짓는 표정의 지문을 〈저놈 괜찮을까? 하는 표정〉이라고 썼는데요, 사실 글로는 가능해도 표정만 보고 지금 저 사람이 반신반의하고 있다, 란 걸 알아차리기는 어렵잖아요. 그런데 거기서 태하가 약간 혀를 차는 듯하면서 갸웃하는데 저 지문이 구현이 되네? 와.. 하면서 봤습니다.

서동재 역의 **이준혁** 배우님, 이분이 아니셨다면 시즌2의 구성 자체가 엄청 힘들었을 겁니다. 사실 서동재 캐릭터가 줄거리를 짜기 훨씬 전부터 가장 고민이었거든요. 시목이나 여진이는 원래 캐릭터대로 밀고 나가도 되지만 동재는 1에서의 행태를 고스란히 반복했다간 마이너스가 될 거란 게 보였습니다. 비호감에서 호감캐가 됐지만 시즌2 16부 내내 시즌1처럼 했다간 자칫 도로 비호감이 되거나 존재감이 옅어질 우려가 있었어요. 그렇다고 갑자기 철이 들어도 매력이 사라지고. 드라마 자체로도, 캐릭터로도, 아니함만 못한 결과가 되지요. 그래서 동재가 납치되는 걸로 하면 어떨까, 주요인물 중에 누구 하난 시련을 겪어야 하는데 그러기엔 동재가 딱인데, 문제는 그렇게 되면 분량이 확 줄어든다는 거였습니다.
그런데 사석에서 우연히 만난 이준혁 배우님께서 동재의 활용도를 먼저 고민해 주셨습니다. 동재는 이미 시즌1에서 보여줄 걸 거의 다 보여준 캐릭터이니 2에서는 다른 식으로 쓰이는 게 나을 수도 있다, 분량은 상관없다, 라고요.
마치 동재를 확 납치해버릴까 하던 제 고민을 읽기라도 하신 듯했습니다.
독심술이 있어서가 아니라 그만큼 자신의 캐릭터에 대해 많이 생각하고 끊임없이 고민하신 결과겠지요. 그래서 됐네, 됐어, 하면서 동재가 초반에 막 약을 팔다가 납치되는 걸로 썼는데 아니... 이준혁 배우님이 〈지정생존자〉를 거치면서 미모가 폭발하여 이 외모라면 16부 내내 시즌1의 행태를 반복했어도 아무 상관 없었겠다 싶은 것이....

이연재 역의 **윤세아** 배우님은 여전히 우아하고 부티 좔좔인 재벌인 동시에, 해결할 문제가 산적한 회사 대표로서 고군분투하는 면까지 다 표현됐어야 했는데 서로 충돌할 수도 있는 양가감정을 정말 완벽하게 보여주셨습니다.
화장 지우는 씬도 공력이 느껴졌지만 연재의 심정이 가장 진하게 밀려왔던 씬으로는, 강원철과 만난 후의 장면이 생각나네요. 눈물 그렁그렁하면서도 독하게 참던 모습. 심정은 찢기지만 여기서 약해질 순 없다는 결의가 느껴지던 장면이요.
저도 쓰면서 연재가 너무 회장실에 혼자 있다, 교류하는 사람은 박상무뿐이다, 란 생각이 들어서 동재도 만나고 시목이도 찾아오고 우태하랑 쇠빛하고 첫 대면도 하는 부분에선 우리 회장님 드디어 외부 사람 만나네, 하면서 썼던 기억도 납니다.

강원철 역의 **박성근** 배우님, 시즌1 때가 생각나네요,
원철 대사가 갑자기 늘어난 게, 특임 조사받는 장면부터 비롯돼서 경제통 면모 드러내던 부분에서 피크가 됐는데 제작사 대표님께서 그러셨어요,
박성근 배우님 딕션 엄청나게 좋으시다고, 대사 많아도 전혀 문제없는 분이라고.
저도 혹시 성우 하신 적 있냐고 나중에 뵀을 때 여쭤볼 정도였지요.
그런데 목소리로만 언급하기 죄송할 정도로 이번에 보면서 저 장면은 연기가 아닌데?

했던 부분이 많습니다. 호텔에서 오주선 만나고선 생각에 빠져 있느라 승강기가 오는 것도 몰랐다가 급히 잡는 씬, 박상무한테 협박당한 뒤 혼자 멍하니 막막히 앉아 박상무 말을 반추하던 표정. 이런 연기를 하시는 분들이 이 드라마 도처에 계시니 제가 지문으로 이러저러 연기해달라고 자세히 쓰는 건 실례다, 이 정도면 지문 필요 없겠다 싶던 순간들이었습니다.

"나도 그땐 배도 안 나오고 몸이 가벼울 때였는데." 이게 누구 대사일까요? 김사현입니다. 그러면서 자기 배를 문질문질 한다, 그다음 행동지문은 이거였고요. 그런데 캐스팅 디렉터님께서 보내주신 리스트에 김사현 역으로 **김영재** 배우님이 맨 위에 계신 걸 보자마자 저 대사는 당장 버렸습니다. 대신에 새로 들어간 대사가 무엇일진 이 대본집을 읽어볼 정도의 시청자시라면 금방 알아차리리라 믿습니다. 지금 배가 문젭니까. 얼굴은 하얗고 신앙심도 깊지만 현실적인 갈등에 달밤을 서성이면서도 모든 봉사에 진심인 한 번도 뵌 적 없는 안드레아 신부님같이 생기셨는데요. 아 제가 너무 외모에만 혹하는 인간으로 보인다면 그것은 아닙니다, 시목이한테 방 뒤짐 당하고 화낼 때, 정말 저런 사람은 딱 저렇게 화낼 것 같다는 생각도 들었지만 무엇보다 우태하에게 형님, 한 다음의 대사 톤이요. 거기가 밖에 있는 사람들이 들으면 안 돼서 목소리를 낮추면서도 너무너무 화가 나고 실망스러워서, 그러면서도 오랜 시간 알아온 우태하를 어찌할 수가 없어서, 격한 감정에 비해 억지로 누른 목소리가 한꺼번에 표현돼야 하는 부분이었거든요. 형님은 살인자예요! 할 때 목소리와 벌게진 얼굴, 화를 내는 건지 울고 싶은 건지 알 수 없던 표정에서 내가 이 연기를 보려고 이 씬을 썼구나, 깨달았습니다.

수사국장 신재용 역의 **이해영** 배우님, 뱀파이어를 조각으로 만든다면 이해영님 같지 않을까요? 일할 땐 냉정하고 강팍해 보여서 남의 편으로 절대 만나고 싶지는 않은 데다가 협의회에서 경찰측 제일 우두머리 자리를 차지하고선 좌중을 한 번 쫙 쏘아보는데, 흠, 저 앞으로 지나가지도 말아야지, 그런 생각이 들었습니다.

그런데 또 우리 편으로 중무장하셨을 때는 완전 든든, 세상에 이런 천군만마가 없었어요.
협의회 하러 가시는 장면에서 일견 비장한 표정이지만 그러면서도 동시에 곧 검찰하고 펼칠 대거리가 탐탁지 않은 심리까지 다 읽혀졌었는데요,
그런데 여기 슬로우가 걸리니까 모델 군단 이끄는 업계 최고 경력 톱모델 같으시더라는..?..

용산경찰서 최윤수 팀장 역의 **전배수** 배우님,
장건 형사 역의 **최재웅** 배우님,
서상원 형사 역의 **윤태인** 배우님,
박순창 형사 역의 **송지호** 배우님,
이분들은 용산서 형사과 가면 진짜 앉아 계시는 거 맞죠? 만날 수 있죠?
범죄를 당한다면, 아니 당하면 안 되니까, 범죄를 목격하게 되면 용산서 관할에서 목격해야 합니다. 그래서 강력3팀 분들한테 참고인 조사를 받겠습니다.
형사님들은 처음 보는 목격자인 저를 모르시겠지만 저의 내적 친밀감은 이미 최고조입니다. 이럴 수 있는 건 단순히 2에서 또 봬서도 아니요,
여진이한테 잘해줘서만이 아니라 연기가 워낙 진짜였기 때문이겠죠.
제 동생이 여러 번 한 말이 용산서 팀장님은 너무 진짜 같아, 였습니다.
속이 구린 사람들만 화면에 가득할 때, 형사님들 나오시면 안심이 됐어요.
안심시켜주셔서 감사합니다.
여진이 자리에 새로 온 형사 역을 맡으신 **강지구** 배우님, 좋은 동료들 만나셨네요, 축하드려요.

박상무 역의 **정성일** 배우님, 의심스럽게 보이길 내심 바랐지만요,
사건에 있어서나 연재한테 있어서나.
그런데 드러내놓고 설정할 순 없는 인물인지라 사람들이 의심을 할까?
싶었는데 눈을 자꾸 그렇게 뜨시니까 사람들이 진짜 의심하잖아요.
눈 그렇게 떠주셔서 감사합니다.

무려 뮤지컬 배우시라니, 박상무가 노래하고 춤추는 건 상상할 수가 없어요.
박상무의 춤사위를 보는 순간 전 벽장에 숨을 거 같아요.
무대에선 그렇게 자유로운 분께서 그토록 말간 박상무를 냉랭하게 보여주시다니,
역시 배우님들은 확실히 오장육부 중에 몇 개가 보통 사람하곤 다르게 들어 있나 봅니다.

의정부지검 정민하 검사 역의 **박지연** 배우님, 〈라이프〉 때도 대본 리딩에서
첫 대사를 하시는 순간 귀가 뻥 뚫리는 딕션에 배우님 쪽으로 고개가 홱 돌아갔었는데,
뮤지컬 〈시라노〉에서 주인공으로 나오셨을 때 뵈니 목소리가 드물게 살짝 저음이면서
상당한 힘이 전달됐어요.
그 목소리로 마지막 회에 '여기는 지옥이다.' 하며 송경사 유서를 읽으시니 짧은 문장임에도
가뜩이나 불쌍한 송경사가 얼마나 힘들었을까가 더 확 전해져서 정민하 검사님 꼭
다 파헤쳐주세요, 라고 속으로 말했어요. 단단한 검사로 잘 성장하시길, 실제 인물처럼
응원하고 있습니다.

前동두천경찰서장 역은 대본에선 엄청난 덩치의 소유자입니다.
손가락 하나가 커다란 소시지 같은 인물인데, 쓰면서도 이런 캐스팅이 될까? 의구심이
들었습니다. 시목과 여진을 가로세로 합쳐놓은 것 같은 사이즈의 배우님은 없을 확률이
높잖아요, 이걸 **문종원** 배우님께서 승질과 고함으로 극복해주셨습니다. (저기, 인상도...)
그 톤으로 연기 안 하셨다면 저 사람이 뭐가 엄청난 덩치란 거야? 로 보였을 겁니다.

세곡지구대 백팀장 역의 **정승길** 배우님,
김수항 순경 역의 **김범수** 배우님,
이대성 경사 역의 **박성일** 배우님,
지구대원4 역의 **나철** 배우님,
지구대원5 역의 **권혁범** 배우님,
지구대원6 역의 **배제기** 배우님,

지구대원7 역의 **오경주** 배우님,
세곡지구대원 분들은요, 나오는 장면마다 어 진짜 경찰 같아, 어 진짜 지구대원 뭉쳐놓은 거 같아, 계속 그 얘길 했어요. 짜증 연기 머리끝까지 보여주신 정승길님도 그러하시고, 아직 복역 중인 이경사 역의 박성일님, 만약 대본 리딩 때 얘기를 나누지 않았다면 여진이랑 면회 씬에서 진짜 저런 성격이신가, 할 뻔했습니다. 그나저나 언제 장위동에 가야 할 텐데..

그리고 이분들하고 같은 카테고리에 넣기 좀 죄송한 세곡 송기현 경사 역의 **이가섭** 배우님, 송경사가 원래 제일 불쌍한 인물이기도 하지만 이가섭님이 그걸 너무 잘 표현해주셔서 불쌍함이 2배 3배가 되었습니다. 많이 나오지 않는 역임에도 출연해주셔서 감사합니다.

이성재 집 관리인 역의 **이채경** 배우님은 다른 데서 뵙고 익히 알고 있었지만
마음만 먹으면 집주인 이성재도 찜 쪄먹겠다 싶은 포스를 발산해주셨습니다.
여러 번 죽어야 했던 박광수 변호사 역은 **서진원** 배우님이 해주셨고요,
알고 보니 제일 치사한 인간이 돼버린 경찰청 정보국장 역은 **하성광** 배우님이십니다.
후정이를 괴롭히던 대학생2 역은 **유인수** 배우님, 대학생3은 **나도율** 배우님이십니다.
그때가 아직 날이 풀리기 전이어서 바다가 얼마나 추울까, 물속에서 그렇게 되는 장면까진 쓰지 말까도 했었지만 추위를 감내해주신 덕분에 훨씬 실감났어요.

기왕 통제선 뽑을 거 익사 장면도 봤으면 좋았을 통영 인스타男 역의 **강신효** 배우님,
통영 인스타女 역의 **진소연** 배우님께도 감사드립니다.
처음엔 통영사건이 불행하지만 우발적인 사고로 포장돼야 해서 사건 규모를 키울 수 없었는데 두 분이 워낙 진상커플 연기를 잘 해주셔서 앞부분 분위기가 상쇄될 수 있었어요.

이번에도 역시, 이 대본을 쓴 저조차 아니 저분들은 현직들께서 특출해주신 거 아냐?

하는 분들이 대거 포진해주셨습니다.

남재익 의원 역의 **김귀선** 배우님, 저 이런 의원 본 적 있어요, 목소리며 인상이며 분명히 봤어요!
통영 바다에서 시목이한테 불 빌려준 관리공단 아저씨는 배우 **고동업**님이십니다.
예의에 어긋나는 말씀일 수도 있지만, 시목이가 갑자기 다가오니까 쫄려 하시는 거 진짜 같고 귀여우셨습니다.

가짜 목격자 역의 **류성록** 배우님은 정말 동네 양아치 잡아다 놓은 거 같아서 그 연기로 인해 실제 뉴스에서 화제가 된 게 당연해 보였고요,
박광수 변호사 로펌 비서 역의 **김이은** 배우님, 똑 부러진다는 건 이런 거다를 시전해주셨습니다.
전세 사기 피해자 역은 **김다인** 배우님이십니다. 너무 가슴 아프게 연기하셔서 협의회 중간에 하나의 예로 들어간 에피소드임에도 불구하고 실감이 확 났습니다.

동재 전임 검사한테 조사받은 동두천 유흥업소 업주 기억나시나요?
배우 **원춘규**님이신데요, 양복을 어디서 그런 걸 고르셨는지, 표정하며 말투가 진짜 동두천에 계신 분 같아서 깜짝 놀랐습니다.
동재 취조받는 중학생 역은 배우 **임재하**님입니다.
(학생 진짜 하.. 그러는 거 아냐, 연기를 너무 잘해서 빡돌..)
수원지검 형사1부장 김원태는 **이승훈** 배우님이십니다.
이분도 그냥 수원지검 형사1부장실에 감독님이 카메라 들고 들어가서 거 좀 찍읍시다! 하고 찍은 거 아닌가 의심될 정도였고,
성문 대리인 정지원 변호사 역의 **박정언** 배우님, 맨 처음 목소리부터 들리는데 뉴스 앵커 멘트인 줄 알았습니다. 이분이야말로 진짜 변호사 같으셨어요.

김수항 복지시설 직원 역의 **설주미** 배우님도,
남양주 교통조사팀장 역의 **하동준** 배우님도
그 자리에서 그 일을 한 10년 넘게 한 사람처럼 더 이상 잘 어울릴 수가 없을 정도였으며,
아놔 대검 차장 신동운 역의 **홍서준** 배우님, 약 먹는데 꼭 손가락을 고렇게 했어야
했는지, 심지어 머리 가르마까지도 재수는 없는데 직급은 엄청 고위직인 관료 같았어요.
설정이 남다르십니다.

그리고 〈저분은 진짜 업계 사람 불러다놓은 거 아냐?〉의 끝판왕,
오주선 변호사 역의 **김학선** 배우님,
대사를 어떻게 쳐야 하는지를 통달하신, 말맛 살리기의 달인이십니다.
그런데 말입니다, 연극계에선 이미 최고의 배우로 알려진 분이시라 합니다.
이제야 봬서 죄송합니다.

동부지검 차장검사 역의 **이현균** 배우님도 강원철 지검장하고 주고받는 액션 리액션이
너무 자연스러워서 박수 치면서 봤어요.

아 그러고 보니 이분들이 계시네요, 진짜 특별출연해주신 분들이요.

이젠 무슨 역이라고 따로 밝힐 필요조차 없는 **이태형**님, **유재명**님, **신혜선**님, **이규형**님,
네 분을 그리워하는 분들이 분명 계실 테니 어떻게든 모두 모이는 장면을 써야겠다고
생각은 했습니다만, 대사 한 마디가 없는 관계로 제 입장에선 좀 죄송했습니다.
그런데 모두 같은 마음으로 모여주셨습니다. 감사드립니다.

신임 정보국장 노원해 역의 배우 **김원해**님(작중 이름, 나름 고민한 결과입니다),
짧게 치고 가면서도 누구나 인정하는 호감형 배우, 인상이 좋아서 등장하는 순간 앞으로
여진이 마음고생이 좀 덜하겠구나가 즉각적으로 전달돼야 하는 역이라 도대체 누가 있을까,

많이 생각했었는데 김원해님께서 등장하시는 순간 한 방에 끝났어요.
특별출연 응해주셔서 감사드립니다.

동재妻 이유안 역의 **최희서** 배우님, 특별히 감사드립니다.
동재가 실종됐지만 다들 일로써 찾는 거지 겉으로 드러내고 동재의 실종을 가슴 아파하는 사람이 없어서 안타까웠는데 최희서님이 찐으로 오열해주셔서 그게 다 해소됐습니다.
게다가 남편하고 같이 나오는 장면이 적었음에도 최희서 배우님, 이준혁 배우님을 나란히 보는 그림체가 참 좋았어요. 아내가 현명하니까 동재도 좀 가정에 충실해지겠지, 사방팔방 그만 쏘다니겠지, 하는 상상도 하게 되고. 짧은 장면이었는데 왜??

성문일보 사장 김병현 역의 **태인호** 배우님,
1에 이어서 이번에도 특출 감사드립니다. 실은, 숲1 이후 다른 드라마에서 윤세아님이랑 커플처럼 나오신다고 해서 농담 반 진담 반으로 아아니 창준이 없다고 지금 무엇 하시는? 했었는데 이번에 뵈니 이연재 회장이랑 이대로 돼도 괜찮겠다 싶은 거예요?
아, 아니네요. 불륜이네요. 제 속에서 설정된 김병현 사장은 이미 기혼이라.
그럼 연재를 향한 애증이 모두 뒤범벅된 그 눈빛만 계속 부탁드립니다.

동재 납치범 김후정 역의 **김동휘** 배우님은 비교적 어린 나이에도 불구하고 앞으로 좋은 배우가 되시겠구나, 가능성을 담뿍 보여주셨고요,
대검 형사법제단 실무관 역은 **윤슬** 배우님, 수사관 역은 **김지훈** 배우님이셨으며,
경찰청 수사혁신단 주임1 역의 **이하율** 배우님, 주임2 역의 **장률** 배우님이십니다.
이 두 분 모니터 하면서 보면 딕션도 엄청 좋고 연기도 참 잘하시는데 얄밉게 써서 죄송해요.
광수妻 역의 **박미현** 배우님도 인상이 매우 깊었고요,
동두천경찰서장에게 폭행당한 운전병은 배우 **김현목**님이시며,
한조 본사 전무1 역은 **이주원** 배우님, 전무2 역은 **이윤재** 배우님이시고,

의정부지검 동재 방 실무관 역은 **손지윤** 배우님, 계장 역은 **임철수** 배우님,
통영 실무관 역은 **김나연** 배우님, 통영 이계장 역은 **최교식** 배우님입니다.

통영 밤바다에서 고생하신 통영경찰1 **이승원** 배우님, 경찰2 **이충훈** 배우님,
경찰3 **백승철** 배우님,
클럽 매니저 역은 **김나미** 배우님, 남양주 별장에 가셨던 양유빈 역은 **공다임** 배우님이시고,
도시락 가게 주인 **박유밀** 배우님,
경찰시계 발견하고 띠용! 하시던 국과수 연구원 **박빈** 배우님,
제가 대본에 쑥대머리와 뼈만 남은 모습으로 쓰는 바람에 분장하시느라 힘드셨을 거 같은
이대성 경사 어머니 역의 **원미원** 배우님,
〈눈이 부시게〉에서 도라에몽 할머니로 원미원님을 뵈었습니다.
그 드라마 정말 명작이었는데요.

14회 후정이 구의동 작업실 집주인 역에는 **천정하** 배우님,
후정이 보광동 작업실 시절 1층에 살아서 시목이한테 마늘치킨 알려주신 **김난희** 배우님,
그 마늘치킨 배달 갔다가 작업실 꼬라지를 목도했던 배달 청년 역은 **문창준** 배우님,
아차산 드론 담당자 역의 **김원석** 배우님,
대학생2父 역의 **이도현** 배우님,

15회 검경내전 방송 사회자는 **김민광** 배우님,
그 방송 검찰측 패널은 **정형석** 배우님, 경찰측 패널 **손경원** 배우님이십니다.
세 분 나오실 때 진짜 시사토론 프로그램 틀어놓은 줄 알았습니다.

용산서에서 가뜩이나 일도 많은데 동재까지 실종돼서 잠깐 툴툴대셨지만 열심히 찾아주신
형사1은 **안성봉** 배우님, 형사2는 **문선용** 배우님, 형사3은 **차승호** 배우님이십니다.
장건과 여진의 짜고 치는 수사에 당황하신 피트니스클럽 매니저님은 **유용** 배우님이시고요,

연재 운전기사는 **류기산** 배우님, 한조 회장 비서는 **유미선** 배우님,
안양교도소 교도관1은 **박정표** 배우님,
용산 주택가 중년부부/아내 역은 **이영주** 배우님, 남편 역은 **여운복** 배우님,
동재의 초등학생 아들은 **옥찬유** 배우님입니다.
(애기야, 어디서 분명히 봤다 했더니 〈날씨가 좋으면 찾아가겠어요〉 어린 서강ㅈ,
은섭이었구나!)

고생하신 제작진, 연출팀 분들도 말씀드리고 싶습니다.
책임프로듀서 **유상원** CP님, 프로듀서 **안창호** PD님, **정연지** PD님과 함께 만들었고요,
저희 촬영감독님은 **최상묵** 감독님이십니다. 아시는 분들은 아시겠지만 영화 〈늑대소년〉
드라마 〈시그널〉 〈미생〉 〈오 나의 귀신님〉을 촬영하셨습니다, 엄청나지요?
조명은 **이형중** 감독님. 미술 **이강현** 감독님, 조감독님은 **김석원**님이셨고요.
제작총괄 **김성회** 이사님께도 감사드려요.

박현석 감독님!!! 감사합니다!!

그리고 비숲이 시리즈로 존재하느냐 마냐에 엄청난 기여를 하신,
편집감독 **김나영**님, 음악에 **김준석/정세린** 감독님,

마지막은 절대 빼놓을 수 없는 분들이십니다.
제작사 에이스팩토리 **민현일/이성진** 두 분 대표님이 없었다면 드라마가 존재하지
않았을 것이며 이 어마어마한 찰떡 캐스팅을 가능케 해주신 분은
캐스팅 디렉터 **안세실리아** 이사님이십니다.
그리고 저의 보조작가님 두 분, **황하정/김상원** 작가님, 제일 고생하셨어요.
이 대본집을 만들어주신 북로그컴퍼니 **김정민** 대표님과 출판사 분들께도
감사드립니다. 덕분에 이런 멋진 책을 갖게 되었습니다.

무엇보다 〈비밀의 숲1, 2〉를 아껴주신 **시청자** 여러분께 감사드립니다. 덕분입니다.
이 글 저 맨 위에 2가 가능했던 건 배우님들의 뜻이 모여져서라고 했는데,
더 근본적인 출발점은 시청자들께서 원하셨기에 제가 숲2를 쓸 수 있었고
시목이 여진이를 한 번 더 볼 수 있었습니다.
감사합니다.

*

1회 시작과 16회 엔딩의 내레이션은 원래 드라마 본방에 들어갈 게 아니라
기획의도로 쓴 것입니다. 해서 본 대본집에는 넣지 않았습니다. 제가 생각해낸 게
아니라 감독님과 스탭 분들 아이디어로 편집 과정에서 들어간 것이니까요.
개인적으론 원래 방송에 내보내자고 쓴 게 아닌 대사가 들어가는 것이 전 좀
쑥스러웠었는데요. 게다가 기획의도이니까요.
기획의도는 사실, 편성 좀 해주세요, 하면서 방송국에 어필하려고 엄청난 작품인 양 하는
면도 있는 거라서. 그런데 감독님께서 보내주신 편집본을 보는데 어? feat. 이창준으로
흘러나와버리니까.. 쑥스러운 게 어딨습니까. 유재명 배우님 목소리가 설득력이었어요.
뭐든 시도해야 되는구나, 깨달았습니다.

*

14회, 15회 엔딩은 실제 방송분과 대본이 다릅니다.
14, 15회는 지문이 많은 관계로 방송 시간을 맞추려면 다른 회보다 제가 몇 장은 더
길게 썼어야 했는데 다른 회하고 똑같은 페이지 수로 쓰는 바람에 방송 시간이 좀
모자랐습니다. 그래서 15, 16회 내용을 조금씩 당겨왔어요.

이것도 감독님과 편집감독님이 편집 과정에서 만드신 거라 대본에는 반영하지 않았습니다. 읽으실 때 뭐지? 하실 거 같아서 미리 말씀드려요.

*

아참 하나 더 있네요. 〈침묵을 원하는 자, 모두가 공범이다〉 이거 제가 뽑은 문장 아닙니다. tvN 홍보팀에서 해주셨어요. 이런 카피 안은 다른 드라마는 어떤지 모르지만 지금까지 다 홍보팀에서 만들어주셨고 저는 미리 들어보고 아! 이게 제일 좋아요, 이것만 했습니다.
〈설계된 진실, 모두가 동기를 가진 용의자다〉 이것도 홍보팀이 애써주신 결과물입니다.

이상입니다. 감사합니다.
이수연 올림.

일러두기

1. 이 책의 편집은 이수연 작가의 드라마 대본 집필 형식을 최대한 따랐습니다.

2. 드라마 대사는 글말이 아닌 입말임을 감안하여, 한글맞춤법과 다른 부분이라 해도 그 표현을 살렸습니다.

3. 말줄임표의 개수와 표기 방식은 대사 시 호흡의 양을 다양하게 표현하고자 한 작가의 의도를 반영한 것입니다.

4. 쉼표, 느낌표, 마침표 등과 같은 구두점도 작가의 의도를 따랐습니다. 마침표가 없는 것 역시 작가의 의도입니다.

5. 이 책은 작가의 최종 대본으로, 방송되지 않은 부분이 포함되어 있습니다.

차례

기획의도

기후 변화에 관한 해외 기사를 읽다 보면 종종 이런 주장을 먼저 깔아놓고 시작하는 경우가 있습니다. 기후 변화는 실재한다, 위기는 과장된 게 아니다.

엉? 당연한 얘길 왜? 의문이 들었습니다.
우리나라는 이미 매해 여름 전 국민이 달궈지고 있는데 누가 지구온난화를 부정하지?

기후 변화로 인한 위기론은 거짓이라고 주장하는 자들이 남의 나라엔 정말 있더군요.
온도란 원래 변하는 건데 일부 과학자, 급진론자가 쓸데없이 불안감을 조성한다고요.
환경 규제가 강화되면 기업 활동이나 정치 활동에 차질이 생길 사람들의 주장입니다.
그런데 이상한 건, 돈이나 정치하곤 아무 상관 없는 보통사람들도 여기에 꽤나 많이 동조한다네요? 왜일까요?

피로감이 쌓여서, 라고 합니다.
사방에서 하도 떠드니 알긴 아는데 되는 것도 없고 방법도 없고 이젠 지겨워서.

개혁을 향해 나아가는 것도 이와 비슷한가 보다, 하는 생각이 들었습니다.
뭔가 대단한 거창한 변화가 생길 줄 알았는데 그만큼은 아니고,
필요한 건 알겠는데 그쪽 전문가들 일이지 내가 할 건 또 아니고,
슬슬 외면하고 싶어지는 와중에 하필 그 전문가들이 맨날 싸웁니다.

이 드라마는 경찰과 검찰의 해묵은 수사권 논쟁에서 출발합니다.
섣불리 둘 중에 한쪽을 택할 순 없죠,
속속들이 사정을 잘 아는 것도 아닌 데다 위험한 선택이 나올 수 있으니까요.
그래도 한 가지, 기억되길 바라는 것이 있습니다.

개혁이란 멈추는 순간 실패라는 믿음.

꿈을 향해 달려가는 것, 진리를 좇아 매진하는 것, 도리를 깨닫고자 나아가는 것은 그 과정에서 무엇을 하든 과정 자체는 노력이지만 멈추는 순간, 실패가 된다.

변화를 향해 나아간다는 건, 나의 발이 바늘이 되어 그 끝에 보이지 않는 실을 매달고 쉼 없이 걷는 것과 같을 것입니다.
지나온 모든 발걸음이 한 땀 한 땀입니다. 내가 선택한 색깔의 실로 꿰매지고 있죠.
삐뚤빼뚤, 뜨문뜨문, 그러다 쪽 고르기도 하고.
다만 이 과정에서 두 가지 함정에 빠지지 않기를 바랍니다.
첫째 함정은 중립이란 미명하에 아무것도 하지 않는 것입니다.
나는 객관적인 사람이라면서 팔짱만 끼고 있는 것.
이는 걸음을 멈춘 것과 다를 바 없지만 그렇지 않다, 나는 뭔가 하고 있다, 라는 기분을 느끼고 싶다면 간단합니다, 양쪽을 싸잡아 비난하면 됩니다.

니들 다 잘못했어, 다 똑같아, 하면서 어느 쪽도 선택하지 않는 게 두 번째 함정이죠.
비판의식이 있으니까 나름 너무 아무 생각 없이 사는 건 아닌 것도 같고요.

이 드라마를 쓰는 2019년에도 여러 개혁안이 여전히 논의만 되고 있습니다.
어느 쪽으로 결론 날지는 모르지만 우리는 멈추지 않는 눈과 귀가 될 수 있습니다.
완고하기 짝이 없는 제도권에 인간을 심는, 건강한 참견장이가 될 수 있습니다.

한 줌의 희망이 수백의 절망보다 낫다는 믿음하에,
멈추지 않고, 관망자가 아닌 참여자가 되길 바라는 마음으로 다시 한 번
드라마를 시작합니다.

주요 등장인물

◦ 황시목 (37세. 남. 검사. 現대검찰청 형사법제단 소속)

우태하 부장검사가 이끄는 대검 형사법제단에 합류하게 된 시목.
나름 10년 차 검사지만 부장급들이 버티고 있는 법제단에선 제일 막내가 된 그는 검찰 고유의 수사 권한 사수의 최전선에 투입되어 대척점에 선 여진과 재회한다.
2년 만에 찾아온 서울은 더욱 냉정하지만, 냉정과 온정을 차별치 않는 시목은 여전히 묵묵히 홀로 일할 뿐이다.

◦ 한여진 (32세. 여. 경감. 現경찰청 수사구조혁신단 주임)

소속은 그대로 용산서이지만 경찰청 파견 근무 중인 여진.
수사권 독립을 목표로 하는 테스크포스팀인 수사구조혁신단의 일원으로서 경검의 협상 테이블에 앉게 된다.
경검 대립이 날로 첨예해지는 와중에 여진은 본인이 속한 세계를 스스로 뒤엎어야 하는 상황에 맞닥뜨린다. 과연 그는 주저함 없이 행동에 나설 것인가.

검찰청 사람들

◦ 우태하 (40대 후반. 남. 형사법제단 부장검사)

엘리트 코스라 불리는 노른자위 요직만 골라서 섭렵해온 태하.
검찰에 대한 인식이 최악인 상황에 법제단 책임자가 되어 검찰의 독점적 지위와

권한을 내려놓고 개혁에 임하라는 시대적 요구에 직면해 있다.
검찰 커리어로선 양날의 검을 쥔 형국. 겉으로 보기엔 그리
위태롭지 않아 보이지만, 속마음은 사실 그도 복잡하다.
이번 수사권 조정이 검찰 뜻대로 안 될지도 모른다는 불안감이 내재돼 있기 때문.

이기적이진 않지만 상당한 개인주의며 평소엔 친숙한 듯해도 속은 권위주의다.
나는 후배들에게 꽤 괜찮은 상사다, 라고 믿고 있는데 이는 고분고분한 후배한테만
해당할 뿐, 조금만 거슬려도 쉽게 화를 내고 불같은 성격을 드러낸다.
그렇지만 매우 직선적인 성격임에도 불구하고 이런 형질이 드러날 일이 별로 없었다.
지금까지 그에게 정면으로 도전하는 후배는 없었기에.

∘ 김사현 (40대 중반. 남. 국회 법제사법위원회 파견위원)

법제사법위원회(법사위)에 파견된 검사 사현.
소위 승진 코스라 불리던 법사위 전문위원이지만, 국회의원들 청탁이나 로비 창구가
됐단 지적에 따라 파견제 폐지가 결정되면서 파견이 끝난 뒤 입지가 불투명해졌다.
다행인 것은 대검 법제단에 합류하게 되며 괜찮은 보직 하나를 겸하게 된 것이다.
산전수전 다 거쳐 부장까지 오른 사현은 세상 뻣뻣한 시목의 태도가 종종 마뜩잖지만
천성 자체가 담백하고 소탈한 편이어서인지, 시목을 도와주려는 속내도 비친다.

∘ 서동재 (40대 중반. 남. 의정부지방검찰청 형사1부 검사)

남양주경찰서를 수사지휘관서로 둔 의정부지검 형사1부 소속 동재.
동재는 스스로 법복을 벗어야 하는 날이 온다면 어떻게 될까, 가늠해본다.
좋지 않은 인사고과에 수도권 연속 근무 금지령으로 지방으로 갈 일만 남았으며,
후배 특임검사 손에 조사받은 전력이 있는 그는 과연 내가 부장 승진은 할 수
있을까, 싶다.

한탄이 나오지만 동재는 무너지는 하늘에도 솟아오를 구멍을 만드는 인물이다. 대검 형사법제단, 동부지검, 한조까지 염두에 두고 어느 곳에 연줄을 대어볼지 기회를 살핀다.

• 강원철 (50세. 남. 동부지방검찰청 지검장)

현 동부지방검찰청 지검장.
서부지검에서 시작한 한조그룹 일가의 불법 행위를 동부지검까지 가져와 끈질기게 캐고 있다. 하지만 한조를 제외한 다른 문제들에 있어선 좋게 말하면 유해졌고 엄격하게 말하자면 적당주의가 됐다. 지검 전체를 이끌어야 하는 지금의 위치에선, 적당히 눈 감을 건 눈 감고 넘어가는 쪽으로 선회했기 때문이다.
봐주기 수사가 아니라 그런 게 다 리더로서의 책임감이라며 융통성까지 쌓는 중이다. 그렇다고 위를 향하여 아부를 떨거나 실적을 위해 아래를 쪼아대진 않는다.

• 정민하 (28세. 여. 의정부지방검찰청 형사1부 검사)

동재 방에서 수습 시절을 보낸 새내기 검사. 아직 업무에 완전히 능통하진 않지만 앞으로 좋은 검사가 될 자질을 많이 지니고 있다.

경찰청 사람들

• 최빛 (40대 초반. 여. 경찰청 정보부장 겸 수사구조혁신단 단장)

경찰청 정보부장이자, 수사구조혁신단 단장을 맡고 있는 최빛.
수사권 조정에서 유리한 국면을 맞이한 경찰은 경무관 최빛을 단장으로 하는 수사혁신팀을 꾸리고 형사소송법 개정을 진척시켜왔다.
무조건적으로 경찰을 옹호하지도 않으며 자신이 몸담은 정보경찰의 위험성을 진지하게 숙고할 줄도 안다. 반면 현실적이기도 하다. 출세 지향적이고 실용주의적인 면모가 큰 원동력이 돼 지금 자리에까지 오를 수 있었다.

◦ 수사국장 (50대 초반. 남. 경찰청 소속)

이름 신재용. 경찰 계급 중 위에서 3번째에 해당하는 치안감이다.
직책답게 기민하고 정치적 술수가 높으며 업무에 있어서도 칼 같은 면이 있다.

한조그룹 사람들

◦ 이연재 (40대 초반. 여. (주)한조 회장)

아버지 이윤범과 배다른 오빠 이성재가 옥고를 치르는 사이 한조그룹 대표이사직에 오른 연재. 회장직이란 자리에 걸맞게 경영권 지키랴, 천문학적인 벌금이 걸린 송사를 정부 상대로 벌이랴, 머리가 아프다.
태어난 순간부터 재벌이며 이제는 중책까지 떠맡게 된 연재는 떠나간 남편을 그리워하거나 원망할 여유도 없다. 하지만 정말 이창준이란 존재는 그녀에게 티끌만큼의 변화도 가져오지 못했을까?

◦ 박상무 (30대 후반. 남. (주)한조 기획조정실 소속)

연재의 오른팔. 연재가 혼돈에 빠진 한조그룹에 등장했을 때부터 그녀를 보좌해왔다.
지금은 이성재의 공격과 이윤범의 복귀 시도를 함께 막아내는 일종의 전우다.

∘ 오주선 (50대 초반. 남. 변호사)

고등법원 부장판사 출신으로 얼마 전 퇴임 후 현재는 유명 로펌 소속 변호사로 있다. 동부지검에 영향력을 행사할 인물이 필요했던 연재 눈에 들어 한조그룹의 일을 맡게 된다.

용산경찰서 사람들

∘ 최윤수 팀장 (51세. 남. 용산서 강력3팀 소속 경위)

올해로 경위 계급 단 지 만 12년 차.
근속 승진기간에 따르면 작년에 경감이 됐어야 하지만 여러 이유로 그리 되지 못했다. 여진 포함 팀원들에게도 권위적이지 않고 형 같은 느낌의 팀장이다.

∘ 장건 (30대 후반. 남. 용산서 강력3팀 경위)

말투도 툴툴거리는 편이고 친절한 미소 따위 없지만 성실하고 몸도 빠르다. 경검협의회에 소속된 유일한 수사경찰로 어느 편도 아닌 발언을 툭툭 내뱉어 양측을 동시에 버름하게 만들기도 한다.

∘ 서상원 (30대 중반. 남. 용산서 강력3팀 경사)

덩치가 크고 힘이 좋아 일선 수사형사에 딱이다. 오랫동안 함께 일해온 용산서 강력팀 사람들과 가족 같은 합을 이루고 있다.

∘ 박순창 (20대 후반. 남. 용산서 강력3팀 순경)

여전히 강력팀 막내. 그러나 판단력도 좋고 머리도 잘 쓰고 사고방식도 유연하다.

그 외

∘ 동재妻 (40대 초반. 여)

초등학생, 중학생 아들 둘을 키우며 피아노 레슨도 한다.
친정이 꽤 잘살고 미모도 상당하다.
동재와는 연애결혼이었지만 지금 사이가 아주 좋진 않다.

∘ 성문일보 사장 (40대. 남)

이름 김병현. 한조그룹 이연재 회장의 옛날 약혼자.
겉으론 차가워 보이지만 속은 의외로 순정적인 데가 있다.
연재의 라이벌인 이성재 사장과 어울리면서도 아직 연재에 대한 미련이 남았다.

그리고 세곡지구대원들, 한조그룹 임직원, 통영 익사사고 관련자들,
통영/대검 검찰청 사람들, 경찰청 주임1, 2, 용산서 형사들 등.

용어정리

S# 장면(Scene)을 표시하는 것으로, S# 뒤에 장면 번호를 적어 표기한다.

Flashcut 화면과 화면 사이에 들어가는 순간적인 장면. 극적인 인상이나 충격 효과를 주기 위해 삽입되는 매우 짧은 화면을 지칭한다.

C.U. 클로즈업(Close Up). 배경이나 인물의 일부를 화면에 크게 나타내는 것.

Flashback 회상을 나타내는 장면. 지금 일어나고 있는 사건의 인과를 설명할 때 쓰이기도 하고, 인물의 성격을 설명하기 위해 쓰이기도 한다.

O.L 오버랩(Overlap). 현재의 화면이 사라지면서 뒤의 화면으로 바뀌는 기법이다. 대사에서 O. L은 앞 사람의 말을 끊고 틈 없이 말을 할 때 쓰인다.

Insert 화면의 특정 동작이나 상황을 강조하기 위해 삽입한 화면. 인서트 화면이 없어도 장면을 이해하는 데에는 별다른 지장이 없으나 인서트를 삽입함으로써 상황이 명확해지는 한편 스토리가 강조된다. 인서트 화면으로는 대개 클로즈업을 사용한다.

Insert cut 보통의 Insert 화면보다 짧은 것을 구분하여 표기한 것.

E 대사와 음악을 제외한 효과음(Effect)을 뜻하며, 보통 등장인물은 보이지 않고 소리만 나는 경우에 사용한다.

cut to. 가까운 공간 안에서의 각도 전환.

F 필터(Filter)의 약자로 전화기 너머의(필터를 거쳐 들려오는) 목소리나 마음속으로 하는 얘기 등을 표현할 때 쓴다.

N 내레이션을 지칭하는 용어로, 장면 밖에서 들려오는 목소리를 나타낸다.

1회

그냥 경찰이 수사권 다 갖는 걸로 해서 국회 넘겨요,

어차피 검찰하고 줘뜯어가며 대가리 모아봤자

국회서 컷하면 끝인데.

S#1. 통영/용남해안로 - 밤

어두운 밤. 자욱한 안개. 바람도 없다.
마치 일부러 짙은 연기를 뿌려놓은 듯한 이곳에 이따금씩 철썩철썩 소리만 들린다.
파도다. 진한 해무 아래 웅크린 검은 저편은 바다다.
모래펄에 웬 노끈이 길게 이어졌다. 노끈 중간엔 손바닥 두 개만 한 비닐판도 달렸다.
이곳으로, 멀리서부터 불빛이 다가온다.

해안로까지 뒤덮은 안개를 헤치고 차 한 대가 미끄러지듯 들어오고 있다.
몇 미터도 안 되는 가시거리 속에 전조등, 안개등, 비상등 모두 켜고 천천히 오는 차.
번지는 헤드라이트 빛에 비닐판에 써진 문구가 뚜렷이 보이면,
〈해무로 인한 야간 해안출입통제 : 탐방객 안전사고 예방을 위해 적극적인 협조 바랍니다 - 통영 해양관리공단〉이라고 돼 있다.
모래펄을 따라 아까부터 이어진 노끈은 출입통제선이다.
해안선을 따라 쭉 둘러쳐졌는데 바람이 없어 전혀 흔들리지 않는다.
차가 스칠 때 통제선을 묶은 스틱이 띄엄띄엄 갯벌에 꽂힌 것도 보이지만
안개가 너무 짙어 이내 희미해진다.
빛의 꼬리를 남기고 서서히 멀어져가는 차.
〈자막 - 2019년 3월〉

S#2. 해안로/시목의 차 안 - 밤

2~30km/h 언저리의 속도 계기판. 그 옆에 시계는 8시 17분을 나타낸다.
유리창 가장자리엔 서리가 하얗다. 최대한 서행 운전하는 시목, 히터 올린다.
라디오에선 계속 날씨만큼 가라앉은 톤의 뉴스가 흐르고 있다.

앵커E .. 차를 버려둔 채 음주 검문현장에서 달아난 40대 남자 정모씨를 체포했습니다. 남부경찰서는 시간 경과에 따른 혈중 알코올 농도를 계산하는 위드마크 공식을 적용해 정씨의 운전 당시 혈중 알코올 농도가 면허 취소 수준인 0.187%로 추정된다고 밝혔습니다. 다음 소식입니다.

거치대의 휴대폰에 메시지가 도착한다. 〈검사님 어디세요?〉 발신자 - 〈이계장님〉
시목, 짧게 볼 뿐 안개 속 운전에 집중한다.

앵커E 법무부가 가상화폐 거래소를 폐쇄 검토 중인 것으로 알려지면서 비트코인을 비롯한 가상화폐의 시세가 일제히 폭락했습니다.

시목의 단정하고도 담담한 옆선 너머 운전석 차창 밖으론 출입통제선이 계속 보인다.
가끔 스틱도 지나간다. 천천히 달리는 차와 갯벌에 통제선, 둘이 나란히 달리고 있다.

앵커E 이어서 각 지역의 기상 정보입니다.

기상캐스터E 짙은 안개주의보가 계속되면서 해안선 전면 통제와 함께 이곳 통영과 주변 섬을 연결하는 9개 노선의 여객선 운항 또한 전면 중단됐습니다.

그 말에 시목, 창밖 보지만 여전한 풍경에 눈길 거두려는 찰나, 어? 하는 표정.
창밖에 아까부터 따라오던 해안 출입통제선이 없다. 안 보인다.

기상캐스터E 안개는 밤사이에도 계속될 것으로 보이는데요, 운전하실 땐 꼭 안개등을 켜고 서행 운전하셔야겠습니다. 지금까지 해상교통관제센터 라디오 끄는 시목, 감속하면서 후방카메라 켜서 뒤를 확인하며 비상깜빡이 켜고 멈춘다. 창문 내리면 저도 모르고 훅 들이마시게 되는 호흡, 공기 차다. 입김 나온다. 창을 열고 확인해도 통제선은 안 보이는데, 휴대폰 진동 울린다. 발신자 - 〈이계장님〉

시목 (거치대에서 휴대폰 뽑아서 받는) 네. (창문 올리는)

이계장F 검사님 어디세요? 청장님 거진 다 오셨다는데 주인공이 늦으심 어쩨요.

시목 (뒤에 차가 올까, 살피며) 계장님, 해양관리공단 번호 아세요?

이계장F 해양공단이요?

시목 여기 출입통제선이 끊겼네요. 다시 이어야 될 거 같은데.

이계장F 그 어딘데요?

시목 여기가 용남해안론데, (내비 보지만 도로와 바다 표시뿐, 외진 곳이다)

이계장F 용남요? 전체 다 끊겼어요? 엇 청장님 오셨네? 얼른요 검사님!

전화 너머로 '청장님 오셨습니까!' 소리, 부산해진 움직임, 고스란히 전해져온다.

이계장F (잔뜩 낮춘 목소리로) 공단 뭐 어턱하까요?

시목 ... 됐습니다. 저는 빨리는 못 갑니다.
(전화 끊고 출발. 미진한 눈길을 한 번 더 창밖에 주지만 그대로 간다)

S#3. 통영 시내 - 밤

시내로 들어온 시목의 차. 해안가보다 덜해진 안개 너머 호텔 네온사인이 멀리 빛난다.

S#4. 관광호텔/시목의 차 안 - 밤

내비E **목적지에 도착했습니다. 안내를 종료합니다.**

계기판 시계가 8시 50분이 다 돼서야 지하주차장으로 들어가는 시목의 차.

주차관리인이 게이트 바를 올리고 차가 막 들어가려는 순간,
여러 대가 뒤섞인 사이렌 소리가 급히 울리고!
시목, 즉시 돌아본다. 구급차, 소방차가 달려가고 경찰차까지 뒤에 합류한다.
꽁지 빠지게 달려가는 구급차 행렬을 고개를 꺾어 따라 보던 시목, 눈을 들면,
도로이정표에 적힌 '용남해안로'. 구급차는 해안로 방향이 가리키는 곳으로 사라진다.
갑작스런 소란에 주차관리인도 고개 빼고 보다가 다시 정산소 안으로 들어앉고,

시목, 뒤로 돌렸던 몸과 시선 거둔다. 핸들에 손 올리지만...
차창 밖에선 주차관리인이 '안 들어가세요?' 물으며 기웃대고,
관광호텔 네온사인은 시목 머리 근처에서 빛을 발하고 있지만,
다시 구급차 간 쪽을 보는 시목.

S#5. 용남해안로/바닷가 - 밤

깜깜한 화면. 돌연 팟! 하는 소리와 함께 눈이 멀듯 밝은 라이트가 켜진다.
그 빛과 함께 온갖 소리가 뒤엉켜 귓가를 때리기 시작한다.
'이짝으로 가라고! 저짝은 갔어!' '해양경찰이 오고 있는데 뽀트가 한 대밖에 없답니다.'
등등의 경찰들, 구급대원들 말소리부터, '저거 아냐?!' '어디요?!' 하는 다급한 외침까지.
일거에 환해진 해안가엔 경찰차, 구급차가 몰렸고,
경찰 손에 들린 손전등이 이곳저곳을 비춰 어지럽고,
아직 기온이 낮은 3월의 밤바다에 토해져 나오는 하얀 입김도 바쁘다.
구경꾼도 대여섯 모여 있어 관광객 차림의 남녀 커플도 있고 동네 주민도 보인다.
화면 끄트머리 해안로에 차가 한 대 와 서더니 시목이 내린다.
도로와 바다 사이 낮은 가드레일을 쭉 따라 선 경찰들이 그를 막는데,
구경꾼들 쪽에서 "사람이 죽었대??" 하는 소리가 시목 귀에 꽂힌다.
신분증 목에 걸며 모래펄로 들어서는 시목, 구경꾼들 옆을 지나 화면 중앙으로 온다.

cut to. 시목의 시선으로 본 해변. 복잡하고 정신없다. 코앞을 휙 스쳐가는 경찰도 있고.
좌우로 한번 쭉 훑는 시선의 화면.

경찰1 (누구에게랄 것 없이) 돌아삐리것네! 그렇게 드가지 말라문 쫌 듣지 쫌,
통제선을 이래 치놔도 찢아발기싸고 겨들어가면 우째라고? 우에 막아?
시목 (통제선 같은 것 안 보이는 주변 둘러보면 근처에 경찰2, 3이 보이는데)

cut to. 모래펄 일각에 웅크려 앉아 모랫바닥에 놓인 물건들 들여다보는 경찰2, 3.
모랫바닥의 물건은 비교적 새 운동화 한 켤레와 바로 옆에 떨어진 핸드폰 2개다.

경찰2 비싼 거라고 벗어놓고 들어갈 정신은 있었나 보네요.
경찰3 이게 비싼 거야?
경찰2 이게 그거예요, 아드님이 사달라는 그거, 한정판 신발.
시목 (어느새 뒤에 와 허리 약간 굽혀 얘기 듣고 있는. 남겨진 소지품 본다)
경찰3 나 참 이게 뭐라고 이런 건 잘 모셔두고,
소지품이 될 것이냐 유류품이 될 것이냐.
경찰1 (어깨에 담요 두른 대학생1을 여기로 데려와) 이거 친구들 거 맞아요?
대학생1 (남겨진 신발 보지만 말이 안 나온다. 새파래진 얼굴로 겨우 끄덕인다)

바짓단 정도까지만 젖었지만 입술 새파란 대학생1, 누군가 둘러준 담요를 꽉 모아서
쥔 양손은 담요 안에 들어가 있어 안 보이지만 떨고 있음은 충분히 느껴진다.
터틀넥에 두꺼운 후드티까지 입었으니 추워서는 아니다.
어찌할 바 모르는 눈빛과 앳된 얼굴은 대학생이 아니라 고등학생이라 해도 믿겠다.
옆에 선 대학생1의 젖은 신발부터 넋 나간 눈까지 아래서부터 쭉 훑는 시목.

경찰1 그람 여다 벗어놓고 이르케 쭉 드가다..

신발에서부터 수직으로 바다를 가리키는 경찰1, 그런데 말을 하다 말고 돌연 바다
쪽으로 상체를 쭉 뺀다. 시커먼 바다에 뭔가 허연 게 떴다. 사람이다.

경찰3 (같이 뭔가 해서 보다가.. 고함) 저깄다!

모든 이의 시선이, 고개가, 같은 곳을 향한다.
누군가 그곳을 향해 첨벙첨벙 뛰어든다.

cut to. 구조대원들, 숨 멎은 지 오래인 대학생2의 축 처진 사체를 물에서 끌어낸다.
숨을 확인하지만 이미 요식행위에 불과.
대학생1, 뒷걸음친다. 바로 뒤에 시목 발을 밟을 뻔하지만 알 리가 없다.
사체를 도저히 못 보는 그가 시목 앞을 스칠 때 그 입은 벌어졌고 다리는 허깨비 같다.
아무 힘 없는 담요만을 생명줄인 양 꽉 틀어쥐었다.
그리고 바다 속에서 이어 건져지는 다른 시체. 대학생3.

cut to. 해안로. 사체 낭에 담겨 지퍼 올라가는 대학생3.
사체 2구가 응급차에 실린다.

대학생1 (친구들이 실리는 걸 보며) 대학 와서 처음.. 온.. 우리끼리 여행 와서..
숱이 너무 취해서, 저는, 애들이 나가는 것도 몰랐다가..

경찰1에게 상황 설명하는 대학생1, 손끝을 다 덮도록 내려온 기다란 소매로 눈물을 누르느라 말이 이어졌다 끊어졌다 하다 결국, 목을 놓고 운다.
시목, 응급차에 실리는 사체 보는데..
모래펄에서 들려오는 시끄러운 남자애들 소리.
시목을 제외한 현재 이곳의 사람들 모두 지워지더니 대학생2, 3이 나타난다.

S#6. 동 - 밤(시목의 상상. 약 한두 시간 전)

모래펄의 짙은 안개를 가르고 와!! 소리치며 이쪽으로 내달려오는 대학생2, 3, 거침없다.
출입통제선 따위에 멈출 필요도 없이 가볍게 스틱 뽑아 던지며 달려온다.
술에 취해 뛰는 건지 흔들리는 건지 모르게 바다로 내달리는 대학생들,
그중 대학생2, 순간 멈추고는 꼬인 말투로 '야야 잠깐.' 한다.
신발 벗는 동작은 흐물흐물해도 폰까지 잊지 않고 빼놓고,
대학생3은 그 옆에 폰을 던지더니 대학생2를 들쳐 멜 기세로 바다로 신나서 밀고 간다.
이를 지켜보는 이, 모래펄에 우뚝 선 현재의 시목이다.
그의 뒤 해안로에서 빛이 들어온다.

현재의 시목, 해안로로 고개 돌리면 해안로에 나타난 시목의 차. (S#2의 상황)
운전석에 보이는 과거의 시목, 바다 쪽을 살피더니 차 멈추는 게 보인다.
모래펄 너머 바다에는 서로 던지고 빠뜨리고 난리가 난 대학생들.
'야 미친! 야 하지 마! 열나 차가워!' 소리.
그러나 과거의 시목에겐 이들이 보이지도 들리지도 않는다. 차 안에서 전화 받는 모습.
대학생들과 과거의 시목 사이, 그 중간에 자욱한 안개가 양측을 갈라놓고 있다.
이 중간 지점에 현재의 시목이 섰다. 다시 바다를 보면,
어느새 저 멀리까지 흘러간 대학생2가 첨벙대고 있다. 물에 빠졌다.
혼자 물에서 나오려던 대학생3이 그제야 장난이 아니란 걸 알고 달려가는데,
들쑥날쑥하던 대학생2, 어느 순간 밑으로 쑥 잡아당겨진 듯 사라진다.
친구가 사라진 물구멍으로 뛰어드는 대학생3.
그사이, 과거 시목의 차가 무심히 떠나고 있다.
이제 바다는 완전히 조용해졌다.
현재의 시목, 가물가물 멀어지는 차 불빛을 바라본다.

S#7. 동 - 밤(현재)

구급차 문 닫힌다. 사이렌 없이 가고 대학생1은 경찰1이 데려가 경찰차에 태운다.
지켜보던 주민들, '시상에 스무 살짜리가 죽으면 어째, 만날 공부만 허다 인자부턴데.'
'꼭 술을 먹고 바다를 들어가요 그렇게들, 아이고 저 부몬 어떡해.' 하며 혀를 찬다.
(S#5 처음에 구경꾼들 속에 섞여 있던 관광객 남녀는 없다)
시목, 탄식소리에 구경꾼들 잠깐 보는데 전화 진동 울린다. 누군지 보지도 않고 받으면,

이계장F (쏟아지는) 검사님 대체 어디세요? 오셨단 게 언젠데,
지금 청장님이 누구 땜에 송별회 하는데, 어차피 갈 사람이라고 인제
막나가기로 했냐고 화 엄청 나셨어요, 이 많은 사람 기다리게 한다고..

전화를 귀에 댄 채, 아무 말 없는 시목에게서 멀어지는 화면.
전화 속 목소리도 멀어지듯 작아지고.

이제 사람들이 흩어지기 시작한 해변. 멀어지는 구급차.
여전한 안개와 바다.

S#8. 여진의 집/다세대 2층 난간 가 - 밤

옹기종기 붙은 지붕 너머 한강이 보일락 말락 하는 2층 옥상.
방범창을 해놓은 유리창 안에선 방 안의 불빛이 퍼져 나온다.

S#9. 동/침대방 - 밤

여전한 만화책과 피규어들. 다만 이전 집에서 빈 벽마다 붙여놨던 그림들은 사라졌다.
여진, 침대와 혼연일체 되어 핸드폰 삼매경이다.
뉴스 채널 틀어놓은 TV는 혼자 돌아가는 거나 마찬가지.
폰 화면 C.U. 인스타그램 계정에 올라온 마블 페스티벌 현장이다.

여진 이야, 얘는 이걸 보러 일본을 또 간 거야? 완전 지 집 안방이네..

여진, 같이 묶어서 업로드 한 사진을 밀어서 보면 피규어 사진 나온다.
그러자 책장 쪽으로 폰을 번쩍 드는 여진, 여기 책장에도 같은 캐릭터의 피규어가 있다.
다만 나란히 비교하니 여진 것은 플라스틱 인형 수준, 사진은 진짜 영화 속 코스튬 같다.
흥! 하는 여진, 폰 내리고 피규어 사진 올린 계정의 첫 페이지로 가면,
대부분이 피규어와 마블 관련 사진이지만 제일 첫 사진은 남녀 커플 사진이다.
여진, 두 번째의 마블 사진 누르려다 바로 옆 사진을 건드리자 남녀 커플 셀카가 뜬다.
(여자와 남자, S#5의 해안로 현장에 모여 있던 구경꾼 중 관광객 차림의 남녀 커플이다)

여진 아 손가락이 살쪘나 자꾸 딴 걸. (도로 나가려다 어? 다시 사진 보는)

화면 C.U. 사진 밑에 해시태그 - 〈#통영바다#온통안개#눈에뵈는거없음〉
사진 보면 안개가 자욱해 분위기는 좋지만 해시태그가 없으면 바다인지도 모르겠다.

다만 커플 발밑이 모래 같기는 하다.

여진　통영이면..

같이 묶어서 업로드 한 나머지 두 장의 사진을 넘겨봐도 안개 천지다.
가볍게 보고 첫 페이지로 온 여진, 원래 보려던 두 번째 마블 사진을 눌러서 보고 바로 다시 첫 페이지로 오는데 방금 본 커플 사진이 없어졌다.

여진　어? 어디 갔어? (새로고침 눌러봐도 삭제됐다)
뉴스앵커E　경찰청의 한 고위간부가
여진　(경찰청 소리 나오자 TV로 고개 돌리는)
뉴스앵커E　검찰의 인지사건 수사에 개입한 정황이 드러나 검찰에서 곧 소환조사에 착수할 것으로 알려졌습니다. 김호근 기자의 보도입니다.
여진　(폰 던지며 상반신 세운다) 뭐야 또..

TV - 〈대검과 경찰청 건물이 나란히 배치된 그래픽 화면〉
자막 - 〈검찰, 수사 내용 발설한 경찰간부 소환 예정〉

기자E　경찰청의 한 고위간부가 검찰의 인지사건 수사 정보를 외부에 유출한 정황이 드러났습니다. 2018년 6월 경찰청 고위간부 김모씨에게 고등학교 후배 박모씨가 접근해옵니다.

화면, 김모씨 박모씨라고 쓴 검은색 그림 프로필에 서로 오가는 화살표 등으로 바뀐다.

기자E　당시 검찰의 수사 대상이던 박모씨는 경찰 간부인 선배 김모씨에게 자신의 구속 여부를 물어왔고 이에 김모씨가 아직 진행 중이던 사건의 내용을 알려줬다는 것이 검찰의 주장입니다. 이에 검찰은..
여진　(미간에 주름 서는) 누구지..

S#10. 서대문 길 - 아침

8차선 도로를 꽉 메운 차량들과 많은 출근 인파.
또 하루가 시작된 도시의 아침이다. 도로를 메운 차량 행렬 중에 여진의 차도 있다.

라디오앵커E 어젯밤 음주 검문 도주자 신원이 서울 고검의 현직 부장검사로 밝혀지면서 검찰의 도덕적 해이가 또다시 도마에 올랐습니다. 대검 감찰본부는

S#11. 동/여진의 차 안 - 아침

여진 빨리 가라, 빨리 가라. (앞차 꼬리 바짝 물고 가지만 서대문에서 서울역 방향의 신호등이 빨간불로 바뀌는) 에이!.. (코앞에 경찰청 건물 보는)

라디오앵커E 이에 대해 경찰 조사 결과가 나오는 대로 해당 부장검사에 대한 징계를 검토하겠다는 입장입니다. 어젯밤 경남 통영에선 안개로 인해 해안 출입이 전면 통제된 가운데 여행객 2명이 음주 후 바다에 들어갔다 익사하는 사고가 발생했습니다.

여진 (라디오 힐끗 보게 되는)

라디오앵커E 사망자 모두 올해 대학에 들어간 신입생으로, 이들은 만취 상태에서 출입통제선을 끊고 들어갔다 변을 당한 것으로 추정됩니다.

여진 (쯧쯧 하면서도 신호 바뀌기만 기다리는데)

라디오앵커E 반면 관리공단 측이 해안 출입통제선을 잘못 설치해서 일어난 인재라는 지적도 나오고 있습니다.

여진 (응? 귀 기울이는데 신호 바뀐다. 1, 2미터도 안 가 핸들 꺾는다)

라디오앵커E 사고지역은 2년 전에도 부실 설치로 인해 통제선이 유실된 적 있는..

S#12. 경찰청/외경 - 아침

의경 경례 받으며 경찰청 정문으로 들어가는 여진의 차.
높은 건물 꼭대기까지 카메라 쭉 올라가면, 건물 맨 위에 대한민국 경찰 휘장과

경찰청 로고가 커다랗게 내려다보고 있다.

S#13. 동/복도 - 아침

뭔가 생각하는 여진, 핸드폰 꺼내 확인하며 오가는 직원들과 스쳐간다. 갸웃..

S#14. 동/수사혁신단 - 아침

'수사구조혁신단' 마크가 붙어 있는 파티션.
일반적인 사무실 분위기 한구석엔 커다란 유리창으로 분리된 단장실이 있다.
주임들과 가벼운 인사 정도 하며 오는 여진, 유리창 너머 단장실 확인하는데,

주임1 단장님 정보국으로 출근이요. 보고할 거 있음 정보국으로 오라셨어요.
여진 아 넵. (두툼한 외투 의자에 걸치며 데스크탑 켠다)

**Flashcut.1〉 - 어젯밤 인스타에서 본 안개 배경 사진1. 제일 처음에 본 사진이다.
여자와 남자, 붉은색으로 출입금지 경고가 써진 비닐판을 장난스레 가리키고 있다.
안개 때문에 사진이 선명하진 않다.**

자리 앉는 동시에 인스타그램 접속하는 여진.

**Flashcut.2〉 - 사진1과 함께 묶어 올린 사진2.
배경이나 구도는 비슷하고 발밑은 여전히 모래사장이지만 끈도 비닐판도 없는데,
끈이 달린 스틱이 뒤쪽 모래펄에 널브러져 있다, 확대해야 보일 정도. 선명하지 않다.
다음 사진3 보면, 이번엔 인물 중심이 아니라 배경도 좀 많이 나왔는데 노끈도 스틱도
완전히 안 보인다.**

**Flashcut.3〉 - 피규어 사진을 보고 나서 첫 페이지로 갔을 때 분명히 제일 앞에 있던
커플의 안개 사진.**

Flashcut.3의 화면, 현재의 데스크탑 화면으로 바뀐다.
똑같은 인스타 계정 첫 페이지인데 안개 사진만 없다.
책상을 가볍게 치는 여진의 손가락.. 그러다 포털에 '통영 익사사고' 입력한다.

S#15. 통영지청/지청장실 앞 - 낮

지청장실 팻말 붙은 문을 아주 조금만 열고 그 틈에 귀를 바짝 댄 이계장.
안에서 들리는 신경질적인 목소리.

지청장E **야 니가 안 오면 너 송별회 해주겠다고 모인 사람들은 뭐가 되냐? 암만 사고가 났기로 거길 왜 쫓아가? 니가 죽은 애 아버지야?**

이계장 (아이고오.. 문 닫는다. 발소리 죽여 자리 뜬다)

지청장 **(열린 문틈으로 들릴 때보다 작아진) 얼마나 동료들을 무시했으면 본인 송별회를 엎어!**

S#16. 동/시목의 검사실 - 낮

산더미 서류가 쌓인 검사실. 실무관이 시목의 개인물품을 골라 상자에 넣는다.
(전에 여진이 그려준 그림이나 특임팀 사진은 보이지 않는다)

이계장 (들어온다)

실무관 어때요? 많이 깨지고 계세요?

이계장 말해 뭐 해요?

실무관 참 일관성 있으시네, 우리 검사님, 가는 날까지.

문 열린다. 시목 들어온다. 실무관과 이계장, 아무 일 없었단 듯 밝게 인사.
둘은 그래도 살짝 눈치 보지만 지청장에게 깨지고 온 시목 표정, 별다를 것 없다.

실무관 (정리한 상자 닫으며) 검사님 이따 이거 꼭 가져가세요, 검사님 거예요.

시목 고맙습니다. (자리 앉는데 폰 진동 울린다. 발신자 - 〈한여진 경감님〉) 예.

여진F 안녕하세요?

시목 예.

S#17. 경찰청/수사혁신단 - 낮

여진 나도 안녕합니다.

시목F 예.

여진 (참, 웃지만 목소리가 너무 파티션을 넘어가지 않게 톤 조절한다)
어제 해안선이요, 거기 관리공단 들어가니까 전체 통제라고 나오던데,

S#18. 통영지청/시목의 검사실 - 낮

여진F 혹시 부분 개방된 데 있었어요? 주변 섬 중에서라도?

시목 왜요? (뭐라 메모하는)

여진F 어제 익사사고, 발생시각이 언제예요? 뉴스는 너무 간단하게만 나와서.

시목 (일어나 계장에게 메모 주는) 길게 보도 안 될 겁니다. 그냥 사고라서.
사망 추정시각은 저녁 7시에서 8시 반 사이.

이계장 (메모에 뭐라 써서 다시 준다)

시목 (메모 보고) 해안선은 한산도까지 전부 통제였네요. 오후 5시 40분부터.

여진F 음..

시목 (자리 앉는) 서울에서 같이 놀러 온 동창 셋입니다. 중학교 때부터 친구.
부모가 대학 입학 기념으로 차를 사줬대요.

S#19. 도로/대학생1의 차 안 - 낮(어제)

도로를 달리는 대학생1의 차. 대학생1이 운전하고 대학생2, 3은 앞뒤로 앉았다.

시목E **그걸 몰고 좀 즉석에서 오게 된 여행이었답니다.**

여진E **용감하네, 1학년이면 아직 초보일 텐데 그 먼 데를,**
되게 어디 가고 싶었나 보다..

시목E **초보라서 살았어요.**

여진E **에?**

옆 차선으로 가야 하는데 못 가고 있는 대학생1, '어떡해! 못 끼어들겠어!' 안절부절이고,
뒷좌석 대학생3은 창밖으로 팔 뻗어 끼어들게 해달라는 수신호 하느라 바쁘다.
마침내 옆 차선 끼어들기에 성공하자 큰일이나 한 것처럼 환호하는 세 사람,
동시에 뒤차에 대고 '감사합니다!' 인사도 하고. 스무 살들답게 신났다.

시목E **살아남은 학생이 운전잡니다. 오는 내내 너무 긴장을 해서인지**
겨우 한두 잔 마셨는데 그대로 뻗었대요. 완전히 곯아떨어져서
친구들이 숙소에서 나가는 것도 몰랐다고.

여진E **그랬다가 혼자 잠에서 깼겠네요?**

S#20. 통영/용남해안 - 밤(어제)

갓 잠에서 깬 부스스한 얼굴로 해변을 서성이는 대학생1. (1회 S#5와 같은 후드티 차림)

시목E **전화를 해도 친구들이 안 받고 한참을 기다려도 안 오고,**
그래서 그 학생도 나가봤다가, 발견한 거죠.

여진F **뭘?**

아직은 심각하지 않게 이것들 어디 갔어, 정도 중얼대던 대학생1, 표정 변한다.
그의 시선이 닿은 모래펄에 운동화, 핸드폰이 덩그마니 놓였다.
설마 하면서도 사태 파악되는 대학생1, 친구들 이름 부르며 바다로 달려간다.
하지만 시커먼 밤바다로 더는 들어가진 못하고 친구들 이름만 목이 터져라 부른다.

S#21. 통영지청/시목의 검사실 - 낮(현재)

여진F　에궁..

시목　...

여진F　왜 안 물어요? 왜 이거저거 묻는지.

시목　왜 이거저거 물으세요?

여진F　(풋!) 어제 통제선이 부실설치도 아니고 죽은 애들이 뽑은 것도 아닐 가능성은?

시목　...

여진F　그 시각에 해변에서 찍힌 사진이 있어요.

S#22. 통영/용남해안 - 밤(어젯밤. 시목의 회상)

관리공단 점퍼 입은 인부들, 새로 가져온 해안통제선을 급히 설치한다.
어느 정도 정리된 현장. 이젠 시목을 비롯해 경찰 몇 정도만 남았다.
인부, 공단 노끈 달린 형광 스틱을 모래펄에 꽂고 다음에 꽂을 스틱들을 끼고 쭉 간다.

경찰3　소 잃고 외양간 고치느라 고생이네, 저런 저 약해빠진 걸로 하니까 날아가지.

여진E　**내가 원래 팔로우 하는 덴데 사진 올린 시간이.. 8시 쯤 지나서 같아요. 실제로 찍은 시간이야 알 수 없지만.**

경찰2　1년에 한 번 쓸까 말까 하는 건데 돈이 있어야 좋은 걸로 하죠.

여진E　**거기 통제선 혹시 무슨 주황색 끈에 빨간 글씨 같은 거 달렸어요?**

스틱 끌어안은 관리공단 사람이 시목 앞을 지날 때 노끈에 달린 붉은색 경고문이 혓바닥처럼 나와 있다.

여진E　**전체 출입금지였는데 어디서 통제선 없는 해변을 발견했을까요, 사진 속 커플은?**

S#23. 통영지청/시목의 검사실 - 낮(현재)

여진F　왜 삭제했을까요? 올리고 지우고는 자기 마음이지만 사진 올린 지 한 시간이나 지나서 것도 세 개를 한꺼번에.

시목　경찰 발표대로 익사한 학생들이 통제선을 자기 손으로 끊고 들어간 걸 수 있습니다. 펜션에서 술 마실 때부터 죽은 두 애는 여기까지 왔는데 바다는 꼭 봐야겠다고 계속 그랬대요.

여진F　그럴 수도 있죠. 그 젊은 피에 이런 통제선 따위, 그랬을 수도 있죠. 그 경우라면 통제선을 훌쩍 뛰어넘었을까요? 아니면 꼭 끊어냈을까요?

시목　.. 사진 속 커플이 어떤 이유로 일부러 선을 잘랐다 해도 학생들이 물에 들어간 게 먼전지 커플이 자른 게 먼전지 하는 문제가 남네요.

여진F　알아볼게요, 알겠습니다!

시목　(전화 내리는데)

여진F　(끊으려다 급히 부르는 느낌) 검사님!

시목　네?

여진F　담당이세요? 이거 검사님이 하실 거예요?

시목　아뇨, 전 곧 이동이라 배당이 끝났습니다. 그리고 음주로 인한 익사는 여기선 매년 있어서 조서가 넘어와도 금방 처분될 걸로 보이는데요.

여진F　근데 자세히 아시네? 동네가 좁아 그런가?

시목　.. 그런가 봅니다.

여진F　알았어요, 강원도 잘 가시고요!

시목　예. (끊는) ... .. (돌연 일어난다. 재킷 집으며) 저

실무관　(모니터 보면서) 검사님, 어제 송별회 못 한 대신으로 오늘 점심을 전체 다 같이 하시자는데요, 청장님이?

시목　...

실무관　(시목 기색 보더니) 청장님이 검사님 보내기 진짜 아쉬우신가 보다.

이계장　(잉?)

시목　해안 출입금지, 언제 해제죠?

이계장　12시를 기해서 한다 했으니까 곧 해제되겠네요.

시목 (나간다) 점심 전에 옵니다.

실무관 검사님!

이미 나간 시목. 이젠 만성이 된 표정의 이계장, 어쩌지? 싶은 실무관.

S#24. 경찰청/수사혁신단 - 낮

〈데스크탑 모니터〉 - 안개 사진 없어진 인스타 계정에 메시지 아이콘이 눌러진다.
그러자 TV 화면에 여진 머리 위로도 커다란 다이렉트 메시지 창이 크게 뜬다.
여진이 컴퓨터에 입력하는 내용이 TV 화면에도 그대로 커다랗게 뜨는데,
입력되는 내용 - 〈어젯밤 혹시 통영에서〉
그러다 내용 빠르게 지워진다. 새로 입력되는 내용은,
〈레트로 피규어 판매합니다. 관심 있으면 답장 주세요〉
가볍게 손 튕기며 기다리는 여진.
5~6초나 지났을까? 상대방 메시지가 도착한다. 역시 화면에 커다랗게 뜬다.
내용 - 〈모델명하고 사진이요〉
이어 빠르게 입력되는 여진의 답변 - 〈회사라, 집에 가서 사진 찍어 보내드릴게요〉
모니터 밖의 여진, 기다리는데 메시지 아래 '읽음'이라는 내용만 뜰 뿐, 답이 없다.

여진 아이... (폰 잡더니 전화) .. 장형사님!

S#25. 용산경찰서/강력3팀 - 낮

장형사 (전화) 왜왜 또 반가운 척을 해요? 높은 데 가셨음 높은 일이나 하시지.
(듣다가) 그거 시간 되게 잡아먹던데?

S#26. 경찰청/수사혁신단 - 낮

인스타그램 법적 공조 요청 페이지를 대하고 있는 여진,
어깨에 폰 끼고 'Request for a Cooperative Investigation'을 입력 중이었는데,

장형사F 공조 요청을 해도 계정 주인은 하안참 있다 알려주더라고요, 그때도.
여진 (입력하던 손 멈춘다) 인스타 본사에 직접 요청해도요?
장형사F 링크가 뭔데요?

S#27. 용산경찰서/강력3팀 - 낮

장형사, 에 에 하며 여진이 불러주는 계정 입력. 엔터 치면,
장형사 모니터에도 여진과 같은 안개 사진 인스타 계정 뜬다.
모니터에 주르륵 뜨는 첫 줄에 피규어니 마블 사진들.

장형사 에헤, 이 양반 아직도 이런 거 보시네!
여진F 슷!

사진 위를 미끄러지는 손 모양 커서가 피규어 사진 같은 건 쭉쭉 지나치고,
사이사이 이따금 보이는 일상 사진들에서 멈춘다.
커플 사진 외에도 남자가 피트니스 클럽에서 운동하며 찍은 셀카가 종종 있다.
장형사가 운동 사진 클릭하면 책상에 앉은 장형사 위로 같은 사진이 뜨는데,
(이후 장형사가 데스크탑으로 보는 모든 사진이 TV 화면에도 커다랗게 똑같이 뜬다)
배경으로 보이는 장소가 상당히 고급 피트니스 클럽이다.
장형사, 같이 묶어서 올린 다음 사진도 밀어서 보면,
쫙 붙는 운동복 차림 남자가 피트니스 클럽 출입문 앞에서 찍은 건데 문이 웅장하다.

장형사 이 헬스장 되게 비싼 데 같은데요? 세 번째 줄에 있는 거.
여진F 그러네요.
최팀장 (모니터에 집중한 장형사 뒤로 들어오는 게 어렴풋 보이는)

S#28. 경찰청/수사혁신단 - 낮

여진, 이미 실행시킨 그림판에 붙여넣기 클릭하면,
클럽 출입문 사진이 크게 뜬 인스타 스크린 전체가 Prt Sc된 화면이 뜬다.

여진 어디 호텔에 있는 피트니스 같죠? (출입문 부분만 잘라내기 하는데)

장형사F 깜짝이야!

여진 (같이 깜짝) 왜요?!

S#29. 용산경찰서/강력3팀 - 낮

장형사가 폰을 댄 귀 옆으로 얼굴을 잔뜩 들이민 최팀장, 뭐 하나? 모니터 들여다본다.

장형사 아 뭔가 했네, 보통 얼굴도 아니고..

최팀장 (취급도 안 하는) 뭐 하냐?

여진F (전화 너머 소리 들리는) 팀장님~~!

최팀장 (장형사 전화 바로 옆에 있어 소리 들은) 한여진이? 뭐 하는 건데?

장형사 아참, (전화에 대고) 무슨 일이에요? 우리 뭐 찾는 거예요 지금? (듣는)

최팀장 으이고, (그냥 제 자리로 가는데)

장형사 (팀장에게) 통영에 애들 죽은 거, 사고가 아니라 사건일 수 있다는데요.

최팀장 (도로 온다. 의자 끌어다 장형사 옆에 앉는다. 같이 모니터 본다)

S#30. 경찰청/수사혁신단 - 낮

모니터에 구글 이미지 검색 결과가 떴다.
맨 위에는 인스타에서 가져온 피트니스 클럽 출입문만 그림판에서 잘라낸 사진이 있고,
그 밑엔 유사한 이미지로 검색된 결과가 잔뜩 떠 있다.

여진 (비슷한 이미지 클릭해 보는. 혼잣말처럼) 이 사람이 여자친구도 있는데,

(뒤에 띄워놨던 안개 사진 인스타 계정으로 다시 간다)

장형사F 완전 스토커 아냐? 여자친구도 알아요?

여진 팔로우 오래 하면 다 그렇지!
(쭉 달린 댓글을 커서로 따라 내려오면 하트 남발한 myk857 보인다)
거기 댓글에서 myk857이 여친이에요. (아이디 클릭하면)

여자친구 인스타가 뜬다. 여진, 그중 첫 번째 사진 클릭한다.
장형사가 클릭한 사진처럼 여진이 보는 사진도 해시태그와 함께 화면에 크게 뜬다.
안개 사진과 동일한 여성의 사진인데, 휴게소 야외 테이블에서 뭔가 먹는 사진이다.
풀 메이크업에 뺨은 부풀리고 입은 오므려 찍은 사진 밑에 써진 내용은,
〈밤새 달려와서 부은 내 쌩얼. 내 눈썹 어딨니〉
해시태그는 〈#휴게소먹방 #먹스타그램〉이다.

여진 그새 왔네?.. 밤새 달려서...

S#31. 용산경찰서/강력3팀 - 낮

장형사, 그동안 사진을 얼마나 클릭했는지 TV 화면에 사진이 가득 찼다.
가까이 앉은 최팀장과 장형사만 빼놓고 화면이 온통 사진이라 강력팀이 안 보일 정도.
이젠 운동 사진은 없고 폼 잡고 흡연하는 남자 뒤에 자동차가 얼핏 나온 사진이 많다.

장형사 계속 나오는 거 보니까 이게 자기 차 같은데...

장형사가 모니터에서 클릭하는 사진에 따라 화면에 뜬 사진도 커졌다 작아졌다 한다.

최팀장 (본인 폰 들여다보다가 장형사 모니터 보는) 외제차 같은데?.. 테슬론?

장형사가 클릭한 사진이 커진다. 차 번호판 뒷부분이 끄트머리만 조금 걸쳐 나와서
마지막 숫자 7은 잘 보이는데 그 앞 숫자는 3인지, 8이 반만 잘린 건지 확실치 않다.

장형사 (수첩에 적는) 7. (7 앞에 잘린 숫자 가리키며) 이거 3일까요, 8일까요?

최팀장 (같이 보다) 3. (하더니 자기 폰 보여주는) 이 여자 청담동 사나 본데?

장형사 (수첩에 37을 적고 최팀장 폰 보면, 까페에서 포즈 취한 여자 사진이다)

최팀장 유리창에 네온사인이 비쳤는데 까페 이름 같아.
집 근처 까페라고 해서 찾아보니까 청담동에 있는 거야.

장형사 (다른 차 사진 연이어 클릭하며) 그럼 거기 사는 거 아닐 수도 있어요.

최팀장 여 봐. 여기 집 앞에서, 이렇게 써놨잖아,
뭐야 이게, 시그니처수플레케익? 뭐야? 아무튼 청담동이래.

장형사 딴 데 사는 애들이 괜히 강남 가서 지 집인 척해요.
이런 건 있어 보이기만 하면 되니까.

여진F 여기 윈터스호텔 피트니스네.

장형사 윈터스요? 회원권이 1억 넘는다는 그 (하다) 여 있다!

여진F 뭐요?

최팀장 (동시에) 뭐?

장형사, 수첩에 0, 4를 더 적는다. 먼저 찾은 3, 7과 함께 0437, 자동차 번호가 완성됐다.
화면에는 방금 전 장형사가 클릭한, 자동차가 걸쳐진 사진이 크게 떴는데,
선글라스 끼고 똥폼 잡고 막 담배에 불붙이는 남자 뒤로 번호판 앞자리가 조금 보인다.

장형사 윈터스호텔 피트니스 회원, 차 번호 뒷자리 0437.

서로 보는 장형사와 최팀장.

S#32. 경찰청/수사혁신단 - 낮

여자의 휴게소 사진이 뜬 모니터. 거기 비쳐진 여진의 모습, 모니터 뚫어지게 보는.
마우스로 뻗는 여진 손이 모니터에 반사된다. 떠 있는 인터넷 창 모두 빠르게 꺼진다.
이젠 배경화면만 남은 모니터에 경찰수첩 챙겨 일어나는 여진 비친다. 곧 사라진다.

S#33. 호텔 로비 일각 + 피트니스 클럽 입구 - 낮

화려한 호텔 로비. 카메라, 로비에서 코너 돌면 클럽으로 이어진 통로가 나오는데. 카펫 깔린 긴 통로를 거침없이 가는 발, 여진이다. 다시 한 번 코너를 돌면, 사진에서 봤던 화려한 출입문이 시야에 들어온다. 그 앞에 장형사가 섰다. 양복 빼입은 피트니스 매니저, 입구를 막아선 형태로 장형사를 대한다.

장형사 여기 회원 차량 등록돼 있잖아요?

매니저 죄송합니다.

장형사 협조 좀 해줍시다, 서로서로 이렇게 부드럽게 가면 얼마나 좋아요?

매니저 회원정보는 알려드릴 수 없습니다. 실례합니다. (장형사 제치고) 저희 클럽 오셨나요?

장형사 (돌아보는데)

여진 (장형사에겐 눈길도 주지 않는. 매니저에게 신분증 보이며)
본청 특수수사국에서 나왔습니다.
(곧장 신분증 넣는. 앞으로 나설 때 장형사에게는 짧게만 시선 주는)
협조가 안 되는 모양인데, (매니저 코앞에 딱 선다. 비슷한 눈높이)
전면수색이 나으시겠습니까? 회원 전체 명단, 수색영장 필요하시죠?

매니저 아니,

장형사 본청에서도 이 사건을 주목하고 있습니까?!
특수수사국이면 전 빠지겠습니다. (물러나는 척) 골치 아플 뻔했네.

매니저 (좀 당황한. 두 사람 살피며 입 모양으로만) 특수수사국..

여진 (책망하는 눈길을 잠깐 장형사에게 보내지만)
호텔 측 입장이 있으니 저희도 공식절차를 밟지요.

매니저 저기,

여진 회원분들껜 여기서 나간 개인정보는 이번 사건 한정으로만 쓰일 거라고 알리셔도 됩니다.

매니저 .. 잠깐만요. (전화 꺼내며 저쪽으로 가는) 잠시만요.

입 가리고 누군가와 통화하는 매니저.
매니저 안 보고 출입문 향해 똑바로 선 여진과 좀 뒤의 장형사, 서로 모르는 척.

S#34. 동/통로 - 낮

여진 (코너 돌아 빠르게 오는데)

장형사 (잠시 후 뒤에서 나타나 여진 따라잡는다. 옆에 와 혼잣말처럼)
본청빨 죽이네, 나도 거기나 갈걸.

여진 (뭔 소리야, 하듯 장형사 배 근처 정도를 툭 치며 서둘러 간다)

S#35. 통영/사고현장 바닷가 - 낮

안개 걷힌 해안은 어젯밤과는 다르다. 이제 보니 평화로운 작은 해변이다.
해양공단 작업복 입은 인부들이 이제는 해안 통제선을 걷고 있다.
인부, 일하던 허리 펴다가 뭐지? 하는 표정.
저 멀리에 시목이 보이는데,

cut to. 시목, 통제선이 묶인 스틱을 뽑아본다. 너무 쉽지도 어렵지도 않게 뽑힌다.
저 뒤에 인부가, '거 건들지 마세요!' 하는 소리 들린다.
시목, 인부 쪽에 대고 간단히 고갯짓. 스틱 놓고 여기저기 살피고 보며 걷는.
해변 거의 끝까지 온 시목, 발아래 널브러진 스틱이 보인다.
보면, 스틱에 연결된 통제선이 바다 쪽으로 쭉 늘어져 있다.
시목, 선을 잡아당기면 바다에서 올라오는 통제선, 축 처진 경고문에서 떨어지는 모래.
계속 당기다 보니 바다에 빠졌던 통제선이 다 올라오는데, 끊어진 끝이 검게 그을렸다.

인부 저 뭐 허는 냥반이 아까참부터, 냅두라고요!

통제선 끝을 들여다보던 시목, 돌연 인부를 향해 일직선으로 간다.
그의 손에 꽉 들려진 것은 통제선이 모래펄을 뱀처럼 딸려간다.
인부 입장에서 보면, 표정도 없는 시목이 주먹을 꽉 쥐고 성큼성큼 오고 있다.
작은 체구에 나이도 많으신 인부는 시목이 가까이 올수록 어어, 하는데,

시목　　불 좀 빌릴 수 있을까요.
인부　　??

cut to. 젖지 않은 새 통제선을 양손에 쥐고 당긴 인부.
시목이 그 중간에 라이터를 갖다 대면 폴리 소재의 끈, 금세 타오른다.
인부가 불붙은 새 통제선을 모래펄에 내리면 끈은 끊어지고 불꽃은 금방 사그라진다.
시목, 바다에서 건져낸 통제선 끝과 지금 태운 걸 비교하면 그을린 흔적, 흡사하다.
같이 보던 인부 표정, 우라질.. 변한다.

시목　　(전화) 계장님 어제 익사사건, 어느 방으로 갔는지 확인해주세요.

시목 앞에 펼쳐진, 사람을 둘이나 삼킨 바다에는 빛이 반사된 물비늘이 반짝인다.

S#36. 주택가/대문 앞 골목 - 낮

잘 닦인 길을 끼고 커다란 독채 주택들이 이어져 있다.
그중 한 집 앞에 장형사와 여진의 차가 연이어 서 있다.
장형사는 대문 벨을 누르지만 반응 없고, 여진은 아무도 없어 뵈는 집을 좀 올려다본다.

장형사　　(문자 온다. 확인하며 여진 쪽으로 온다) 언제쯤 오려나..
여진　　그러게요.

어쩌지 싶은 두 사람, 그냥 가기도 그렇고.. 차에 나란히 기대어 잠시 말이 없다.

장형사　　(앞만 보다 불쑥) 어째 파견이 길어져요?
여진　　... 뭐 이러다 어느 날 갑자기 짐 싸서 니네 집 가, 할 수도 있죠.
어디까지나, 파견이니까.
장형사　　옛날 생각나네, 경감님이랑 이러고 있으니까.
여진　　(희미하게 웃는) 시간이 참..

장형사 (잠시 더 잠잠하다 또 불쑥) 그래서 그 짐은 언제 쌀 거 같은데요.

여진 (몸을 돌려 집 올려다본다. 사실 본인도 답답하다)
맨날 말은 8부 능선 넘었다지, 그러면서 질질 끈 게 2년째야.
우리야 순전히 수사권 조정 때문에 만들어진 팀인데 아니 밥값은
하게 해줘야 될 거 아네요, 공무원이 일하겠다는데?

장형사 밥값이야 하죠? 혁신단에서 개혁안을 몇 갤 내놨는데 그동안.

여진 그럼 뭐 하냐고요, 검찰하고 뭐 얘기가 돼야지, 걔들 들은 척도 안 해.

장형사 그냥 경찰이 수사권 다 갖는 걸로 해서 국회 넘겨요,
어차피 검찰하고 쥐뜯어가며 대가리 모아봤자 국회서 컷하면 끝인데.
(말하는 도중에 또 문자 온다)

여진 팀장님? 찾아요?

장형사 뭐 언젠 안 찾아요? 근데 (턱짓으로 집 가리키는) 이게 입증이 될라나?
얘가 진짜 통제선을 없앴다 쳐도 사람 죽은 거랑은 상관없을지도
모르는데. 기껏해야 시설물 훼손이지.

여진 본인이 제일 잘 알겠죠. 기껏해야인지, 우릴 보면 올 게 왔구나 할지.

장형사 으음.. 계정에선 지웠어도 인스타에서 봤단 사진들이 폰엔 있을 텐데.
(문자가 연달아 울린다)

여진 바쁜데 나 때문에 (본인 전화 울린다) 어 잠깐만요.

장형사 (어서 받으라, 서로 사정 뻔하다)

여진 (받는) 네! .. 단장님이요? 예 갈게요. (끊는데)

장형사 (벌써 제 차로 가고 있다. 집 가리키며) 저녁엔 들어오겠죠.

여진 내가 할게요, 신경 쓰지 마요!

장형사 신경 다 쓰게 해놓고! (차에 타는)

각자 차에 올라 여진이 먼저, 그 뒤로 장형사 차가 화면 밖으로 빠져나간 잠시 후..
파란색 차 와서 서더니 안개 사진 계정 속 남자, 유유히 내려서 대문으로 가는데,
화면 밖에서 들리는 끼이익! 급브레이크 소리.

남자 (소리에 보는. 중얼) 운전을 개가 하나. (대문으로 가는데)

화면 밖에서 달려 들어온 차에서 내리는 장형사, 뛰어내리는 기세로 남자에게 온다,

남자　(급 경계하는)
장형사　수고하십니다! 이용호씨.
남자　누구세요?
장형사　(신분증 꺼내지 않고) 용산서에서 나왔습니다.
남자　에?! (시선이 문득 장형사 뒤로 옮겨진다)

좀 떨어진 곳에 선 차에서 여진이 내린다.
여진, 폰 열어서 보면 저장해둔 인스타 사진 남자와 지금 남자, 동일인물이다.
바지 주머니에 폰 넣을 때 일부러 재킷을 크게 제쳐 경찰 배지가 보이게 하는 여진.
천천히 남자 쪽으로 오는데 남자 눈길이 배지에 쏠리는 게 느껴진다.

장형사　어젯밤에,
남자　(장형사로 돌려지는 시선)
여진　(장형사 옆에 와 선다. 가만 쳐다보기만)
장형사　통영 계셨죠.
남자　(일순 목젖이 꿈틀한다. 그러나 태연히) 왜 그러세요?
여진　(목젖의 움직임, 눈동자 같은 찰나의 반응 놓치지 않는 눈길)
남자　뭐 잘못됐습니까?
장형사　왜 잘못됐냐고 묻는데요?
남자　.. (도전적으로 고개 쳐들지만)

Insert cut.1〉 - 밤. 화면 가득 확 켜지는 듀퐁 라이터.

장형사　통영엔 왜 가셨어요?
남자　놀러요.
장형사　왜 통영까지 놀러 가서 하루 만에 올라왔어요? 것도 밤새서?
남자　뭐 하자는 거야 이거? 왜 남에 뒷조사를 해요?
장형사　(비웃듯, 내뱉듯) 뒷조산 무슨.

Insert cut.2〉 - 통영/용남해안 - 밤. 구경꾼 머리통 하나가 화면 한쪽에 가득하다.

그 너머로 보이는 장면은, 물에서 막 꺼낸 사체가 해변에 내려지는 순간.
구경꾼들 사이에 반쯤 몸을 가리고 선 남자의 눈에 비춰진 시체 인양의 현장이다.
화면, 흔들리며 옆으로 돌려지면 바로 옆에 있는 여자친구 시선도 이쪽을 보고 있다.
그녀도 시선의 주인공인 남자를 보고 있는 것이다. 불안한 눈빛.

장형사 사진 잘 나왔데요? 특히 난 그게 좋던데. .. 안개 사진.

Insert cut.3〉 - 통제선 달린 스틱이 마치 높이던지기 놀이처럼 밤하늘에 휘 던져진다.
천진한 남녀의 웃음소리가 먼 배경처럼 아스라이 들린다.

남자 뭐야 씨. (대문으로 발길 돌린다. 형사들 등지는 순간 찡그리는 표정)

그 뒤로 꽂히는 갑작스런 질문.

여진 왜 뽑았어요!
남자 안 뽑았어요! (그러나 곧 본인이 저지른 실수 깨달았다) !..
장형사 (이제 신분증 제시한다) 용산경찰서 강력팀입니다.
통영 용남해안로 익사사고에 대해 여쭐 것이 있으니 서로 가주시죠.
남자 내가 왜 가!
장형사 임의동행 거부하시죠? 그럼 벌써 증거 삭제를 시도한 전력도 있고 하니
뭐, 이 자리에서 현행체포 후 영장 청구하겠습니다.
여진 임의동행 시는 수사관서에서 6시간을 초과해 머무를 수 없으며
원하실 땐 언제든 귀가 가능합니다. 현행체포 후 영장 청구, 임의동행,
둘 중에 어느 걸로 하시겠습니까?
남자 (입 모양, 이런 씨!..)

S#37. 통영지청/시목의 검사실 - 낮

여진F (전화) 장형사가 데려갔으니까 걸루 하세요! 나는 지금 (하다) 이따요!

뚝 끊기는 전화. 전화 쳐다보는 시목.

S#38. 용산경찰서/강력팀 - 낮

남자 (다리 벌리고 앉아 고집스레 다른 데 본다)
장형사 통제 중인 바다에 들어가셨죠,
남자 아뇨.

최팀장, 서형사와 함께 들어오는데 장형사와 남자 대화 들린다.

장형사 사진 찍었잖아요.
남자 바다에 들어가지 말랬지 모래도 밟지 말랬어요?
장형사 사람 빠져 죽은 거 알았죠, 둘이나.
남자 아뇨.
장형사 (슬슬 짜증나는데)
최팀장 (자리로 가며 툭 던지는) 0437 차 주인 맞아?
뽀샵을 얼마나 했길래 사진하고 상판이 완전 딴판이야?
서형사 요즘은 뽀샵 안 해요, 어플로 찍지.
최팀장 어플 한 백 개 썼나 보다.
남자 (눈 희뜩이는데)
장형사 통제선 끊었죠. 다른 사람 다칠 수 있단 생각 안 들던가요?
남자 아닌데? 우리가 봤을 때도 벌써 끊어져 있었는데? 딴 놈이 그랬겠죠.
장형사 (부글부글하는데 문자 온다. 확인하더니) 너 라이터로 지졌구나?
남자 !... (여유로운 척 폰 꺼내더니 전화) ... 아빠 난데, 변호사 하나만.
장형사 (재수 없다)

S#39. 경찰청/수사혁신단 단장실 - 낮

서류나 수첩 들고 단장 책상 앞에 선 주임들 등판 보인다. 업무 보고 중.

그들이 둘러싼 책상 주인 얼굴은 아직 안 보이는데.

주임1　　(책상에 파일 놓으며) 오늘 새벽부터 현재까지 포털 메인에

노크소리. 최빛, 주임들 사이로 고개 살짝 기울여 문을 본다.

여진　　(허리를 아예 접고 들어오는) 죄송합니다. (주임들 끝에 은근슬쩍 서는)
최빛　　(쳐다보는...)
여진　　(다시 꾸벅하고 살짝 눈 들면)

서류가 많은 책상에는 '수사구조혁신단장 최빛' 명패가 놓였고,
창가 행어에는 태극무궁화장이 한 개 박힌 경무관 제복 상의가 옷걸이에 걸렸다.

최빛　　얼마나 중요하고 긴급한 일이었는지 들어봅시다, 한주임.
여진　　(머뭇하다가) 죄송합니다, 강력반 일이었습니다.
최빛　　.. 돌려보내줄까.
여진　　아닙니다.
최빛　　지난날이 그리운데?
여진　　아닙니다! 죄송합니다.
최빛　　(탓하는 눈길 거두고 주임1이 놓은 파일 들추면)
주임1　　오늘 새벽부터 현재까지 포털에 올라온 경찰 관련 기사만 3건인데요,
　　　　제일 먼저 뜬 기사 제목이 〈범인 신상공개 오락가락하는 경찰〉입니다.
최빛　　(파일 들추면 얼굴을 잔뜩 가린 범인 사진이 커다란 포털 기사인데)

Insert cut.1〉 - 골목길. 포승줄에 묶인 범인을 양쪽에서 붙잡은 경찰들.
목하 범인 데리고 현장검증 중인데 머리카락, 모자, 마스크로 얼굴 가린 범인.
울부짖는 유족과 분노한 시민들, 저런 놈 왜 가려주냐, 얼굴 공개하라고 소리 지른다.
유족 중 한 명이 돌연 범인에게 달려들자 경찰, 유족 밀치고 되레 범인을 감싼다.
이 장면이 스틸 컷이 되는 순간, 사진으로 바뀌면서 최빛이 보는 포털 기사로 변한다.

헤드라인 - 〈범인 신상공개 오락가락하는 경찰〉의 기사 읽던 최빛, 다음 장 넘기면,

이번엔 〈강남경찰서 유흥업소와의 유착으로 5년간 징계 11건〉의 기사다.

주임1 강남경찰서 유흥업소와의 유착으로 5년간 징계 11건, 이게 한 시간 후
에 뜬 기사입니다. 마지막으로 올라온 건 장기 행방불명 담당 경찰,
전문성도 행방불명. 이렇게 오전에만 전부 3건입니다.

Insert cut.2〉 - 한 장씩 팍팍 뜨는 그래픽 : 범행현장 사진, 장기미제사건 전담반 사진, 실종자 찾는 전단지 등인데, 사진마다 〈공소시효 만료!〉〈목격자까지 있었으나 실패!〉〈작은 단서도 찾지 못해〉 같은 자극적 문구가 빨간색으로 쾅쾅 찍힌다.

최빛E **한 해에 영구실종자만 만 명이 넘어..**

최빛 장기 행방불명 담당 경찰은 전문성도 행방불명인가..
기사 제목을 정말 이렇게 뽑았네?

주임1 네. 확실히 경검 간에 수사권 싸움이 시작된 다음부터 우리 경찰에
대한 부정적인 기사가 하루에도 몇 개씩 쏟아지고 있습니다.
검사들이 흘린 게 아니면 알기 힘든 디테일들이 기사마다 있고요.

최빛 장기 행방불명, 이건 아예 기획취재인데? 이것들이.. 그래서 개넨.

주임2 어제 고등검사 하나가 단란주점에서 만취해서 남에 방에 잘못 들어갔다
싸움 난 게 하나 있고요, 또 하난 2년 전 거긴 한데, 대구에서 토지개발
공사를 수사하던 수석검사가 친척 명의로 땅을 대거 사들였습니다.
나중에 그 땅은 토지공사에서 개발하면서 몇십 배로 뛰었고요.

최빛 주점에서 싸움 난 건 어느 정돈데?

주임2 잘못 들어간 방 사람들하고 시비가 붙었는데 내가 누군지 아냐,
맨날 하는 그 짓거리 하는 바람에 검사라는 게 알려졌습니다.

최빛 기사화 안 됐단 건 조용히 끝났단 얘긴가? 결과는?

주임2 주먹질이 오갔고 상대방들은 지구대까지 갔는데 검사는 풀려났습니다.

최빛 (생각..) 땅 투기한 대구 검사, 내용 보강해서 넘겨.
대구 지역신문에 먼저 실린 걸 메인 미디어에서 퍼온 거처럼 하고
기사 나오는 대로 추천수, 조회수 몰아서 메인에 뜨게 해.

주임2 예.

최빛 이 기획취재는 기자한테 직접 물어봐. 누가 어떤 떡밥을 던져줬길래

여태껏 잠자코 계시다가 이제 와서 기획으로 팔 생각을 하셨느냐,
기획 기삿거리가 필요하면 우리도 줄 게 많다, 검찰에 대한 것도
받아먹을래, 한쪽만 편식하다 급체할래, 대답 가져와.

주임1 네.

최빛 (주임1, 2에게) 성문일보에서 기획기사를 시리즈로 내놨어.
1차 기사는 내용만 보면 우리랑은 큰 상관 없어, 주식회사 한조 이연재
회장이 자기 남편 생전 행적을 몰랐을 리 없다, 남편 움직여서 아버지,
이복오빠 다 쳐내고 이연재가 회사를 먹었다. 이게 1차 기사야,
그런데 1차가 있으면 2차도 있겠지. (여진 보는) 뭐래니?

여진 당시에 황시목 주임검사가 TV 나와서 고 이창준 검사에 대해서 한 말은
제 식구 감싸기를 위한 연극에 불과했으며

S#40. 성문일보/편집실 - 낮

컴퓨터에 기사 헤드라인 편집 중인 기자.
뒤에서 부장이 들여다보며 좀 이렇게 써라, 큰 손짓으로 지시하고 있다.

여진E **이는 고인이 죽기 전 후배였던 황검사랑 뒷거래를 했기 때문이다,**
2차 기사는 이 내용이 될 것으로 보입니다.

원래 헤드라인 〈한 검사의 죽음 2년 뒤〉 문구가 부장 간섭에 지워지고,
〈후배검사의 일방적 주장으로 미화된 죽음〉 수정된다.

여진E **어차피 막다른 길에 몰렸으니 이창준은 죽음을 택하는 대신**
자기 부인은 건드리지 말 것과

S#41. 경찰청/수사혁신단장실 - 낮

여진 자길 영웅으로 만들어달란 부탁을 하고 자살했다, 황검사는 한조 자료를

받는 대가로 검찰 출신 살인교사범을 우국지사로 둔갑시켜줬다.

최빛 (주임1, 2에게) 들었지? 우리로선 나쁠 거 없어.

여진 사실이 아닙니다, 단장님.

최빛 그건 당사자 소관이고 우린 결과만 따먹으면 돼.

여진 저도 당사자입니다.

최빛 그러니까 너한테 맡긴 거지 감정을 개입시키란 게 아냐.

여진 저희가 지금까지 언론에 제공한 검찰 관련기사가 전부 거짓이었나요?
음주운전 안 한 검사를 했다고 했나요, 우리가?
당장은 구미에 당길지 몰라도 어디까지나 가짜뉴스입니다.

최빛 그럼 한주임은 무슨 기사를 가져왔는데?

여진 관악구 경찰이 망막이 찢어진 아이를 병원으로 신속하게 옮겼습니다.
도로가 꽉 막혔는데도 지체 없이 옮겨서 실명을 면했답니다.

최빛 내용은 좋은데 임팩튼 없네.

여진 울산경찰이 14년 만에 아들을 찾아서 어머니 품에 돌려보내준 것도
어제 있었고요. 장기 행방불명 비판 기사 같은 거엔 이런 거야말로
대응책 아닐까요? 해라, 하지 마라, 맞불을 놓기보다는?

최빛 그걸 니가 결정하시게요?

여진 (앗) 죄송합니다.

최빛 난 당분간 정보국으로 출근할 거야. 여기 관리들 잘해. (끝났단 고갯짓)

주임1, 2/여진 네. (인사하고 나가는데)

여진 (다시 오더니) 다신 늦지 않게 주의하겠습니다, 단장님.

최빛 (주임들에게 받은 서류를 옆에 쌓아두며 음. 짧게 답하지만)

여진이 나가고 난 뒤 고개 드는 최빛, 창문 너머엔 자리로 가며 전화하는 여진 보인다.
최빛, 곧 시선 거두지만 입가에 얼핏 미소 감돈다.

S#42. 동/수사혁신단 사무실 - 낮

여진 (전화 중) 에에? 왜 벌써 놔줬어요? (듣다가) 변호사 뭐 누군데?

S#43. 용산경찰서/강력3팀 - 낮

장형사 오, (휴지통에서 변호사 명함 집어서 보는) 오주선? 따끈따끈한 부장판사 출신이래요. (도로 명함 휙 버리는) 좋났어요. 강력범죄도 전관이 끼면 우습게 끝나는데 이건 뭐 줄 좀 끊은 거 갖고 판사 출신이 달겨들었으니.

최팀장 (자기 자리에서 일하며 고개도 안 들고) 해도 송파서에서 하라고 해, 남자애 사는 데가 우리 관할도 아니두만.

장형사 아참 그 사진은 받아서 통영에 보내줬어요. 바닷가에서 찍은 거. 내가 그거 받아내는 데도 한참 걸렸다고오!

S#44. 통영지청/시목의 검사실 - 낮

데스크탑 모니터에 뜬 안개 속 커플 사진. 여진이 봤던 바로 그것이다.
시목, 여자와 남자 얼굴이 가장 크게 나온 사진을 바라본다.

Flashback〉 - S#5. 용남해안로/바닷가 - 밤
현장으로 온 시목이 해변으로 들어갈 때, 구경꾼 옆을 스치는 시목.
그때 본, 구경꾼 사이에 끼어 있던 관광객 차림의 남녀 커플.

시목, 모니터에서 다음 사진으로 넘겨보는데,
실무관, 프린터로 뽑은 안개 사진 3장을 가져와 시목에게 준다.
시목, 굵은 펜으로 첫 번째 사진에 나온 통제선과 경고문에 동그라미 한다.
다음 사진엔 모래펄에 널브러진 채 희미하게 찍힌 통제선과 스틱에 동그라미 친다.

시목 (실무관에게 사진 주며) 실무관님. 이거 303호에서 맡기로 했다니까 조서에 몇 가지 추가할 게 있다고 그 방에 전하세요.

실무관 예. (받아 적을 것 잡는)

시목 희생자들이 흡연자인지, 아니어도 선을 끊을 만한 불을 몸에 지니고 있었는지, 이 사진에 커플이 여기 숙소를 예약하고 왔는지, 원래는 몇 박 며칠로 예약했는데 희생자가 나온 걸 보고선 중간에 취소하고 나간 건지 아님 처음부터 하루짜리로 예약한 건지.

실무관 예.

시목 관련자 거주지가 전부 서울이라 서울로 촉탁될 겁니다. 그쪽은 여기 지형지물을 전혀 모르니까 조서가 매우 상세해야 한다고 전하시고. 아, 사진에 남자가 그때 술이 많이 취해서 잘 기억 안 난다고 했다니까 음주운전도 추가하세요, 그날 밤으로 운전해서 서울로 왔으니까.

실무관 예.

시목 통제선 없이 찍힌 사진의 정확한 촬영시각은 용산서에서 알려주는 대로 넘길 테니까 사망 추정시각이랑 같이 비교 적시 요청하시고.

실무관 용산서요?

시목 스타트는 거기서 끊었는데 송파서로 옮겨지겠죠, 피의자가 그쪽이니까. 계장님, 303호에서 양해 구해서 카피본 남기시고 제가 간 다음에도 진행사항 부탁드려요.

이계장 예, 원주지청으로 보내드리겠습니다.

실무관 범행 동기란은 일단 비워두라고 할까요? 그건 아직 안 나왔죠?

시목 인생사진 남기려고 했답니다.

이계장 옘병?

S#45. 오변호사 차 안 - 낮

여자 미쳤어 미쳤어! 사진을 주면 어떡해!!

오변호사는 운전하고 뒤에 인스타 여자 남자가 함께 탔다.

남자 야씨 벌써 경찰이 다 보고 몇 장인지도 알던데. 거기서 빼면 나만 더 이상해지지, 우리가 뭘 잘못했는데!

여자 사진에 너만 찍혔어? 나도 있는데 나는 지웠어야지!

남자 널 어떻게 지워! 왜 지워 널? 그거 촌스럽다고 계속 찡찡댄 게 누군데?

여자 미친 새끼 지가 뽑아놓고 나한테 지랄이야!

오변호사 자자 잠시만요, 두 분 지금 그게 문제가 아녜요? 나한텐 숨기시면 안 됩니다. 두 분 그때 해변에서 그 학생들 봤어요?

남자 그때 개미새끼 한 마리 없었잖아, 그치?

여자 어떻게 알아? 개미새끼 있었어도 안 보였어, 안개 때문에.

오변호사 거기서 혼자 살아남은 학생 있는 거 아시죠? 만약에 걔가 경찰한테 두 분을 봤다, 경고판 뽑는 걸 내 눈으로 봤다, 증언하면 이거 아주 복잡해져요. 남이 뽑아놓은 데서 사진만 찍었다고 하는 거하곤 완전히 딴 얘기 된다고요.

여자 우리 봤을까?!

남자 .. 아이씨..

오변호사 빨리 학생 만나서 합의를 하시죠. 경찰이 먼저 이거저거 캐묻기 전에.

여자 합의가 될까요, 친구가 둘씩이나 죽었는데?

오변호사 자기 자식 차로 치어 죽인 사람하고도 되는 게 합의예요. 변호사가 왜 있습니까?

남자 그러엄, 언젠 안 됐어?

S#46. 카페 - 낮

통영의 대학생1, 거의 경악한 얼굴이다. 믿기지가 않는다.

여자 어머 얘 말하는 거 좀 봐? 술이 떡이 되게 마셨다며요? 니들이 경고판 있다고 안 들어갔겠어?

남자 어디서 희생자 코스프레야? 너만 충격받았어? 그러기로 말하면 나야말로 피해자야,

오변호사 잠깐 조용히 좀

남자 니들이 술 처먹고 물에만 안 빠져 죽었어도 나는 평생 경찰서 갈 일이 없다고, 너는 책임 없어? 혼자 곯아떨어지지 말고 친구들 지켰으면 됐잖아? 못 들어가게 말렸으면 걔들 안 죽었잖아?

대학생1 걔들을 봤으면 두 사람도 말렸으면 되잖아요.

남자　　무슨 인제는 우리더러

오변호사　잠깐만요. (제지시키고) 그니까 김후정씨는 어제 이 두 분 못 봤네요? 그죠? 못 봤으니까 하는 소리죠? 김후정씬 숙소에 한참 있다 나왔죠?

대학생1　제가 봤으면 이쪽도 날 봤을 거 아녜요, 저 말고 이쪽에다 물으시지 왜 저한테 이러세요.

남자　　얻다 대고 이쪽저쪽이야 이마에 피도 안 마른 게?

오변호사　(남자에게) 조용히 하세요. 이제부터 내가 말합니다. (대학생1에게) 김후정씨, 내가 변호사가 아니라 아버지뻘 되는 사람으로 진심으로 말하는데 이거 깊게 들어가기 시작하면, 김후정씨도 방조죄에요.

대학생1　내가 방조죄요?

오변호사　댓글 안 봤어요? 지금도 이렇게 죽는 건 민폐라고 친구는 뭐 했냐고 악플이 얼마나 많은데?

대학생1　(더 이상 쳐다보기도 싫다. 고개 돌리는데)

오변호사　어제 통영에서 김후정씨, 이 두 분 못 봤죠?

대학생1　.. (고개 젓는)

오변호사　봤냐 아니냐로 대답해줄래요?

대학생1　못 봤습니다! (그걸 끝으로 박차고 일어나 나가버린다)

여자　　(어? 주머니에 넣은 손에 쥐고 있던 봉투) 이건 꺼내지도 못했네?

남자　　지만 손해지. 쌔끼 나중에 말만 바꿔봐!

오변호사　(폰의 녹음 앱 끈다. 힐끗 커플 꼬나보는 눈)

S#47. 카페 밖 - 낮

오변호사, 카페에서 나와서 차로 간다. 카페 안 남녀는 또 사진 찍는 게 보인다.

오변호사　(꿍얼꿍얼) 판사 시절에 만났으면 저딴 것들, 에이!

S#48. 경찰청/수사국 복도 - 밤

5층에서 서는 승강기. 문 열리면 최빛이 내려서 급히 간다.

S#49. 동/수사국장실 - 밤

〈수사국장 신재용〉 명패 앞에 선 수사국장이 지금 막 유선전화를 내려놓고 있다.

수사국장 (노크소리에) 음.

최빛 (들어온다) 부르셨습니까?

수사국장 ... 검찰에서 정보국장을 기어이 소환해 가야겠대.

최빛 (이런..)

수사국장 그놈들 저의야 뻔하지만 대외적으론 경찰청 정보국장이란 사람이 진행 중인 수사기밀을 후배한테 흘린 게 사실로 판명 났으니, 더 이상의 줄다리기는 불가능해.

최빛 부탁드립니다, 저희 국장님, 수사국에서 데려가주세요.

수사국장 뭔 소리야? 나더러 자네 국장을 체포하라고?

최빛 정보국장에 대한 또 다른 사안을 수사국에서 포착했다고 해주세요. 그래서 경찰청에서 자체 진상조사를 하기로 했다고.

수사국장 가뜩이나 사면초가인 사람한테 다른 죄를 또 씌우잔 거잖아?

최빛 나중에 아니라고 하시면 되잖아요, 조사했더니 아무것도 없다고. 일단 검찰이 데려가는 걸 막고 그사이에 저희가 방법을 찾아야죠.

수사국장 (생각해보지만) 검찰놈들이 그러라고 하겠어? 죄목이야 귀에 걸든 코에 걸든 수사권 안 내주려고 짱돌 던지는 건데.

최빛 그래서 드리는 말씀인데요, 한 가지만 더 부탁드릴게요.

수사국장 뭘 또오?

최빛 국장님이 청장님한테 건의해주세요. 경검이 만나라, 양측이 직접 대면해서 수사권을 조정해라, 이걸 청장님이 직접 법무부장관한테 제의하시라고.

수사국장 안 돼. 경검은 개혁 대상이지 개혁의 주체가 아냐.

최빛 당사자죠, 개혁의 당사자. 경찰은 무능하고 부패해서 수사권 가져갈 자격 없다, 검찰이 이걸 각인시키려고 짱돌 던지는 건데 조정 문제 여기서 못 끝내면 검사들이 청장님은 안 건드리겠어요?

수사국장 합의가 되겠어? 경검이 만난다 한들?

최빛 안 만나면요?

수사국장 ...

최빛 합의되게 할게요. 합의안 만들게요. .. 네?

수사국장 ... (길게 내쉬는 숨)

최빛, 이젠 입 다문다. 눈 내리깔고 수사국장한테 생각할 시간을 주는 듯하지만,
눈 끝을 들어 수사국장 살피는 시선이 빈틈없다.
길어지는 국장의 고민.

S#50. 통영/아파트 관사 외경 - 낮

군데군데 얼룩지고 오래된 5층 정도의 저층 아파트.
며칠 사이 초봄 햇살이 좀 더 따뜻해졌다.
그 햇살 아래 주차장 겸 마당이 대체로 조용하고 아늑한데,
위에서 툭툭 소리 들린다. 위를 비추면,
창문 활짝 열린 2층 창가에서 시목이 침대 시트를 턴다.

S#51. 관사/거실 - 낮

지방에 온 검사들이 관사로 쓰는 아파트 숙소다.
살림살이도 많지 않은 데다 개인 짐은 거의 다 정리해놓은 상태.
청소하던 중이라 진공청소기가 대충 놓여 있다.

시목 (시트 거두는데 소파에 놔둔 핸드폰 울린다. 받는) 예, 계장님.

이계장F 검사님 담 주에 출발이시죠? 뭐 도와드릴 거 읎나 해서요.

시목 없습니다.

이계장F 예에.. 검사님 뵌 지가 엊그제 같은데 벌써 2년이 참, 시간 빨라요?

시목 (인사치레 대화에 집중 안 하고 정리할 게 남았나, 주변 둘러보는) 네.
이계장F 근데요 검사님, 그 해안가 사건이요. 처분 났던데요?
시목 (몸 멈추는) 벌써요?
이계장F 예, 불기소요.
시목 어제 서울로 넘겼다고 하지 않으셨나요.
이계장F 예, 그래서 저도 뭐 이런 번갯불에 콩 궈 먹기가 다 있나, 싶네요?

창밖 큰 나무가 잎을 조금씩 비추는 오래된 창가 햇빛 속에 그대로 선 시목.

S#52. 통영지청/외경 - 밤

3층 정도 규모의 하얀 외벽 건물. 모두 불 꺼진 창가에 파도소리가 부딪힌다.
그중 3층의 한 유리창에 지금 불이 들어온다. 줌 인 해서 창문 C.U.하면,
데스크탑을 대하고 앉은 시목 보인다.

S#53. 동/시목의 검사실 - 밤

책상에 앉아 데스크탑 모니터 보는 시목.
모니터 C.U. - 〈불기소 처분서〉
사건번호 - 2019형 제XXXX호. 주임검사 - 류시영.
피의자 - 1. 이용호 2. 노주은.
집행날짜 - 2019. 03. 15.
〈혐의 없음〉 〈죄가 안 됨〉 란에 각각 표시된 체크.

시목 혐의 없음.. 죄가 안 됨..

스크롤 올리는 시목, 그러다 손 멈춘다. 눈동자도 멈췄다.
제일 상단 정 가운데 큼지막한, 〈서울 동부지방검찰청〉 표기.
그 왼쪽은 결재란이다.

부장검사, 지검장. 책임자들 서명이 문서 상단을 당당히 차지했다.
굉장히 흘려 쓴 부장검사 사인이 먼저, 그다음이 지검장 결재란인데,
지검장 결재란에 들어 있는 이름은,
강 원 철.
그 이름 보는 시목...

Insert.1〉 - 불기소 처분서 결재란에 강, 이 써지고 있다.
Flashback.1〉 - 하얀 숨 토하며 바다에서 뭍으로 오는 구급대원들.
그들 손에 이끌려 올라오는 축 처진 사체.

시목, 몸을 좀 뒤로 젖힌다.

Insert.2〉 - 불기소 처분서 결재란에 원, 이 써지고 있다.
Flashback.2〉 - 결국 눈물이 터지는 생존 대학생1, 오열한다.
Flashback.3〉 - 바닷가에서 잔뜩 포즈 잡고 사진 찍는 남녀.

시목, 의자에 상반신을 기대지만 눈은 여전히 강원철 이름 석 자에 있다.

Flashback.4〉 - 차가운 파도가 발목을 적시는데 친구들을 목이 터져라 부르는 대학생1.
Insert.3〉 - 불기소 처분서 결재란에 철, 이라 쓰는 손에서 팔로 올라간다.
Flashback.5〉 - 통제선 달린 스틱이 마치 높이던지기 놀이처럼 밤하늘에 휘 던져진다.
천진한 남녀의 웃음소리가 울리듯 들리고.

Insert.4〉 - 손에서 팔로 올라와 얼굴까지 드러나는 검사장 강원철.
그 옆을 보여주면 이미 많은 결재 판들이 쌓였다.
그 결재 판들 위에 카메라를 놓고 찍은 양, 아래 옆 각도에서 잡은 원철의 모습,
너무나 별것 아니게 서명 마친 그가 검은 결재 판을 가벼이 덮어 역시 아무렇지 않게
기존 결재 판 위에 탁! 내려놓는 순간,
놓는 동작, 소리와 함께 마치 카메라 위에 결재 판이 와서 덮듯 까맣게 암전되는 화면.
엔딩.

2회

근데 넌 알잖아 황시목, 끌이 어떤지.

넌 아주 잘 드는 칼이야, 힘든 일에만 꺼내 써.

이가 나가도록 휘두르고선 끝나면 손 벤다고

이건 위험한 물건이라고 도로 서랍에 처박혀. 겪어봤잖아?

S#1. 통영지청/시목의 검사실 - 밤

파일, 인스타 남녀 안개 사진 세 장이 세로로 프린트된 페이지다.
첫 사진(통제선 나온 사진) 밑에 〈촬영시각 : 2019년 3월 7일 19시 47분〉으로 적혔다.
그 밑에 통제선 없이 나온 사진 두 장은 각각 〈19시 53분〉, 〈19시 55분〉이다.
마지막 19시 55분에 그어지는 밑줄.

S#2. 펜션/앞 길 - 낮(오늘 낮. 시목의 회상)

경찰1 주인은 즈어 아파트 살고, 여는 엔날 집인데 여 물이 가차우니까 기냥저냥 펜션이라 해가 이래 빌라주고 그른다네요.

시목 (경찰1과 함께 낡은 펜션 앞에 섰다)

경찰1 주인이 같이 사는 데 같으며는 대학생 아들 나가는 소릴 그날 들았을 낀데, 성수기 땐 여도 꽤 복작복작하거든요, 근데 뭐 그날은 날은 춥지 안개는 끼가 목겍자도 엄꼬.

시목 (주변 본다. 말이 펜션이지 길가 민박집 수준이다)

경찰1 소리라도 들은 게 어디에요, 다행적으루다가.

시목 (펜션 약간 뒤로, 좌우에 위치한 집들 보며) 어느 쪽입니까?

경찰1 저 집이 할마씨 혼자 사시는데 8시 드라마를 막 볼라 하는데 뭐 어쨌다 저쨌다 소리가 났다 안 해요? 학쉥들이 나가문서 으쌰으쌰 그랬겠죠, 즈그들끼리 암만혀도.

시목 그걸 조서에 쓰셨습니까?

경찰1 그라면요! 그거 안 쓰면 거 뭘 씁니까?

S#3. 통영지청/시목의 검사실 - 밤(현재)

마지막 사진이 찍힌 시각 - 〈2019년 3월 7일 19시 55분〉을 바라보는 시목.

경찰1E **방송국에선 3월 7일 날 저녁에 드라마가 8시 6분에 시작했다 하대요. 그니까 학쉥들이 물에 간 거는 학실히 그 서울 것들이 통제선을 끊어 묵은 담이죠?**

시목, 앞장 넘긴다. 〈사망 추정시각〉 항목 짚어본다. 〈3월 7일 19시~20시 30분〉

Flashback〉 - 1회 S#2. 해안로를 달리는 시목의 차 안 시계, 8시 17분.

경찰1E **여 펜션서부터 바다까지야 발로 가도 2~3분이면 뒤집어쓰죠, 뭐.**

시목 (휴대폰으로 어디론가 전화한다) .. 낮에 전화드린 통영지청입니다. 류시영 검사님 아직이십니까? ... 아까는 오늘 휴일이어도 출근하신다고 하셨잖아요?..

통화 중 눈이 가닿는 데스크탑 모니터에 불기소 처분서가 떴다.
거기 보이는 〈주임검사 - 류시영〉

시목 류검사님 번호를 알려주시죠... 그럼 제 번호를 드릴 테니까 지금 전달해주세요. 바로 전달하셔야 합니다.

S#4. 여진의 집/주방 겸 거실 - 밤

TV 뉴스 소리 흐르는 가운데 몽글몽글 졸아드는 짜장라면.
그 위로 톡 얹어지는 반숙 계란 프라이. 젓가락을 입에 문 여진, 가스 끈다.

여진 (맛있겠다! 트레이로 옮기려는데)
뉴스소리E 검찰이 수사 중인 사건의 진행 정보를 사건 관련자에게 몰래 흘려준 경찰 고위관계자가
여진 ! (활짝 열어놓은 침대방 미닫이문에서 들리는 소리에 문가로 오는)
뉴스 경찰청 정보국장인 김명한 치안감으로 밝혀졌습니다.
대검찰청은 방금 전 발표를 통해 김명한 정보국장의 실명을 언급하면서
여진 (경찰청 건물 그래픽과 정보국장이 화면에 뜨자 입에서 젓가락 빼는..)

S#5. 경찰청/정보국 - 밤

한눈에 보이는 정보국 풍경. 직원들, 전부 기립해 있다.
창밖은 깜깜하고 거기다 휴일임에도 빈 책상 하나 없이 모두 서서 한곳을 본다.
침묵 속에 경직된 경찰들. 최빛은 없다.
이곳으로 들어오는 여진. 그러나 누구 하나 그녀의 등장에 신경 쓰지 않는다.
그도 그럴 것이 지금 막 국장실에서 정보국장이 나오는데,
정보국장 옆으로 몇몇의 남자들이 에워싸듯 함께 나온다. 붙잡거나 하지는 않았다.
그 뒤론 서류 박스 두어 개를 들고 따르는 이들도 있고.
이들이 문으로 가는 걸 고개만 돌려 따라 보는 정보국 경찰들. 발소리만 울린다.
머리에 새치가 많은 정보국장의 침통한 얼굴이 먼저 여진을 스치고,
이어 그를 에워싼 남자들이 지날 때 여진, 남자들 얼굴 보더니 ID 카드도 확인하는데,
사진 쪽이 아닌 뒷면이 드러난 카드, 경찰청 소속으로 돼 있다.
정보국장 일행이 나가고도 무거운 침묵 속에 서로 눈을 마주치지도 않는 직원들,
하나둘 앉으며 파티션 안으로 사라지거나 밖으로 나간다.
여진 품에서 울리는 전화 진동. 하지만 여진, 전화 받는 대신 문 열린 국장실 보면,
국장이 가고 없는 국장실에 홀로 남은 최빛 보인다.

S#6. 동/정보국장실 - 밤

국장실, 다소 어수선한 정도다. 같은 경찰이 압수했기에 무례하게 엉망은 아니다. 책상 위에 각도가 어긋난 책을 딱, 바로 하는 최빛... 재킷 주머니에 손 넣는데, 노크소리. 즉시 손 빼는 최빛, 돌아보면 여진이 문을 조금만 열고 얼굴 보이고 있다.

최빛 (들어오라 손짓)

여진 (들어오는데 후드티에 점퍼만 걸치고 운동화 차림이다. 목례)

최빛 집에서 온 거야?

여진 (목례) 예. (뭔가 할 말이 있어 보이지만..)

최빛 (여진이 말이 없자 문득 날이 서는) 혁신단에도 무슨 일 있니?

여진 아뇨, 거긴 아무도 없는 거 같던데요.

최빛 근데 왜.

여진 괜찮으신지 여쭈려고 왔는데 괜찮으실 리 없을 거 같아서요.

최빛 (잠시 물끄러미 보더니 국장 책상에 기대선다. 옆에 '정보국장 김명한' 명패에 손 얹는) 본청 정보국장은 지휘관의 지휘관이야. 전국 스무 명 가까운 치안감 중에서도 최고의 요직.

여진 (손 뒤로 하고 정자세로 서는) 예.

최빛 정보국장이 올리는 밀봉 보고서는 청와대에서도 단 한 사람만 열어볼 수 있었어. 그래서 더 검찰의 타겟이 되기 쉬워.

여진 방금 국장님을 데려간 사람들은 검찰이 아니라 저희 층 직원들인데요. 수사국이요.

최빛 ...

여진 대검에서 소환해 갈 거라고 발표 났는데 왜 우리 수사국에서

최빛 (O.L) 국장님이 그런 말씀을 하신 적 있어. 2011년에도 경검이 부딪힐 일이 많았는데, 회의 가서 딱 앉는 순간에 맞은편에 새파란 검사가 국장님한테 그러더래, 세월 참 좋아졌어요?

여진 (이런!!)

최빛 물론 옛날 얘기야, 요즘 젊은 검사들은 예의도 바르고 공손하지.

그렇다고 걔네들이 국장님을 끌고 가게 둬?

여진　국장님 소환은 그쪽 일하곤 별개로 알고 있습니다만.

최빛　이 세상에 완전 별개 같은 건 없어.

여진　...

최빛　넌 어떻게 할 거 같아, 한주임?

여진　네?

최빛　내가 잡혀가면 넌. 두고 봐?

여진　.. 어떻게도.. 안 할 거 같습니다.

최빛　?

여진　단장님을 누가 잡아가요? 죽을라고.

최빛　(피식 웃는다) 난 당분간 정보국을 수습해야 돼.

여진　예!

최빛　혁신단 일은 뭐든 즉시즉시 보고해. 아주 작은 것도 반드시.

여진　예! (약식경례 붙이고 나간다)

최빛　... ... (여진이 완전히 나가고 나면 주머니에 손 넣는. 전화 꺼낸다)

최빛, 연락처에서 '우태하 부장' 선택한다. 바로 걸지 않고 음! 목소리 정리한다.

최빛　(전화한다) .. .. 안녕하셨어요 우부장님? (듣다가)
가뜩이나 안녕 못 하시다니 제가 일을 덜어드려야겠네요.
저희 국장님, 당분간 거기 못 가십니다. (듣는) 가로채기라뇨?
경찰이 자정 노력에 매진하여 진상조사를 하겠다는 겁니다?
(얘기 듣다가 기분 나빠지는 표정) 어쨌든 전 말씀드렸습니다.
안녕히 계세요.
(끊는. 언짢은 게 분명한데.. 얼핏 불안감도 스친다)

S#7. 동/복도 - 밤

정보국 사람들 몇몇이 나와 수군대는 복도.
여진, 터덜터덜 주머니에 양손 넣고 가다가 아, 꺼내보는 전화.

부재 중 전화 확인하면 '황시목 검사'다.

여진 검사.. (쓰읍, 그래도 통화 버튼 누르는) ... (승강기로 가며 좀 부루퉁한) 왜요. .. 불기소요? 벌써?

S#8. 통영지청/시목의 검사실 - 밤

시목 시설물 파손은 인정되나 그 행위로 인한 사고 가능성을 예견할 수 없었다는 게 처분 이유입니다.

여진F 이야 그 사람 디게 직빵이네.

시목 (?)

여진F 오주선이라고 알아요? 부장판사였다는데, 고등법원.

시목 (무슨 얘기가 나올지 예감이 오는) .. 변호삽니까?

S#9. 경찰청/수사혁신단 - 밤

아무도 없는 사무실에 불 켜고 들어오는 여진, 자리로 와 컴퓨터도 켠다.

여진 입증 어려운 건 맞고, 불기소 떨어질 수도 있는데, (마우스 클릭) 동부지검이 이거 말곤 손가락 빨고 있던 게 아닌 한, 하루 만에 처분은 오바죠. 딴 건 한 번 들어갔다 하면 기본이 3개월인데.

S#10. 통영지청/시목의 검사실 - 밤

여진F 장형사 말이 맞았네. 전관예우 해줄 거라고 하더니.

시목 .. 의견서 올려야겠네요.

여진F 그러지 마요? 찍히려고.

시목 (모니터에 뜬 처분서에 강원철 이름 보는) .. 여기서 뭘 더요. 끊습니다.

S#11. 경찰청/수사혁신단 - 밤

여진 (전화 내리는) 여기서 뭘 더... 아으, 거기 가서도 찍혔나 보네?..

여진, 통화하면서 열어놓은 컴퓨터 창 보면,
모니터 - 안개 사진 남자의 인스타그램인데 새로 업로드 된 사진 있다. 클릭하면,
고급 바에서 보란 듯이 샴페인 잔 부딪치는 남녀 커플 셀카다.
그 밑으로는 - 〈#이것도보고있냐 #삽질전문들 #재수X튀길뻔〉
이걸 봐주자니 찡그려지는 여진, 그 밑에 댓글도 대충 쭉 보면,
〈짭새 뻘짓 재밋네 팝콘각ㅋㅋ〉 〈경찰고소 ㄱㄱ 역관광가자〉 〈완전 민간인 사찰〉 등.

여진 이것들이! (아 열받아, 맥이 탁 풀려 의자에 눕듯이 늘어져 천장 보는)
.. 검찰이라고 전관예우나 해대면서 어딜, (하다가 가만..) 전관예우...

최빛E **혁신단 일은 뭐든 즉시즉시 보고해. 아주 작은 일도 반드시.**

여진 (허리 세운다. 방금 들어온 문 쪽을 보는 얼굴)

S#12. 다세대 주택가/골목 - 낮

비슷하게 생긴 다세대 주택이 연이은 골목.
차 한 대 지나갈 법한 골목에 기자 서넛이 섰다. 방송국 차량과 카메라도 한 대 왔다.
이곳으로 공무수행 마크 붙은 차를 몰고 최빛이 들어온다. 손수 운전해서 혼자 왔다.
플래시가 터지지만 기자들, 함부로 몰리거나 하진 않는다.

최빛 (큰 봉투 들고 차에서 내리는. 다세대로 가며) 어떻게 알고들 오셨네요.

기자1 단순 익사사고가 아니라 가해자가 있단 건 언제 아셨나요?

최빛 고의 없음으로 불기소됐으니 가해자라 단정 지을 순 없습니다.

기자2 검찰이 불기소한 게 맞다고 보세요?

최빛 (다세대 공동현관에 다다라 멈춰) 주택가입니다, 주민들께 피해 없도록

부탁드리고요, 답변은 유족을 뵙고 난 뒤에 하겠습니다.
(눈짓으로만 짧게 목례하고 공동현관 안으로 몸 돌린다)

S#13. 대학생2의 집/안방 - 낮

좁고 궁상스런 실내. 방문 너머 마루는 낡은 나무 문양이고 거기에 주방이 바로 붙었다.
안방 맨바닥에 마주 앉은 최빛과 통영에서 익사한 대학생2의 아버지.
최빛, 봉투에서 운동화(1회 S#5 통영 바닷가의 운동화)를 꺼내 아버지 앞에 놓는다.

최빛 상심이 얼마나 크실지요..
아버지 (속이 무너지는.. 쓰러질 듯 운동화에 손을 얹고 소리도 못 내고 운다)
최빛 (좀 기다리다가) 얘기 못 들으신 거예요? 들어가지 말라고 한 걸 없애버린 사람들이 있단 얘기, 아무도 안 해드렸어요?
아버지 내가..
최빛 예 아버님.
아버지 이걸 못 사줬어요, 애비가 자식 운동화 하날.. 그래도 괜찮다고, 지가 알바 구한다고.. 얼마 신지도 못하고!..
최빛 (기다리던 대답이 아니다. 공손하지만) 검찰에서 아드님 사건에 좀 더 성의를 보이지 않은 게 참으로 유감입니다.
아버지 정말 그놈들 때문에 죽었어요? 검찰이 아무렇게나 막 해서 그런 거면 다시 뭘, 조사든, 하면요?
최빛 저희 경찰이 직접 나서서 검거까지 한 걸 그쪽에서.. 송구하지만 결과를 뒤집기는 쉽지 않을 것 같습니다.
아버지 이게 이날 낮이에요, 이렇게 살아 있었다고요 우리 애가!

애가 끓는 아버지, 번지는 눈물 속에 전화 속 아들 사진 내민다.
전화 속 톡 방에는 '아들♥'과 나눈 대화가 좀 보이고 휴게소에서 찍은 사진도 있다. 죽은 대학생2가 양팔을 생존 대학생1 목 위아래로 두르고 대학생1 어깨에서 양손을 깍지 낀 친근한 모습이다. 셀카 찍는 포즈의 죽은 대학생3도 이들 옆에 딱 붙어 있다. 그 밑에도 사진이 하나 더 있는데 액정이 잘려서 밑에 사진은 다 보이진 않는다.

아버지 놀러 갔어요, 아침에 놀러 간다고 나간 애가 왜.. 오질 않아..

최빛 .. 아버님 죄송하지만 아드님 사진을 제가 좀 더.. 봐도 될까요?

S#14. 동/현관문 밖(2층 통로) - 낮

최빛, 끝까지 공손하게 인사하며 나온다. 눈앞에서 문 닫히자 곧 계단 내려간다.

S#15. 다세대 주택/계단 - 낮

1층과 2층 계단참을 도는 최빛, 그녀 손에 들린 전화. 이제 공동현관이 보인다.
현관 유리문 밖에서 대기하던 기자들, 그녀가 내려오는 걸 보곤 취재 준비한다.
최빛, 점점 그들에게 가까워지고 마침내, 유리문 밀어젖혀 밖으로 나가는 순간,

S#16. TV 뉴스 화면 - 낮

공동현관 앞에서 인터뷰하는 최빛, 고스란히 뉴스 화면으로 옮겨져 있다.
화면 아래엔 〈경찰청 간부, 통영 익사사고 유가족 방문〉 자막 떴다.
화면 속 최빛, 전화를 들고 있다. 전화 액정에 S#13에서 대학생2 아버지가 보여준 희생자들 사진이 떴다. 뉴스 화면이라 사진 속 얼굴은 모자이크 됐다.

최빛 마지막 순간까지 가족한테 사진을 보냈던 착한 아들의 죽음은 오로지 스스로의 무분별한 행동 때문이라는 비난을 들었을 뿐 아니라 유족은 입수금지 경고판을 뽑은 이들이 있다는 사실조차 모르고 계십니다.

뉴스 화면 바뀐다. S#13의 대학생2 아버지 전화 속 사진 2장이 더 크게 나란히 뜬다.
죽은 대학생2가 한 팔은 생존 대학생1 목 위로, 한 팔은 아래로 둘러 깍지 낀 사진과,
죽은 대학생3이 생존 대학생1의 어깨에 머리를 한껏 눕혀 기대고 찍은,

둘 다 셋이 딱 붙어서 찍은 사진이다.

기자E **피해자가 죽기 직전 보낸 사진을 공개한 경찰은 또한 이번 사태가, 수사를 종결시킬 수 있는 권한이 전적으로 검찰에게 있기 때문이라는 점도 시사했습니다.**

뉴스 화면, 다시 인터뷰하는 최빛으로 바뀐다.
자막 - 〈경찰청, 수사권 조정에 대한 의지 밝혀〉로 바뀌고,

최빛 현지에서 사건을 최초로 맡았던 검사가 불기소의 부당함을 지적하는 의견서를 올렸음에도, 전관 출신 변호사가 맡은 지 불과 며칠 만에 종결된 것, 이게 대한민국 검찰의 현실입니다.
기자1 검찰이 졸속 수사를 했다고 보시나요?
최빛 검찰의 수사권이 현재와 같은 상태로 계속 유지된다면 전관예우나 제 식구 감싸기 같은 폐단 역시 지속될 것이라고 말씀드리는 겁니다.

이어 최빛이 계속 뭐라 말하는 그림 위로 기자 멘트가 흐른다.
자막 - 〈경찰청장, 법무장관에 검경협의회 직접 제안〉

기자E **이번 사건을 계기로 검경수사권을 조정해야 한다는 목소리가 다시 높아지면서 송진규 경찰청장은 오늘 오후 이종한 법무부장관을 만나 검경이 직접 머리를 맞대고 수사권 조정에 협의할 것을 제안한 한편, 전관예우 특혜 의혹을 받고 있는**

뉴스 화면, 동부지검으로 들어오는 길에 기자들에게 둘러싸여 답변 중인 원철로 바뀐다.
자막 - 〈강원철 동부지검장〉

기자E **동부지검의 강원철 검사장은 특혜 의혹을 전면 부인했습니다.**
원철 통제선을 뽑고 나서 사고가 난 건 인과관계가 아니라 시간의 추이에 해당합니다. 그러나 유족들께서 불기소에 불복하는 재정신청을 하신다면 저희 지검은 이 역시 성실히 임할 겁니다.

기자2　동부지검의 불기소가 부당하단 통영 검사의 내부의견서가 있었는데요?

원철　(눈썹은 꿈틀하지만 여유 잃지 않으려는) 내부의견서는 종종 있어요, 이번이 처음도 아니고 의견서를 올린 검사는 사건 담당도 아닌 데다 그 내용도, 부당함을 지적한 게 아니라 절차에 대한 질의 수준입니다.

S#17. 동부지검/1층 로비 - 낮

회전문 밖에 원철 보인다. 인터뷰를 그만 끝내고 돌아서고 있다.
인터뷰 동안 옆에서 대기하던 차장검사 등이 감싸듯이 같이 들어온다.
기자들이 못 따라 들어오게 경비들이 좀 늘어서긴 했지만 무질서하거나 아수라장인 분위기가 아닌 데다 기자도 많이 몰린 게 아니라서 원철 일행, 금방 로비로 들어온다.

원철　(로비로 들어오자 당장 찌푸리는) 어느 관급이 지 발로 유족을 찾아가, 거기 기자들도 보나 마나 다 지가 끌고 간 거야, 쑈하고 있네.

차장검사　예 보나 마나죠.

경비원　(검색대 미리 열어서 원철이 멈춤 없이 들어가게 한다)

원철　물에 처넣은 것도 아니고, 그러기로 말하면 운전대 잡는 것도 다 구속해야 돼, 언제 사람 칠지 모르는데.

차장검사　예 그러문요.

경비원이 미리 버튼 눌러놓은 승강기에 오르는 두 사람. 다른 검사들은 목례한다.

S#18. 동/승강기 안 - 낮

차장검사　(폰 보며) 방금 경찰이 만난 유가족도 인터뷰가 아주 금방 떴네요? 검찰 원망이.. 줄줄이고.. 통영 사고 내부의견서 낸 황시목 검사는 누구, 이런 기사도 있습니다.

원철　황시목 새끼 증말... 통영지청장실 번호 알아?

차장검사　예, 드리겠습니다.

S#19. 동/지검장실 - 낮

유선전화 들며 손글씨로 적힌 메모 보는 원철. 〈통영지청장 055-XXX~〉 번호 적혔다.
원철, 055 누른다.

S#20. 고속도로 - 낮

고속도로를 시원하게 달리는 시목의 차.
직진하면 '강릉/원주', 우측으론 '서울/수원'으로 향하는 분기점 이정표 아래를 지난다.

S#21. 동/시목의 차 안 - 낮

시목, 강릉/원주 길로 직진한다. 오른쪽 창가에 인터체인지 길이 보였다 사라진다.
뒷좌석은 온통 책이다. 트렁크에 다 넣지 못한 책들이 꾸러미로 상자로 가득하다.
시목, 내비게이션 확인하면 목적지까지 57km 남았는데,
수신전화 모드로 내비 화면이 바뀐다. 발신자 - 〈이계장님〉

시목 (스피커폰 상태로 받는) 예 계장님
이계장F 검사님 어디세요? 다 가신 거 아니죠?
시목 거의 다 와갑니다. 왜요?
이계장F 잠깐 거 쫌 계시야겠는데요!
시목 예?
이계장F 원주에는 저기 쫌 있다가 가시라는데요?
시목 (무슨) 제가 통영에 남습니까?
이계장F 아뇨, 글타고 도루 빠꾸하실 거까진 아닌 거 같고,
그르게 의견서는 왜 내셨대요?
시목 ...

이계장F 청장님하고 말씀을 함 해보실래요? 저도 뭐 우에 하란 건지 참말로.
시목 알겠습니다. (끊는) ... (속도 늦추지 않고 그대로 달린다)

S#22. 고속도로 - 낮

시목 차에서 올라가 카메라, 고속도로를 멀리까지 비추면, 저 앞 멀리 휴게소 있다.

S#23. 휴게소/주차장 - 낮

바글바글한 차량, 사람들. 한낮의 햇살.

지청장F 나도 이런 경운 처음이라고, 알아보고 있으니까 기다려봐.

S#24. 동/시목의 차 안 - 낮

지청장F 오늘 안에야 거처를 정해주겠지. 나도 듣는 대로 알려줄 테니까
일단 집에 가 있어, 잘됐지 뭐, 집에도 들르고.
시목 (전화 중) 예. (전화 끊지만 그러고도 가만히 앉은...)

S#25. 동/외경 - 해 질 녘

파랗던 하늘에 이제 노을이 번진다.

S#26. 동/시목의 차 안 - 해 질 녘

아직도 차 안에 앉은 시목. 책 읽고 있는데 앞 유리 너머로 한 가족이 지나간다.

나들이 차림인데 한 애는 뛰고 엄마는 차 온다고 쫓고 잠든 아기는 아빠가 안았고.
옆에서 나는 소리에 눈을 들면, 옆 칸에 주차한 차에서 내린 커플이 손잡고 간다.
이들뿐 아니라 휴게소인지라 차창 너머 스치는 모든 이들이 누군가와 함께이다.
이 모든 걸 일일이 좇아 보진 않는 시목, 묵묵히 앉았다가 차에서 내린다.
운전대 너머로 보이는 시목의 뒷모습이 나들이 인파에 섞여 작아진다.

cut to. 동 장소. 잠시 후.
차로 오는 시목, 한 손엔 커피, 다른 손엔 음식 용기를 들었다.
차 키 누르느라 커피 컵을 입에 무는 시목, 운전석에 오른다.
시목, 음식 용기 내려놓으면 치즈가 녹고 있는 포슬포슬 커다란 통감자구이다.
한 모금 깊게 마신 커피 내려놓고 감자에 꽂힌 포크로 손 뻗는데.
휴대폰에 문자 온다. 시목, 문자 보면 웬 명함을 찍어서 보낸 사진이다.
확대해서 보면 '대검찰청 형사법제단장 우태하'라고 찍혔다.
시목, 우태하? 입으로 되뇌어보는데, 돌연 명함 사라지고 전화 수신화면으로 바뀐다.
저장되지 않은 번호다. (명함 번호와 일치)

시목 .. (받는) 네.
태하F (사뭇 활기찬 목소리, 혼자 의욕이 넘치는 듯) 황시목 검사?
시목 예 그렇습니다.
태하F 명함 봤죠?
시목 예.
태하F 지금 올 수 있죠?
시목 .. 두 시간 정도 걸릴 거 같습니다.
태하F 대검에서 봅시다!
시목 .. 예. (대답하지만 벌써 끊긴 전화) ... .. (전화 놓는)

시목, 옆에 뒀던 감자를 잠시 보더니 집는다. 커다란 덩이를 포크로 잘 자른다.

S#27. 대검찰청/외경 - 밤

대법원과 대검이 함께 있어 여러 화강암 건물들이 너른 정원을 끼고 쭉 이어진 규모. 시간에 상관없이 건물마다 수많은 창에 불빛 환하다.

S#28. 동/복도 - 밤

긴 복도를 따라 쭉 오는 시목. 운전하던 차림에서 겉에 양복 재킷만 일단 걸쳤다. 발걸음 멈추는 곳은 복도 끝에 '형사법제단'이라 마킹된 불투명 유리문이다. 시목, 유리문 두드리고 기다리면 안에서 수사관 나온다.

시목 우태하 단장님 계십니까?
수사관 아 황시목 검사님이시죠? 들어오세요, 부장님 기다리고 계십니다.

S#29. 동/형사법제단 사무실 - 밤

시목이 들어오면 수사관과 실무관 책상이 있고, 맞은편엔 빈 책상이 있다.

실무관 (일어나 인사) 안녕하세요, 오시느라 힘드셨죠?
시목 (목례로 답하는데)
실무관 ID 카드 좀 주시겠어요? 여기 저희 출입문 등록해드릴게요.
시목 제가 여기 등록이 필요합니까?
실무관 네?
태하 (방으로 따로 분리된 단장실 문 벌컥 열더니) 왔어? 들어오지?

태하, 얼굴은 반가운 친구라도 본 듯한데 '들어오지?' 한마디 하곤 먼저 들어가버린다. 시목, 실무관에게 ID 주고 단장실로 들어간다.

S#30. 동/법제단장실 - 밤

방이 크다. 들어서자마자는 6인용 탁자가 있고 그 너머에 책상, 책장 등이 있다. 접객용 소파 같은 건 없이 탁자 쪽 벽에는 화이트보드가 걸렸다.

시목 처음 뵙겠습니다, 우태하 단장님. 황시목입니다.

태하 단장은 무슨. (악수 권하는데 손도 커다랗다) 그냥 부장이라고 하지?

시목 예 부장님. (악수..)

태하 저녁은? (의자도 빼주고) 커피 줄까?

시목 (앉는) 마셨습니다.

태하 (시목은 앉히고 본인은 캐주얼하게 서서 내려다보는)
얘긴 들었지? 우리도 협의회가 당장 코앞이라 급하게 결정했어.

시목 얘기 못 들었습니다. 무슨 결정을 하셨습니까?

태하 (별거 아닌 듯) 으음, 그래? (... 불쑥) 여기가 뭐 하는 데야?

시목 형사법제단, 검찰개혁 과제와 현안을 연구하는 총장 직속의
임시조직으로써,

태하 (만족스런) 그래,

시목 임시조직의 최대 존속기간인 5년을 초과해 9년째 존치 중입니다.

태하 (쓰윽 보는) 그만큼 중차대하겠지?

시목 저는 왜 부르셨습니까?

태하 검경협의회가 구성될 거야, 경찰청장이 법무장관한테 직접 건의한 거라
더는 미룰 수 없게 됐어. 우리 검찰은 건국 이래 통상적으로 상식적인
수준에서 경찰 수사를 지휘해왔는데 경찰은 늘 여기에 불만을 갖고
정권이 바뀔 때마다 검찰 지휘를 안 받겠다고 노랠 불렀어.
그동안은 대응할 가치가 없었지. 우리한테 이건 영토분쟁 같은 거니까.
우리가 주인이고 실효지배를 하고 있으니 일일이 대응할 가치가 없는.
그런데 이번엔 좀 달라. 알다시피 목소리가 너무 커.
검찰 권한을 축소해야 한다는 목소리가, 요구들이.

시목 정부에서 이미 수사권 개혁안을 내놨는데,
검경이 따로 모여서 다시 협의를 하나요?

태하 정부 안을 수용해? 그걸 개혁안이라고?

시목 (대답하려는데)

태하 다른 건 아등바등 수용 못 하면서 그런 건 잘 받아들이네?

시목 (무엇을 지적하는지 알지만..) 제가 검경협의회에 들어갑니까?

태하 음. 원주였지? 원래 가려던 부임지.
거기서 대검 출입이면 남들은 꿈에서나 바랄 고속도로를 탄 거야?

시목 어째서 제가 갑자기 고속도로를 타게 됐나요?

태하 그러게? 황프로는 절대 안 된다고 반대한 사람도 있었는데.
그러니까 잘해야지? 황시목 프로?

시목 ... 알겠습니다.

태하 첫 협의회가 코앞이야. 준비해. (말 끝났다는 표시로 책상으로 간다)

시목 (일어나 인사하고 문으로 향하는데)

태하 갑자기 오게 돼서 있을 데는 있나? 본가가 어디야?

시목 서울입니다.

태하 잘됐네, 오랜만에 어머니도 뵙고 하면?

시목 (인사. 나간다)

태하 ... (저놈 괜찮을까? 하는 표정..)

S#31. 동/법제단 출입문 밖 - 밤

안에서 내일 뵙겠습니다, 등의 소리 들린다.
시목, 돌려받은 신분증 줄을 정리하며 나온다. 문 닫히면 한번 돌아보고는.. 간다.

S#32. 동/야외주차장 - 밤

시목, 차로 가면서 재킷 벗는다. 트렁크 열면 여행가방과 배낭, 소소한 살림상자들.
맨 위엔 양복이 든 수트 커버가 구겨지지 않게 놓였다.
재킷을 수트 커버 위에 잘 펴서 올린 시목, 잠깐 짐들을 본다. 어떻게 할까 하는 얼굴.
뒤를 보면 정문 밖 서울의 밤에는 차도 많고 건너편 길엔 건물도 많은데.
.. 트렁크 닫고 차에 오른다.

S#33. 동/시목의 차 안 - 밤

안전벨트 매는 시목, 시동 걸고 늘 하듯 내비게이션에 손 뻗는데, '도착지'에 입력할 곳이 곧장 떠오르지 않는다.

S#34. 비즈니스호텔/방 - 밤

싱글 침대 하나, 작은 협탁에 의자 하나뿐인 좁다란 방.
의자엔 시목의 배낭이 놓였고 수트 커버는 협탁에 올려놨다.
물 흐르는 소리 끊기더니 화장실에서 시목이 나온다. 피곤한 몸을 침대에 눕히는데,
그러나 곧 다시 일어나 백팩 안을 뒤져 노트북 꺼내 열고는 침대 헤드에 기댄다.
부팅되는 동안 눈 비비고 하더니 포털 검색창에 '우태하 부장검사' 친다.

시목　(제일 먼저 뜨는 프로필 읽다가 고개 드는)
태하E　**그러게? 황프로는 절대 안 된다고 반대한 사람도 있었는데.**
시목　(가만 생각...)

S#35. 동부지검/지검장 비서실 - 아침

원철　(들어온다. 비서에게) 일찍 왔네? (하다 시목 발견..)
시목　(기다리고 있다가 일어나, 인사)
원철　... (비서에게) 미안한데 안에 커피 좀.
시목　아닙니다, 인사만 드리려고요.
원철　...

S#36. 동/지검장실 - 아침

시목과 함께 들어오는 원철, 앉으란 손짓.

비서도 들어와 서류 판 여러 개를 책상에 놓고 맨 위 서류는 펼쳐놓고 나간다.

원철 어쨌거나 서울로 유턴이네. 아니지, 대검이면 어쨌거나가 아니지,
(재킷 걸면서 비서가 올려준 맨 위 서류 짧게 훑고)
수많은 검사가 평생 대검에 발 한 번 들여놓을 수 있을까, 하는 판에.

시목 그래서 제가 검경협의회 구성원이 되는 걸 반대하셨나요?

원철 (보는..) 나도 못 해본 대검 직무를 니가 하는 게 질투 나서
내가 널 반대했다고?

시목 그러실 리 없는 건 아는데 왜 반대하셨는지는 모르겠습니다.

원철 니가 거기 왜 들어갔는지 알아? 너 경찰 픽이야. 경찰청에서 널
자문위원으로 해달라고 했어. 협의회에서 합의안 내놓으면 국회 넘기기
전에 입법안으로 다듬을 사람으로 널 추천했다고.
본청에 정보부장 있어, 알지 최빛? 기자들 끌고 유족 찾아가서
북 치고 장구 치고 한 여자. 그 여자가 너 픽 했을 거야.

시목 그런데 자문을 하는 대신 아예 법제단 소속이 된 거네요, 제가.

원철 눈에는 눈, 가로채기에는 가로채기.

시목 ?

원철 경찰이 널 왜 찍었겠니? 넌 협의회에 안 맞아.
이 일엔 무조건, 우리 고유권한을 무조건적으로 사수할 사람이 필요해.
경찰이랑 검찰이 형사소송법 놓고 격돌한 게 벌써 건국 이래 4번째야.
그동안 우린 단 한 번도 그 어떤 권리도 경찰한테 내준 적 없어.
그런데 니가 이번에 들어가서 걔들한테 지고 나와봐.
넌 70년 검찰 역사상 최고로 죽일 놈 되는 거야.

시목 2011년에 수사개시권하고 진행권은 경찰한테 넘기지 않았습니까.

원철 그런 말랑한 생각을 갖고 덤비면 안 된다니까? 야 그때도 봐봐,
우리끼리 말이지만, 수사개시하고 진행하는 건 어차피 경찰이야,
8년 전에 조정해준 건 그야말로 법을 현실화시킨 거뿐이라고,
근데도 얼마나 반발했는데? 총장에 지검장들이 얼마나 사표 던졌는데?
근데 이번엔 경찰이 아예 수사를 지들 맘대로 끝낼 권리를 달래지,
그러면서 우리 지휘도 안 받겠다지,
이번 법제단은 이거 사수 못 하면 전부 머리 깎아야 돼.

시목 ....

원철 우부장 보긴 니가 때깔이 좋겠지, 활약상 있겠다, 외부 평가 후하겠다, 갖다 쓰기 딱 좋아? 근데 넌 알잖아 황시목, 끝이 어떤지. 넌 아주 잘 드는 칼이야, 힘든 일에만 꺼내 써. 이가 나가도록 휘두르고선 끝나면 손 벤다고 이건 위험한 물건이라고 도로 서랍에 처박혀. 겪어봤잖아?

시목 계속 서랍 안에만 있을 수도 없죠, 어쩌면 답이 나올지도 모르고요.

원철 무슨 답. 네가 품고 있는 질문이 뭔데.

시목 그보다는, 전관예우, 맞습니까?

원철 인사 다 했냐? (일어나 책상으로 가는)

시목 변호인의 전직이 주효했던 건가요?

원철 뭔 감 떨어지는 소리야? 그런 걸로 기소하면 그거야말로 과잉이야.

시목 어떻게 과잉인지 아시죠, 단 하루 만에 검토할 시간이 있으셨나요.

원철 석 달 열흘 검토하면 뭐가 달라지는데? 그래 경고판 뽑은 놈들 있어, 그렇다고 그게 살인에 준하는 범죈가? 이걸 기소로 가져가려면 기물 파손이 반드시 익사로 이어졌단 인과관계를 입증해야 되는데 어떻게? 경고판 뽑은 게 특정 대상을 물로 유인해서 빠져 죽게 만들려는 의도였단 걸 무슨 재주로 입증할 건데? 입증하면 오히려 실체 왜곡이야. 끔찍한 흉악범도 아니고 철딱서니 없는 짓거리 좀 했다고 그걸 범죄로 밀어붙인다면 그거야말로 기소권 남발, 인권침해야.

시목 제가 여쭙고 싶은 건 불기소 자체가 아닙니다. 어차피 결과가 같다면 과정 따윈 아무래도 좋다, 지검장님께선 이런 분이 아니신데 그럼에도 어째서 과정을 무시하는 처분이 내려졌는가입니다.

원철 (듣기 싫지만 찔리는)

시목 아예 엇나가버린 끔찍한 흉악범이 아니라 말씀대로 철없는 커플입니다. 그런 사람들한텔수록 석 달 열흘하고 단 하루는 엄청난 차이 아닐까요.

원철 그래서 내가 걔들한테 특혜 줬다고? 너도 경찰이랑 똑같은 소리 하냐?

시목 특혜가 아니라 기회를 뺏긴 거라면요. 긴 시간 조사받으면서 자기들이 무슨 짓을 했는지 장난이 어떤 결과로 이어질 수 있는지, 직접 느끼고 각성할 기회요. 그 사람들한테 남은 건 전보다 더 꺼릴 거 없는 세상이겠죠. 이런 경우에 비슷한 사고가 다시 발생할 확률이 얼마인지 누구보다 잘 아시잖아요.

원철　(흘기듯 보더니 책상 제일 위에 펼쳐진 서류 판 가져온다)
　　　너야말로 힘 센 변호인이 필요한 거 아니냐? (봐라, 서류 판 내주는데)

오늘 아침 인터넷 기사를 프린트한 것인데, 굵직한 제호 **〈성문일보〉** 아래,
기획시리즈 – [이창준 게이트 2년] ② 과연 애국자인가.. 입증할 자료는 어디에,
라고 돼 있다. 그 밑에는 기사 내용이 2줄로 요약됐고 이전기사 링크가 이어졌는데,
기사내용 요약 – 〈후배검사의 일방적 주장으로 미화된 죽음〉
〈검찰조사 압박으로 자살했을 가능성은?〉
이전기사 – 기획시리즈 – [이창준 게이트 2년]
① 전업주부에서 회장으로.. 이연재 회장은 정말 몰랐을까?
자료 사진으론 창준의 서부지검 시절 사진과 연재의 공식 프로필 사진이 나란하다,
사진 설명 – 왼쪽 故이창준 前수석비서관. 오른쪽 이연재 ㈜한조그룹 회장.

시목의 눈동자가 닿는 단어들이 기사에서 튀어나오듯 하나씩 크게 부각된다.
〈막다른 골목〉〈후배검사와의 밀약〉〈가족은 놔두는 대신〉
그 위로 들리는, 노여움이 깔린 원철의 목소리.

원철E　니가 돌아가신 분이랑 짜고 살인자를 미화하고 포장해줬단다.
　　　한조 부패 자료를 받는 대가로.
시목　(계속 읽는다)

〈검사장 출신〉〈추악한 말로 대신 택한 죽음〉〈황검사의 주장뿐〉〈증명할 방법 없어〉

원철　어차피 막다른 골목에 몰린 범죄자 이창준은 죽을 수밖에 없었고,
　　　넌 그런 사람이랑 목숨 값을 놓고 거래를 했단 얘기야, 공을 세우려고.
시목　(기사 내려놓는)
원철　돌아가신 분을 모욕해도 분수가 있지 새끼들 씨..
　　　두고 봐, 먼저 한조부터 조져놓고 다음 차롄 성문이야.
시목　왜 계속 한조를 상대하십니까? 중앙지검에 안 넘기시고.
원철　왜가 왜 나와 거기서? 기업수사는 중앙에서만 하란 법 있어?
　　　한조 본사 우리 관할지야! 내가 여기까지 어떻게 끌고 왔는데?

그리고 야... 넌 억울하지도 않냐?

시목 성문 사장이 아직 정신을 못 차렸네요. 출근 (일어난다) 첫날이라, 그만 가보겠습니다. (인사. 문으로 가는데)

원철 (혼잣말처럼) 우태하 걔도 입이 새털이네, 누가 반대했는지 고새 털고.

시목 .. 우부장님, 누구라고 말씀 안 하셨습니다.

원철 ?

시목 반대든 찬성이든 절 아는 사람이어야 할 텐데 제 주변에 대검 부장 귀에 들어갈 정도의 발언권이 나올 데는 여기뿐이었습니다. (목례하고 나가면)

원철 ... 발언권은 있지, (서류 판 집어 책상으로 가며) 귀족 검사님이라 말을 안 들어먹으셔서 그렇지. (책상에 서류 판 탁 놓는다)

펼쳐진 서류 판. 내려놓아질 때 끝자락이 펄럭이는 성문 기사로 빠르게 줌 인 하면, 펄럭이던 게 가라앉자 선명히 보이는 창준과 연재 사진에서,

S#37. 한조 본사/회장실 - 낮

화면 가득한 연재 얼굴. 기사의 공식 프로필 사진과 분위기가 많이 다르다.
고급스런 분위기는 그대로지만 머리는 대충 넘겼고 일에 찌든 표정은 무겁다.
연재에게서 물러나며 회장실 전체를 보여주면,
본사의 많은 중진이 연재 좌우로 커다란 테이블에 포진했다.
연재에게 가까운 자리부터 전무, 상무, 실장순으로 멀어진다.
임원들, 갑론을박 중이고 연재, 경청 중이지만 누구에게도 시선 주지 않는다.

전무1 직세국 출신이 지금 급선무라니까요?

전무2 국세청에서 감사관 하던 사람을 데려올 수 있는데 웬 직세국입니까?

전무1 추징금 취소 소송이 코앞이니까요. (앞에 놓인 프로필 서류 두드리며) 이 유국장이 직세국에서도 법인세과를 완전 꽉 잡았었다니까?

전무2 (연재에게 직접) 회장님 직세국은 국세청에 딸린 그냥 하나의 국입니다. 모름지기 사외이사는 끗발이 제일이잖습니까?

전무1　(역시 연재에게) 세금 감면에는 유국장이 최고 전문가입니다, 회장님.
연재　....
모두　(대답 기다리는데)
연재　양쪽 다, 우리가 데려오면 위법이네요?
전무1, 2　(여기엔 할 말 없는)
연재　직세국 국장도, 국세청 감사관 출신도, 공직자윤리법 위반인데? (박상무 보면)
박상무　예, 그렇습니다. 둘 다 4급 이상이고 현직 때 업무가 저희 그룹과 관련 있으니 퇴직한 지 3년은 지나야 저희 쪽 사외이사 취업이 가능합니다.
연재　멍청한 소리.
전무1　예?
연재　퇴직한 지 3년이나 된 것들을 누가 뽑아? 공직자 출신을 기업에서 왜 원하는데? 둘 다 데려와요.

전무1, 2는 예, 대답하지만 박상무는 다소 곤란한 얼굴이 된다.

연재　그리고, 이번에 동부지검에서 전관예우 해줬다는 변호사도, 이름이..
박상무　오주선 변호사입니다만 회장님, 그쪽도 서울고법 부장판사 출신이라 현직 때 업무가 이윤범 전 회장님 재판과 관련 있습니다.
연재　셋이 다 공직자 법에 걸린다고?
박상무　예. 주총에서 이 셋의 영입을 한꺼번에 발표했다간 문제가 될 겁니다.
연재　쓸 인간이 없네. 변호사 데려와야 돼. 동부지검에서 우릴 물고 늘어지는데 그쪽 검사장을 휘어잡을 사람을 확보해야 된다고.
박상무　그럼 오변호사부터 먼저 사외이사 영입이 어떨까요? 나머진 하나씩
전무1　(O.L) 소송 대비가 먼저지요, 회장님. 법인세가 천억이 넘게 물렸는데요.
연재　(고민.. 박상무에게) 한조물산은.
박상무　결국 이성재 사장한테 가서 붙었습니다.
연재　(갈수록 태산..) 물산 사장 부릅시다.
박상무　예.
연재　수고들 하셨어요.

모두, 인사하고 일어나 나간다.
연재, 일어나 허리 편다. 스트레칭을 좀 하는데 문가에서 똑똑 소리. 돌아보면, 박상무는 안 나가고 문가에서 대기하다 연재가 스트레칭을 하자 소리를 낸 것이다.

연재 음?
박상무 (다가와. 서류철 내민다) 회의 시작 직전에 올라온 기사입니다.
연재 (펼쳐서 보면 S#36의 성문일보 기사다)
박상무 지난번에, 회장님께서 남편을 이용해서 전 회장님과 이성재 사장을 옭아 넣었다는 기사에 이은 두 번째 기획입니다.
연재 ...
박상무 성문일보 사장하고 이성재 사장은 어제도 자리를 같이했다고 하고요.
연재 밖에 아직도 있나?
박상무 다 갔습니다.
연재 등신새끼들!! 끼리끼리 모여서 한다는 짓거리하고 지들 대가리에서 나오는 게 기껏해야 이따위지!!
박상무 (연재가 다 쏟아낼 때까지 침착히 기다린다)
연재 사장이란 새끼들이 할 줄 아는 거라곤 남 뒷담화, 술 처먹고 모함하고 시기하고 질투하는 것밖에 모르면서!! ... .. 지분 확보만 끝나면 다 쓸어버릴 거야... (씩씩대다가 큰 숨 토하면)
박상무 회장님께서, 성문 사장을 만나보시면
연재 (무섭게 흘긴다. 잡아먹을 것 같다)
박상무 ... 죄송합니다 회장님 하지만, 고려해주십쇼. (목례하고 나가는데)
연재 차라리.
박상무 예.
연재 동부지검장을 컨택 해줘요.
박상무 이미 거절했지만 다시 말씀 전하겠습니다, 회장님. (나가고)
연재 (기사에 창준 사진을 보지만 반동을 이용해 한 손으로 탁 덮는다)

S#38. 대검찰청/정문 안 - 낮

정문 통과해 들어온 시목의 차, 지하주차장으로 방향 트는데,
한 남자(동재)가 계단을 오르고 있다.
그 뒷모습에 문득 고개 돌리는 시목. 계단 오르는 실루엣, 역시나 낯익다.
걸음도 가뿐하게 중앙 계단 오르는 동재.
시목, 그에게 시선 남기며 주차장으로 간다.

S#39. 동/법제단장실 - 낮

앉은 자리에서 태하가 앞뒤로 돌려 보는 것, 의정부지검 소속의 동재 명함이다.
명함 주인인 동재, 태하 앞에 섰다.

태하 서프로 나랑 처음이죠?
동재 예! 처음 뵙습니다. 의정부지검 서동재입니다, 잘 부탁드립니다.
태하 (눈은 웃지만..) 처음 보는 사이에 잘 부탁할 건 뭐가 있고,
모르는 사이에 갑자기 전화해선 내가 뭐에 흥미가 있을 거란 거지?
동재 (반기지 않는 기색에도 전혀 기죽지 않는다) 결론부터 말씀드리면,
경찰청 최빛 부장입니다.
태하 ...
동재 부장님, 제가 여기까지 온 마당에 뭘 돌려 말하고 수를 쓰겠습니까,
전부 말씀드려야죠, 저희 평검사들 중에서도요 부장님,
경찰이 이 마음이 아파서 통영 건을 다시 들먹였다고 아무도 생각
안 합니다, 수난사고 사상자가 1년에 몇천 명인데요.
태하 (듣는)
동재 저 지금 의정부 형사1부에 있습니다. 근데 저희 관할이 글쎄요 부장님?
남양주경찰섭니다, 1년 전만 해도 최빛 부장이 서장으로 있던 데요.
태하 그랬나?
동재 예. 그런데 부장님, (미리 꺼내뒀던 파란 파일 내밀며)
박광수라고 기억나십니까? 대전지검 검사장까지 하셨는데.
태하 (살짝 긴 침묵.. 그러다) 박광수 (일어난다) 왜 이렇게 익숙하지?
동재 죽었으니까요.

태하　　(동재 보는 순간)

Insert cut.> - 외진 국도. 밤. 멈춰진 차. 열려진 문. 그 안에 한 남자가 죽어 있다. 빨갛고 파란 불이 번쩍이는 걸로 보아 경찰차가 와 있는 듯하다.

동재　　남양주에 외진 국도에서. 정확히는 2018년 4월이요.

S#40. 의정부지검/동재의 사무실 - 낮(1년 전)

유선전화 귀에 대고 있는 동재, 심각하던 표정이 의아함으로 바뀐다.

동재E　　**술은 입에도 못 대던 분이셨습니다, 전에 제가 서부지검에 있을 때, 그분이 마약범죄 특강을 하셨거든요. 그날 뒤풀이에서 술 한 잔을 안 드셨어요. 자긴 몸에 알콜 분해효소가 없다고.**

동재, 전화하면서 사건 파일도 보고 있는데 S#39 인서트 장면이 사진으로 들어 있다.
차 안에서 죽은 남자(박광수). 다른 각도에서 찍은 사진도 있다. 정면, 옆면 등.
운전석 바닥에 떨어진 휴대폰 사진도 보는 동재.
마치 방금 떨어뜨린 양, 죽은 박광수의 오른손이 전화를 향해 늘어져 있다.

동재E　　**술은 자기 몸에 쥐약이라고. 그런데 심장마비였습니다. 술을 마시고 운전하다 국도에서 별안간.**

S#41. 대검찰청/법제단장실 - 낮(현재)

태하　　음주 때문에 사고 낸 건 아니고? (탁자에 앉으라 손짓)
동재　　감사합니다. (얼른 앉고) 아뇨, 알콜이 검출됐지만 소량이었고 차량사고가 아니라 부검 결과 심근경색이었습니다. 원래 지병이 있었고요.
태하　　(앉지 않고 듣는) 그런데 알고 보니 생전에 박광수랑 최빛이랑 그렇고 그런 사이였나?

동재 그럴 리가요?

태하 그럼 뭐가 결론이 최부장이란 거야?

동재 박광수 선배 부인이 이의를 제기했습니다. 지병으로 죽은 거야 사건도 아니죠. 남양주경찰서에서도 간단히 끝냈고요. 그런데 부인이 내 남편은 절대 술 마시고 운전대 잡을 사람이 아니다, 정식으로 나선 겁니다.

태하 뭐 와이프 입장에서야.

동재 제가 받은 조서엔 누락돼 있었습니다.

태하 술 마신 게?

동재 아뇨, 유족이 이의를 제기한 게요. 그걸 계기로 보완수사가 되기는커녕 이의가 제기됐단 사실 자체가 경찰 조서에서 빠져 있었습니다.

태하 빠진 건 어떻게 알았어? 적시 자체가 안 됐는데.

동재 저야 하늘 같은 선배님이 돌아가셨는데 후배로서 당연히 조문을 갔죠, 거기서 사모님을 뵀을 때 들었고요. 그래서 제가 또 주무검사로서 남양주경찰서에 일을 뭐 이따위로 하냐, 추궁하지 않았겠습니까?

태하 드디어 최부장 등장이네? 최빛이 서장 지위를 이용해서 내부지시를 내렸나?

동재 와 역시, 예! 최서장이 직접 무마시킨 모양새였습니다.

태하 ...

동재 이상하지 않습니까? 왜 길에서 발생한 흔한 질병사망을 덮어야 했을까요? 것도 검사장 출신의 죽음을 경찰서장이 왜 직접?

태하 (흥미가 생겼는지 맞은편에 앉는다, 상체 기울여) 그래서?

동재 부장님께서 원하신다면 이제부터 그걸 제가, 밝혀내야죠.

태하 이게 무슨 소리야? 그때 즉시 안 알아봤다고?

동재 그래서 제가 지금 부장님께 올 수 있었잖겠습니까? 시의적절하게도요. 그때 제가 뒤집어놨으면 최부장이 지금처럼 검찰이 무슨 전관예우를 했느니 들쑤시고 다닐 때 써먹을 카드가 없었겠지요.

태하 카드.

동재 예.

태하 (상체 뒤로 한다...) 어디서 카드 운운이야.

S#42. 동/형사법제단 사무실 - 낮

수사관 (시목에게 서류 몇 장 주는) 이거 이력선데요, 쫌 이따 회의할 때
태하E **여기가 도박판인 줄 알아?!!**

단장실 문을 뚫고 나오는 벼락같은 소리에 시목, 실무관, 수사관 모두 고개 든다. 이어 안에서 동재의 '부장님!' 소리 들리는.

시목 ... 안에 손님, 누굽니까?
수사관 저희도 잘..
시목 예. (수사관이 준 서류 추린다)

S#43. 동/법제단장실 - 낮

동재 (얼굴 붉어졌지만 안 물러선다) 이미 도박판이면 저 안 왔습니다. 요즘 눈만 뜨면 검사가 사고 쳤다, 검찰이 문제다란 뉴슨데 이게 우연인가요? 경찰이 하루가 멀다 하고 언플을 해대는 이런 환경에서 부장님 후배들이, 젊은 검사들이 의욕을 갖고 수사에 임할 수 있을까요? 경찰이 왜 저러는데요, 지들도 아니까요, 이제 정말 때가 왔다, 검찰이 사상 최악의 욕을 먹는 지금 이때! 밟고 올라가야 한다, 아니면 다신 기횐 없다, 목숨 걸어서 아닙니까? 죄송합니다만 부장님, 부장님께선 경찰의 도전을 굴복시키는 데 있어서 지금까지 그 어떤 책임자보다 불리하십니다, 개인 능력 때문이 아니라 처한 시대가요.
태하 ...
동재 이미 도박판이면 제가 안 왔습니다, 저도 저 소용 있는 델 가죠, 나 필요 없단 데서 뭘 하겠습니까? 그렇지만요 부장님, 법제단엔 아니 부장님껜 제가 필요합니다, 부장님 대신 카드를 움켜쥐고 패를 돌릴 사람이 되겠습니다, 만에 하나, 그럴 리도 없지만 만에 하나 제 행동이 문제가 된다면요 부장님? 전부 제가 가져갑니다,

모든 건 저에서 끝나고 서동재란 인간은 부장님을 뵌 적도 없습니다.

태하 ...

동재 우리도 경찰 실수한 거나 폭로하는 수준으로 쪼잔하게 대응해서야 뭐 하겠습니까, 국민이 검찰을 싫어한다고요? 경찰은 더 못 믿습니다? 이걸 극대화시킬 경찰 비리의 끝판왕이 필요한 때 아니겠습니까?

태하 ... .. 지병이 확실한가, 박광수 선배?

동재 예 사인은 심근경색 맞습니다. 전부터 증상이 있었다고 하고요.

태하 그게 무슨 비리의 끝판왕이야? 중년남자가 심장마비 앓다 죽은 게.

동재 전관예우로 검찰이 맘대로 종결시켰다고 까댄 게 최부장인데요, 본인도 똑같은 짓 한 거 아닙니까?

태하 흐음.. (별로 구미가 당기는 얼굴이 아니자)

동재 (얼른 연두색 파일 꺼내 태하 앞에 놓으며)
동두천에서 2017년에 경찰 하나가 자살을 했습니다, 우울증이라는데, 그 경찰이 속한 지구대 팀이 나중에 아주 크게 털리게 됐거든요? 팀원 전체가 유흥업소를 봐주다가. 그런데 거기에 유일하게 가담 안 한 게 죽은 경찰이란 후문이 있었습니다. 만약.. (의미심장하게 보지만)

태하 (흥미를 보이는 기색. 들춰보지는 않지만 파일에 시선도 준다)

동재 (연이어 분홍색 파일 놓으며) 피해자 가족이 진정서를 넣는 바람에 알려진 경찰서장의 직권남용 사례입니다. 경찰한테 독자적인 수사권을 주면 국민이 얼마나 억울해질지 보여주는 대표적인 사례가 될 겁니다.

태하 (헛웃음 나는) 맨날 이런 거만 뒤져?

동재 안 뒤져도 워낙 발에 채여서요, 부장님. ... 알아볼까요?

태하 (동재가 준 2개 파일 중 연두색을 들춰보는) .. 최부장은 놔둬, 손 떼.

동재 왜..

태하 우린 놀고 있는 줄 알아? 방해하지 마. 부장이 뭐야, 국장을 쳐낼 판에.

동재 그럼 이번에 정보국장이 구설에 오른 게.. 역시 스케일이 대단하십니다!

태하 (파란 파일을 제외한 2개의 파일 들어 보이는) 이건 내가 볼게.

동재 감사합니다! 저도 계속 업데이트해서 보내드리겠습니다!

태하 (끄덕)

동재 긴 시간 내주셔서 감사합니다, 부장님!
조만간 또 인사 올리겠습니다! (파란 파일을 가방에 넣고 나가는데)

동재 뒤로 문 닫히자 태하, 표정 변한다. 당황스러움, 불안함이 한꺼번에 밀려온다. 이걸 어떡하지? 싶은데 문밖에서 들리는 소리.

동재E **니가 여기 왜 있어??**
태하 (그 소리에 고개를 꺾을 기세로 즉시 문을 본다)

S#44. 동/형사법제단 사무실 - 낮

동재 (단장실에서 의기양양하게 나오다 어?! 상태로 멈춘)
시목 (일어난) 안녕하셨습니까?
동재 .. (다른 사람들 의식해 미소 뒤에 감추는 황당함)
야 황프로 오랜만이다? 언제 왔어?

두 사람 뒤로 보이는 단장실 문이 아주 조금 열리고 있다.

시목 얼마 안 됐습니다.
동재 잘됐다 야, 통영에서 고생 많았지? (반가운 척하지만 시계 보는)
시목 (동재 따라 그의 손목시계를 짧게 보게 되는)
동재 아, 내가 바빠서,

S#45. 동/법제단장실 - 낮

아주 조금 열린 문 사이로 '전화할게.' 하고 가는 동재와 인사하는 시목 보인다. 태하, 인사 마친 시목이 이쪽으로 몸을 돌리기 직전 문 닫는다. 뭔가 생각..

S#46. 동/형사법제단 사무실 밖 복도 - 낮

동재 지가 왜 대검엘 있어, 누군 발버둥을 쳐도 안 되는데.. 운 드럽게 좋네,

S#47. 동/형사법제단 사무실 - 낮

태하 (법제단장실에서 몸 내민) 시작합시다.

말 떨어지자마자 움직이는 직원들. 시목도 보던 이력서 갖고 단장실로 향한다.
시목 뒤를 따라 단장실로 가는 카메라, 그대로 안까지 내처 따라 들어갈 듯한데,

S#48. 경찰청/수사혁신단장실 - 낮

여진과 주임1, 2가 최빛을 따라 단장실로 들어온다.
최빛 손짓에 따라 셋은 소파에 앉고 최빛은 책상 의자에 재킷 벗어 걸친다.

최빛 협의회가 이번 주 목요일로 최종 결정됐어.
주임1 드디어네요, 2년 만에.
최빛 우리한테만 (경찰수첩 가져와 소파에 털썩 앉는) 드디어인가 봐.
주임2 뭐가 잘못됐습니까?
최빛 잘못까진 아니지만 규모나 구성이 내 기대하고는 달라.
여진 규모가 어떤데요?
최빛 열 명 미만. 양쪽에서 세넛 정도. 우리 팀만 수십 명인데 세넛이 뭐야.
주임1 인원이 많으면 서로 치고받고 싸울까 봐 그거 걱정부터 하나 보네요.
주임2 너무 과열돼서 전처럼 강제조정 당하는 거보단 낫다 생각하시죠.
최빛 더 문제는 협의원 구성이야.
검찰은 형사법제단 사람, 우리 쪽은 수사혁신단 사람, 다 빼래.
주임2 네? 다 빼면, 아니 혁신단하고 법제단이 경검에서 수사권 담당부선데,
그럼 저희는 협의회 못 들어가는 거예요?
최빛 응.
주임1 그런 게 어딨어요? 몇 년을 준비했는데 막상 할라니까 빠지라고요?

최빛 한주임, 아직 용산서 소속이지?

여진 예? 예. 용산서 소속 파견입니다.

주임1 (표정 변하는. 여진 보는 시선이 돌연 뜨악해진다)

여진 (주임1, 2의 시선 알지만) 단장님도 그러시잖아요?
혁신단 단장이시기도 하시만 정보부 부장님도 되시잖아요?

최빛 나 혁신단 이전에 원래 정보부장이야.
한주임하고 나 둘 중에 혁신단 사람, 없어.

주임2 단장님 그럼 저희는요?

최빛 서포트 잘해야지.

S#49. 대검찰청/법제단장실 - 낮

실무관 부장님, 부장님?

실무관, 수사관, 시목, 태하, 모두 둘러앉았는데,
태하, 무슨 생각에 잠겼는지 딴 세상에 있는 것 같다.

태하 (실무관이 부르자 그제야 응?.. 사람들을 보긴 하지만) .. 음..
조직의 이기를 피하기 위해 전담부서는 배제키로 했다, 고 하셨고..

수사관 그럼 부장님도 협의회 빠지세요?

태하 날 빼고 무슨 협의회!!

시목 (보는)

태하 내가 타이틀이 한둘이야? 황프로도 걱정 마.
넌 원주청 소속이라면 되니까. 아니 되는 게 아니라 넌 거기 소속이야.

시목 네. (웬 걱정)

태하 이런 건 본래 박 터지게 싸우면서 조율해나가는 거지,
밥그릇 싸움 소리가 듣기 싫으면 첨부터 협의회라고 모아놓질 말든가.
아무튼! (정신 차리고) 그래서 하날 더 뽑아야 돼.
나, 황프로, 거기 한 명 더. 법제단 밖에 사람으로.

시목 협의회는 세 명만 갑니까, 검찰에선?

태하　음. 경찰은 넷으로 밀어붙일 거야. 우린 쪽수 필요 없어.

S#50. 경찰청/수사혁신단장실 - 낮

최빛　저쪽에선 분명 부장급들이 나올 거야. 우릴 신경 안 쓰는 척하지만 사실 검찰도 벼랑 끝이야. 자기 없으면 일이 안 된다고 믿는 우부장이 빠질 리 없고. 대검 부장을 상대하려면 우린 최소 치안감급은 와야 돼.

여진　정해지셨어요?

최빛　수사국장님이 참석하실 거야. 나, 한주임, 거기에 한 명 더. 이렇게 넷.

주임1　(한 명 더 소리에 다시 몸이 당겨지는)

주임2　(다시 기대가 되긴 마찬가지다) 한 명 더 누구 생각하고 계신데요?..

최빛　먼저 경찰대 출신이 아니고 둘째 그렇다고 직급이 너무 낮지도 않고, 왠지 알지? 셋째 본청 사람이 아닌 일선 수사경찰이어야 하고,

주임1, 2　(이런!...)

최빛　마지막으로 나이는 너무 안 많은 사람이면 좋겠어. 한 30대 후반? 까진 괜찮아.

여진　(떠올려봐도) 그런 케이슨 되게 드문...

최빛　데려올 수 있지? 그럼 이렇게 넷은 채워졌고,

여진　네? 제가 데려와요?

최빛　일선 수사경찰 많이 알잖아? 너 같은 사람 골라와.

여진　저기 단장님 저는 경찰대라

최빛　(O.L) 고것만 빼고. (이미 수첩 넘기는) 어차피 나올 논리는 다 나왔어. 사람 새로 와도 할 일 없어. 우리가 현장직도 챙긴단 것만 보여주면 돼. 됐지? (수첩 보자)

입 모양으로만 뭐가 돼.. 하는 여진, 곤란한 표정이지만 그보다 주임1, 2는 완전 삘났다.

S#51. 대검찰청/법제단장실 - 낮

보드 앞에 선 수사관, 보드에 써놓은 이름을 X표 한다.
이미 이름 대여섯 개가 써져 있는데, 넷은 X표로 지웠고 둘은 △로 표기했다.
태하는 한쪽에 비뚜름히 서서 동재가 주고 간 연두색 파일을 보고 있다.

실무관 (앞에 쌓인 이력서 보면서) 대구고검 박재연 검사요.
태하 (파일만 보며) 협의회 할 때마다 대구에서 불러올리라고?
수사관 (보드에 박재연을 다 쓰기도 전에 X표)
실무관 중앙지검 고원준 검사요.
태하 그런 애들밖에 없어? (파일 내려놓고 직접 이력서 보는데)
수사관 (쓰는 것 포기)

시목 앞에 내려지는 연두색 파일. 일부러 가까이 놓은 게 아니라 태하가 놓는 결에 근처에 앉은 시목 앞에 놓였지만 시목의 눈길, 연두색 파일에 가닿게 된다.

태하 (이력서 보다가) 김사현 부장검사.. 국회 법제사법위원회에 파견위원.
수사관 (태하가 바로 뭐라 안 하자 김사현 쓰는)
태하 국회 전문위원이면 국회의원들 많이 알겠지? (사람들 보며)
협의회에서 합의안을 내놔도 국회에서 통과 안 시켜주면 말짱 꽝인데
법사위 전문위원이 우리 협의회에 소속되면 유리하지. 좋지? 됐지?
(직접 김사현 이름에 동그라미 치고 옆에 마침표까지 탁 찍는데)
시목 법사위 전문위원은 로비 창구로 쓰여서 문제가 된 자리 아닙니까?
검찰에 청탁할 게 있는 국회의원들이 전문위원한테 먼저 접근해서요.
태하 그게 청탁한 사람들 잘못이지 파견 나간 사람 탓이야?
시목 파견 나간 판사가 의원 청탁을 받고 공판에 개입한 게 드러나서 판사는
전문위원 제도 자체가 없어졌고 검사도 곧 파견을 영구 철회할 건데요.
태하 (이젠 대꾸 대신 뚱하니 응시하다가)
김사현 부장으로 차장님 실에 인선 결재 올려요.
실무관 예.
태하 협의회에서 논의할 거나 방안 같은 건 김부장까지 다 모였을 때
하기로 하고 일단은 뭐.. 공수처의 필요성, 이런 건 다들 인지하니까
시목 .. (한 귀로 들으며 떠올리는 것은)

Flashback〉 - 2회 S#34. 비즈니스호텔/방 - 밤
노트북 켠 시목이 포털 검색창에 '우태하 부장검사' 쳤을 때 뜬 프로필,
C.U.하면 태하가 형사법제단을 맡았다는 인사발령 기사가 몇 개 떴는데,
그중 '우태하(28기)'라고 쓴 것이 보인다.

시목, 김사현 프로필 확인하면 〈김사현 - 사법연수원 28기〉

시목　... 협의회는 어디서 하게 됩니까?
태하　여기서 하게 되겠지.
최빛E　**당연히 여기서 하겠지.**

S#52. 경찰청/수사혁신단장실 - 낮

최빛　우리가 먼저 제안했고 그쪽은 받아들인 건데 경찰청에서 하는 게 맞지.
(갑자기 벌떡 일어나는) 예!
여진　(최빛 따라 돌아보다 벌떡 일어나는)

유리창 밖에 수사국장이 이쪽으로 오고 있다. 들어오면,
최빛과 여진, 주임1, 2, 목례한다.

수사국장　얘기들 끝났어?
최빛　예. 수고들 했어. (앉는)
수사국장　(주임들 나가자 찌푸려진다) 자네 국장, 구속 못 피하게 생겼어.
최빛　검찰에서 기어코 내놓으래요?
수사국장　좀 이상해? 수사정보 흘려준 거 갖고 걔네들이 왜 이렇게까지 나오지?
최빛　기선 제압하려는 거잖아요. 우리한테 비리경찰 프레임 씌워서.
수사국장　아냐 얼마 전에 그, 지 와이프한테 몰래 판결문 보내준 판사 있었잖아,
그 와이프도 변호사라서, 것도 견책으로 끝났고 진술조서 유출 검사도
벌금형에 그쳤는데 정보국장한텐 이 난리를 치는 거 보면 죄목이 문제가

아니라 국장한테 무슨 개인적인 앙심인가?.. 최부장 아는 거 없어?
최빛 (경계의 눈빛. 얼버무리고) 일단 꼬투리 잡는 거겠죠. 닥치는 대로.
수사국장 음.. 빌어먹을 놈들..

S#53. 대검찰청/법제단장실 - 낮

회의 끝난 사람들 단장실을 나가는데,

태하 황프로.
시목 (나가다) 예.
태하 (고심하다가) 아까 걔 잘 알아? 서동재.
시목 서부지검에서 같이 근무했습니다.
태하 으음.. (긴가 민가 한 얼굴) 일을 믿고 맡겨도 될 만하드나?
시목 .. 일의 종류에 따라서 편차가 있었습니다.
태하 그렇구나.. 나도 걔 느낌이 좀.. (연두색 파일 펼쳐서 들여다보는)
시목 (같이 파일 보게 되는) 어떤 일을 맡기시려고요?
태하 (시목 시선이 파일에 닿은 걸 보자 안 된다는 듯 휙 닫는다) 나가봐.
시목 .. (인사. 나갈 때 뒤에서 들리는 소리)
태하 (파일 끼고 책상으로 가며) 아, 잘만 하면 완전 대박 껀순데...

S#54. 동/형사법제단 사무실 - 낮

단장실에서 나오는 시목.

Flashback〉 - 방금 전. 태하가 파일을 펼쳤을 때 보인 사진.
공동샤워실 같은 배경인데 경찰 복장의 한 남자가 바닥에 누웠고 옆엔 끈이 놓였다.
사진 뒤에 삐져나온 서류에서 보이던 문장들, '09월 세곡지구대에서' '동료대원이 발견'

자리에 앉으며 데스크탑에 세곡지구대를 쳐보는 시목, 단장실 문 흘낏한다.

S#55. 경찰청/복도 - 밤

여진 (퇴근 차림으로 나오는데 폰 울려서 보면 '황시목 검사'다. 받는)
어이 강원도 검사님! 둥진 트셨나? .. 웬 서초동?... 대검이요?

S#56. 의정부지검/동재의 검사실 - 밤

모두 퇴근했다. 동재만 데스크탑 모니터 빛을 반사시키며 책상에 앉았다.
모니터엔 2회 S#16의 뉴스가 소리 없이 흐른다. 최빛이 기자들한테 말하는 장면이다.
모니터 앞 책상엔 태하에게 보여줬던 파란 파일이 놓였다,

동재 (화면 속 최빛을 보지만)
태하E **최부장은 놔둬, 손 떼.**

Flashback〉 - S#43. 대검찰청/법제단장실 - 낮
태하 **(파란 파일을 제외한 나머지 2개의 파일 들어 보이며) 이건 내가 볼게.**

빙긋 웃는 동재, 뉴스 장면 바뀌어 대학생 세 명 사진이 흐르자 이를 흘깃 보는데
전화 울린다. 발신자 - 〈우태하 부장님〉

동재 (반색하며 얼른 받는) 예 우부장님 서동잽니다! (듣는. 더 환해지는)
예 그럼요, 예, 알겠습니다! (끊는)

됐쓰! 역시! 좋아하는 동재, 뉴스 영상 끄고 파란 파일은 서랍에 넣어버린다.

S#57. 대검찰청/형사법제단 사무실 - 밤

수사관, 시목, 이미 퇴근했고 실무관, 퇴근하려는데 단장실에서 태하도 나온다.

태하 내일 봅시다.
실무관 부장님 요거만요. (결재 판에 받친 서류 한 장과 펜 내민다)
황검사님께서 독신자 숙소를 신청하셨는데 부장님께서
사유서를 써주시면 좀 더 빨리 입주하실 거 같아서요.
태하 황프로가 관사엘 들어가겠다고? 거긴 주로 수사관들이 쓰잖아?
실무관 황검사님이요, (둘밖에 없는데 좀 작게) 계실 데가 없나 봐요.
태하 (사인해서 주고) 사유서가 필요할 정도야? 언제 들어갈 수 있는데?
실무관 글쎄요, 워낙 대기 줄이 길어서.
태하 (나가며 나직한 혼잣말) 얘는 오늘은 어디서 자고 온 거야?..

S#58. 주꾸미 전문점 - 밤

오래된 주꾸미 요릿집. 전부 좌식 테이블이다.
손님 많고 시끄럽다. 이 와중에 구석에 홀로 앉은 시목.
그 옆 테이블엔 등산복 차림 중년남녀 열댓의 단체손님들이 지금 막 앉고 있다.
탁자 끌어서 길게 붙이느라 끄는 소리도 나고 방석도 넘겨주고, 꽤 어수선하다.
여진 들어오는데 옆 테이블 소란에 시목, 여진을 못 본다.
여진이 테이블로 오면 시목, 그제야 고개 드는데,
여진도 마치 어제 본 사람처럼 별 호들갑 없이 앞에 앉는다.

여진 (보는. 웃는)
시목 (보는. 가벼운 눈인사와 가벼운 목례)
여진 (손 내민다) 잘 오셨습니다!
시목 (악수)
여진 언제 (와르르! 웃음소리에 옆을 보게 되는)

두 사람 인사하는 사이에도 계속 들리던 옆 테이블 대화소리,
낙지가 죽은 소도 벌떡 일으켜 세운다는 둥, 중년남자의 객쩍은 농에 다른 아주머니가

더한 농을 치자 한꺼번에 와르르 웃는 바람에 여진, 저도 모르게 그쪽을 봤다.

여진　　.. 그 포장마차로 갔음 좋았을걸.
시목　　없어졌으니까요.
여진　　어떻게 알아요? 아 지금 공덕동 집으로 아예 왔어요?
시목　　아뇨, 거긴 전세가 남아 있어서. 전에 왔을 때 보니까 없어졌더라고요.
종업원　(물과 밑반찬 가져와 후드득 놓는다)
여진　　저희 콜라 한 병이랑 주꾸미.. (시목에게) 볶음, 샤브샤브?
시목　　볶음이요.
여진　　볶음 중 자 하나요.

종업원, 주방 향해 크게 '쭈볶중' 외치고 옆 테이블 단체손님도 여기 주문이요! 하고. 단체손님은 주문하면서 동시에 대화가 끊이질 않는다.

시목　　(수저 세팅하며) 지금 계신 데가 수사혁신단이죠? 경찰청.
여진　　에, 아참, 대검에서 뭐 해요? 어느 팀으로 왔어요?
시목　　형사법제단이요.
여진　　(같이 젓가락 놓다 멈춰지는)
종업원　(컵과 콜라 가져와 따놓고 가면)
여진　　.. 검사님 경검협의회 참여해요?
최빛E　**우릴 신경 안 쓰는 척하지만 사실 그쪽도 벼랑 끝이야.**
시목　　네.
여진　　(콜라 따른다) 으음. (마신다) 검사님이 제일 막내겠네요? 검찰에선.
최빛E　**맞은편에 새파란 검사가 국장님한테 그러더래, 세월 참 좋아졌어요?**
시목　　예.

옆 테이블, 왁자지껄 웃는다. 동시에 그쪽으로 고개 돌아가는 여진과 시목. 종업원이 주꾸미 철판을 가져와 테이블에 올리고 불 켜고 할 때까지 말 없는 두 사람.

시목　　(종업원이 가면) 통영은 이대로 끝이려나 보던데요.
여진　　에, 장형사님도 그러더라고요. 유족들이 관두겠다고 했다고.

아무래도 불기소를 뒤집긴 어렵다고 판단했겠죠.

시목 합의금을 받았거나요.

여진 경고판 뽑은 애들한테서 돈 받았대요, 유가족이?

시목 희생자가 두 집에서 나왔는데 이 정도로 빨리 정리됐단 건 돈이 오간 걸 수 있죠. 뉴스 보니까 유족들이 넉넉해 보이지도 않았고.

여진 우리 단장님 나온 뉴스?

시목 (끄덕)

여진 .. 내가 보고했어요, 전관예우, 동부지검.

시목 없는 얘기 하신 건 아니니까요, 의견서도 그렇고.

여진 ?.. (그러다 무슨 말인지 깨닫고) 그걸 내가

종업원 (불쑥 와서 요리 뒤집고 볶아준다) 쭈꾸민 드셔도 돼요. (가는)

시목 뭐요?

여진 .. ... 먹읍시다. (젓가락 드는데)

시목 (젓가락 잡으며) 경감님 혹시 세곡지구대라고 아세요?

여진 세곡?

시목 거기 샤워실에서

휴대폰 진동 울린다. 둘 다 제 주머니 보는데 시목이다.

시목 잠시만요. (받는) 예 부장님.. 아뇨 김부장님껜 인사드린 적 없습니다.

여진 (젓가락 내려놓고 버너를 약불로 줄인다)

시목 제가 지금은 (하다 듣는) 두 분이 같이 계십니까?

여진 오래요?.. (가라는 손짓) 가세요.

시목 잠시만요. (전화 가리고 여진 보면)

여진 가요! 나 혼자 다 먹을 거야, 이거.

시목 .. 예 지금 가겠습니다. (전화 끊고) 미안합니다.

여진 (안다, 괜찮다, 끄덕) 오늘 아니어도 앞으로 자주 보게 될 거 같으니까.

시목 그렇겠죠. (가방 챙겨 일어난다) 그럼. (인사하고 가면)

여진 (쓰... 맛있게 끓고 있는 요리 보다가) 저기요, 여기 밥 좀요!

S#59. 일본식 요릿집/통로 - 밤

시목, 종업원 따라서 긴 통로를 간다.
중간에 어느 미닫이문을 가리키는 종업원.
시목, 가볍게 목례하고 신발 벗으려는데 룸 앞에 가지런한 남자 구두가 두 켤레다.
시목, 그중 한 켤레에 더 시선 주더니 왜? 하는 표정 되는

Flashback〉 - 시목 얼굴 C.U. 그가 눈을 내리는 순간,
누군가의 신발부터 바짓단까지만 보인다. 양복바지 입은 남자다.
돌아서는 발동작, 그때 확실히 보이는 구두.

룸 앞에 놓인 구두, Flashback의 구두와 똑같다.
그사이 종업원이 문을 여는데 문을 등지고 앉은 태하. 그 건너편에 앉은 사람은, 동재다. 동재, 시목 등장을 전혀 예상 못 했는지 당황하는 기색 역력하다.
반면 태연자약한 태하, 반쯤만 돌아보는.
... 들어가는 시목. 뒤에서 문 닫아주는 종업원.

S#60. 동/룸 - 밤

시목 (선 채로 동재에게 목례하는데)
동재 (시목 봤다가 태하 봤다가)
태하 (연두색 파일 앞에 놓고 앉은) 앉아.
시목 (자리 보면)

4인석 중 태하 쪽은 두 자리 모두, 건너편 동재 쪽엔 한 자리에만 식기가 세팅됐다.

시목 (식기가 세팅된 자리 중 유일하게 빈 태하 옆에 앉는)
태하 (제 앞에 뒀던 연두색 파일을 보란 듯 시목 앞에 놓는다)
동재 !

동재와 시목, 무슨 상황인가 싶어 서로 쳐다본다.

동재 (어떻게든 웃으려) 부장님 저기, 혹시 저하고 황프로한테 같이 맡기시려는 거라면 제가 인제 혼자 충분히

태하 (고개 젓는..) 대검으로 가져왔으니, 대검에서 풀어야지.

시목 (새삼 태하 쳐다보는)

웃음기가 사라져버린 동재.
등을 쫙 펴고 앉아 이 자리를 즐기는 게 아닌가 싶은 기색의 태하.
... 두 사람 주시하던 시목의 눈동자, 연두색 파일로 잠깐 떨어진다.
잠깐이었지만 시목이 다시 눈을 들면 동재가 시목을 뚫어버릴 듯 응시하고 있다.
그런 두 사람을 관찰하듯 교차해서 보는 태하.
세 사람에서, 엔딩.

3회

오늘 협의회에서 경찰이 무슨 말을 떠들든,

검찰은 아무것도 내주지 않아.

본래 우리의 것이니까. 70년을 그랬듯, 이번에도.

S#1. 일본식 요릿집/복도 - 밤

총총총 앞서가는 종업원을 따라 활기차게 오는 사현.
맞은편에서 굳은 얼굴로 오는 동재. 서로 모르는 두 사람, 스친다.

S#2. 동/룸 - 밤

사현 내가 왔습니다! (셀프 박수 치면서 들어오는)

문을 등지고 앉은 시목과 태하, 동시에 돌아본다.

시목 (자리에서 일어나 인사)
사현 (안쪽 자리로 건너 들어오며 그런 시목을 가볍게 훑는다)
태하 인제 음식 주세요.
종업원 예. (문 닫고 가는)
시목 (연두색 파일을 가방에 넣는)
사현 (그걸 보는) 먼저 쪼고 있었어요? (눈은 태하 보면서 시목 향해 고갯짓)
태하 화기애애한 거 안 보여?

사현 (시목을 품평하듯 팔짱 딱 끼며) 골방에서 디립다 책만 읽은 얼굴이네?
태하 거울 보는 거 같냐? (시목에게) 김사현 부장.
시목 황시목입니다.
사현 (팔 안 풀고 끄덕만)
태하 나인 나보다 두 살 적은데 나랑 동기야.
시목 압니다.

그 말에 사현, 태하 흘낏 보고 태하도 사현 보고. 시선 오가는 사이,
문 열리고 종업원들 들어온다. 미리 불붙여 가져온 개인 화로와 요리 내려놓는데,
염통, 대창, 양 등 각종 구이용 소 내장이다.

종업원 오늘 잡은 생천엽에 참기름만 친 거니까 바로 드세요, 서비습니다.
태하 (쳐다보지도 않고 의례적) 아이 감사합니다.
사현 여기가 호루몬이 끝내줘, 내장요리. 황프로 부장님 잘 만난 줄 알아,
이런 부장님 아니면 어디 가서 이렇게 신선한 걸 먹어?
시목 네.

종업원들, 테이블 중앙에 화로에 올린 모츠나베를 놓고,
마지막으로 도쿠리에 담긴 사케도 한 병 놓고 나간다.
말간 국물 곱창전골처럼 생긴 모츠나베, 지글지글 육수가 끓어오르고
그 안에서 따라 들썩이는 하얀 지방에 싸인 내장 덩어리.
태하, 끓고 있는 냄비에서 대창을 하나 꺼내 시목 앞 접시에 놓는다.

태하 이게 먹을 줄 모르는 사람이나 푹 익혀 먹는 거야.
시목 감사합니다.
태하 (모츠나베 건져 먹으며) 밥은 어떻게 먹고 다녀?
사현 어떻게 먹고 다니겠지 굶겠어요?
태하 숫기 없게 생겨갖고, 너 식당 혼자 들어가서 혼밥은 할 수 있냐?
사현 돈이 없어 입이 없어 별걱정은, 그리구 얘가 숫기가 없긴?
퍽도 그러겠다.
시목 (잘 아는 사람처럼 말하는 사현 쳐다보는)

사현 (시목 앞에 본인 잔 들어 내미는)

시목 (사케 병을 집어 태하와 사현 순서대로 따르고 내려놓으려는데)

사현 (사케 병 가져가서 시목에게 내민다)

시목 저는 됐습니다.

사현 (술병 흔들어 보인다. 받아라, 무언의 명령)

시목 (잔 내밀어 받는)

건배하는 세 사람. 태하와 사현의 '잘해봅시다!' '건배!' 소리가 상당히 크다.
둘은 쭉 들이켜고 시목은 잠시 기다렸다 내려놓는다.
사현, 시목이 잔을 그냥 놓는 걸 짧게 보지만 뭐라 하진 않는다.
나베를 대충 먹은 태하와 사현, 이젠 생천엽을 공략한다. 시목은 보고만 있는데,

태하 (또 대창 하나를 건져주며) 살짝 익었을 때 먹으라니까?

시목 예. (태하가 처음에 준 대창을 젓가락으로 집어 입에 넣으려는데)

사현 에헤, 얘 진짜 먹을 줄 모르네.

태하 여기 폰즈 소스, 와사비 살살 풀어서 찍어 먹어야지.

옆에서 앞에서 이래라저래라 태하와 사현,
시목이 태하 말대로 소스에 찍어 입에 넣는 것까지 무슨 애기 첫걸음마 보듯 지켜본다.
시목이 입에 넣고 우물대자 그제야 허리 바로 하고 자기들 것 먹고 마시는 두 사람.

사현 부장님 첫째가 이번에 국제중 들어갔다?

시목 예. (잘 안 씹혀...)

사현 딸은 클래식 발레 영재고.

태하 클래식 발렌지 돈 먹는 벌렌지.

사현 그것도 잘하니까 돈이 들어가죠, 우리 딸내미는 이담에 뭘 먹고
살려고 저러는지 모르겠어. (돌연) 황프로는 결혼 안 해?

태하 하지 마. 뭐 하러 해.

사현 그 좋은 얘기 나한테 좀 해주시지. 왜 나 결혼한다 할 때 안 말렸어요?
왜 나 버렸어?

태하 야 내가 날 버렸는데 누굴 말리냐?

술도 얘기도 자기들끼리 주거니 받거니. 시목은 대답할 틈도 없고 할 필요도 없다.

사현 (술잔은 태하한테 내밀고 시목에게) 너도 뭐 알콜 분해효소가 없어?
시목 아닙니다.
사현 그럼 한약? (하다 태하 보는) ?

사현, 술이 찰랑찰랑한 잔 내밀었는데 계속 잔을 잘 부딪쳐주던 태하가 반응이 없다.
태하, 무슨 생각에 사로잡혔는지 고개 약간 숙인 채 멈춘.
바로 옆에 앉은 시목의 눈에 들어오는 태하, 미간에 주름이 들어찬 게 보인다.
태하, 뒤늦게 술잔 잡고 혼자 벌컥 들이켜곤 개인 화로에 염통 올린다. '치이익' 소리.

S#3. 용산경찰서/주차장 - 밤

주차장에 세워진 여진의 차. 여진, 몸을 차 안으로 디밀고 있어 다리만 보인다.
부스럭대며 꺼내는 것, 겉에 주꾸미 전문이라고 써진 포장음식이다.
양손에 포장음식 쥐고 차 문을 영차! 발로 닫은 여진, 경찰서 건물로 간다.

S#4. 동/강력팀 - 밤

여진, 강력팀으로 들어온다. 1팀 2팀 지나쳐 오면 경찰들 어? 하는 표정들로 인사.
여진도 목례하며 스치며 가장 안쪽 3팀 자리로 오는데 장형사만 일하고 있다.

여진 다 어디 갔어요?
장형사 아 깜짝이야. (음식봉지 보더니 바로 가져가는) 아이 그냥 오지,
손님인가 뭘 이런 걸 들고 와요, 밥은요?
여진 볶아 왔지.
장형사 배우 양반일세. (일회용 수저 뜯는데)
여진 장형사님, 나 잠깐만요. (잡아끄는)

장형사 아니 이거, (음식 보지만 따라가는)

'다들 외근이에요?' '지능팀 갔어요, 금방 올 거예요.' 대화하며 회의실로 가는 두 사람. 여진, 장형사 뒤로 문 꾹 닫는다.

S#5. 동/회의실 - 밤

장형사 에에? (나? 자기 가리킨)

여진 에!

장형사 에에이 내가 무슨! 안 가, 내가 협의회는 무슨. 됐어요,

여진 되긴 뭐가 돼요?

장형사 팀장님 데려가요, 팀장님 딱 좋네.

여진 팀장님은 안 돼요.. 나이 땜에.

장형사 나이 제한도 있어요?

여진 경찰의 수사권 조정 주장은 경찰대 출신들이 경찰을 장악하려는 시도에서 나온 것이다. 전엔 법률전문가인 검사들한테 경찰이 논리적 대응을 못 했는데 소위 경대 엘리트들이 대거 투입되면서 검경 간의 갈등을 수면 위로 밀어 올렸다, 수사권 논쟁의 배후에는 경대 출신들이 있다.

장형사 무슨 논리적 대응을 못 해 우리가?

여진 검사들이 이렇게 말하고 돌아다닌다니까요?

장형사 요즘에 이런 게 다 우리가 경찰대 출신들한테 조정을 당해서라고요? 그럼 지들은? 특정 학교 특정 과가 안 먹었어? 웃기시네!

여진 그러니까 조정당하는 게 아니란 걸 장형사님이 보여주자고요, 경대 안 나왔어도 협의회에 당당히 자리 차지하고 있는 거지, 다만 문제는, 너무 직급이 낮으면 곤란하다고. 그렇잖아요? 순경이나 경장 내보내봐, 체급에서부터 밀리지.

장형사 근데 거기서 나이가 왜 나와요?

여진 쉿, 이건 비밀인데, (듣는 사람 없는데 은근히 작게) 우리 단장님이 자기보다 나이 많은 사람은 안 왔음 하는 거 같어.

장형사 불편한가? 부하가 자기보다 아무래도 연배가 있으면?

여진　근데 적어도 경위급은 돼야 된다면서 경찰대 출신은 또 안 된다는데 경대 졸업 아니면서 경위 달려면 40은 다 훌쩍 넘겼지 30대가 어딨어.

장형사　꼭 누구들 같네?

여진　누구?

장형사　경감님하고 우리 팀장님요. 팀장님이 나이는 더 많은데 직급은 경감님이 더 높잖아요. 그래서 발랐잖아?

여진　(등짝 때리는) 뭘 발라 내가?

장형사　아! 나 안 해!

여진　진짜 이럴 거예요? 내가 아까 단장님이 얘기할 때 누굴 딱 떠올렸다고?
일선형사에, 경위에, 30대, 일 잘하고!
이건 우리 짱건 형사님을 모르면 나올 수가 없는 얘기지!

장형사　(싫지 않은, 안 웃으려 하지만) 나 참 뭘 또 칫.. .. 내 맘대로 되나, 팀장님 허락도 있어야 하고요.

여진　당연 허락하시지?

S#6. 동/강력3팀 - 밤

최팀장　(주꾸미 먹으며) 얘를?

여진　네!

최팀장　어딜?

여진　경찰검찰협의회요.

최팀장　왜?

여진　일선 수사경찰 대표요, 되죠?

최팀장　으응 안 돼. (다 먹고 수저 놓는)

여진　왜요?

최팀장　가뜩이나 손 없어 죽겠는데 너 가고 얘까지 가면 남은 사람 어쩌라고?

서형사　(치우며) 장형산 가는 거 아니라면서요? 협의회 있을 때만 참석한다고.

여진　에!

최팀장　아예 데려가면 보강이라도 하지, 이건 있는 것도 아니고 없는 것도 아니고. 지들 필요할 때마다 맘대로 채갈 거 아냐?

순창　그래도 그런 자리에 일선경찰 하나 있어주면 앉아서 일하는 사람들 이랑 발로 뛰는 사람들 생각은 또 다를 수 있으니까

최팀장　(이게 누구 편을 들어? 확 손 올리면)

순창　(재빠른 방어 자세!)

최팀장　(그러나 순창 어깨 잡고 여진에게) 얘 데꾸가. 싹싹하고 팔팔하니 짱건보다 훨 나. 데꾸가.

여진　고추장 너 담근 지 몇 년 됐냐?

순창　저요? (자랑스레 손가락 셋 피는데)

서형사　(순창 손가락 하나 살포시 접어준다)

여진　익을라면 한참 남았네!

최팀장　관둬 그럼!

소리E〉　(치익, 무전기 소리)

무전기F　용의자 보광동 중개소로 온답니다. 일단 열 시인데 바뀔 수 있어요.

순창　(집어서 대답) 나갑니다!

형사들, 무전기 소리 났을 때부터 수갑, 방범조끼 등을 챙긴다.
순창은 조끼와 차 키를 동시에 낚아채 먼저 뛰어나간다.
이어 다른 형사들도 지체 없이 나간다.

여진　(얼결에 같이 서둘러 가며) 부동산 범죄에요? 지능팀이랑 같이?

최팀장　원래 폭력이라 우리 쪽이었는데 이 새끼가 전공을 바꿨네.

여진　뭘로요?

장형사　전세 사기요.

S#7. 동/입구 앞 - 밤

강력3팀 사람들 나오면, 순창이 타이밍 맞게 봉고차를 입구 계단 아래 댄다.

여진　(차까지 가는데)

최팀장　너도 가게?

여진 에?

형사들 (여진 놔두고 차에 오른다)

여진 (아, 물러나는) .. (장형사에게 유리창 너머 수신호, 입 모양. 전화!)

장형사, 급히 알았다 표시. 차는 벌써 달려 나간다.
차가 입구로 사라질 때까지 홀로 서서 지켜보던 여진, 자기 차로 간다.

여진 (낡은 용산서 입구 돌아보며) 또 보자! (몸을 돌려 가는)

S#8. 길거리/봉고차 안 - 밤

최팀장 (겉옷 아래 방범조끼 입으며) 이거저거 다 경험해봐. 그게 다 재산이야.

장형사 (역시 방범조끼 위에 겉옷 걸치다가) 에?

최팀장 너한테도 그렇고 경찰 전체로 봐서도 이런 기회가 또 오겠냐.
이번엔 어떻게 진짜 조정될 거 같잖아, 사회 분위기도 그렇고 위에서도
푸시해주고. 너 협의회 들어가서 수사권 가져오면 경찰 역사에 니 이름
석 자, 두 자 남기는 거야. 경력으로도 무시 못 하지.

순창 제가 선배님 몫까지 뛰겠습니다, 맘 편히 다녀오세요.

최팀장 둘씩이나 빼간 염치가 있으면 인력 보충해주겠지.

장형사 가는 거 아니라니까요, 자꾸 사람을 보내려고 그래.

최팀장 한여진이 진짜 사람이 없어서 여기까지 왔겠냐, 파견이 말이 쉽지
걔도 좀 외롭겠어? 중간에 들어가서 마음 터놓을 사람 하나 없을 거고.
.. 에이! 10년만 젊었어도 내가 간다.

서형사 요즘 딸리시나 봐요?

최팀장 딸리는 게 아니라! 경찰대 못 나왔음 그런 줄이라도 진즉에 잡을걸
인제야 뼈가 저려서 그런다, 왜!
(장형사에게) 너도 만년 경위 만년 팀장이 꿈은 아닐 거 아냐.

장형사 (선뜻 답 못 하는)

최팀장 다 끝나면 올 때 한여진이나 확실히 데려와, 그럼 돼.

어쩌다 본인 속까지 긁어버린 최팀장, 차창 밖으로 고개 돌린다.
빠르게 지나가는 불빛 사이로 세월을 떠안은 팀장 얼굴이 비친다.

S#9. 일본식 요릿집/룸 - 밤

사현 (흐트러진) 운도 지지리도 없지. 전문위원 딱 하고 오면 어? 중앙지검으로 똭! 얼마나 좋아? 근데 왜 하필 딱 내 차례에서 국회 파견이 없어지냔 말야, 왜 남들 다 하는 영전 나만 못 해?

태하 마지막이라고 더 대접해줄지 누가 아냐? 그니까 이번 일만 잘해.

사현 나 맨날 일 잘해요? 언젠 내가 못했어?

태하 이번이 제일 잘해야 돼, 우리 셋 다 목숨 달렸어.

사현 쯧.. (돌연 시목에게) 야 이번 회기에서 검찰 출신 의원들 전부 추려줘. 판사 출신도. (자기 말만 하고 태하에게 담배 피우는 시늉)

시목 예.

태하 (주머니 만지며 일어나는데)

사현 (일어나며) 경찰 하다가 국회 간 의원도 전부 몇 명인가 보자.

태하 (문 열려다) 경찰에서 자치경찰제 안을 새로 또 내놨어. 것도 뽑자.

시목 예.

태하 제주도는 따로 뽑고 이전 거랑 비교해서 내일 회의 (하다) 아 내일 아침에 거기 가지.

사현 어디?

태하 있어. (시목에게) 시간 없어. 의정부 갔다 오는 대로 해. (나가는)

두 사람 나가면 시목, 홀로 제 접시를 내려다보는데 아까 태하가 준 대창이 그대로다..
나베 냄비에 도로 톡 넣어지는 대창.

S#10. 동/문 앞 - 밤

사현과 태하 나온다. 사현은 전자담배 꺼내고 태하, 주머니 더듬더듬하는데,

사현　재는 담배도 안 태워?
태하　불.
사현　(전자담배 들어 보이는)
태하　에이, 카운터에 있으려나? (들어가려는데)
사현　근데 왜 그래요? 뭐 걱정되는 거 있어요?
태하　뭐가. (도로 들어가려고 가게 문 열다가) 응? 너도 태우게?
시목　(가방 들고 나온. 인사) 먼저 가보겠습니다.
사현　어딜 먼저 가? 내가 머리털 나고 먼저 가는 막내 못 봤어.
시목　예에, 내일 뵙겠습니다. (가는)
사현　야! 저게!..

한 귀로 흘리며 묵묵히 가는 시목 뒤로 황당해하는 사현과 태하.

S#11. 대검찰청/형사법제단 사무실 - 밤

불은 켜졌고 프린터는 종이를 토해내고 있는데 아무도 없다.
인쇄기가 일을 끝내고 조용해지면, 시목 자리 파티션에서 시목이 고개 든다.
인쇄가 되는 동안 잠시 눈을 감고 엎드려 있던 것.
인쇄물 거두는 시목. 얼핏 보이는 인쇄 내용은 자치경찰제에 관한 것이다.
시목, 다시 마우스 잡으며 데스크탑 모니터 보면,
〈20대 국회 정당별 법무부 출신 국회의원〉이란 제목의 엑셀 파일이 떴다.
이것도 인쇄 누르고 먼저 거둔 인쇄물 정리하던 시목, 책상에 둔 가방에 시선 주더니
인쇄물 내려놓고 가방에서 연두색 파일 꺼내 펼친다.
공동샤워실 바닥에 죽은 채 반듯이 눕혀진 경찰 사진이 역시나 제일 처음 보인다.
시목, 사진 뒤에 있는 파일도 읽기 시작하면.

S#12. 동두천 유흥가 - 밤(2년 전)

비슷한 형태의 야릇한 주점들이 골목 양쪽에 길게 이어졌다.
변두리지만 변두리대로 유동인구가 있는데.
가게들 사이 좁은 샛길에서 지구대원1, 2가 나온다.
그들 뒤로 좁은 샛길에서 가게 쪽문으로 들어가는 사람이 실루엣으로만 보인다.
지구대원1은 바로 앞에 순찰차로, 지구대원2는 멀리 세워둔 다른 순찰차로 간다.

cut to. 좁은 샛길 바로 앞에 주차된 순찰차 안.
앞좌석에 지구대원3, 4가 타고 있고, 뒷좌석에 탄 지구대원5까지 도합 셋이 있는데,
지구대원1이 여기 뒷좌석에 오른다.
앞좌석에 지구대원3, 4는 대원1이 타자 일상적 대화, 별일 없어? 정도 묻지만,
뒤에 탄 지구대원1, 주머니에서 뭔가 꺼내 재빨리 앞좌석 등받이 주머니 속에 넣는다.
얼핏 보이는 것, 5만 원과 만 원권이 섞인 뭉치다.
리어뷰미러 뒤 빨간 불이 반복적으로 깜빡이는 블랙박스의 형체.
이를 의식하는 대원3. 블랙박스를 힐끔 보다가 시선을 유리창 너머로 옮기면,
지구대원2가 탄 순찰차도 저 앞에 세워진 게 보인다.
블랙박스가 못 잡는 위치에 달린 등받이 주머니에 돈을 찔러 넣은 지구대원1도
블랙박스가 의식되기는 매한가지, 얼른 동작을 끝내고 순찰차에서 내린다.
뒷좌석에 탔던 지구대원5도 그와 함께 내리면,
둘을 내려놓고 출발하는 순찰차.

cut to. 유흥가 길.
두 대의 순찰차, 유흥가를 떠난다. 두 차가 스칠 때 서로 짧게 보는 대원들.
지구대원3, 4가 탄 한 차, 지구대원2, 6이 탄 차.
그리고 길에 남겨진 2명(지구대원1, 5)까지,
모두 합쳐 6명의 지구대원들.

S#13. 세곡지구대/사무실 - 아침(2년 전)

야간근무를 끝내고 들어오는 6명의 지구대원들.
전체 책상은 열 개 좀 넘는데 이 6명은 한 팀이라 자리가 한쪽에 몰려 있다.

낮 근무조와 인사하고 하품도 하며 무거운 몸을 각자 자리에 앉힌다.
'아침 먹고 갈래?', '가서 애들 학교 보내야 돼요.' 등등 얘기 주고받는 사이,
지구대장, 송경사 데리고 이들을 향해 온다.

시목E **2017년 여름. 동두천 세곡지구대의 야간 순찰 근무조, 총 일곱 명.**

지구대장이 '백팀장.' 하고 부르는 소리가 시목 목소리 아래로 들린다.
백팀장 소리에 일어나는 경찰, 순찰차에서 블랙박스를 의식하던 지구대원3이다.
너네 팀에 새로 온 송기현 경사라며, 백팀장을 비롯한 6명의 지구대원에게
송경사를 소개시켜주는 지구대장, 몰려 앉은 6명 사이에 빈자리 가리킨다.
거기 앉는 송경사와 이를 좇는 6명의 눈동자, 방금 전 근무로 지친 피로 대신 경계의
눈빛으로 바뀌었다. 그중 S#12의 좁은 샛길에서 나왔던 지구대원1과 2의 눈빛 위로,

시목E **업소와의 유착이 드러나서 실형 선고된 둘.**

다른 자리의 지구대원4, 5, 6의 눈빛 위로,

시목E **퇴직 둘, 전출 하나.**

백팀장이라 불린 대원3, 송경사에게 먼저 악수도 청하고 어디서 왔냐, 묻기도 하는데,

시목E **적발 후에도 유일하게 보직을 유지하고 지구대에 남은 한 명.**

동두천경찰서에 있었다고 대답하는 송경사, 첫 출근임에도 그늘지고 어두운 얼굴 위로,

시목E **그리고, 사망자.**

S#14. 대검찰청/형사법제단 사무실 - 밤(현재)

시목 (샤워실 사진 본다. 마음의 소리) 근무하던 지구대 샤워실에서 발견된,

(소리 내어 말하는) .. 송기현 경사.

태하E **경찰이, 경찰을 죽였을지도 몰라. 만약 이게 사실이면,**

S#15. 일본식 요릿집/룸 - 밤(2회 엔딩 이후의 상황)

태하 지금 같은 때 우리한테 최적의 스토리야. 상대한텐 물론 최악이고.
(눈은 동재한테 꽂고 시목 쪽으로 고갯짓) 나머진 서프로가 설명해줘.

동재 부장님 제가

태하 사람 하나 더 올 거야? 그 전에 얘길 끝내야 서프로는 퇴근을 하고
우리는 법제단 회식을 하지.

동재, 세 자리만 세팅된 걸 그제야 다시 보게 된다. 의미를 알고 나니 더 자존심 상한다.

동재 (하지만... 꿀꺽 삼키더니) 부장님이 주셨잖아, 봐.

시목 ... (연두색 파일 펼친다)

동재 지구대 야간조 여섯이 관할 유흥업소를 봐주는 대가로 금전을 챙겼어.
꽤 오랫동안 쏠쏠했겠지. 그런데 어느 날 거기 새 사람이 들어온 거야.

시목 (샤워실 사진 뒤집어 보이며) 이 사람이요?

동재 응, 송기현 경사. 송경사의 마지막 내사 대상은, 자기 조원들.
혼자 다니면서 지구대 실태를 파악하려고 했었어.

태하 누가 그래, 송경사 혼자 다니면서 그랬다고?

동재 업주들이요, 상납했던 사람들이. 근데 당시엔 송경사가 왜 죽었나
문제를 제기하는 사람도 없었답니다.

시목 경찰이 딴 데도 아니고 자기 일터에서 갑자기 목을 맸는데도요?

동재 그게 아주 갑작스러운 건 아녔던 게 송경사가 원래 우울증이 있었대.

태하 그러니까 만약 범죄라면, 자기들 뒤를 캐던 동료경찰을 다른 조원들이
합심해서 처리하고도 2년 동안 완전범죄로 묵혔단 거네?

동재 예, 조원들 뇌물 수수가 밝혀진 건 송경사가 죽고 나서도 몇 달 뒤다
보니까 그전 일은 유야무야된 거죠. 그런데 부장님, 대검에서 인젠
직접수사도 하나 봐요? 직접 하실 수 있는 줄 알았으면 제가 첨부터

부장님께 전적으로 부탁드렸을 텐데요.

태하 .. 직접수사 안 해.

동재 아 여전히 안 되는구나, 그럼요, 부장님 그럼.. 같이 하게 해주십쇼, 제가 황프로랑 같이 하면 시너지 효과가 또 나지 않겠습니까? (시목에게) 전에도 우리가 기가 막히게 맞았잖아? 그치?

시목 (음?)

동재 저희가 같이 정말 열심히, 잘하겠습니다. 꼭 밝혀내겠습니다.

태하 (한참을 침묵하는)

동재 (기다리는...)

태하 서프로가 맡아. 단, (시목에게) 너도 같이 다녀. 알려진 대로 정말 자살인지, 동료경찰에 의한 살인인지 둘이 밝혀내.

동재 예!

시목 이런 것도 법제단 일입니까?

동재 이런 것도가 아니라 이런 게 법제단 일이지. 수사권 조정이 논리 싸움인 줄 알아? 처음부터 끝까지 감정이야, 검찰이 미운털이 박혀서. 그렇다고 경찰이 대안이겠냐?

태하 서동재 검사.

동재 예 우부장님.

태하 너 대검 팔지 마. 이게 법제단이 나서서 개입한 게 되면 안 돼. 나 서동재가 대검이랑 뭘 하네, 그런 말은 한 마디도 안 돼. (시목에게) 니가 같이 다니면서 감시해. 넌 나서지 말고 서프로가 움직이게 하되 (본능적으로 문 쪽을 힐긋하더니 목소리 낮춘다) 내가 일선검사를 시켜서 경찰비리를 캐자는 게 아니라 의정부 관할검사가 단독으로, 혐의점을 포착해서, 재수사한다, 이거. 알지?

동재/시목 예.

태하 만약에 자살이 맞다면 어떻게 되겠어?

동재 재수사 자체가 없던 거죠.

시목 ...

태하 (시계 보는) 얘는 왜 이렇게 안 와? (동재에게) 됐어, 수고했어.

동재 (.. 괜찮은 척하지만 평소와 달리 말 없다. 목례만 하고 나간다)

태하 (문 닫히고 발소리 멀어지기 기다렸다가) 내가 오늘 쟤 처음 봤지만 분명히 내 이름 팔고 다닐 상이야. 그거 못 하게 하고 하나 더, 일면식도 없는 날 찾아와서 이거저거 던진 거 보면 분명히 죄다 들쑤시고 다닐 놈이야. 그럼 요즘 같은 때 경찰 눈에 안 띌 수가 없어. 딴짓 못 하게 해. 이것만 조용히 파게 해. 경찰한테 트집거리 주지 마.

시목 예.

태하 매일 보고해, 어찌 돼가는지. 아니다 싶으면 바로 발 뺄 거야.

시목 .. 알겠습니다.

S#16. 대검찰청/형사법제단 사무실 - 밤(현재)

시목 (인쇄물을 2개씩 철하다가 멈춘다... 마음의 소리) 사건 발생 당시엔 없었던 타살 가능성이 왜 뒤늦게 튀어나왔을까? 어떤 경로로?

S#17. 동/법제단장실 - 아침

태하가 출근한다. 직원들과 아침인사 하는 소릴 남기며 들어와 책상으로 간다. 전날 밤 음주의 흔적은 전혀 없는데, 가방 내려놓다가 책상 위를 주목한다. 밤새 시목이 만든 자료가 태하가 말한 제목, 사현이 말한 제목별로 철이 되어 흐트러짐 없이 놓였다. 흠, 하는 태하.

S#18. 세곡지구대/사무실 - 아침

지구대원들, 낮 근무조는 출근하고 야간조는 퇴근하느라 복잡한데 유선전화 울린다. 자기 자리 전화를 '세곡지구댑니다.' 하고 받는 이, 백팀장이다.

백팀장 예, 제가 백중기인데요...

상대 얘기 듣는 백팀장, 표정에 날이 서는 게 보인다. 재빨리 주변 살피는 눈동자.

숨죽이고 듣기만 하다 예.. 하며 끊더니... 모자 챙겨 쓰며 일어난다.

백팀장 한 바퀴 돌고 올게. (태연하고도 소소하게 작은 휘파람 불며 나가는)
지구대원7 벌써요? .. 네!

S#19. 동/복도 - 아침

복도를 가는 백팀장. 〈탈의실〉 표 매달린 문이 점점 다가온다.
닫힌 문을 곁눈질하는 백팀장, 하지만 멈추지 않고 가는데,
더 이상 백팀장을 따라가지 않는 카메라, 탈의실 문을 카메라가 열듯이 쓰윽 들어가면,

S#20. 동/남자 탈의실 - 새벽(2017년 9월)

매우 어두운 공간. 동트기 전이라 벽 맨 위에 작게 뚫린 창문도 프레임만 겨우 보인다.
이 움직임 하나 없는 곳에 이상한 소리가 난다.
신음인지 뭘 긁는 건지, 눌린 듯 끄으윽 가느다란 소리인데.
문 열리는 동시에 불 켜진다. 윗단추 풀며 들어오는 지구대원2,
순경 제복 포켓엔 김수항이란 이름이 새겨졌다. (이하 지구대원2 명칭 김순경으로 통일)
락커 열고 모자 던져 넣는데 다시 들리는 소리.
뚝 멈추는 김순경, 돌아본다. 손바닥만 한 탈의실엔 아무도 없는데..
김순경, 샤워실 문 보지만 간유리 안은 불빛 없이 어둡다.

김순경 ... 안에 누구 (샤워실 문으로 가는) 있어요?... (문을 쓰윽, 밀어보는데)

S#21. 동/탈의실 복도 - 새벽(2017년 9월)

목에 수건 두르고 오는 백팀장.
탈의실 문이 코앞인데 그 안에서 터져 나오는 김순경의 비명, 복도를 울린다.

놀란 백팀장, 당장에 탈의실 문을 잡아당기고.

S#22. 동/탈의실 - 새벽(2017년 9월)

탈의실로 뛰어든 백팀장 눈에 가장 먼저 들어온 광경,
건너편 열린 샤워실 문 안으로 바닥에 쭉 늘어진 다리가 보인다.
백팀장, 허둥대는 김순경 밀어제치고 샤워실로 뛰어든다.

S#23. 동/샤워실 - 새벽(2017년 9월)

샤워기에 목을 맨 송기현 경사, 의식이 있는 걸까 마지막 경기일까, 사지가 떨린다.
달려든 백팀장, 송경사 목을 조이는 줄부터 기겁해서 잡아당기는데,

백팀장 이거 이거! (급한 마음에 말보다 가위로 끊는 시늉!)

얼빠져 어쩔 줄 모르던 김순경, 그 소리에 튀어나가다 다른 이들과 부딪힐 뻔.
어느새 샤워실 문가에 몰려든 지구대원1, 4, 5다.
김순경, 이들 밀치고 밖으로 튀어나가고 지구대원4도 김순경 따라 달려 나가고,
지구대원1, 5는 백팀장에게 달려와 함께 끈을 풀려 안간힘 쓴다.
그러나 이제 더 이상 움직임 없는 송경사.
송경사! 외치며 포기 않는 백팀장, 줄을 하도 잡아당겨 손바닥에 핏줄이 그어진다.
지구대원1은 이제 손을 놓는다. 안 된다는 걸 안다. 허망한 손을 늘어뜨리고.
아직 얼굴이 시뻘게지도록 애쓰는 백팀장.
그 뒤로는 이제 막 들어선 지구대원6이 백짓장이 돼서 선 게 보인다.
커다란 가위를 쥐고 달려 들어오는 김순경, 끈을 끊지만 늦었다. 이미 끊긴 숨.
하지만 백팀장, CPR을 시도한다. 송경사 가슴을 세게 누르고 인공호흡도 하고.
아무도 백팀장을 말리진 않지만 누구나 늦었단 걸 알 수 있다.

S#24. 동/복도 + 탈의실 - 아침(2017년 9월)

하얀 천으로 덮여 옮겨지는 들것.
지구대 동료들이 복도에 서성이며 지켜본다.
복도 끝엔 김순경이 지구대장 앞에서 고개 푹 숙이고 상황을 보고하다가,
들것이 앞으로 오자 잠시 입 다문다. 지구대장도 들것을 쳐다보고.
문 열린 탈의실 안엔 백팀장이 구겨지듯 락커에 기대앉았다.
거기서 대각선 방향으로 반대편 락커 쪽엔 지구대원6이 훌쩍이며 웅크려 앉았다.
복도에서 들것이 사라질 때까지 따라서 보던 지구대원1, 백팀장에게 고개 돌린다.
떨리는 손을 감추려는 듯, 오른 손등을 왼손으로 덮듯이 포개서 잡은 채 앉은 백팀장.
복도의 지구대원1과 탈의실 안의 백팀장, 두 사람 시선이 교차된다.
불안한 눈빛, 경직된 입가. 그러다 너나없이 고개 돌리는 두 사람.
지구대원1, 복도를 떠난다.
그를 보지만 외면하는 지구대원4, 5.

S#25. 병원/영안실 - 낮(2017년 9월)

송경사 시신을 옆에 둔 의사, 차트에 〈부검 X〉 〈우울증 약 지속 복용〉이라 갈겨쓴다.
시신 가슴 부근이 멍들었는데 이걸 심드렁히 보는 의사, 〈사후 CPR 시도〉라고 쓴다.
천 덮고 보관박스로 밀어 넣는데, 덜컹하는 바람에 천 밖으로 툭 떨어지는 손.
의사, 별 감흥 없이 손을 도로 넣으려다... 들여다보는.
도구와 종이 가져와 송경사 손톱 밑을 긁으면 부스러기 같은 게 떨어진다.
종이 위에 떨어진 그것을 들여다보는 의사, 다시 시신 보지만.. 그대로 넣는다.

S#26. 세곡지구대/탈의실 - 아침(2017년 9월)

S#24의 탈의실에 그대로인 백팀장. 훌쩍이던 지구대원6은 없다. 혼자 남았다.
포개서 잡았던 백팀장 손이 풀리는데 오른 손등에 드러나는 긁힌 자국.

S#27. 의정부지검/동재의 집무실 - 낮(현재)

시목 (서류 보다가 고개 들고) 명백한 몸싸움 흔적이 나왔는데 그냥 넘어갔다고요?

동재 만약에 내가 아냐 니가 죽었어. 근데 지검 동료 여섯이 똑같은 소리를 하는 거야, 널 발견하고 풀어주려는데 니가 뿌리치는 건지 뭔지 몸부림 치더라, 그때 긁혔다. 사람들이 그걸 의심할까? 검사 여섯이 단체로 거짓말하는 거 같다면서 의사가 부검을 주장하고 나설까? 가슴에 멍이야 심폐소생 때문인지 가혹행위가 있었는지 구분 안 될 때가 많고.

시목은 소파에 앉았고 동재는 왔다 갔다 하며 말하고 있다.
일견 동재는, 시목을 학생처럼 앉혀놓고 모르는 걸 설명해주는 폼이기도 하다.
창문 너머 동재 검사실에선 동재 방 직원인 계장1과 실무관1이 일하고 있다.

동재 송경사가 그렇게 된 건 9월이었고 조원들하고 유흥업소 사이에 유착이 드러난 건 그해 12월이나 돼서야. 게다가 죽은 사람은 우울증을 앓고 있었고. 자살이 아니라고 의심할 건덕지는 당시엔 요만큼도 없었어.

시목 우울증 때문에 지구대로 오게 됐을까요? 송기현 경사 이력을 보니까 원래 경찰서 형사였던 사람인데 갑자기 예하 지구대로 옮겨졌네요, 이런 발령은 거의 안 하지 않습니까?

동재 우부장님이 그거는 말씀 안 해주셨어?
왜 그런 발령이 있었는지도 따로 파일을 만들어서 드렸는데.

시목 아뇨.

동재 (.. 흡족한 미소가 번진다) 지구대 얘기가 상당히 입맛에 맞으셨나 보네? 두 개를 전해드렸는데 하난 아예 들여다도 안 보시고?

시목 송경사가 왜 발령됐는지는 부장님께 여쭐까요?
서검사님은 이미 파일을 드렸다고 하니까 부장님께서 설명하시라고.

동재 (째리는) 우울증 때문에 옮겨진 게 아니라 옮겨졌기 때문에 마음이 잠식된 케이스.

S#28. 동두천경찰서/앞마당 - 낮(약 3년 전)

서장 차를 닦는 의경, 지나가던 송경사가 수인사하자 의경도 인사하고 다시 세차하는데, 다리를 묘하게 절뚝인다. 무심히 스치다 이를 눈치챈 송경사, 서서 본다.

S#29. 동/건물 뒤 - 낮(약 3년 전)

송경사E **왜 그래? 어디 아파?**

건물 뒤 담벼락으로 돌아들면, 송경사와 의경이 남들 시선 없는 곳에 섰다.
스무 살이나 됐을까 싶은 볼이 붉은 의경, 쭈뼛쭈뼛 한쪽 바짓단 올리는데.

Insert〉 - 잘 정비됐지만 인적 없는 길.
의경, 서장 차를 운전 중인데 난데없이 무단 횡단하는 사람이 튀어나온다.
급히 핸들 꺾는 의경. 차가 확 쏠리자 뒤에서 억! 하는 소리가 엄청 크게 난다.
놀라 서장님! 하며 돌아보는 의경. 뒷좌석에 서장이 갑작스런 턴에 낸 외마디다.

의경E **갑자기 무단 횡단이 튀어나와서,**
송경사E **사고야? 다쳤어?!**

의경, 얼른 차 세우고 내려 뒷자리로 달려간다.
'서장님 괜찮으세요?!' 하며 뒷문 여는 순간 퍽! 날아드는 다리.
상욕을 하며 걷어차는 서장 구타에 의경, 길바닥에 나동그라진다.

걷어 올린 의경 정강이는 온통 피멍. 보기에도 끔찍하다.
너무 깜짝 놀라 다리에서 눈을 못 떼는 송경사, 아주 살짝 만져보는데
의경, 그것도 너무 아파한다.

송경사 (본인도 화가 나) 그러게 운전을 잘했어야지 새꺄! 서장님 다치셨어?

의경	그게 아니라, 서장님이 목에 담 오셨다고...
송경사	(불쌍하고 화도 나는, 허리에 손을 얹지만 어찌해야 할지 모르겠다)
동재E	**경찰서장 운전병이 구타를 당했어.**

S#30. 동/복도 - 낮(약 3년 전)

서장실 문 앞에서 서성이는 송경사, 들어갈까 말까 갈등하고 있다.

동재E	**누가 서장 운전병을 건드려, 서장이 건드리지.**

몇 번이나 망설이다 결국 서장실을 노크하는 송경사, 들어간다.
얼마 지나지도 않아 서장실 안에선 뭔가 던지는 소리, 욕지거리가 들린다.

S#31. 의정부지검/복도 - 낮(현재)

시목	(반 발자국 정도 동재 뒤에서 가며) 항의를 했다가 좌천된 거네요, 서장한테 찍혀서.
동재	원래 있던 동두천서에선 부당행위를 그냥 못 넘기고, 그 결과로 옮겨진 지구대에선 또 부정행윌 못 참아주고, 그러다 간 거지. 이렇게 보니까 송경사란 사람 (시목 돌아보며) 꼭 누구 같지 않냐?
시목	누구요?
동재	.. 아니다, 아무리 너라도 그렇게 간 사람이랑 똑같진 말아야지. 그런 건 두 번 다신 안 보고 싶 (하다.. 중얼) 세 번인가..

젊은 검사(女) 하나가 지나가다 동재한테 인사한다.
동재, 여유롭게 손만 들어 답하고 계속 가는데,
그의 뒤에서 젊은 검사가 가는 걸음결에 동재 쪽을 돌아보며 가는 게 보인다.

동재	너 (멈추는) 우부장님이 너한테 이거 맡길 거, 미리 알고 있었냐?

시목　아뇨.
동재　어제 그 룸에 내가 부장님이랑 있는 거, 너는 알고 온 눈치던데?
시목　방 앞에서 서검사님 구두를 봤습니다.
낮에 봤을 때랑 같은 거라서 안에 계신지 그때 알았습니다.
동재　(저도 모르게 신발 보게 되는. 어제와 같은 신발이다. 씁, 다시 가는)
시목　자살 외엔 의심의 여지가 없었다면서 타살 가능성은 누가 처음 제기한 건가요?
동재　누가! 발굴했느냐. 처음 제기한 게 중요한 게 아니라.
시목　발굴이요?
동재E　**(승강기 문 닫히는 위로) 조사 시작이야 다른 사람이 했지. 내 전임검사.**

S#32. 동/영상조사실 - 낮(2017년 12월)

나이 지긋한 검사1, 동재 방의 계장1, 유흥업소 업주, 이렇게 세 사람이 마주 앉았다.

계장1　2017년 11월 24일 21시경 산정모텔에서 본인 업소에서 일하던 웨이터들이랑 물리적 다툼이 있었죠?
업주　개네들이 떼로 몰려와서 제가 일방적으로 당한 건데요.
계장1　직원들 몰래 업소 정리하고 튀었죠? 임금도 체불하시고?
업주　튄 게 아니라 장사 접은 거예요, 안 준 게 아니라 못 준 거고요.
계장1　지구대 경찰한테 상납할 돈은 있으셨고요?

S#33. 동/영상녹화실 - 낮(2017년 12월)

영상조사실과 맞붙은 공간. 일방투명경 너머 S#32의 상황이 그대로 보인다.
동재 방의 실무관1이 실시간으로 녹화 중인 조사실 상황이 모니터에 보이는데,
모니터 영상은 천장에 달린 카메라로 찍은 거라 정수리부터 비스듬히 잡힌 각도다.
화면 하단에 표시된 날짜 - 2017/12/21

검사1과 업주 간의 문답이 오가는데 여기서는 말은 들리지 않는다.

동재E **상납 사실은 어떻게 알려졌지?**
실무관1E **업주 폭행 혐의로 입건된 술집 웨이터들이요,**
어차피 업주한테 악감정만 남았겠다, 술술 분 거죠.

S#34. 동/동재의 검사실 - 낮(몇 주 전)

동재 (S#33에서 녹화된 영상을 데스크탑으로 보고 있다)
실무관1 업주가 매달 50 정도를 경찰한테 상납했다고 종업원들이 증언했고
수사를 시작해서 보니까 세곡지구대에 특정 순찰조 하나가 그 동네
유흥업소 전체에 빨대를 꽂았더라고요.
계장1 그쪽 유흥가가 많이 죽긴 했지만 못해도 달에 천은 가져갔을 겁니다.
여기까지는 지금 이 업주도 인정을 하는 바인데..
진술 잘 하다 갑자기 이상한 소릴 하는 거예요?

영상 속에 업주, 조심스럽게 어떤 말을 꺼내고 있다.
예사로이 듣던 영상 속 검사1과 계장1도 돌연 뭐?! 하는 얼굴로 바뀐다.

계장1 상납 바치던 세곡지구대에 몇 달 전에 자살한 경찰이 하나 있는데,
그게 실은 자살이 아니라...
동재 (영상 볼륨 키우면)

〈데스크탑 모니터 화면〉

업주 저희같이 물장사하는 사람들이 증거가 어딨어요, 그래도 인제, 이 바닥
사람들은 암암리에 다 그렇게 알고 있다, 그게 사실이다, 이거거든요.
저희가 돈을 괜히 갖다 바쳤겠습니까? 장사도 안 돼 죽겠는데?
너무 무서워서, 자기 동료한테 그런 짓도 마다않는 사람들이니까..

동재E **동료경찰들이 죽였다는 거야. 송경사가 그 골목 상납 행태에 대해서 자세히 묻고 다닌단 말이 업주들 사이에 파다했으니까 대원들도 그쪽이 자기들 뒤를 캐는 걸 몰랐을 리 없다고. 업주가 이 얘길 꺼내든 이유는**

S#35. 동/영상녹화실 - 낮(현재)

동재 그런 인간들 눈 밖에 나면 안 되니 어쩔 수 없었다, 강요받은 상납이다, 이걸 주장하려고 한 거였는데, 살인이라면 상납이 문제가 아니지.

동재와 시목, 같은 곳을 보고 섰다.
녹화실 건너편, 조사실에 혼자 앉아 있는 세곡지구대 백팀장이다.

시목 그걸 듣고도 전임검사가 재수사를 안 했다고요?
동재 그러니까 발굴한 사람이 중요하다고 하잖아? (자기 가리키는) 시작해볼까? (조사실로 들어간다. 백팀장에게 뭐라 하는 모습)
시목 ... (녹화 버튼 누르면)
백팀장F 아뇨, 내가 왜 여길 와 있는지 모르겠는데요.
시목 (탁자 짚어 몸 기울여 일방투명경 너머를 지켜보는)

S#36. 호텔/커피숍 - 낮

가장 구석에 커다란 화초로 가려져 있어 잘 안 보이는 자리가 있다.
화초 잎 너머 어른어른 보이는 자리에서 목소리 들려온다.

오변호사E **바쁘신 거 아는데 내가 마음이 안 좋아서 꼭 뵈야 될 거 같아서요.**
원철E **선배님께서 마음 안 좋으실 건 아니죠.**

안쪽 자리 보여주며, 원철과 오변호사가 마주했다.

오변호사 나 때문에 동부지검이나 우리 강지검장께서 괜한 구설을 겪은 게 아닌가 싶고.. 난 다만 이 통영 사건이, 사실 사건도 아니지만 우리 로펌에서도 VIP 고객 아들이 관련되다 보니까, 우리 지검장님한테 인사도 드릴 겸 찾아뵀던 거뿐인데 일이 이렇게도 되네요?

원철 절차대로 했습니다, 전관예우니 하는 경찰 주장, 신경 안 씁니다.

오변호사 역시 옛날 그대로시네.

원철 (웃고 마는)

오변호사 우리 대표님께서도 강지검장님이 아주 이 단단하신 분이라고, 두 분 잘 아신다면서요?

원철 김민우 대표님이요? 아주 오래전에 한 번 뵀는데요.

오변호사 오래전인데 지검장님도 기억하시네요? 두 분이 역시 남달랐나 보네, 제가 오늘 뵙는다고 하니까 혹시 지검장님 로펌 생각 있으시면 꼭 저희 회사로 와주십사 청하라고도 하시고.

원철 (웃는) 저야 뭐 아직,

오변호사 그럼요 오래 하시고 후배들한테 좋은 거울 돼주시고 나중에, 그때 같이 하십사 그 말씀이죠. .. 누구나 현직에서 전관이 되는 때는 오니까요.

원철 그쵸..

오변호사 실은 내가 오늘 뵈러 오면서도 이게 참, 하필 성문에선 또 돌아가신 분 갖고 별, 검찰이 짜고 치는 고스톱으로 살인자를 포장해줬네, 그딴 소릴 해대질 않나, .. 그때, 같이 계실 때죠?.. 아닌가..?

원철 맞습니다, 서부지검에서 제가 그분을 모실 때였습니다.

오변호사 성문일보 거, 어떻게 못 해요? 내가 읽어도 속상하던데?

원철 대응을 했다간 한조 경영권 싸움에 말려드는 꼴이 되니까요.

오변호사 그거는.. 그렇죠, 아마 지 발등 찍고 있을 거예요, 이성재는 지금쯤? 2년 전에 무슨 수를 써서든 지가 지 아버지를 이었어야 했는데.

원철 그때야 이성재도 지 애비랑 나란히 쇠고랑을 차냐 마냐 할 때니까, 암것도 모르는 여동생한테 맡겨놨다 도로 가져오자, 쉽게 생각했겠죠.

오변호사 쯧쯧, 수석께서 지하에서 땅을 치시겠네. 세상이 변한 것도 아니고.

원철 (가라앉는 기색)

오변호사 (재빨리 그 기색 살피더니) 저희 법조인을 대표해서 한마디 쏴주시죠? 어디 검찰을 물고 늘어져, 건방지게? 대표하실 위치도 되시겠다.

원철 저도 좋아서 참고 있는 건 아닙니다만, 이성재를 공격하면 결국 이연재를 도와주는 꼴이 됩니다. 이창준 수석을 방어하려면 부부가 같이 흉계를 꾸민 게 아니다까지 가야 되는데 그럼 이연재의 정통성을 제 손으로 입증해주는 거니까요.

오변호사 으음, 근데 역으로 생각하면.. 회장 둘을 상대하느니 하나가 안 낫나..?

원철 (대답 대신 보는)

오변호사 의외로 먹히고 있단 말이죠, 이성재 전략이? 한조 사장들이야 어차피 다 이윤범 사람인데, 이연재가 지 남편 시켜서 아버지 쳐내고 남편은 용도 폐기했다고 몰고 가니까 계열사들이 이성재한테 많이 붙었다나? 근데 이성재, 그거 완전 지 애비 판박이에요, 보통 지독한 놈 아니라고. 근데 이연재는? 집안 남자들 정신없을 때 무주공산 차지한 거지, 지가 뭘 알아? 지검장님은 제가 볼 때, 한조 회장을 고를 수 있는 캐스팅보터가 된 거죠. 죽은 이창준 수석을 무덤에서 끌어내서 끝내 욕을 보이는 이성재냐 아님.. 이연재냐.

원철 ...

오변호사 (생각해봐라, 이제 몸을 뒤로 하지만) 누가 됐든, 재벌 회장 둘이랑 싸우는 것보단 하나가 낫지 않으시나? 이성재 그거, 옛날부터 싹수가 노란 게.. (혀를 차고 고개 젓고)

원철 (... 찻잔 든다. 식어버린 검은 커피가 흔들린다)

S#37. 주택가/골목길 - 낮

평범한 개인 주택들이 오밀조밀 붙어 있는 골목길.

S#38. 주택/마당 - 낮

관리가 잘 돼 있지만 아담하고 평범한 마당.
차고 문이 열리는 소리 난다. 마당에선 바깥 골목과 이어진 차고 문은 안 보인다.
다시 닫히는 소리 나더니 차고에서 마당으로 직접 통하는 쪽문 열린다.

박상무가 열어주는 쪽문을 통해 마당으로 들어오는 오변호사.
두 사람, 현관 계단으로 이어진 정원석을 밟고 집 안으로 향한다.

S#39. 동/거실 - 낮

현관문 열리고 박상무에 이어 오변호사 들어오더니 현관에서부터 90도로 인사한다.

오변호사 기다리시게 해서 죄송합니다. 회장님.
연재 들어오세요, 오주선 변호사님.

실내 안쪽에 앉은 연재, 우아하게 웃으며 보고 있다.
박상무도 오변호사와 함께 실내로 들어오는데
바깥 골목이나 아담한 정원과는 전혀 다른 분위기다.
입구에서부터 깔린 카펫, 거기서부터 이어지는 최고급 인테리어.
문이 열린 순간 완전히 다른 세상이 펼쳐진 듯.
외부 이목을 끌지 않고 밀담을 나누기 위해 조성된 최적의 장소다.

오변호사 (연재 앞에 앉아 연재가 본인에게 시선 줄 때까지 기다렸다 입 연다) 강원철 검사장 만났습니다.
연재 (익히 알고 있는. 그래서)
오변호사 성문 기사에 대해서 곧 반박할 걸로 보입니다.
연재 ...
오변호사 (반응 미진하자 얼른 덧붙이는) 반론 정도가 아니라 기사를 부인하고 비난할 수밖에 없죠. 지금 강원철 본인이 처한 입장이요, 네.
연재 .. (웃어 보이는) 수고하셨습니다.
오변호사 감사합니다, (이제야 마음 놓인) 강원철이 자기 입으로 그 말을 하는 겁니다, 회장님. 정통성이라고.
연재 본인 얘긴가요.
오변호사 예, 무의식중에 자기 심경이 반영됐겠죠. 그쪽이야말로 지금 정통성이 큰 문제니까. 강원철이 지금 자리에 오른 건 오로지 돌아가신 부군의

힘인데 부군께서 만약, 죄송합니다만 일개 살인자로 전락한다면 강원철은 살인자 덕분에 기수 파괴하고 올라선, 일종의.. 범죄의 부산물이 돼버립니다, 혼자만 남은 사생아 같은 거죠.

연재 ...

오변호사 그때 자길 직접 검사장에 앉혀준 검찰총장도 없어졌는데 이창준 수석까지 무너지면 강원철도 같이 고꾸라져야죠. 겉으로야 이미 고인이 된 선배를 성문이 모욕했다고 하겠지만 속은 지 문제로 부글부글할 겁니다. 오늘 거기 제가 기름을 부어줬고요, 예.

연재 이성재 사장이 몰라서 검찰을 적으로 돌리는 게 아닙니다.

오변호사 예 그럼요, 그럼에도 무리수를 둔 건 그만큼 급해서가 아니겠습니까, 그렇게라도 안 하고선 도저히 회장님을 따라올 수 없어서요. 그런데 설상가상, 고인하고 짰다고 뒤집어씌운 평검사까지 대검으로 올라왔으니 말이죠, 예, 이성재 사장, 여러모로 골치 아플 겁니다.

연재 (그 말에 새삼 오변호사를 쳐다보는)

오변호사 (왜?)

연재 .. 이렇게 잘 처리해주시니 앞으로도 많은 부탁을 드리겠네요.

오변호사 부탁이시라뇨, 회장님.

연재 해서, 오변호사님께선 한조의 내부고문이 돼주시죠.

오변호사 감사합니다, 회장님!

연재 외부에선 한조와 변호사님의 계약 관계를 알 필요가 없으니 더 편하게 움직이실 수 있습니다, 오늘처럼.

오변호사 (뜻 생각하고) 잘 알겠습니다.

박상무 제반 조건에 대해선 따로 연락드리겠습니다,

오변호사 예 기다리겠습니다.

연재 (일어난다. 다른 말 없이 가벼운 고갯짓으로 자리 뜨는)

오변호사 (따라 나오려는데)

박상무 5분 후에 나와주시죠.

오변호사 안녕히 가십쇼, 회장님. (인사)

연재 (나간다)

S#40. 동/마당 - 낮

박상무와 연재, 차고 문으로 가는데,

박상무 회장님, 다른 사외이사들도 정식 영입 대신 오변호사처럼 물밑에서 움직이게 하면 어떠시겠습니까?

연재 주주들한테 보여줄 사람은 보여줘야지. 국세청을 이겨먹을 타개책이 나한테 있단 걸 알려줘야죠. 이성재는 의식할 필요 없어, 거기야 공직자 출신들 우리보다 더 바글바글 끼고 있는데 뭘. 그보다,

박상무 (차고 쪽문 열며) 예.

연재 황시목이 대검 검사가 됐나 보네? (차고 안으로 사라진다)

박상무 알아보겠습니다. (따른다. 문 닫는다)

S#41. 세곡지구대/주차장 - 낮

지구대 앞마당 주차장에 세워지는 차. 시목이 내려서 저벅저벅 들어가는 입구 옆엔 〈세곡지구대〉 현판이 걸렸다. 2층 규모의 건물.

S#42. 동/2층 복도 - 낮

복도를 좀 돌아보던 시목, 탈의실 발견한다. 그리고 가는.
주변에 경찰이 두엇 지나가지만 별로 신경 쓰지 않는다. 민원인인가, 하는.

S#43. 동/탈의실 - 낮

시목이 들어온다. 평범한 탈의실 안쪽에 간유리가 달린 샤워실 문이 있는데, 간유리 너머 불빛은 없다. 샤워실로 가는 시목.

S#44. 동/주차장 - 낮

지금 막 들어온 백팀장, 차 시동 끈다. 전화 중인데 통화음만 가고 받지 않자 끊는다. 잠시 굳은 얼굴로 앉았지만 차에서 내려 지구대로 들어간다.

S#45. 동/샤워실 - 낮

사람 없고 물기도 별로 없는 샤워실. 어둡다.
샤워기 앞에 선 시목, 샤워기 형태 살피고 바닥과의 높이도 재더니 넥타이 풀어 수도꼭지에 묶어 제 목에 둘러보면, 이 상태에선 몸이 ㄴ자로 바닥에 닿는다.
그 상태로 목에 두른 넥타이를 당겨보는데... 당시 상황을 가늠해보는 그를 둘러싸고 한 명씩 훅훅 나타나는 백팀장, 송경사, 김순경, 지구대원1.

Insert cut.〉- 동 장소. 새벽(시목의 상상)
- 수도꼭지에 매달린 송경사 목에 끈을 잡은 백팀장. 백팀장 손에 양손을 갖다 댄 송경사.
- 송경사 손으로 막 손을 뻗은 동작의 김순경. 시간도 동작도 멈춘 상태다.
- 일촉즉발의 순간에 스틸 컷처럼 멈춘 네 사람을 하나하나 들여다보는 시목.

동재E　**동료 여섯이 똑같은 소리를 하는 거야, 널 발견하고 풀어주려는데**

- 시목, 백팀장 손을 본다. 끈을 풀어주려는 건지 당기는 건지 알 수 없는 동작이다.

동재E　**니가 뿌리치는 건지 뭔지 몸부림치더라.**

- 시목, 송경사 보면 몸부림치는 건지 벗어나려고 하는 건지 역시 알 수 없다.
- 핏줄이 튀어나오도록 힘을 준 백팀장 손등을 보는 시목.
- 그 손등 위에만 잠깐 시간이 흐른 듯 슥, 생겨나는 긁힌 상처.
- 시목, 백팀장 손등에 닿을락 말락 멈춘 송경사 손톱을 보는데.

소리E〉 (샤워실 밖에서 나는) 덜그덕!

- 이 소리에 갑자기 잠에서 깬 듯 홱 돌아보는 백팀장의 시뻘건 얼굴, 튀어나올 듯한 눈.

시목, 백팀장처럼 문을 본다. 밖에 인기척이 있다. 락커를 열고 닫는지 덜그덕댄다.

S#46. 동/탈의실 - 낮

씻으러 들어온 지구대원7, 거의 다 벗었는데 샤워실 문 열린다.
탈의실 가로질러 그대로 나가는 시목. 놀란 지구대원7, 얼결에 수건으로 가리는.
시목, 목례는 하며 나간다.

지구대원7 (황당해서 말도 잊었다가) 뭐 고치셨어요?..
시목 (이미 나간)
지구대원7 어, (락커에서 황급히 옷 꺼내는) 저기요!

S#47. 동/복도 - 낮

뒤에서 지구대원7이 '거기 서!' 하는 소리 들리지만 시목, 계단으로 가는데,

백팀장E (계단 모퉁이 아래에서 벨소리 들리더니) 왜 이렇게 전화가 안 돼?

전화기 쥔 백팀장이 계단에서 나타나 시목 쪽으로 돌아드는데,
시목도 시목이지만 백팀장, 사람이 있자 시목을 제대로 보지도 않고 반대로 획 돈다.
입 가리고 통화하는 백팀장은 복도 끝으로 가고 시목, 그쪽 보지만 계단으로 사라진다.
옷 대충 걸치고 탈의실에서 튀어나오는 지구대원7, 그의 눈엔 복도 끝 문으로 지금 막 남자 다리 한 짝이 들어가고 문이 닫히는 것만 보인다.

S#48. 동/야외계단 - 낮

복도 바깥 외부에 노출된 비상용 계단에서 전화하는 백팀장.

백팀장 너한텐 연락 없었어?... 검사가 직접 날 불렀다니까?
그 인간 죽어서도 속을 쎄이 (뒤에 문 벌컥 열리자 소스라치는) 야!!

지구대원7 어? 죄송합니다. (얼른 문 닫는)

백팀장 .. (전화) 이따 다시 하자. .. 아냐 못 들었을 거야. 일단 끊어.

S#49. 동/계단 - 낮

지구대원7 (중간쯤에서 내려다보는) 벌써 내뺐네.. (쯧, 위로 돌아서는데)

백팀장 (계단 위에 우뚝 서서 내려다보는..)

지구대원7 (올라가는데 백팀장이 계속 쳐다보자) 왜요?

백팀장 ... 지퍼.

지구대원7 에? (확인하더니 얼른 바지 지퍼 올리는)

백팀장 (복도 쪽으로 가며) 너 내일부터 휴가지. 나랑 바꾸자.

지구대원7 에? 저 엄마 아빠랑 어디 가는데요?

복도 모퉁이로 사라지는 두 사람. 지구대원7이 '예약 다 해놨는데!' 하는 소리 들린다.

S#50. 경찰청/승강기 앞 - 저녁

여진 웰컴!

장형사 (제복에 모자까지 쓰고 딱딱한 얼굴로 승강기에서 내린다) 안 늦었죠?

여진 딱 맞춰 왔쓰. (장형사 밀면서) 갑시다!

장형사 (밀려가는, 그런데 오른발 떼는 순간 얼굴 살짝 찡그린다)

S#51. 동/회의실 - 저녁

열 명 남짓한 사람들 둘러앉은 가운데 마이크 잡은 주임1, 발표 준비한다.

주임1 먼저, 대외용 팜플렛부터 시작하겠습니다. .

장형사 (여진 옆에 앉는데 본인만 정복이고 나머진 다들 편한 차림이다)
말 좀 해주시지, (모자 벗는) 나만 오바해서 입었네.

여진 왜? 빼쭘하고 좋은데.

장형사 (째릿)

스크린에 PPT 뜬다. 굵은 폰트의 스크린 제목 - 〈정권별 경검 수사권 조정 문제 연혁〉

주임1 경찰과 검찰 간에 수사권 조정 갈등을 연도별로 요약한 연혁입니다.
내일 열릴 조정협의회가 끝나는 시각에 맞춰서 뿌려질 내용입니다.

PPT 화면 다음 장으로 바뀌면 〈경검 수사권 갈등의 역사 70년〉 제목 아래,
1945년의 연혁 내용이 2장에 빼곡하다. (마지막 장에 참고자료1. 첨부했습니다)

주임1 1945년 미 군정하에서 시작된 이래 지금까지 경검 간에 4번의 굵직한
논쟁이 있었습니다. 먼저 1998년에 1라운드에선 검사들의 결사반대에
이어 법무부까지 검찰 편을 들면서 경찰의 수사권 독립을 향한 첫 논의는
무산됐습니다.

장형사, 열심히 수첩에 받아 적는데 다른 이들은 전부 PPT에만 집중하고 있다.
혼자만 필기하는 걸 알아차리고 펜 놓는 장형사.

주임1 2라운드는 2005년.

Insert cut.1〉 - 뉴스 화면 : 2006년 수사권 조정 중단에 아쉬움 표현하는 대통령.
(참고자료2. 첨부)
Insert cut.2〉 - 뉴스 화면 : 2005년 검경 공청회 수사권 조정 설전.

(참고자료3. 첨부)

주임1E **당시 청장님께서도 직을 거는 자세로 임하셨지만 대한민국의 경찰 수사는 검사가 지휘해야 한다는 형사소송법을 개정하지 못해 또다시 무산됩니다.**

Insert cut.3〉 - 뉴스 화면 : 2011년 수사권 조정 불가를 피력한 검찰 평검사 회의.
(참고자료4. 첨부)
Insert cut.4〉 - 뉴스 화면 : 2011년 수사권 논란 후폭풍 검찰총장 사퇴.
(참고자료5. 첨부)

주임1E **3라운드에 해당하는 2011년, 사법경찰관리는 검사의 명령에 직무상 복종해야 한다는 복종 규정이 마침내 삭제됐지만 검사의 지휘권,**
또, 검찰만이 수사를 끝낼 수 있다는 종결권리는 그대로 유지됩니다.
이제 마지막 4라운드, 2019년 현재입니다.

Insert cut.5〉 - 뉴스 화면 : 2019년 경찰청장, 수사권 조정 의지 표명.
(참고자료6. 첨부)

주임1 이전 두 정권에 굴복한 검찰이 국민 앞에 최악의 신뢰도를 보여주면서
이번처럼 검찰이 여론과 정치권의 압박에 밀린 건 사실상 처음입니다,
이런 분위기를 의식한 검찰에선 수사권 조정을 해주겠다면서도
전제조건을 내세우고 있습니다.
(주임2에게 마이크 넘긴다)
주임2 (스크린 앞에 서는) 앞에 내용에 뚜껑들 많이 열리셨죠?
사람들 (자조적으로 웃어넘기는데)
주임2 죄송하지만 열받을 일 아직 많습니다.
다음은 검찰이 전제조건으로 내세운, 자치경찰제입니다.
역시 내일 협의회 후 반포될 홍보 유인물에 포함될 예정입니다.

PPT 화면 〈자치경찰제 도입 방안〉으로 바뀐다. (참고자료7. 첨부)

주임2　자치경찰제가 뭐냐, 한마디로 현재의 경찰인력 일부를 지방자치단체에 떼주는 겁니다, 예. 그럼 자치경찰의 반대는 뭐냐, 국가경찰이 되겠죠?

주임2 얘기하는 동안 수사국장, 최빛에게 수첩 기울여 메모한 걸 보여준다.
최빛, 중요한 건 줄 알고 바로 보지만 장건 쪽 가리키는 화살표에 '이름?'이라 돼 있다.
최빛, 간단하게 '장건'이라 적는다.

수사국장　장건 형사?
장형사　(열심히 듣고 있다 흠칫) 네?
수사국장　일선에선 어때? 자치경찰제가 되면 국가직에서 지방직으로 전환돼야 돼서 일선들은 상당히 민감할 텐데.
장형사　어, (여진 보게 되는)
여진　(본인한테 온 질문이 아닌데도 부담된다. 가뜩이나 큰 눈이 더 커지는)

회의실 시선 전부 장형사에게 집중된다.

장형사　(일단 일어나려 하는데)
수사국장　(앉으란 손짓) 긴장하지 마, 편하게 해.
장형사　(그게 더 긴장돼..) 예 뭐.. 좋게 생각하고 있습니다..
여진　(괜히 책상도 만지게 되고)
수사국장　그래?
장형사　예.. (더듬) 자치경찰이 되면 좀 더 민생친화적인 이미지로..
수사국장　생각보다 긍정적이네?
장형사　에에.
수사국장　(좀 더 쳐다보지만 더 나올 거 있겠나, 주임2에게 계속하라, 눈짓하고)

주임2, 스크린 보면 PPT 화면 바뀌어 자료 나오는데, (참고자료8. 첨부)

장형사　저어,
수사국장　(본다)

장형사 진짜 일선, 수사경찰들이요?
수사국장 가짜 일선도 있어?
장형사 (그게... ..)

S#52. 번화가 길거리 - 밤

건장한 체격의 남성 취객, 비틀대면서 깨진 술병 휘두르고 있다.
일정 거리를 두고 계속 주의만 주는 서형사, 같이 한 덩치 하지만 조심스럽다.

서형사 공무집행 방해로 처벌되실 수 있어요, 내려놓으세요, 내려놓으세요.

서형사가 주의만 주자 동영상 찍기 바쁜 행인들이 "경찰이 왜 저래 어떻게 좀 하지." "덩치는 커갖고 쫄았나 봐." 수군대는 소리, 서형사 귀에도 다 들린다.

서형사E 수사권이고 다 좋은데요, 미국처럼 막 무지막지하게는 아니어도
현장에서 자기방어 정돈 할 수 있게 해줬으면 좋겠어요.

서형사, 마침내 거리 좁히며 조심스레 다가가는데 무서운 기색 전혀 없는 취객, 술병 더 크게 휘두르다 그만 자기 발에 꼬여 넘어진다.

서형사 (발로 술병 치우고 취객 일으켜 세운다) 괜찮아요?
취객 시민을 넘어뜨려? 니가 경찰이야 깡패야! (버둥대는데)
서형사 (취객 팔꿈치에 안면 강타당한다. 순간 욱해서 취객 팔을 꺾으려는데
시민들이 들이댄 휴대폰이 많기도 하다)
좀만 뭐 하면 과잉진압이라고 하고! 조심하면 방관했다고 하고!
이런 영상 돌면 바보 취급당하는 건 순식간이라고요.

S#53. 용산경찰서/복도 - 낮

압류용 박스를 든 최팀장, 급히 옮기는 중이다.

최팀장 뭐니 뭐니 영장이 빨리 나와야지, 증거 없앨까 봐 급하게 하는 게
압수수색인데 검찰이 안 해주면 영장도 못 받으니,
거치는 새 시간 잡아먹지, 청구하는 사이에 소문 다 나지.
그 소문도 누가 내겠어? 그나마 나오면 다행이야,
(발은 바삐 가면서도 옆을 계속 따라오던 카메라에 대고 말하는)
아니 영장은 법원에서 내주는데 왜 검찰이 중간에서 짤라요?

S#54. 동/강력반 - 낮

최팀장에게서 압류 박스 받아 개봉하고 내용물 뒤지는 순창, 말하면서 손은 바쁘다.

순창 저는, 자치경찰이냐 국가경찰이냐 문제가 아니라 어떤 통제 장치가
있어야 된다고 생각해서요, 수사권을 막상 우리가 갖고 왔는데
인제 서장님이나, 아니 저희 서장님이 그러신다는 게 아니라요,
극소수의 윗분들이 이렇게 해라, 저렇게 바꿔라, 수사방향을 왜곡시키려고
해도 막을 방법이 없어지는 거니까, 이걸 방지하려면 경찰도
직장협의회가 있어서

최빛E **장건 형사.**

S#55. 경찰청/회의실 - 저녁(현재)

최빛 관련 내용만 발언합시다. 여기 현장 안 겪어본 사람 있어?

장형사 죄송합니다..

장형사, 고개를 아래로 하는데 눈초리 끝에 들어오는 여진의 손.
시선은 앞만 보는 여진, 하지만 탁자 밑으로 엄지 척, 했다가 주먹으로 바꾼다.
장형사도 고개 들고 앞을 보지만 탁자 밑에서 여진 주먹에 자기 주먹을 맞댄다.

하지만 근처에서 그걸 보는 주임1, 2는 눈초리가 안 좋다.

S#56. 동/회의실 앞 복도 - 밤

어느새 어둑해진 복도로 회의 끝난 사람들 나온다. 회의실 양 갈래로 흩어지는데, 여진과 장형사도 저녁 먹자는 등, 얘기하며 나온다.

여진 잠깐만요. 자리 잠깐만 갔다 올게요. (장형사 놔두고 가는데)

홀로 남은 장형사를 스치는 주임1, 2, 쓱 보는 눈길에 왠지 모를 불쾌함이 담겼다. 장형사도 이를 눈치챘다. 일부러 고개 쳐들지만 찜찜한.

S#57. 대검찰청/법제단장실 - 밤

태하 (세곡지구대 뇌물 수수를 다룬 파일을 앞에 놓고) 어떻게 팀장만 남아?
시목 조원들 뇌물 수수를 팀장은 전혀 몰랐다고 주장해서요.
책임 소홀로 한 직급만 강등됐습니다, 보직은 유지하고.
태하 팀장이 몰랐다, 팀장만 몰랐다.. 늘 붙어 다니는데 말이 되는 얘긴가?

S#58. 의정부지검/영상조사실 - 낮(S#35 이후의 상황)

동재와 탁자 하나 사이하고 마주 앉은 백팀장, 눈빛에 흔들림 없다.

백팀장 우리 팀은 5년을 같이했어요, 365일 길바닥에서 추우나 더우나 남들 쉬는 명절 크리스마스 하나 못 쉬면서 서로 등을 지켜주고 그러다 보면, 그렇게 5년을 뒹굴면 옆자리 동료가 형제보다 낫습니다.
송경사도 어쨌거나 식구가 됐으니까 도와주고 싶었어요.
맨날 외따로 도는 거 많이 끌어당겼고 일도 우리가 나눠서 해줬다고요.

동재 그렇게 형제 같고 식구 같은 조원들이 뒷주머니 차는 걸 팀장이 돼갖고 혼자만 몰랐다고요? 본인이 생각해도 되게 설득력 없죠? 웃기죠?

백팀장 나는, 뇌물죄로, 기소가 안 됐습니다, 바로 여기 이 건물에, 검사님 선배들이! 날 무혐의라고 판단했기 때문에요. 그리고 송기현인

S#59. 동/영상녹화실 - 낮(S#35 이후의 상황)

백팀장F 자살이에요. 지가 지 손으로 죽은 거 내가 이 두 눈으로 똑똑히 봤어요.

동재F 죽는 장면을 봤어요? 말리셨어야지.

백팀장F 그걸 본 게 아니라 죽은 담에

동재F 죽은 담에 봤으면 지 손으로 죽었는지 아닌지 확신 못 하시지?

백팀장F 팀에 그런 사람 하나 있으면 나머지가 얼마나 힘든데요! 허구한 날 죽상을 해갖곤 피해의식에 사로잡혀선 혼자 빌빌대다!

백팀장, 흥분해서 목소리 높아지다 돌연 입 꽉 다물어버린다.
동재를 죽일 듯 노려보다 고개 쳐들더니 아예 동재에게서 얼굴을 돌려버리는데.
백팀장, 거울 쪽을 본다. 마치 일방투명경 이쪽에 선 시목과 시선이 엉키는 듯...

S#60. 대검찰청/법제단장실 - 밤(현재)

태하 이제 와서 순순히 인정할 리가 없지. 길게 걸리겠네..

시목 내일은 다른 조원을 접견할 예정입니다. 그 지구대 제일 고참이요. (뇌물 수수 파일에서 지구대원1의 사진 들어서 보여준다)

태하 접견?

시목 그때 뇌물 수수로 실형 받고 안양교도소에 복역 중이라서요. 협의회 끝나고 출발하겠습니다.

태하 음.. 서프로, 혼자 경거망동하지 말라고는 전했지?

시목 예. 그런 덴 빠른 분입니다. 금방 알아들었습니다.

태하 빠를 거 같긴 해, 그러니까 이런 것도 가져왔지. 지금까지 검이나

경이나 서로 문제란 문제는 다 일으켰어도 내부 살인은 없었어.

S#61. 경찰청/수사혁신단 - 아침

가방 싸놓고 재킷 입고 준비 다 한 여진, 책상에 앉아 단장실 쪽을 고개를 빼 보고 있다. 단장실 안에는 수사국장과 최빛이 뭔가 얘기하고 있다. 둘의 모습 위로 들리는 목소리.

태하E **미숙한 업무를 조롱당하거나 부패세력을 봐줬다는 비난은 차고 넘쳐. 경찰도 비난엔 굳은살이 박였어. 그러나 동료가 동료를 살해했다면,**

언제 나오려나, 기다리는 여진, 볼펜 쥔 손을 습관적으로 움직이며
만화에 가까운 낙서를 경찰수첩에 깨작대는데,
뒤로 지나가는 주임1, 낙서 보고는 바람 빠지는 것 같은 비웃음 소리 낸다.
여진, 아차 싶기도 하고 기분도 나빠 수첩 덮는데,
단장실에서 나오는 최빛과 수사국장.
여진, 수첩 밀어버리고 빠르게 가방 챙겨 일어나 따라 나선다.
두 사람, 함께 나가고 뒤로 다녀오시라 인사하는 주임1, 2.

태하E **이건 비난이나 조롱 같은 개별의 건을 뛰어넘어. 시민의 힘은, 이 나라 경찰력 자체를 부정할 거야.**

S#62. 동/복도 - 아침

장형사, 서둘러 수사혁신단으로 오는데 수사국장, 최빛, 여진이 복도로 나온다.

장형사 (허리 굽혀 인사하고 최빛 뒤에 선 여진 쪽으로 붙으면)
태하E **경찰을 없앨 순 없지. 여론은 금방 가라앉겠고.**
수사국장 (부하들 돌아본다..) 준비들 됐나?
모두 예!

태하E **그러나 우린, 수사권을 요구하는 저들의 생떼를 분쇄할 힘을 갖게 돼. 경찰을 후퇴시킬 힘의 근거가 그들 조직 안에서 돋아난 건 우리한텐 천우신조야. 최고의 무기. 오늘 협의회에서 경찰이 무슨 말을 떠들든,**

S#63. 대검찰청/형사법제단 사무실 - 아침

준비 다 한 시목과 사현이 기다리고 있으면 태하도 브리프케이스 들고 곧 나온다.

태하 (두 사람 잠깐 번갈아 보고는) 갑시다.
사현/시목 예.

나가는 세 사람. 직원들, '다녀오세요.' '파이팅입니다요.' 등 인사한다.

태하E **검찰은 아무것도 내주지 않아. 본래 우리의 것이니까. 70년을 그랬듯, 이번에도.**

S#64. 동/복도 - 아침

태하를 필두로 복도를 걸어오는 세 사람.

S#65. 감사원/302호 복도 - 아침

302호 문에 커다란 안내문 붙이는 감사원 직원.
〈금일(2019. 03. 21) 오전 10시부터 제1차 검경협의회가 열릴 예정이오니 관계자 외 본실 출입을 금하여주시기 바랍니다〉라고 써진 안내문이다.
안내문을 다 붙인 직원, 302호로 들어간다.
활짝 열린 문 안으로 회의용 탁자를 정리하거나 생수를 자리마다 놓는 직원들 보인다.

S#66. 경찰청 + 대검찰청 - 아침

- 화면 중앙을 향해 당당히 오는 경찰 넷과,
- 이에 못지않게 긴 복도를 곧게 오는 검사 셋, 양쪽에서 엔딩.

참고자료1

경검 수사권 갈등의 역사 70년

날짜	내용
1945년 12월	미군정, 경찰은 수사권 검찰은 기소권 분담 추진
1954년 2월	검찰이 수사권과 기소권을 쥔 지금의 형사소송법 태동. 당시 경찰에 수사권을 독자적으로 부여하자는 논의가 있었으나 검사 출신인 엄상섭 의원, 한격만 검찰총장 등의 반대로 무산
1960년 6월	4.19 직후 과도정부 '경찰행정개혁심의회' 구성. 미국인 전문가 의견을 반영 경찰에게 1차적 수사권을 부여하는 방안을 내무부에 건의했으나 검찰 등의 반대로 무산
1962년 12월	제5차 개헌을 통해 검사에게 체포, 구속, 압수, 수색, 검증, 영장청구권을 준다는 내용으로 형사소송법 개정
1985년 12월	치안본부 기획과 연구발전계획에서 '시·도 자치경찰제' 도입과 경찰위원회 관리 아래 지방경찰청 설립을 검토. 경찰에 1차적 수사권과 수사 주재권을 부여하자고 주장했으나 무산
1989년 3월	대한경우회에서 경찰수사관 독립 주장
1990년	'행정쇄신위원회' 경찰행정쇄신 방안으로 자치경찰제 도입 3단계로 나눠 검토
1991년 3월	한국생산성본부 '치안실태조사와 대책' 보고서 통해 경찰의 독자적 수사권 부여 방안 제시
4월	한국개발연구원 '한국의 경찰행정 발전방향' 보고서에서 경찰에 1차 수사권 부여할 것 제시했으나 무산됨
1993년	민주자유당, 가벼운 범죄에 대해 경찰이 독자적 수사권을 갖는 방안 김영삼 대통령에게 보고
1994년 12월	민주당, 경찰법 개정법률안에 자치경찰제 도입을 위한 안을 국회에 제안했으나 자동 폐기됨
1996년 3월	새정치국민회의, 제15대 총선에서 '경찰 수사권의 독자성 확보'를 공약으로 제시. 같은 해 11월 대선공약으로 재차 제시함
2003년 1월	경찰청 대통령직 인수위원회에 사법경찰 수사권 독립안 공식 제출
5월	경찰혁신위원회 출범. 경찰의 수사권한 배분 추진
2004년 9월	'검·경 수사권 조정 협의체' 발족
12월	민간위원과 검·경 대표로 구성된 자문위원회 발족, 2005년 5월까지 협의했지만 두 기관 간 대립으로 절충 실패
2005년 11월	노무현 정부 국회에 자치경찰법(안) 제출
2006년 7월	제주도에서 자치경찰제 실시
2010년 2월	국회, '사법제도개혁특별위원회' 구성해 수사권 조정 문제 논의
5월	'검·경 개혁 범정부 테스크포스' 구성
2011년 6월	국회, '경찰 수사개시권'을 명시한 형사소송법 개정안 의결. 김준규 당시 검찰총장 반발하며 사퇴
11월	- 국무총리실, 검사의 수사 지휘 명시한 '검사의 사법경찰관리에 대한 수사 지휘 및 사법경찰관리의 수사준칙에 관한 규정' 대통령령 발표 - 경찰의 자율에 맡겼던 내사에 대해 사후적으로 검찰의 통제를 받도록 하고 검찰의 부당한 수사 지휘에 대해서는 경찰이 이의신청 할 수 있도록 하는 것이 주요 내용
2012년 1월	'검사의 사법경찰관리에 대한 수사 지휘 및 사법경찰관리의 수사준칙에 관한 규정' 시행
10월	박근혜 당시 새누리당 대선후보, '검·경 간 협의를 통한 합리적 수사권 분점' 공약 제시
2015년 5월	강신명 경찰청장 "검·경 수사권 조정, 임기 중 가장 이루고 싶은 목표"라고 밝힘

2016년 1월	- 경찰청 새경찰추진자문위원회 '경찰 미래비전 2045' 발표. 경찰의 향후 주요 정책 과제로 '수사·기소 완전 분리' 선정 - 경찰대 출신 표창원 의원, 수사권은 경찰, 기소권은 검찰에 두는 형사소송법 일부개정법률안을 대표발의
8월 19일	- 이철성 당시 경찰청장 내정자, 인사청문회에서 경찰수사권 조정 의지 강하게 피력 - "수사는 경찰, 기소는 검사가 담당하는 것이 바람직하고 이를 논의하기 위한 독립기구가 필요" - "검찰은 수사권, 수사지휘권, 영장청구권, 기소권 등을 모두 보유해 과도한 영향력을 행사"
9월 26일	경찰청, 수사권 조정을 위한 전담기구 '수사구조개혁단' 출범
2017년 4월 7일	황운하 경찰청 수사구조개혁단장, "수사권 독립은 검·경의 밥그릇 싸움이 아니라 국민편익을 증진하기 위한 개혁"
5월 9일	'수사권·기소권 분리' 공약 내건 문재인 대통령 당선
6월 16일	- 경찰청, 민간위원으로 구성된 '경찰개혁위원회' 출범 - 수사구조개혁, 자치경찰 등 논의
7월 19일	- 국정기획자문위원회, 경찰 등 권력기관 개혁안 발표 - 연말까지 수사권 조정안 마련. 2018년부터 시행 방침
7월 23일	- 문무일 당시 검찰총장 후보자, 인사청문회에서 '수사권 경찰, 기소권 검찰' 의견에 반대 - "수사와 기소는 성질상 분리할 수 없는 것"
10월 16일	박상기 법무부 장관 "법무부, 검·경 수사권 조정 적극적으로 추진할 의지 있어"
10월 17일	- 문무일 검찰총장, 수사권 조정 관련해 내부TF 구성 방침 피력 - "수사권 조정은 어떤 방식으로든 진행하는 것이 국민의 뜻에 부합"
10월 20일	문재인 대통령, 경찰의 날 기념행사에서 "검경 수사권 조정, 내년부터 본격 추진하겠다" "두 기관의 자율적인 합의를 도모하는 한편, 필요할 경우 중립적인 기구를 통해 결론" "제주자치경찰 사례를 거울삼아 자치경찰제를 전면 도입"
2018년 3월 26일	조국 민정수석, 박상기 법무부 장관, 김부겸 행정안전부 장관 여러 차례 회의 갖고 수사권 조정 방안 협의했다는 보도 = 형사소송법에서 검찰의 수사지휘 조항 삭제, 검찰이 가진 수사종결권의 검경 분산, 검찰의 영장청구권 현행 유지 등 주요 내용
3월 27일	조국 수석, 청와대 기자들에게 문자 = "완전 합의된 바는 없고 여전히 협의 중"이며 "검경 의견은 계속 수렴 중" = "수사권 조정은 대선 공약의 취지에 따라 경찰이 1차 수사에서 보다 많은 자율성을 갖고, 검찰은 사법통제 역할에 더욱 충실히 해야 한다는 원칙에 따라 진행되고 있다"
3월 29일	- 문무일 검찰총장 기자간담회 = "수사권 조정 논의 방식이 공개되지 않는 방식으로 관계기관과 협의를 하지 않는 게 바람직한지 생각해보고 있다" = "저희 의견이 전혀 반영되지 않은 안이 나오는 것은 바람직하지 않으므로 저희 의견을 반영할 기회를 줄 것으로 생각한다" 밝혀 = "실효적 자치경찰제가 도입되면, 자연스럽게 수사권 조정" 자치경찰제 선행된 수사권 조정 의견 = 검찰 패싱(문무일 패싱) 논란 - 청와대, 문무일 총장 발언 비판 = "자치경찰제 문제는 자치분권위원회가 다룰 문제로 시간이 필요하며, 자치경찰제를 순차적으로 확대해나가면서 수사권 조정도 병행해 함께 진행하는 것이 바람직하다"
4월 5일	조국 민정수석 검경 수사권 조정과 관련해, = "시각과 조직의 입장이 다르지만, 문재인 정부의 구성원으로서 구존동이(求存同異)의 정신에 따라 논의하고 있다" 밝혀 = 검찰 패싱 논란 진화

6월 14일	이철성 경찰청장 기자간담회 = "경찰은 검찰의 보완수사 최소화, 검찰의 영장 불청구에 대한 이의권 등 검찰과의 관계를 상하가 아닌 '협력'관계로 설정한 의견을 청와대에 제출" 밝혀
6월 15일	문재인 대통령 수사권 조정 관련 오찬 (검찰총장, 경찰청장, 민정수석, 비서실장, 법무·행안부 장관 참석) = "경찰은 수사에서 더 많은 자율성을 부여받아야 하고, 기소권을 가진 검찰은 사후적·보충적으로 경찰수사를 통제하는 데 역량을 집중할 필요가 있다" = 문무일 총장, 수사권 조정 우려 피력
6월 21일	정부 '검경 수사권 조정 합의문' 발표 = "수사는 경찰, 검찰은 통제"

참고자료2

Insert cut.1〉 - 뉴스 화면 : 2006년 수사권 조정 중단에 아쉬움 표현하는 대통령.

https://news.naver.com/main/read.nhn?mode=LPOD&mid=tvh&oid=057&aid=0000044907

-00:11 부터 00:25 까지 영상.

참고자료3

Insert cut.2〉 - 뉴스 화면 : 2005년 검경 공청회 수사권 조정 설전.

https://news.naver.com/main/read.nhn?mode=LPOD&mid=tvh&oid=052&aid=0000073662

-00:21 부터 00:27 까지 영상.

참고자료4

Insert cut.3〉 - 뉴스 화면 : 2011년 수사권 조정 불가를 피력한 검찰 평검사 회의.

https://news.naver.com/main/read.nhn?mode=LPOD&mid=tvh&oid=057&aid=0000167574

-00:22 부터 00:27 까지 영상.

-(같은 영상의) 00:58 부터 01:06 까지 영상.

참고자료5

Insert cut.4〉 - 뉴스 화면 : 2011년 수사권 논란 후폭풍 검찰총장 사퇴.

https://news.naver.com/main/read.nhn?mode=LPOD&mid=tvh&oid=057&aid=0000169054

-00:10 부터 00:21 까지 영상.

참고자료6

Insert cut.5〉 - 뉴스 화면 : 2019년 경찰청장, 수사권 조정 의지 표명.

https://tv.naver.com/v/8366358

-00:20 부터 00:32 까지 영상.

* 동영상에 지정된 시간은 자막과 화면이 내용을 강하게 드러내는 부분으로 골랐습니다. 첨부한 영상이나 기타 관련 동영상을 보시다 더 적합한 게 있으시면 그걸로 써주세요.

참고자료7

자치경찰제 도입방안

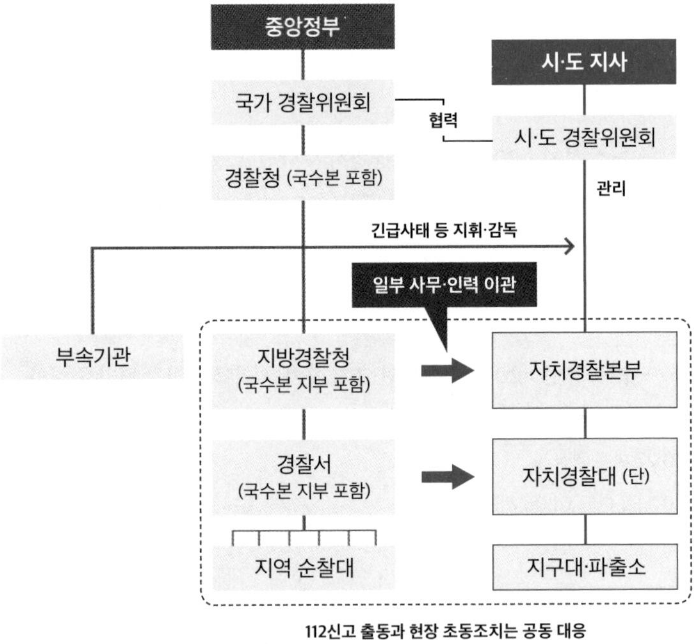

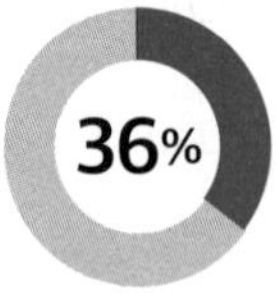

- 주민밀착형 사무와 민생치안 사건 수사권 등 이관
- 지구대·파출소 조직은 모두 자치경찰로 이관
- 지역순찰대 인력과 거점시설은 그대로 유지
- 2022년까지 경찰 인력의 36%를 지방직 자치경찰로 전환

참고자료8

자치경찰 및 국가경찰 사무배분

구분	자치경찰	국가경찰
주요 사무	· 생활안전, 여성·청소년, 교통, 지역경비 등 주민밀착형 사무 및 지역경찰(지구대·파출소) · 민생치안 밀접 수사(교통사고, 가정폭력 등)	· 정보·보안·외사·경비 및 112상황실 · 수사(광역범죄·국익범죄·일반형사 등) · 민생치안사무 중 전국적 규모나 통일적인 처리를 필요로 하는 사무(협약으로 규정) 및 지역순찰대

4회

검찰이 법을 몰라서 문제가 된 게 아닌데요.

지금의 수사권 조정이 병은 놔두고 병원만 바꾸는 게 안 되려면

검경 간에 단 하나라도 차이점은 있어야 하지 않겠습니까?

S#1. 삼청동 길 - 낮

관광객 발길이 닿지 않는 한적한 북촌 끝자락 언덕.
차 두 대가 앞뒤로 달려오는데, 비키라고 빵빵대며 추월할 듯 운전하는 뒤차.
차를 가까이 보여주면 앞차엔 태하와 시목이, 뒤의 차에는 사현이 탔다.

S#2. 태하의 차 안 - 낮

태하 (운전 중. 뒤에서 계속 빵빵대자) 저건 몇 살인데. (운전석 창문 내리는)

S#3. 사현의 차 안 - 낮

앞차의 태하가 창문 밖으로 주먹 쳐드는 게 보인다. 사현, 웃는데,
길이 왼쪽으로 꺾이는 순간 흰색 석조 건물이 전면에 나타나자 진지한 얼굴이 된다.

S#4. 감사원/외경 - 낮

겉면에 아무 표식 없이 우뚝 선 8층 높이의 석조 건물. 하얗게 빛나는 태극기.
'감사원'이라 새겨진 거대한 돌이 입구를 지키고 있다.
그리로 들어오는 두 대의 차.

S#5. 동/앞마당 - 낮

차에서 내려 본관 건물로 가는 태하와 사현. 시목은 한두 걸음 뒤다.

태하 감사원장님 뵙고 갈 테니까 먼저 가 있어.
(당연하게 브리프케이스를 시목에게 넘기는)
사현 (제 가방 역시 뒤에 시목에게 내민다. 거의 노룩패스다)
시목 (둘 다 받는) 302호입니다.

앞만 보며 음, 짧은 대답 남긴 태하, 성큼 간다. 사현도 양복 단추 잠근다.

S#6. 동/302호 - 낮

시목 들어온다. 회의용 탁자 의자, 미리 갖다놓은 음료수 외엔 휑하다.
시목, 창가 쪽 의자에 순서대로 태하, 사현, 본인 가방 놓고 자기 의자를 뺀다.
그대로 잠시 앉았는데.. 창밖에 새소리 외에는 굉장히 고요하다.
폰을 여는 시목, 기사들 훑다 한 기사를 클릭하는 손동작.
기사 C.U. - 〈동부지검장, 故이창준 수석 모욕 더는 좌시 못해, 가짜뉴스 경고〉의 제목.
시목, 기사 읽는데 복도를 울리며 다가오는 구두소리. 여러 명인 듯.
폰 내리는 시목, 앞섶 당기며 곧게 일어서면,
바로 문 열린다. 최빛이 제일 먼저 그 뒤로 여진, 그리고 장형사.

시목 (먼저 최빛에게) 안녕하십니까. (여진, 장형사에게도 짧은 눈길 옮기는)
장형사 (반사적으로 얼핏 목례. 어색)

여진　(최빛에게) 황시목 검삽니다, 단장님.

시목　처음 뵙겠습니다,

최빛　이렇게 뵙네요, (다른 손 살짝 걸쳐 손 내미는) 최빛입니다.

시목　(비슷한 정도의 두 손 악수)

두 사람 악수 끝나면 여진과 시목 눈 마주친다.
여진, 웃는 것까진 아니어도 표정 풀어 보이고 시목도 무언의 인사 한다.
그사이 주변 자리를 좀 보는 최빛.

최빛　그쪽들(검사 가방 놓은 자리)이에요?

시목　이쪽이 편하시겠습니까?

최빛　그렇다는 게 아니라.

검사들의 얄팍한 브리프케이스에 비해 약간 더 큰 가방 가져온 경찰들,
그렇다고 서류를 바리바리 싸 오지도 않았고 깔끔한 입성이지만 제복 차림도 아니다.
최빛, 시목 맞은편 자리 중에 첫 번째 한 자리는 비우고 앉는다.
그 옆에 순서대로 자리 잡는 여진, 장형사.

시목　(제 자리에 앉는)

장형사　이렇게 또 뵙네요? 오셨단 얘기는 (얼핏 여진 쪽 보는) 들었습니다.

시목　그러네요. (그러고 맹숭맹숭)

여진　(눈은 시목 보며 장형사 쪽으로 고갯짓) 아이 안부라든가, 에?
많이 컸냐, 둘째 낳았단 얘기 들었다, 그런 거요.

시목　아이는 잘 있습니까.

장형사　(웃어버리는) 애가 잘 있죠, 그럼.

최빛, 후배경찰들 일별한다. 여진, 장형사, 웃음 지우는데,

최빛　안 잡아먹어. 뭐 전쟁 났어?
(시목에게) 우리 애들하고 좋은 안면이 있어서 다행이네요.

시목　예.

장형사, 작게 '우리 애들.' 되뇌고 여진도 그 말에 킥 하는데,
"뭐!" 하는 최빛. 두 사람, 얼른 정색한다.
끝에 모여 앉아 서로 시선 나누는 여진, 장형사. 그 둘을 보는 시목.

S#7. 동/복도 - 낮

태하 남에 건물까지 와서 뭐 하는 건지.

사현 대검에서 하자니 재들이 싫대고 그렇다고 우리가 경찰청으로 갈 순 없고, 둘 다 불편한 게 낫죠.

태하 재네들은 다 왔나?

사현 (문득 눈짓)

복도 옆에서 나타난 사람, 수행직원 한 명 대동한 수사국장이다.
태하와 사현, 내가 무슨 말을 했냐는 듯 사람 좋은 미소로 인사 건네고,
수사국장도 재네니 뭐니 소리 들은 것 없는 양 반갑게 인사한다.

S#8. 동/302호 - 낮

카메라 프레임에 담긴 모습. 빈 벽을 뒤로한 경검 7명이 줄을 맞추고 있다.
'뭘 이런 걸.' 하면서도 포즈 잡는 수사국장.
나머지도 모두 못 이기는 척 자세 갖춘다. 시목은 그냥 끝에 섰다.
사진 찍힌 순간 스틸 컷.

스틸 컷 풀리면, 수사국장과 함께 온 수행직원이 사진 찍었다.
흩어져 자리로 오는 사람들.

수행직원 수고하셨습니다. (검찰 측에) 사진은 따로 보내드리겠습니다.

태하 (관심 없다는 티 내는) 뭘요.

최빛 (무시하는 투로 느껴져 태하를 일별한다)

수행직원, 인사하고 나간다. 문 닫히고 나면,
편 가르기처럼 갈라져 착석한 경찰, 검찰. 잠시 조용하다. 침묵의 공기.

수사국장 ... 음, 다들 바쁘실 텐데 이렇게 시간 내고 모여줘서 감사하고 먼저 그러니까...

태하 저희 일 하는 건데요. 저희야말로 먼 걸음 해주셔서 감사하죠. (싱긋)

수사국장 (저 인간...) 간단하게 우리가 여기 모인 목적을 짚고 갑시다. 현 정부에서 국정개혁의 일환으로 많은 것들을 추진하고 있는데 경검하고 관련된 건 그중에 크게 네 가지, 수사지휘권, 수사종결권, 영장청구권, 이 세 개를 개정하는 거고 마지막으로는 고위 공직자 비리 수사처, 즉 공수처 설치 논의입니다.

사현 말씀 중에 죄송하지만, 영장청구권은 정부 조정안에서도 안 건드리기로 결정 났는데요, 현행유지요. 협의회에서도 제외시켜야 맞지 않습니까?

최빛 말씀 중에 죄송하지만 정부 안만 따를 거면 굳이 모일 필요 있었을까요. 경찰과 검찰이 직접 논의해서 새로운 개혁안을 내자는 게 이 자리에 취지 아닙니까?

사현 체포·구속·압수 또는 수색을 할 때에는

최빛 (수백 번 들은 거라 얼굴에 짜증이 확 드러난다) 그걸 몰라서가 아니

사현 (손 들어 막으며 틈 안 주고 계속하는) 적법한 절차에 따라 검사의 신청에 의하여 법관이 발부한 영장을 제시하여야 한다.
검사의, 신청에, 의하여. 대한민국 헌법 12조 3항.
헌법을 개정할 겁니까?

여진 맨 처음에,

모두 (본다)

여진 그 조항을 읽었을 때가 기억납니다. 공무원의 권한이 일반조례나 규칙도 아니고 국가의 가장 기본법인 헌법에 들어 있단 게 이상했습니다.

태하 (여전히 여유로운 미소) 처음이니까 이상했네, 지금은 익숙하시죠?

사현 그게 왜 그러겠어요? 그만큼 중요하니까, 후손들이 함부로 손대지 마라, 헌법에 박아놓은 거란 생각은 안 들어요?

여진　우리나라 검찰이 헌법에 자기들 권한을 새겨놓을 정도로 막강하구나란 생각은 듭니다.

사현　아니 그걸 우리가 새겼나?

최빛　아니죠, 검찰이 아니죠, 오직 검사만이 영장을 청구할 수 있게 만든 건 5.16 세력이니까. 이 나라 최초 헌법엔 분명히 검사 또는 사법경찰관이 영장을 받을 수 있다고 한 걸 입법권도 없는 쿠데타 세력이 지들 맘대로 경찰은 빼고 검사만 남긴 거니까. 이게 법률상으로 얼마나 하자가 있는 건지는 법률전문가이신 검사님들은 잘 아시겠죠.

사현　법률상 하자는 아니죠? 독점청구권이 군사 쿠데타 세력이 만든 건 사실이지만 당시에 국가재건의는 비상조치법에 의해서 입법·사법·행정의 3권을 행사하도록 법리해석상 요건은 갖추었습니다.

수사국장　그래서 비상조치법을 인정한단 거예요? 잘했다고?

사현　아뇨, 존재해선 안 될 악법이었지만 실재한 건 사실이잖아요? 굳이 표현하자면 법률상 하자가 아니라 역사상 하자가 안 맞나 싶은데?

경찰들, 사현을 쿠데타 세력 보듯 하지만 사현, 아랑곳 않는다.

사현　또, 1969년 개헌 이후에 현재까지 4차례의 헌법 개정 과정에서도 개헌되지 않았으므로 해당 조항은 추인될 걸로 봐야 합니다.

여진　부장님도 악법이라고 인정하신 게 무려 50년 동안 개정이 안 된 이유는 뭘까요? 이 질문을 드리니까 생각나는 사건이 하나 있습니다. 압수수색 대상인 변호사가 있었어요, 왜 변호사가 압수 대상이었냐, 사설 단속업체랑 짜고 불법 게임업체를 함정 단속했습니다, 그런데 그다음에 이 변호사가 한 짓이란 게, 지가 찌른 게임업체에 접근해서 고소를 무마해주겠다고 하고선 엄청난 합의금을 받아내요. 처음부터 불법 적발이 목적이 아녔어요, 합의금 노린 거지. 이 짓을 한두 번 한 게 아닙니다. 부장님들 제가 누구 얘기하는지 아시죠? 이 변호사, 두 분 직속선배 아니신가요?

태하　뭔 적 없어요, 10년도 넘은 얘기를.

여진　예 10년 넘었습니다, 근데 저는 10년도 넘은 케이스를 어떻게 알까요? 이 변호사가 나중에 경찰을 상대로 손해배상소송을 냈기 때문입니다.

자기가 중앙지검 검사 시절에 수사권 조정 문제가 있을 때마다 검찰을 대표한 법조인이라서 경찰이 앙심을 품고 자길 표적수사한 거라고.

사현 그래서 그분 패소했잖아요. 항소심까지 가서 원고 패소 판결 났음 됐지!

최빛 항소심 결과도 아시는 걸 보니까 어떻게 이런 인물이 손배소까지 가능했는지도 아시겠네요? 이런 범죄는 변호사 사무실 압수수색, 계좌추적, 이 두 가진 기본 중에 기본이란 건 지나가는 애도 압니다.
그런데 아무것도 못 했어요. 수색영장이 안 나와서. 경찰이 몇 번이나 다시 청구했는데도 검찰이 계속 기각시켰습니다. 제 식구 감싸기도 이 정도면 검사님들, 얼굴 뜨거워져야 되는 거 아녜요?

태하 제 식구 감싸기면 끝까지 감쌌겠죠. 그거 담당검사 바뀌고 나서 영장 나왔잖아요.

수사국장 그러고서 사건 넘겨받은 검찰에서 무혐의 처분, 끝.

사실이다. 태하와 사현, 반박할 말 없다.

태하 (그러나 계속 입 다물어줄 수 없다. 미소 되찾으며)
이거 뭐 5.16이 나오질 않나, 10년 전 거부터 자꾸 옛날 얘길 하시는데 옛날을 들추는 이유가 그만큼 지금은 많이 개선됐기 때문 아닙니까.

장형사 그럼 지금 일을 알려드릴까요?

태하 (이건 또 뭐야?)

장형사 바로 며칠 전 일이요. (도전적이 아니라 지친 얼굴이다)
여기 계신 분들은 전세 사기 같은 거 안 당해보셨죠?
법에도 정통하고 워낙 똑똑하신 분들이라.

장형사, 본인에게 꽂힌 12개의 눈동자를 바라본다.

S#9. 건물 안/계단 - 낮(며칠 전)

최팀장, 낡은 돌계단에 서 있으면 곧 내려오는 발소리 들린다.
피해자가 계단을 돌아 나타나면 인사하는 최팀장.

피해자 (작게) 죄송해요, 회사에서 알게 되면 좀 그래서요..

최팀장 여기도 괜찮습니다. 좀 확인할 게 있는데 (수배자 몽타주 보여주는) 계약할 때 만났다는 가짜 집주인이 이 사람 맞습

피해자 (말 끝나기도 전에 그림 덥석 잡고) 잡았어요? 맞아요 이 사람!

최팀장 어.. 인제 잡아야죠.

피해자 에?

최팀장 원래 저희 강력팀에서 갖고 있던 프로필이랑은 이번엔 좀 다르게 나와서요, 같은 인물인지 확인 먼저 해야 돼서.

피해자 (실망하는 게 보인다. 예에.. 하며 끄덕이다가) 10년 동안 모았어요, 그게.. 딱 하루 만에 없어졌어요. (마른 얼굴에 눈물 떨어지는) 큰 거 바란 거 아니잖아요, 내 집, 내 명의도 아니고 전세방 하난데..

최팀장 그쵸...

피해자 저 꼼꼼하게 체크 다 했어요. 직거래는 사기가 많다고 해서 중개인도 껴서 했고요, 집주인 직접 만나서 신분증까지 다 확인하고 계약한 거예요. 집주인이 여자 혼자 사는 집은 위험하다고 걸개도 새로 해주겠다고 해서.. 주인 잘 만났다고 생각했는데.. 설마 가짜일 줄은..

최팀장, 예 예 할 뿐 쉽게 위로도 못 한다. 피해자, 운다.

S#10. 골목/봉고차 안 - 밤(3회 S#8 출동 이후의 상황)

적외선카메라로 찍은 듯 어두운 차 안, 창밖 응시하는 형사들 실루엣.

최팀장 (낮게) 아니지?

서형사 (품에 가린 휴대폰으로 범인 몽타주 확인하고 밖에 지나는 사람 확인) 아녜요. (다시 밖을 살핀다. 건너편 보광중개사를 주시)

순창 (채증용 캠코더로 보광중개사 쪽을 촬영하고 있는데)

최팀장 10시에 오겠단 놈이..

장형사 (시계 보면 11시가 훌쩍 지났다) 나가볼까요?

최팀장 .. 나가봐.

장형사 (말 떨어지자마자 나간다)

최팀장 지능팀은 차에 있으라고 해. 괜히 눈치챌라.

S#11. 골목 - 밤(3회 S#8 출동 이후의 상황)

봉고에서 내린 장형사, 자연스러운 척 중개사로 가며 돌아보면,
장형사 측 봉고 말고 좀 떨어진 곳에 지능팀 승용차도 있다.
그 안에도 형사들 잠복 중인데 장형사가 나오자 지능팀 형사 중 하나도 나오려 한다.
장형사, 아니라는 손길 낮게 보내고 중개사로 가면,
안엔 불도 꺼져 있고 아무도 없다. 장형사, 돌아서는데,
이쪽으로 모자 쓴 남자 하나 온다.
뭔가 느낌 온 장형사, 폰이나 보는 척하면서 그쪽으로 간다. 남자 옆을 스치는데,
스치는 장형사를 경계의 눈초리로 살피는 남자.
두 사람 스치는데.. 돌아보는 장형사. 그때 남자도 돌아본다. 둘의 시선 엉키는 순간.
남자, 즉시 튄다. 집들 사이 좁은 골목으로 사라진다.
봉고차에서 최팀장도 튀어나오고 지능팀 형사들 뛰어나와 쫓는다.

S#12. 주택가/골목 - 밤(3회 S#8 출동 이후의 상황)

골목을 이리저리 뛰는 남자. 쫓아오는 형사들.
남자가 시야에서 사라지면 형사들, 이리저리 갈라서 뛴다.
순창이 모는 봉고차도 따라붙는다.
이 악물고 뛰는 장형사 앞에 갑자기 튀어나오는 자전거.
피하다 오른발 접질려 소리 없는 비명 지르는 장형사, 그러나 계속 질주한다.

S#13. 큰길 - 밤(3회 S#8 출동 이후의 상황)

상가 사잇골목에서 남자 튀어나온다. 지하철역으로 뛴다.
곧 형사들도 나온다. 역 입구로 막 사라지는 남자를 쫓아 뛴다.

S#14. 지하철 - 밤(3회 S#8 출동 이후의 상황)

남자, 안 보인다. 최팀장, 형사들 몇에게 수신호로 안을 가리키면,
개찰구 뛰어넘어 안으로 들어가는 형사들. 장형사도 뛰어넘는데 오른 발목, 아프다.
최팀장은 개찰구 밖에서 사방 훑고 반대쪽에선 순창도 수색하며 전화 받는 게 보인다.

순창 (통화하면서 최팀장에게 오는. 채증용 비디오는 잠깐 내렸다)
팀장님, 검찰에서 피의자 데려오라고 했다는데 그러라고 해요?
최팀장 (짜증난) 무슨 피의자?
순창 어제 그, 우리 유치장에 들어온, 동창 찌른 놈이요.
서부지검에서 그놈을 지금 좀 데려오라고 했다는데,
최팀장 필요하면 지들이 와서 데려가지 왜 우리한테 데려오라 마라야?
순창 자기들이 지금 좀 많이 바쁘다고 협조하라고 했대요.
유치장 당직도 이거 들어줘야 되냐고 묻는데 뭐라고 할까요?
최팀장 야 피의자 호송은 각자 알아서 하기로 한 게 언젠데 아직까지 우릴
부려먹어? 법 바뀐 게 몇 년인데 씨, 지들 수사관 시키라고 해!
순창 네! (전화 걸려고 올리다가) 어! (튀어가는)

남자가 도망치고 있다. 순창, 최팀장, 번개같이 쫓아간다.

장형사E **사기 친 놈 잡았어요, 그날 밤새워서 잡았어요.**

S#15. 감사원/302호 - 낮(현재)

장형사 잡았다고요. 근데 이놈 영장이 안 나와요, 서부지검에서 밑도 끝도
없이 보완수사 하라길래 위조 신분증, 등기부등본에 피해자 진술까지

다 다시 붙여서 다시 넘겼어요. 근데도 구속영장이 안 나와요.

검찰 측, 침묵.
경찰 측, 다른 무엇보다 동료로서 경찰로서 화가 난다.

장형사 진짜 집주인은 월세로 내놓은 걸 부동산업자랑 짜고 지가 집주인인 척해서 전세로 돌리고, 그 보증금 갖고 튄 놈이에요, 다세대 6가구가 피해를 봤어요, 가구당 2억 5천이 누구한텐 큰돈이 아닐지 몰라도 피해자들한텐 전 재산입니다, 평생 모아도 안 돼서 대출까지 받은 전 재산.

여진 (화를 누르며) 언제까지 풀어줘야 돼요.

장형사 오늘 새벽이요. 그때까지 구속 못 시키면 놔줘야 돼요.

최빛 15년 동안 변한 게 없네. (검사들 본다) 옛날에야 검사가 경찰한테 피의자 데리고 오라 가라, 명령하고 그랬죠, 왜 우리가 그 뒤치다꺼리 해야 되느냐고 호송 거부했던 현직 경찰이 실형 받은 적도 있습니다. 그게 무려 15년 전 일이에요, 그러고 나서 경찰이 검사한테 복종해야 한단 의무규정 없앤 지가 언젠데, 아직도 이러고들 살아요?

사현 우리, 장건 형사님이라고 하셨나요? 오해하셨네.

장형사 제가 뭘 오해했습니까?

사현 오해하실 만한데 피의자 호송 명령은 완전히 없어진 관행입니다. 인젠 우리 그런 거 경찰한테 시키지도 않고 그거 거부했다고 쪼잔하게 영장 안 내주고, 그런 경운 없어요.

태하 15년 전에 실형 받은 건 그땐 법이 그랬으니까요, 경찰이 아무리 싫어하고 자존심 상해한대도 그땐 검사에 대한 경찰의 복종 의무가 있었으니까 규정에 근거해서 재판부에서 유죄를 준 거지, 무슨 우리가 아무 잘못 없는 경찰한테 횡포를 부린 거처럼.

수사국장 지금 그게 문제에요? 지금도 이렇게 영장 갖고 난린데, 이러면서 영장청구권을 절대 못 내준다고?

발언하는 사람들을 아까부터 아무 말 없이 관망하기만 하던 시목, 양측에서 점점 새된 소리만 나오자 시선 내린다.

S#16. 통영지청/로비 - 낮(몇 달 전. 시목의 회상)

법복 입은 시목과 이계장이 함께 가는데,
로비의 사람들, 안 보는 척하면서 어딘가를 힐끔힐끔 본다.

이계장 (속삭이는) 검사님 저분이에요, 저분.
시목 (이계장이 보는 쪽 보면)

한 여성이 가고 있다. 뒷모습이지만 고개 숙인 채 가는 게 느껴진다.

이계장 라디오 나가서 외압 소리 했다가 좌천돼서 오셨다는 검사님요.
시목 ...

S#17. 동/시목의 집무실 - 낮(몇 달 전. 시목의 회상)

서서 키보드 간단히 두드리고 엔터 치는 시목, 법복 벗어 걸고 데스크탑 앞에 앉으면.
시사프로 라디오 다시듣기 페이지다. 그중 〈출연 - 김세진 검사〉를 클릭한다.
음악 나오고 인사 부분이 시작되자 시목, 시작점에서 5분 정도 지난 곳을 찍으면
흘러나오는 여성의 목소리.

김검사E .. 바로 그날 부장검사실에 불려가서 뜻밖의 말을 들었어요, 의원님 변호사가 고검장 출신이니까 직접 전화하지 말 것, 의원님께서 저의 처신에 대해 항의했으니 일부 증거를 목록에서 빼라는 지시였어요.
진행자E 항의했다고 증거를 빼라고 했다고요, 부장검사가요?
김검사E 예, 그래서 제가 해당 증거는 벌써 변호인들이 목록을 복사해서 외부로 나갔는데 검찰이 중간에 삭제해버린 게 알려지면 누가 책임지냐고 따졌지만 결국 증거는 삭제됐습니다.

내용 듣던 시목, 마른세수한다.

S#18. 감사원/302호 - 낮(현재)

사현 전국에 경찰관리가 15만 명입니다. 15만 중에 1%만 영장을 잘못 써도 천오백 명이에요, 검사 인력 전체를 합해봐야 2천명 남짓인데.

최빛 그래서 지금 자격 시비하자고요?

사현 자격 시비가 아니라

최빛 검사는 전국에 몇 명 경찰은 몇 명, 수치만 놓고 단순 비교하는 게 자격 시비죠, 니들은 뭐가 달라서로 가자는 겁니까 지금? 해볼까요?

시목 검찰의 힘은,

내내 조용하던 시목이 입을 열자 모두 쳐다본다.

시목 기소에 있는 게 아니라 기소할 사건을 기소하지 않는 데에 있다고 합니다. 기소의 출발이 영장이라고 한다면 청구권은 당연히 이 폐단을 없앨 수 있는 쪽이 행해야죠. 그래서 더더욱 이 질문을 드려야 할 것 같은데요, 영장청구권을 가진 기관엔 해라 마라 압력이 반드시 올 건데 경찰은 이걸 어떻게 막으실 건지요.

수사국장 우리도 그 고민이 없는 게 아네요,
그래서 법에 정통한 사람들로 영장심사관제도 검토하고 있고.

시목 검찰이 법을 몰라서 문제가 된 게 아닌데요. 지금의 수사권 조정이 병은 놔두고 병원만 바꾸는 게 안 되려면 검경 간에 단 하나라도 차이점은 있어야 하지 않겠습니까?

여진 다른 병원엘 가야 다른 치료법도 나오죠.

사현 옮긴 데가 돌팔이면요?

수사국장 돌팔이?!

태하 김부장 진정하고,

최빛 (O.L) 진짜 돌팔이가 누군데요?

사현 지금 우리더러

태하 (사현에게) 됐어! (경찰에게) 이렇게 말꼬리나 잡을 거면 관둡시다. 이게 무슨 협의야, 서로 감정만 상하지, 무슨 의미가 있어요?

사현, 일어나버린다. 태하도 쫑나기만 기다렸던 사람처럼 가방부터 잡는다.

여진 경찰이 요청하는 게 영장발부권이 아니라 청구권이잖아요. 법리 판단을 하겠다는 게 아니라 판단을 받겠다고요, 법원한테 직접.
사현 경찰이 청구권을 가져가면 강제수사 남발될 게 뻔하다고요! 자기들이 첨부터 발로 뛰고 수사했으니 얼마나 잡아넣고 싶겠어, 그거 막자고 우리가 이중으로 보는 건데!
최빛 이중으로 보호되는 게 국민들 맞아요? 검사들 아니고? 청구한 영장이 부적절하면 법원에서 거릅니다, 걱정 마세요.
시목 법원의 영장발부는 객관식입니다. 모든 영장은 태생부터가 기본권 침해고요, 조서내용을 주관식으로 검토하는 절차는 반드시 필요합니다.
여진 검찰 혼자 인권보호기관인 양 구는 게 말이 되나요? 지금 밖에 나가서 아무나 붙잡아도 검찰의 인권침해 사례 하나둘쯤 모르는 사람 없어요.
태하 내 말이 그거에요, 내 말이. 청구권은 인권하고 직결되는데 우리는 사회적으로 주목받는 굵직한 것들이라 눈에 띄지만 민생에 직접 닿는 건 경찰이라고, 수치상으론 경찰 쪽이 몇십 배 몇백 배인데도 몰라요, 왜? 이슈가 안 돼서, 여기저기 다 따지기엔 너무 많아서. 영장이 남발될 우려는 절대적이란 말입니다.
장형사 영장이 안 나와서 침해받는 보통사람들 인권은요?
사현 헌법재판소 가세요, 헌법을 꼭 뜯어고쳐야겠으면 헌재를 가시라고.
태하 그만하자고오, 가, 가. 오늘은 여기까지 합시다. 첫날인데. 수고하셨습니다, 국장님 말씀도 잘 들었고요, 최부장 얘기도 뭔지 알겠고 어차피 총선 전에까지만 결론 내면 돼요, 일어들 납시다, 예?
수사국장 그럽시다. (우리는 뭐 아쉬울 것 있냐는 듯 일어나버린다)

그러자 경찰들도 일어나고 시목도 일어난다.

태하 다음 일정은 나중에 맞춰보죠, 이만 가겠습니다.

최빛　　수고 많으셨습니다.

마지막엔 어쨌든 인사하지만 재깍 나가버리는 부장검사들.
시목, 경찰들한테 목례하고 부장들 따른다.
여진, 나가는 시목을 돌아보지 않는다.

S#19. 동/3층 복도 - 낮

302호실에서 태하, 사현, 시목 나온다.

태하　　(몇 걸음 가다 홱 돌아서는) 어느 멍청한 놈이
사현　　(O.L) 부장님. (302호로 눈짓하는)
태하　　(입 다무는. 중간에 비상구 보더니 돌연 그리로 들어간다)

사현과 시목도 바로 뒤따르면.

S#20. 동/계단 - 낮

태하　　(계단 들어서자마자 목소리 낮춰) 어떤 새끼가 영장 갖고 농간이야?
사현　　(역시 작게) 형사 말만 듣고 어떻게 알아요? 지금 때가 어느 땐데 호송인치 거부했다고 영장을 안 내줘? 피해자 진술만 믿고 대충 했다가 빠꾸 맞은 거지. (그러나 표정은 태하 못지않게 갑갑해 보인다)
태하　　어느 지검이야? (계단 내려가는) 아까 어디 형사라고 했어?
사현　　용산서라고 했나?
태하　　서부지검이네.
시목　　...
태하　　지금 서부지검장이 임채균인가?
사현　　임채균이면 뭐 어쩌려고요? 냅두세요.

위에서 계단 문소리가 희미하게 난다.
동시에 입 다물고 위를 보는 부장들, 문소리가 한참 위에서 들렸는데도 더 작게 말한다.

태하 아이 씨 영장 내주라고 할 수도 없고, 여태까지 안 내주다 우리 앞에서 저 말 했다고 협의회 끝나자마자 갑자기 내주면 완전 인정하는 거잖아, 길들이기 한 거.

사현 담당이 알아서 하겠죠. 그런 거 참견했다간 부장님만 욕먹어. (그러나.. ..) 진짜 풀어주면 어떡하지, 전세 사기범?

태하 (돌연 생각난) 야 너 서부지검 있었지? 아는 애 없냐?

시목 없습니다.

사현 거기 뜬 지 얼마 됐는데?

시목 2년이요.

사현 에이 다 뿔뿔이지 그럼, 2년이면.

태하 가만있어봐, 걔도 서부 (하다 입 다무는)

사현 누구요?

태하 .. 아냐.

시목, 계단 내려가는 태하 보는데 옆얼굴이 반 정도만 보이는 태하, 입 꽉 다물었다.

사현 아침부터 힘 뺐더니 배고파 죽겠네. 야 이 근처 뭐 있냐?

시목 정문 바로 직전에 수제 햄버거집 있었습니다.

태하 목 막혀! 딴 거.

계단 아래로 사라지는 세 사람. 시목이 '20미터 아래쯤엔 덮밥집 있었고요.'
곧 사현이 '뜨끈뜨끈한 거 좀!' 하는 소리도 꼬리를 남긴다.

S#21. 동/복도 - 낮

302호에서 나와 앞서가던 수사국장, 부하들 향해 획 뒤돌아선다.
그의 진지한 눈빛에 부하 경찰들, 국장에게 집중하는데.

수사국장 끝장나게 매운 거 먹자.
일동 네!

최빛, 호기롭게 대답했지만 수사국장이 다시 앞서가자 여진, 어떡해요? 하는 입 모양.
최빛, 괜찮다, 하는 눈짓, 냅둬라, 아래로 젓는 손짓.

S#22. 한조 본사/복도 - 낮

천장고가 높아 멀리서부터 울리는 바쁜 발걸음 소리.
연재와 박상무, 빠른 걸음으로 긴 복도를 온다.

연재 7%도 안 되는 지분에 이렇게까지 휘둘려야 돼?
박상무 동부지검에서 반박 기사가 나오니까 이성재 사장이 바로 움직인 것 같습니다.

박상무, 회의실 문을 열면 연재, 들어간다.
안에 앉았던 전무1, 2와 오변호사가 일제히 일어나는 것 보인다.

S#23. 동/회의실 - 낮

한쪽 벽에 커다란 모니터가 붙어 있는데 각종 그래프가 떴다.
제목 - 〈계열사 지분율 표〉
그 아래 각 계열사별로 누가 가장 주식을 많이 갖고 있는가를 그래프로 나타냈는데,
조선, 물류, 화학, 정유 등의 계열사 모두 ㈜한조의 지분율이 가장 높다.
이연재 개인의 지분율도 많진 않지만 그래프에 있고 이윤범 이름도 보이는데,

박상무 재작년 2분기까지 저희 한조 본사의 계열사 지배구조는 크게 변동이 없었습니다. 하지만 이것이 올해 초 상황입니다.

그래프에 ㈜한조 지분이 내려가고 한조자동차와 엔지니어링의 지분율 막대는 오른다.

박상무 이성재 사장 휘하의 한조자동차와 엔지니어링에서 한조화학을 비롯한 계열사 주식을 대거 매입했습니다. 반면에,

이번엔 파이 그래프로 바뀌는데 〈한조자동차〉 〈한조엔지니어링〉 지분율 현황이다.
박상무가 노트북 치자 파이 그래프가 변한다.
㈜한조는 눈에 띄게 줄어들고 대신 이성재 개인의 파이가 커진다.

박상무E 보시다시피 이성재 사장의 지분율이 눈에 띄게 커졌습니다.

연재, 심각하다.

박상무 전 회장님께서 구속 전에 이성재 사장 쪽으로 지분을 많이 넘겼기 때문입니다. 여기에 또 하나 간과해선 안 될 다크호스는, 성문일보 김병현 사장입니다.

Insert〉 - 성문일보 사옥/앞 - 밤
1층 메인 출입구에서 나오는 성문 사장, 직원들의 90도 인사 받으며 차에 오른다.
박상무E **친 이성재파로 분류되는 성문일보 김사장은 재작년부터 꾸준히 저희 계열사 주식을 사들인 결과 현재,**

박상무 개인투자자로선 회장님과 이성재 사장에 이어 김병현 사장이 3위에 해당합니다. 이런 상황에서 이성재 사장이 정관 변경안을 공지해왔습니다. (마우스 클릭하면 처음 봤던 막대그래프 화면으로 돌아온다)
전무1 언제 나왔는데요? 못 들었는데?
박상무 몇 분 전에요, 그쪽에서 내놓은 주주총회 상정안의 골자는,
연재 대표이사가 이사회 의장을 겸직하도록 한 현재 주식회사 한조의 정관을 변경해, 대표이사의 의장 겸직을 금한다.
전무1 회장님이랑 의장을 분리한다고요? 그럼 의장은 누가 합니까?

박상무 이사회 중에 1명을 총회에서 투표로 뽑아 의장으로 정하도록 한다.

전무2 아니 둘을 분리시키면 사사건건 다 의장 허락을 받아야 되는데.

연재 ...

오변호사 (함부로 입 떼지 않고 반향을 눈여겨보다) 대표이사하고 이사회 의장을 분리한 케이스로 가장 최근에 거는.. 중소기업이 하나 있네요.

연재 (보면)

오변호사 중소기업이긴 한데 사업장 500인 이상이고, 그쪽도 이사들이 의장을 따로 뽑아서 지금은 오너파랑 의장파로 갈려서 분쟁 중입니다.

전무1 뭘로 분쟁하는데요?

오변호사 이사회에서 애초에 오너하고 의장을 분리시킨 목적이 오너를 밀어내려고 한 거니까요.

연재 의장을 시켜서 날 감시하고 꼬투리 잡고, 끝내 밀어내겠다고..

전무2 누굽니까? 이성재 사장 쪽에서 의장을 시키겠단 사람이?

박상무 모릅니다.

전무1 의장까지 할 거면 당연히 우리가 아는 사람일 텐데, 다른 계열사들도 들은 거 없대요?

박상무 계열사 CEO들은 상정안이 나온 것도 모르고 있었습니다.

연재 (답답하다. 일어난다)

박상무 (연재 보는)

오변호사 (박상무에게 기울여 작게) 죄송한데 제가 아직 귀사 상황을 잘 몰라서, 주식을 다시 사 오지 그러세요? 지배구조를 바꾸면 되잖습니까?

박상무 아 그, (어떻게 말할까..)

연재 (생각을 하느라 서성이며) 돈이 없어요.

모두 (연재 본다)

연재 나라에서 때린 추징금만 3천억입니다. 대 한조그룹 본사에, 돈이 없어..

박상무 (얼른 오변호사에게 덧붙이는) 전 회장님께서 맡으셨던 계열사를 저희 이연재 회장님께서 다 이어받으셨으니까요,

오변호사 물론이죠, 지금 회장님 대에서 추징금을 받으신 게 절대 아니죠.

전무1 (재빨리 끼어드는) 회장님 개인의 경영권 방어를 위해서 회사 자본금을 함부로 쓰시지 않으시겠단 저희 회장님 뜻도 워낙 확고하시고요.

전무2 (전무1에게 견제의 눈빛) 이성재 사장이 누굴 의장으로 미는지를

알아내야 우리도 대책을 세울 건데요?

연재 (역시 의문이다. 답답한 마음에 그래프를 보는데.. ..)

전무1 그러게요, 왜 꽁꽁 싸매지? 후보를 일찍 공개해서 이 사람이다, 이사들한테 각인시키는 게 자기들한테도 유리할 텐데?

전무2 일찍 발표할 필요가 없는 사람이란 뜻일까요?

전무1 그런 사람이 있나요?

연재 (혼잣말 같은) 있어.

박상무 네?

연재 (그래프 한 곳에 꽂힌 시선)

그래프 중간, 대부분 법인명인 기관투자들 사이에 꽤 많은 지분율을 보유한 이름이 하나 있다. 이윤범이다.

연재 미리 공개하지 않아도 되는 사람, 여전히 최고의 영향력을 지닌 사람, 모든 주주들이 아직도 복귀를 희망하는 (고개 돌려 사람들 향해) 아버지야. 이성재는 이윤범 명예회장을 이사회에 다시 불러내서 의장에 앉힐 겁니다, 여러분.

오변호사 ... 명예회장님이시라면 죄송한 말씀이지만, 싸움이 되겠네요.

전무1 싸움이 되는 정도가 아닙니다, 회장님. 명예회장님께서 나오시는 것만은 막으셔야 돼요.

연재 ...

S#24. 성재의 집/현관 앞 - 낮(연재의 회상. 몇 개월 전)

연재는 현관 앞에 섰고 그 옆에 비서가 좌불안석이다.
아주 조금만 열린 현관 안에서 얼굴만 내민 관리인이 조심스레 말을 전하고 있다.

관리인 안 만나시겠다고요, 돌아가시래요.

연재 내가 지금 여기 와 있다고, 바로 밑에 있다고 아버님께 전했어요?

관리인 예, 근데.. 앞으로도 안 오셔도 된다고요..

연재 (무시하고 문 잡아당겨 들어가려는데)

관리인 (막아 나서며) 죄송합니다. (공손하지만 단호하다)

연재 (자존심 상하는... .. 돌아서는데)

관리인 저, 저희 사장님께서 전하시라고 한 말씀이 있어서.. (몸 좀 더 내밀고) 아버진 .. 널 자식으로 생각 안 하신다, 직접 말씀하셨으니 심기 어지럽혀드리지 마라.. 이 집은 나랑 내 어머니가 살던 집이야. 나 또한 널 동생이라 여기지 않으니 너는 감히 얼씬도 마라. (얼른 허리 굽히는) 죄송합니다, 저희 사장님께서 빠짐없이 그대로 전하라 하셔서...

말 마친 관리인, 스르르 현관문 닫고 사라지고,
자존심 다친 연재, 돌아 나오다 마당 한가운데서 멈춘다.
이층 창가를 치켜보는데, 창문이 어두워 안에 사람이 있는지 알 수 없다.

S#25. 한조 본사/회장실 - 낮(현재)

홀로 선 연재, 타개책을 생각해내야 한다. 책상으로 와 유선전화 집는데
책상에 놓인 결재 판 겉면에 메모 하나가 붙어 있다. 들어서 보면,
'회의하시는 동안 서동재 검사가 여러 번 전화 올렸습니다. 뵙기를 청하고 있습니다.'
연재, 뭐야, 관심도 없다. 단축버튼 누르더니 '박상무.' 딱 이 말만 하고 버튼 놓는다.

S#26. 순댓국집 - 낮

부글부글 순대전골에 특수부위 수육이 수북하다.
시목이 국자 들고 태하 접시부터 전골 소분하는 사이,
부추김치를 한껏 집어 수육 흡입하는 사현과 태하는 TV에 나오는 축구 중계에 빠졌다.
저기서 걜 주면 어떡하냐, 패스해야지! 같은 온갖 훈수 두다가,

태하 (찬스 날리자 탄식!...)

사현 재는 왜 맨날 흥민이한테 패스를 안 해?
지는 인종차별 당한다고 징징대면서?
태하 저 자식 내로남불 씨. (한술 뜨다) 어? 어?! (손흥민 골에 박수!)

다른 테이블도 박수 치는 이도 있고 태하와 사현도 우리 흥민이 잘했다 좋아하는데, 어디서 공놀이하나 보다 싶은 시목은 조용하다.

사현 (시선은 TV에 두고) 넌 맨유 팬이야?
시목 아뇨.
태하 그럼?
시목 축구 안 보는데요.
태하 그럼 뭐 야구? 류현진?
시목 아뇨.
사현 그럼 배구? 김연경?
시목 (수저 놓는) 아뇨, 운동 보는 거 없습니다.
태하 그럼 밤에 뭐 해? 술도 안 마신다며?
사현 여친 만나겠죠.
태하 오오, 있냐?
시목 없, (전화 진동 울린다. 보면, 모르는 번호다. 양해 구하고 받는) 네.
사현 오! (태하에게) 호랑이 제 말 한 건가? (전화 받는 시목에게 관심 관심)
시목 아뇨, 밖인데요. 무슨 일이시죠?
사현 에이. (TV로 고개 돌리는)
시목 40분 정도 걸립니다. .. 알겠습니다. (끊는)

사현과 태하, 다시 축구에 빠져 있다. 시목, 밥 먹는다.

S#27. 매운탕집 - 낮

수사국장, 냅킨으로 땀 닦아가며 시뻘건 매운탕 국물을 후루룩 넘긴다.
여진과 장형사도 잘 먹는데 최빛은 매운 걸 잘 못 먹는다. 유독 매워한다.

여진 (최빛에게 물 채워주며) 나가서 아이스크림 드시죠.

최빛 (물 마셔도 매운 기가 안 가시는. 고개 끄덕인다)

장형사 (국물에 비빈 밥을 싹싹 긁어 먹더니) 아 인제 살 거 같다...
(냅킨으로 쓱쓱 닦으며 여진에게만 좀 작게) 근데, 우린 몇 년도에 뭘 어쨌고 저쪽은 또 언제 뭔 짓 했고 그런 거 미리 다 외워 오는 거예요?

여진 에.

장형사 아이고야.

여진 해야지 뭐 어쩌겠어요?

수사국장 일 얘기 하지 마.

여진 네. 저기 근데요.. 전세 사기 영장이요, 방법 없을까요?

수사국장 .. 검사놈들, 씨.

장형사 (그다음 말을 기대하지만 국장이 더는 말 없자 이번엔 최빛 보는데)

최빛 (그 시선 알아채고 딴소리) 오늘 한주임 잘했어, 장형사 발언도 적절했고. 오늘 결과가 없다고 실망하지 마. 이제 한 걸음 뗀 기야.

여진 감사합니다. 단장님도 오늘 쪼끔 멋있었어요.

최빛 칫! (하는데 문자 온다. 발신자 여주경찰서장이다. 문자 보는 사이)

수사국장 에 밥값은 내가 내는데?

여진 국장님도 멋있으셨어요.

수사국장 됐네!

여진과 국장 웃고, 전화에서 고개 든 최빛도 뒤늦게 웃지만 장형사, 내심 실망한 듯.
그런데 웃음 끝에 최빛, 얼굴에 의구심이 깃든다.

최빛 (.. 일어나는) 전화 좀 하고 올게요. (문으로 가는)

S#28. 매운탕집 밖 - 낮

최빛 (전화하며 나오는) 누가 그래요?

여주경찰서장F 의정부지검에서 여주교도소에다 직접 문의를 했답니다,

뇌물죄로 복역했던 전직 경찰 수용자의 연락처를 아느냐고요.
근데 교도소에서도 몰라서 저희한테 문의하는 바람에 저희도 알게 된 겁니다.

최빛 의정부 어느 검사인지 알아요? 문의한 사람?

S#29. 용산경찰서/강력반 - 낮

장형사, 터덜터덜 들어오면 3팀은 아무도 없다.
책상에 내려앉더니 서랍에서 파스 꺼내 오른쪽 발목에 묵묵히 붙이는데,

최팀장 벌써 끝났어? (뒤에서 오는) 어땠어?

장형사 머리끄뎅이만 안 잡았어요. (파스 껍질 버리고 밀린 서류 일 시작)

최팀장 황검사한테 말은 해봤어, 전세 사기범 영장 얘기?

장형사 씨알도 안 먹히겠더라고요, 그 사람도 뭐 하나도 안 다르대.

최팀장 그래도 서부지검 출신인데 말 좀 넣어달라고 해보지.

장형사 왜 거기 출신이겠어요, 그 사람도 똑같은 검사니까지.
자기들 거 하나라도 뺏길까 봐 눈이 뻘겋던데 걷다 대고 뭘 부탁해요?

최팀장 .. 내가 한여진이한테 말해볼까?

장형사 거기는 무슨 소용이라고요?

최팀장 본청 통해서 어떻게 지검 쪽으로 얘기가 들어가면 누가 알아?

장형사 하지 마세요, 경감님이 무슨 힘이 있다고,

최팀장 왜에? 가만있는다고 영장이 나와? 그래도 거긴 높은 사람들끼린 서로 끼리끼리 통하고 그럴 거 아냐? 야, 본청에 팀원 나간 덕 이럴 때 보지.

장형사 덕은 무슨, 하지 마세요, 진짜?

최팀장 (흘기는..) 야 파스를 인제 처바르냐? 붙이려면 아침부터 붙이고 가서 냄새를 풍풍 풍겼어야지, 나 이렇게 다쳐가며 잡았소, 억울하고 분해서 못 놔주니 영장 내놓으시오, 그랬어야지.

장형사 무슨, 얕잡아나 보이지, 수사형사라는 게 파스 냄새 풍기고 나타나면, 본청 사람들도 말이라도 영장 알아봐주겠다 한 마디가 없더라고요.

최팀장 진짜? 에이...

장형사	한경감님한테 부탁하지 마세요, 에?

대답 없어서 돌아보면, 최팀장 벌써 자리 떴다.
장형사, 서류 보며 입력하는데 표정이 안 좋다. 마음에 걸리는 일이 있다.

S#30. 경찰청/회의실 앞 복도 - 밤(장형사의 회상. 3회 S#56 이후 상황)

여진은 가고 장형사 혼자 복도에 남았을 때 불쾌한 눈빛을 보내는 주임1, 2,
지나가며 일부러 들으라고 말한다.

주임1	지두 파견이면서 옛날 팀 사람까지 불러오고 신났네.
주임2	그러게, 우리가 여기서 몇 년을 굴렀는데 지가 협의횔 들어가.
장형사	(저것들이?)
주임1	이건 역차별이야. (찍 돌아보며 가는)

S#31. 용산경찰서/강력반 - 낮(현재)

장형사	(일하느라 입력하는 손은 빠르지만) 덕은 무슨 쫏, 그러고 사니..

S#32. 반포대로/대검 인근 - 낮

시목을 옆에 태운 태하 차가 온다. 대검 정문에 거의 다다랐는데,
시목이 태하에게 뭐라 하자 태하가 횡단보도 직전에 차를 잠깐 세운다.
시목은 내리고 태하는 횡단보도 지나자마자 차를 꺾어 대검으로 들어간다.
시목, 잠시 대로변에 서 있으면... 곧 옆으로 와 서는 고급차.
연재의 기사가 내리는데,

S#33. 사현의 차 안 - 낮

사현도 대검으로 오는데 앞에 시목이 보인다.
엄청 고급차에서 내린 기사가 시목에게 깍듯이 인사도 하고 뒷문도 열어주고 있다.
그 차에 오르는 시목.
그사이 횡단보도 신호가 바뀌어 사현의 차는 방금 시목이 탄 차 바로 뒤에 서는데.
사현, 몸을 기울여 앞에 차를 보면 틴팅이 너무 짙어 구분이 안 된다.

사현 (뒤에 2명이 탄 듯은 한데.. 얼핏 긴 머리 같은 두상이 비치는) 여잔가?
(하다 혼자 지레) 저 자식 선봤나 보다.

S#34. 연재의 차 안 - 낮

연재 가까운 데 있었네요.
시목 예.
연재 이제 제자리를 찾으신 건가?

횡단보도 신호 바뀌었다. 연재 차 출발한다.
뒤 유리 너머로 보이는 사현 차는 대검으로 들어가고 있다.

연재 다른 것도 찾아야죠, 제자리.
시목 (보면)
연재 성문일보 기사, 정정해야죠?
시목 정정보도는 언론중재위원회에 말씀하시죠.
연재 중재 정도로 성이 차요? 댁은 그 기사만 놓고 보면 간접살인자에요.
시목 성에 안 차시면 법원에 직접 청구하실 수도 있습니다.
연재 ... 황검사한텐 그이가, 살면서 스친 사람 중에 하나였나 보네.
그렇다 해도, 마음의 빚은 없는 걸까, 가슴에 조금이라도.
시목 .. 회장님은요?
연재 .. ..

S#35. 대검찰청/후문 앞 - 낮

인적 드문 언덕길에 서는 차.
정문에서 시목을 태운 차가 채 한 바퀴도 돌지 않고 시목을 후문에 내려준다.
연재의 차는 조용히 가고 시목은 나무 우거진 후문으로 들어간다.

S#36. 연재의 차 안 - 낮

거의 흔들림 없이 차에 실려 가는 연재, 말이 없어진 얼굴을 돌려 왼쪽 창가를 본다.
창밖에 나무만 보인다. 스쳐가는 나무 그림자에 연재 얼굴이 그늘졌다 밝아졌다 한다.

연재 (잠시 회한에 젖은 듯. 그러나..) 그렇다면.

S#37. 대검찰청/후문 안 - 낮

시목 (후문 잔디밭 길을 따라 대검으로 가는데 전화 온다. 동재다. 받는)
예, 지금 출발하십니까?

동재F 오늘 내가 지검 일이 바빠서, 내일 가자! (홀랑 끊어버리는)

시목 .. ..

S#38. 동/형사법제단 사무실 - 낮

태하 (김 오르는 머그컵 손에 쥔) 오늘 접견 간다며, 최고참.
안 가 그럼?

시목 의정부지검 일이 바쁘다는데요. 제가 혼자 갈까요?

태하 됐어, 내일 같이 가. (단장실로 가며) 너 개랑 다닐 땐 명함 뿌리지 마.

시목　　예. (제 자리로 돌아서는데)

커피메이커에서 커피 따르던 사현, 웃는 건지 야리는 건지 모를 표정으로 시목 본다.

사현　　(야릇한 미소로 커피 갖고 제 방으로 가며) 뭘 이렇게 금방 들어왔어..
시목　　(무슨 소리?.. 자리로 가는)

S#39. 한조 본사/회장실 - 낮

임원들과 회의할 때와는 달리 정장 재킷을 입은 연재, 미소 지으며 손 내민다.
그 앞에 서서 허리 굽히며 악수하는 동재.

동재　　불러주셔서 감사합니다, 회장님.
연재　　좀 더 일찍 봤어야 했는데 내가 정신이 없었네요.
동재　　당연히 바쁘시죠, 제가 매일 회장님 뉴스 보면서,
　　　　(정말 내가 다 기쁘다, 라는 마음에 연재 손을 양손으로 겹쳐 잡는)
　　　　대 한조의 회장님이 되시는 걸 보고 어찌나 뿌듯하던지요.
박상무　(동재 손이 연재 손에 겹쳐지는 걸 보자 어라? 하는 표정 되는)
연재　　고마워요. (동재 손등 가볍게 다독이고 놓는) 앉아요.

세 사람, 소파에 앉는다. 박상무, 앉으면서도 동재가 마음에 안 든다.

연재　　전화를 여러 번 했다고요?
동재　　죄송합니다, 여쭐 게 있어서 실례를 무릅썼습니다.
　　　　회장님 외에는 제가 진실을 여쭐 분이 아무리 봐도 없더라고요.
연재　　진실.
동재　　회장님 혹시, 최빛 서장이라고 들어보신 적 있으실까요?
연재　　?.. (고개 흔드는)
동재　　그, 박광수 변호사 혹시 기억하실까요?
박상무　(박광수 이름 듣는 순간 눈동자만 움직이는. 연재 살핀다)

그대로인 연재. 이에 박상무, 다시 동재 보면 그는 연재만 보느라 이쪽 반응은 모른다.

연재 내가 아는 이름이에요?

동재 아 죄송합니다, 제가 자초지종을 말씀드리고 여쭸어야 했는데.
박광수 변호사는 원래 저희 검찰 사람입니다. 재작년에 지방지검장을
끝으로 로펌으로 옮겼는데 그 직후에 한조그룹에서 박변호사를
사외이사로 영입하려고 하신 적이 있다 들었습니다.

연재 (박상무 보는) 그런 적이 있었나?

박상무 (대답하려는데)

동재 (틈 안 주고 끼어드는) 공식적으론 아니셨겠죠, 원래 일정 공직자는
퇴직을 해도 사기업체 취업에 제한이 있으니까요.

연재 지금 나한테 공직자윤리법을 설명하는 거예요?

동재 아니요, 회장님, 감히 제가요, 제 말씀은.. 그래서 아마 한조그룹 측
에서 박광수를 뭐랄까, 비공식적으로 활용코자 하신 모양인데,
박광수가 다른 사람한텐 몰라도 집에서는 자랑을 좀 한 모양입니다,
한조 일을 하게 됐는데 잘만 풀리면 말년이 아주 풍족해질 거라고요.

박상무 그 얘길 누구한테 들으셨죠?

동재 박광수 변호사 사모님이요, 제가 직접.

연재 그런데 왜 난 기억이 안 나지?

동재 (대답하려는데)

박상무 (먼저) 지병으로 사망했기 때문입니다. (동재에게) 박변호사를 제가
한 번 뵌 건 맞지만 비공식 공식, 없었습니다. 너무 금방 돌아가셔서.

연재 내가 죽였나요?

동재 네? 무슨 말씀을?!

연재 검찰이 좋아하는 스토리잖아요? 법을 어기고 재벌 밑으로 들어간
고위직 공무원, 직후에 의문의 죽음.

동재 의문의 죽음은 아닙니다. 죽음 이후가 의문이죠, 회장님.
죽은 박광수 변호사는 술은 입에도 못 대는 분이었습니다.
그런데 부검 결과 알코올이 나왔습니다.
이걸 당시 사체가 발견된 남양주 관할 경찰서장이 덮었고요.

연재 그 관할서장이 아까 말한, 최,

동재 (답하려는데)

박상무 최빛 서장이라고 했습니다, 회장님.

동재 (두 번이나 말을 뺏기자 찍 보는)

박상무 박광수 변호사님, 술 하시던데요?

동재 예?

박상무 제법 드셨습니다. 제가 한 번만 뵀지만.

동재 (어어..?..)

연재 (웃는) 마시기 싫었나 보네, 그런 상대가 있죠.

동재 (헷갈리는..) 혹시, 사망 당일에 박광수가 누굴 만났는지 그런 건

연재 (O.L) 기억도 안 나는 사람 얘길 자세히도 물으시네.

동재 예, 죄송합니다.

연재 여기까지 왔는데 도움도 못 되고. 괜히 미안하네?

동재 ... 저는 왜 부르셨습니까?

연재 날 꼭 봐야겠다고 했다며? (박상무 보며) 내가 잘못 알았나?

박상무 (대답하려는데)

동재 (이번엔 내가 먼저!) 뵙고 싶다고 다 뵐 수 있는 분이 아니시니까요, 절 허락하신 데는 그만한 이유가 있지 않으실까, 해서 여쭸습니다.

연재 ... ..

동재 회장님, 혹시 제가 회장님을 위해서 할 수 있는 일이 있다면 뭐든 하게 해주십쇼, 제가 다른 사람은 몰라도요 회장님 아니, 제 선배님의 사모님께만큼은, 그 어떤 거짓도 하지 않습니다.

박상무 (또 마음에 안 드는데)

연재 .. (박상무 본다)

박상무 (에? 하지만 알아차리고 일어서는. 목례하고 나간다)

S#40. 동/회장실 밖 - 낮

박상무, 나와서 공손히 문 닫자마자 바로 서둘러 자리 뜬다. 굳어진 얼굴.

S#41. 동/회장실 - 낮

박상무가 나간 뒤에도 연재, 잠시 찻잔 쓰다듬으며 입을 떼지 않는다.
동재, 언제나 들을 자세로 기다린다.

연재 ... 서검사, 이윤범 전 회장님 몇 번 뵀죠?

동재 예, 저한테 약간의 일을 맡기신 적도 있으십니다.

연재 (끄덕인다) 가서 인사드릴래요, 오랜만에?

동재 (의외지만..) 예, 인사드리겠습니다.

연재 계신 곳을 알려줄게요.

동재 지금은 따로 계시나요? 전에는 회장님이랑 같이 댁에..

연재 (어떻게 말할까 하다) 풀려나신 후에 한 번도 못 뵀어요.

동재 아..

연재 아버지는 내가 그이랑 짜고 당신을 감옥에 보냈다고 철석같이 믿고 계세요. 내가 몰랐을 리 없다는 거죠. 처음엔 화는 내셔도 그 정돈 아니었는데 수감 생활 동안 좀.. 변하신 거 같아요. 내 쪽 사람한텐 얼굴도 안 보여주려고 하시는데, 서검사는 내 쪽 사람이 아니니까.

동재 (웃는) 되고 싶긴 한데요, 저도, 회장님 사람이요.

연재 (진짜로 웃는) 그이가 이래서 옆에서 못 놨나 보다.

동재 (그 말에 웃음 대신 순간 씁쓸해지는) ... 회장님이 못 미더워서가 아니라 이윤범 전 회장님께서 혹시 아직 회복이 안 되셔서 따님을 못 보시는 건 아닐까요? 집행유예 받으실 때 상당히 힘들어 보이시던데요.

연재 왜 이래요 아마추어같이. (일어나 책상으로 간다)

동재 (따라가진 않아도 얼른 일어선다)

연재 (미리 준비한 편지봉투와 메모 가져와 내밀며) 전해드리면 돼요. 이건(메모) 주소.

동재 (받는) 알겠습니다.

연재 대낮이라 집주인은 없을 거예요, 이성재 사장이요.

동재 예. 바로 가서 인사드리고 끝나는 즉시 보고드리겠습니다.

동재, 연재에게 인사하고 나가면 몇 초 정도 기다렸다가 연재, 바로 전화한다.

박상무F 예 회장님. (차 경적소리 같은 것 난다)

연재 어디야.

박상무F 확인하러 가고 있습니다.

연재 그때도 최빛이란 이름이 나왔어?

박상무F 아뇨, 그런데 방금 확인해보니까 최빛 서장이 그 일 직후에 경찰청 정보부장으로 옮겨갔습니다.

연재 정보부 (하다) 아.. 연관성이 있네, shit. 오주선이한테 우리 일 하는 거, 집이든 와이프든 어디에도 절대 떠벌리지 말라고 경고해요. (끊어버린다. 머리와 가슴을 어지럽히는 게 하나 더 늘어난...)

S#42. 성재의 집/대문 밖 - 낮

S#24에서 연재가 발도 못 들였던 그 집 앞이다.
대문도 집채만 하고 내부를 완전히 가린 두터운 담장도 삥삥 둘러쌌는데,
그 앞에 선물꾸러미를 들고 우뚝 선 동재, 해보자, 하는 걸음으로 대문으로 간다.
인터폰 누르고 좀 기다리면,

관리인F 누구세요?

동재 선물 배달 왔습니다!

관리인F 무슨 선물이요? 어디서 보냈는데요?

동재 검찰청이요.

관리인F 검찰청이요??

동재 예, 저는 서동재 검삽니다, 선물 들여놓고 가겠습니다!

잠시 반응 없다. 동재, 다시 무슨 말을 해야 하나 싶은데 자동으로 열리는 문.

S#43. 동/마당 - 낮

1초라도 빨리 들어가려는 동재, 성큼성큼 마당 가로질러 거의 현관문까지 왔는데, 안에서 관리인도 서둘러 나온다. 집 안이 안 보이게 현관문 꼭 닫고 오는.

동재 (미소 발사) 안녕하세요.

관리인 제가 오신단 말씀을 못 들어서..

동재 아 여기, (명함 내미는) 이윤범 회장님께서 절 아세요,
전에 그분 밑에서 일한 적이 있거든요. 더 일찍 찾아뵀어야 했는데
서동재가 이제야 인사드리러 왔다고 전해주시겠어요?

관리인 (명함 받아서 보지만 여전한 경계의 눈길) 회장님 지금 안 계세요.

동재 아.. (관리인 건너 집을 보지만 여기서야 아무것도 안 보이는)

관리인 안 계세요.

동재 그럼 이것만 두고 갈게요. (집으로 들어가려는데)

관리인 (선물을 동재 손에서 가져간다) 제가 전해드리겠습니다.
(비켜날 생각 없고 이제 됐으니 가라, 몸으로 말하고 있다)

동재 죄송하지만 물 한 잔 마실 수 있을까요?
와, 올라오면서 내내 찾았는데 이 동네는 길에 편의점도 없네요?

관리인 (머뭇하지만) 잠시만요. (안으로 들어간다)

동재, 현관문이 열릴 때 안을 봐도 별로 보이는 것 없고,
집을 보면 저기 2층 창가에 윤범이 있을까? 도 싶지만,
2층은커녕 1층 창문도 안이 전혀 안 보이고 그사이에 벌써 관리인은 물 갖고 나온다.
동재, 어쩔 수 없다. 관리인이 내미는 물을 받아먹고 돌아선다.

동재 감사합니다. 회장님께 꼭 전해주십쇼.

관리인 안녕히 가세요. (그대로 서서 동재가 문밖으로 나가는 것까지 확인)

S#44. 동/대문 밖 - 낮

동재 아이, 물만 먹고 가네?.. (집 돌아보는. 그래봐야 담장만 보이지만)

동재E **서신은 전달 못 드렸습니다. 선물 사이에 끼워 넣을까도 했지만,**

S#45. 한조 본사/회장실 - 낮

소파에 앉은 연재와 동재. 연재 앞에 S#41의 편지봉투가 도로 놓였다.

동재 다른 사람 손에 들어가느니 안 드리는 게 나을 것 같아서요.
연재 (실망.. 봉투 거둬들인다) 알았어요.
동재 그런데, 그 댁에 혹시 어디 아픈 분 계시나요?
연재 음?
동재 (주머니에서 종이 스티커 조각 같은 걸 꺼내서 탁자에 놓는)
약병에 붙어 있던 거 같습니다.
연재 ?

S#46. 성재의 집/골목 - 낮(동재의 회상. S#44 이후의 상황)

동재의 차, 천천히 성재 집을 끼고 집 뒤편으로 돌아든다.
혹시나 다른 각도에선 집 안이 보일까, 동재가 차 안에서 고개를 뺐는데,
집 뒤편에 난 쪽문으로 관리인이 작은 종량제 쓰레기봉투를 들고 나온다.
차 멈추고 지켜보는 동재.
담벼락에 세워놓은 노란색 쓰레기 수거함에 봉투를 넣고 쪽문으로 사라지는 관리인.
동재, 차에서 내려 얼른 온다. 개인주택에서 쓰는 건데도 아파트 재활용 분리수거장에 있는 수거함만큼 크다. 열어보면,
대부분 종량제 봉투고 구석엔 플라스틱, 병류 같은 걸 따로 모아놓은 비닐도 있다.
동재, 휘휘 훑다 종량제 봉투 하나를 집어 본다.
휴지 같은 것만 들은 게 비닐 안에 비치는데,

S#47. 한조 본사/회장실 - 낮(현재)

동재　　서류라던가 특별한 건 없었습니다. 회장님 댁들은 마트 영수증까지 파쇄해서 버린다고 하니까 저도 그런 걸 기대한 건 아닌데요.

연재　　쓰레기봉투를 뒤졌다고요?

동재　　헛걸음할 수야 없죠, 저 고급인력입니다, 회장님?

연재, 웃어 보이며 종이 스티커 조각을 본다. 잘게 찢은 것도 있지만 원래 크기가 작은 건 그냥 긁어서 떼어냈는지 가늘고 긴 스티커 전체가 돌돌 말려 있는 것도 있다.

S#48. 동재의 차 안 - 낮(동재의 회상. S#46 이후 상황)

성재의 집 골목이 아닌 다른 곳에 차를 세운 동재.
옆 보조석 바닥엔 뜯겨서 내용물이 튀어나온 종량제 봉투가 배경으로 보인다.

동재E　　**제 전공이 아니라서 저도 잘은 모르겠는데**

동재, 쓰레기에서 골라낸 스티커 조각을 손에 올려놓고 하나씩 들여다본다.

Flashback〉 - S#46. 수거함을 열었을 때 구석 비닐에 담겨 있던 유리병들.
일반적인 유리병도 있지만 라벨이 하나도 안 붙은 작은 갈색 병이 많다.

동재E　　**그러고 보니까 수거함 안에 병들이 꽤 있었습니다, 아무것도 안 붙은.**

S#49. 한조 본사/회장실 - 낮(현재)

동재　　암만 봐도 약병에서 떼어낸 라벨 같아서요, 만약 다른 가족분이 아프신 게 아니라면 혹시 이윤범 회장님께서..

연재　　...

동재　　회장님께선 이게 뭔지 알아내실 수 있을 거 같아서 가져왔습니다.

연재　고마워요, 이렇게까진 생각 못 했는데. 애썼어요, 서검사.

동재　(미소 짓지만) 저 칭찬받자고 한 일인데요. 전엔 별로 못 그래서.

연재　왜 칭찬을 못 받아요? 이렇게 기민한데?

동재　부군께서, 이창준 검사장님께서 저한테 당부하신 게 있는데 하나도 못 지키고 살고 있거든요. 이담에 뵈면 역정 내실 거 같아서 저 그래도 사모님 아이 죄송합니다 회장님께 이런 일도 해드렸다, 내세울 게 생겼습니다. 덕분입니다!

연재　누가 누구한테 역정을 내요, 자긴 뭘 했다고, 후배한테 당부할 거면 옆에서 잘하나 지켜봐야지, 걱정되고 맘 쓰이면 끝까지 잡아줬어야지, 중간에 놔버렸으면서 자기가 누구한테 뭐랄 자격이 있어요?

동재, 대답 못 하고 연재도 더는 감정 내비치지 않고자 추스르는데,

동재　.. 이연재 회장님.

연재　(쌩쌩하게 다시 보는)

동재　저 진심으로 회장님 응원하고 있습니다. 여론이나, 심지어 그룹 내부에서도 회장님께서 이 큰 그룹을 이끄신다는 거에 불안해하는 사람들이 있나 본데, 보란 듯이 보여주세요, 다 같은 자식인데 누군 되고 누군 왜 안 됩니까?

연재　(... 찬찬히 번지는 미소. 눈으로도 고갯짓으로도 그러리라, 대답한다)

동재　그럼 저는 (일어난다) 시간 많이 뺏어드려서 죄송합니다! (꾸벅)

연재　무슨 말을. 일 좀 정리되면 밖에서 한번 봐요, 밥 먹자고.

동재　넵 기다리고 있겠습니다! (나가고)

연재　.. (탁자 위 스티커 조각에 시선 돌린다. 손에 올려서 보는..)

S#50. 동/회장실 밖 - 낮

한 건 올린 기분의 동재, 신나서 가는데.

여진E　**예, 압니다. 서동재 검사.**

S#51. 경찰청/수사혁신단장실 - 저녁 무렵

여진 의정부에 있는 건 몰랐습니다.

최빛 나도 그 건이 기억이 나. 동두천에 있는 세곡지구대에 대원 몇하고 유흥업소가 유착을 했었어. 근데 여기 관심을 갖는 작자가 의정부 서동재 검사라는데 이유를 모르겠어. 인제 와서 왜? 벌써 몇 년인데?

여진 세곡? (생각날 듯 말 듯 하는데)

최빛 서검사가 연락처 알아내려고 한 애가 (모니터 가리키는) 얘야. 그때 일로 실형 때려 맞고 빵에 간 두 명 중에 하나. 김수항 순경.

여진 (모니터 보면 김순경의 머그샷 떴다)

최빛 ... 니가 조용히 좀 만나볼래?

여진 (모니터 보는) 김순경을요?

최빛 앤 작년에 출소해서 지금은 어디서 뭐 하는지 몰라. 그니까 검사도 교도소에다 문의를 했겠지. 일단 내가 얘 주거지를 알아보는 동안에 (메모지 뜯어서 주는) 그때 관련자 중에 아직 현직이 남아 있어.

여진 (메모 보면 '세곡지구대 백중기 경사'와 031~로 이어지는 번호 적혔다)

최빛 그냥 지방검찰청에서 김수항이란 애를 찾는 건지, 하필 요즘 같은 때 검찰이 케케묵은 걸 다시 건드리는 게 다른 저의가 있는 건지.

여진 알아 오겠습니다.

최빛 음.

S#52. 동/수사혁신단 - 저녁 무렵

여진 (단장실에서 나와 문 닫는데) 어.

시목E **경감님 혹시 세곡지구대라고 아세요?**

Flashback〉 - 2회 S#58. 주꾸미집에서 먼저 와 앉은 시목에게 다가가는 여진. 처음 그와 눈인사하던 장면 위로 들리는 소리.

최빛E **여기 관심을 갖는 작자가 의정부 서동재 검사라는데 이유를 모르겠어.**

여진, 천천히 한 발 떼지만 곧 멈춘다.

시목E **경감님 혹시 세곡지구대라고 아세요? 거기 샤워실에서**

여진 (시목이 '샤워실에서' 하는 마지막 말소리와 겹치는) 샤워실에서..
(단장실로 돌아선다. 손잡이에 손 얹지만..)

여진, 빠르게 자리로 간다. 데스크탑 인터넷에 입력되는 검색어 - 〈세곡지구대 샤워실〉

S#53. 세곡지구대/사무실 - 밤

백팀장 자리 유선전화 울린다. 지구대원7이 당겨 받는다.

지구대원7 (전화) 네 세곡지구댑니다.. 아 백경사님 오늘 휴가신데요, .. 에?..
제가 고창용인데, 누구세요?...

S#54. 동/앞마당 - 밤

지구대에서 쭈뼛대며 나온 지구대원7, 길 건너편 보면 깜빡이로 신호 보내는 차가 있다. 지구대원7, 행여나 동료들이 볼까 뒤를 살피며 차로 가서 탄다. 스르르 자리 뜨는 차.

S#55. 여진의 차 안 - 밤

지구대원7 본청 분이, 제 이름은 어떻게 아셨어요?

여진 (차 천천히 이동시키는) 긴장할 거 없어요.
(그러나 친절한 표정, 목소리 아니다) 백경사는 왜 갑자기 휴갑니까?

지구대원7 그거는 저도 잘..

여진 내가 여기 오기 전에 재판기록을 좀 뒤져봤는데 거기 고순경 이름도 있더라고요?

지구대원7 뇌물 수수 재판이요? 저는 그냥 참고인이었는데,

여진 그 팀 난리 났을 때 고순경도 같이 근무한 건 맞잖아요?

지구대원7 전 전혀 몰랐어요, 전 백경사님 팀도 아니었고요.

여진 (갑자기 차 세운다. 대원7한테 몸 돌린다)
송기현 경사는 백경사 팀이었는데.

지구대원7 .. 송경사님은.. 돌아가셨는데요?

여진 알아요.

지구대원7 자살이었는데요?

여진 알아요. 그때 얘길 해봅시다.

지구대원7 저는, 송경사님 돌아가신 날은 근무조가 아니어서 현장은 보지도 못했어요, 나중에 얘기만 들었지.

여진 송경사 팀원들이 술집 돈을 먹은 게 드러난 건 2017년 12월.
송경사가 죽은 건 석 달 전, 그해 9월.
송경사하고 팀원들 사이가 어땠습니다, 특히 김수항 순경하고.

지구대원7 왜 김순경님이요?

여진 빨리 말 안 해? 이 길로 나랑 본청 갈래요? 바로 옆에서 봤잖아!

지구대원7 (아후, 미치겠다) 저는 진짜 딱 한 번 봤어요.

여진 뇌물 먹는 거?

지구대원7 (펄쩍 뛰는) 아뇨!

S#56. 세곡지구대/사무실 - 아침(2년 전)

출근한 지구대원7, 벽에 걸린 거울 앞에서 선블럭 크림을 꼼꼼히 바르는데,
백팀장의 야간조가 근무 끝내고 들어온다.
지구대원7, 둘레둘레 인사하며 계속 크림 바르는데,
지구대원1이 지구대원6에게 눈짓하는 게 거울 끝에 보인다.
지구대원6, 일어나 구석으로 가고.

지구대원7, 그때만 해도 그런가 보다, 하는데 돌연 '앗 뜨거!!' 비명에 가까운 소리,
지구대원7, 놀라 돌아보면,
구석에 차와 커피가 마련된 곳에서 커피 타 마시던 송경사, 손을 감싸 쥐고 있다.
지구대원6이 전기주전자를 들고 있는데, 그 앞에 흘린 물이 흥건하다.
송경사, 정수기로 급히 가 정수기 찬물 누른다. 물 나오는 데에 손을 대고 식히는데.

지구대원6 거깄었어요? 난 못 봤네?
송경사 못 보긴 뭘 못 봐!
지구대원6 그러게 조심 좀 하지.
송경사 내가 조심을 안 해서 뎄냐? 장님이 아니고서야 그걸 못 보고
사람 있는 데다 펄펄 끓은 물을 부어?!
백팀장 물 좀 봐라, 정수기 홍수 났냐?

자리에서 일어나는 백팀장이 가리키는 것, 정수기 아래 물이다.
송경사가 데인 상처를 식히려 튼 물을 갖고 트집 잡는 것이다.

백팀장 뭘 봐, 빨리 닦아, 딴 사람들 넘어지면 송경사 니가 책임질래?
송경사 팀장님!.. (너무 억울해서 주변 보지만)

지구대원7을 빼곤 모두 백팀장의 조원들, 못마땅함을 숨기지 않고 송경사 꼬나본다.
송경사의 도움을 청하는 눈빛은 돌고 돌다 지구대원7에게까지 와 닿지만,
지구대원7.. ... 거울로 몸 돌린다. 나서지 못한다.
송경사, 결국 대걸레 갖다가 물 닦는다. 고개 숙인 얼굴에 눈물이 그렁그렁하다.

S#57. 동/복도 - 아침(2년 전)

데인 손을 붙잡고 사무실에서 나오는 송경사, 당직실로 들어가는데,
미안한 마음에 얼른 따라 나오는 지구대원7, 송경사가 들어간 당직실 문을 여는 순간,

S#58. 동/당직실 - 아침(2년 전)

지구대원7 송경 (부르며 들어오다 놀라는)

송경사 (약 꺼내다가 멈춘) 니가 뭔데 나더러 나오라 마라야?

김순경 누가 좋아한다고 나오냐고, 나 같으면 벌써 관뒀다.

송경사 내가 내 직장 나오는데 니가 무슨 상관이야? 넌 위아래도 없어?!

김순경 나이만 처먹으면 다냐?

지구대원7 김순경님 제발 그만하세요.

김순경 먼저 인간이 돼야지? 지랄하고 자빠졌네. (나가버리는)

송경사 야 김수항!!

분하고 기가 막히고 무엇보다 너무나 속상한 송경사, 어찌할 바 모르는 지구대원7.

S#59. 여진의 차 안 - 밤(현재)

여진 집단 괴롭힘이 있었다고? 조원들끼리? 경찰이?

대원7 (눈길 피하는)

여진 (이런 씨...) 송경사 죽었을 때 지구대에 누구 있었어요?

대원7 (대답 못 하는)

여진 송경사 시신, 누가 제일 처음 발견했어요?!

대원7 (여진 쳐다보는 얼굴에 곤혹이 가득하다) 원래 우울증이 심하셨어요...

여진 ....

여진E **집단으로 괴롭히던 조원들한테 둘러싸여져서 죽었습니다.**
발견 시각은 새벽, 송경사 조원들 말고는 지구대엔 아무도 없었습니다.

S#60. 경찰청/수사혁신단장실 - 밤

최빛 (유선전화를 꽉 쥔)

여진F 의정부지검에서 정보를 요구했다는 전직 경찰 김수항은, 샤워실에서 죽은 송경사를 제일 처음, 단독으로 발견한 조원입니다.

짜증나고 골치 아파지는 최빛, 아씨! 소리 내며 책상에 엎딘다.

S#61. 여진의 차 안 - 밤

여진 (전화) 자살이지만, 타살입니다, 단장님.

창밖으로 보이는 밤의 세곡지구대.

5회

법사위원장이 경찰 손아귀에 들어가면 안 돼.

여론 때문에 우리가 협의회에선 경찰한테 좀 양보한다 해도

법사위에서 막으면 수사권 조정안은 국회 근처도 못 가.

S#1. 세곡지구대/계단 - 아침(2017년 9월. 3회 S#24 직후의 상황)

놀라서 계단을 몇 개씩 뛰어 올라오던 평상복 차림의 지구대원7, 도중에 멈춰진다.
흰 천에 덮여 들것에 실린 송경사 시신이 2층에서 지금 내려오고 있다.

여진E **단순자살이 아닐 수도 있다는 말, 당시에 지구대 내부에서 돌았죠?**

믿어지지 않는 지구대원7, 바로 앞을 지나가는 들것을 멍하니 보다... 먹먹한 얼굴 들면, 계단 맨 위에서 지구대원1이 옮겨지는 시신을 내려다보고 있다.

여진E **시신을 처음 발견한 사람들이 전부 왕따 주동자인데?**
당하는 걸 직접 봤잖아, 알았잖아요! 근데 어떻게 의심 안 해?!

S#2. 골목/여진의 차 안 - 밤(몇 시간 전)

지구대원7 송경사님 우울증 심한 거야 다 알았으니까 그런 줄만 알았지,
자살이 아니란 얘긴, 전혀요, 들은 적도 없어요.
여진 부패한 조원들을 혼자 캐던 사람이 갑자기 죽었는데도요?

지구대원7 아니 저기, 뇌물 그거는요, 경사님 가시고도 몇 달 후에 터져서 저희도 그때야 알았는데 그 당시에 그거랑 그걸 어떻게 연관을 지었겠어요.

여진 (고개가 절로 흔들어진다)

지구대원7 그리고 송경사님은 지구대로 온 거 자체를 너무 힘들어하셨거든요, 솔직히 처음부터 소문도, 아주 골치 아픈 고문관이 왔다고, 동두천서에서 자기 서장 고발한 사람이다 그거 모르는 사람 없어갖고...

최빛E **아니 그거 말고. 밀려난 이유 말고 장소. 왜 하필 옮겨진 데가 꼭 세곡이어야 했나.**

S#3. 경찰청/수사혁신단장실 - 밤

최빛 이것도 지구대에서 다들 알았대?

여진 송경사가 세곡으로 온 게 우연이 아니란 말씀입니까?

최빛 죽은 경사한테 인간 되라고 했다는 싸가지 후배, 얘지? (모니터를 여진에게 보여주면, 4회 S#51에서 봤던 김순경 머그샷이다)

여진 에, 김수항 순경 맞습니다. 서검사 쪽에서 행방을 알아내려고 한단 사람.

최빛 얘 동두천서장 조카야. 17년도 정보경찰 보고서를 뒤져봤더니 둘이 삼촌 조카 사이더라고.

여진 어느 보고서요? 송경사에 대한 거요 아니면, 뇌물 수수가 터지고 나서 거기 대해서 올라온 거요?

최빛 송경사에 대한 거면 좋겠니?

여진 .. 아닙니다.

최빛 송경사에 대한 보고서에 굳이 동두천서장을 언급해가며 친척관계를 명시했다면 그건 당시에 작성자도 타살을 염두에 둔 거겠지만 아냐, 송경사 죽은 거야 사실 무슨 보고서가 있겠어.

여진 당시에 정보경찰 레이더에 송경사 죽음이 안 들어왔나 보죠?

최빛 아무리 정보국이라도 누가 보고를 해야 냄새를 맡지. 정보경찰이 지구대마다 상주하는 것도 아니고.

여진 동두천서장은 그럼 그때 어떻게 됐어요? 의경 팬 거 알려지고 나서요.

최빛 개가 그때.. 경정으로 강등됐나? 그래갖고 옆 동네로 옮겨졌어.

여진　　예에.. 그래서 일부러 억하심정 품고 송경사를 자기 조카 있는 데로 보낸 거면 그 얘기는 동두천서장도..

최빛　　그니까. 골치 아프게 됐어..
(여진이 옆에 끼고 있는 두꺼운 봉투 턱짓) 그건 뭐야?

여진　　지구대원들 뇌물 수수 재판기록이요.

최빛　　뇌물 재판에서 송경사 얘기가 나왔을 린 없잖아.

여진　　안 나왔습니다. 그냥, 무턱대고 대원들부터 만나는 거보단 제가 그때 일을 꿰고 있어야 약발도 먹힐 거 같아서 법원 먼저 들렀습니다.

최빛　　음...

여진　　아참 단장님, 저 내일 아침에 안양교도소 들러서 출근해도 될까요?

최빛　　안양에 누가 있는데?

여진　　이대성 경사라고, 지구대원 중에 팀장 빼고 최고참인데 이 사람이 아직 복역 중입니다. 김순경은 소재 파악이 안 돼서 여기부터 만나보려고요.

최빛　　갔다 와. 김순경은 내가 찾아줄게.

여진　　감사합니다! (두꺼운 봉투 끼고 문으로 가는데)

최빛　　꼭 나쁠 필요는 없어.

여진　　예?

최빛　　이대로 자살이라면 우리가 써먹어야 돼. 씨게 한 방 날리는 거야.
수사권 조정이 한창인 이 시점에, 무려 2년 전에 종결된 건을
검찰이 무리한 표적수사로 몰고 갔다, 경찰이 서로 죽이고 죽였다면서.
근데 결론은? 범죄가 아니다. 오로지 경찰을 모함하겠단 의도뿐인 검찰의
인력낭비, 짜 맞추기 수사, 대한민국 양대 수사기관 사이에 분탕질.
공격거린 얼마든지야. 그래서 더더욱 이게 타살이어선 안 돼.

여진　　알겠습니다, 단장님.

최빛　　재판기록 나도 복사해줘. (앉으며) 법원 먼저 들른 건 한주임이 잘했어.

여진　　아, 예.

S#4. 동/수사혁신단 - 밤

모두가 퇴근한 사무실 창가에 선 여진, 복사기 앞에서 복사 중이다.

복사기 쪽과 여진 책상, 그리고 저 뒤에 단장실에만 불을 밝혀놨는데.
먼저 복사되어 나온 내용을 읽다가 착잡한 얼굴이 돼서 종이 내리는 여진...

S#5. 여진의 차 안/세곡지구대 앞길 - 밤(한두 시간 전)

세곡지구대가 창밖으로 보인다. 여진이 지구대원7을 처음 태웠던 곳으로 오고 있다..

지구대원7 알고 보니까 의경 걔도 끗발 있는 집 자식이었다는 거죠,
사실 서에 배치돼서 관용차 몰 정도면 그게 보통 빽으로 되나요?
서장도 욱해서 깜빡한 거지. 애 좀 팼다고 징계까지 간 건 결국
의경 걔가 있는 집 자식이란 이유가 더 컸대요.

여진 서장이 의경은 못 건드리니까 대신 송경사한테 이를 갈았구나.
(지구대 건너편 길에 세우는) 우울증이 괜히 온 게 아니네.

지구대원7 아니에요, 그래서가 아니라.. 송경사님이 그러셨어요, 힘 있는 사람이
눌러대는 건 찍소리 못하면서 아래에서 치고 올라오는 건 못 봐준다,
얘는 반골기질이 있다, 결국엔 말썽 일으킨다, 보내버리자, 이거라고.
송경사님은 그걸 고민하셨어요. 우리가, 경찰이 이래선 안 된다고.

여진 ...

지구대원7 고문관인 줄 알았는데 고민이 많은 분이었어요.

S#6. 경찰청/수사혁신단 - 밤(현재)

복사기 조용하다. 복사는 끝났지만 여진, 창밖을 그대로 보고 섰다.
경찰청 아래 펼쳐진 대로를 가득 메운 차량의 빛이 계속 흐른다.

S#7. 연재의 차 안 - 밤

연재, 뒷좌석에 앉았고 앞에 기사와 박상무가 탔다.

박상무 (무음으로 빛나는 전화. 발신자 확인하고) 회장님 조수영 박삽니다.

연재 음.

박상무 (대답 떨어지자 받는) 예 박사님. ... 예. (전화 내민다)

연재 (받는) 네.

의사F 안녕하십니까, 회장님. 회신이 늦어져서 죄송합니다.
의뢰해주신 약물이 찾는 데 시간이 좀 걸려서요.

연재 흔치 않은 건가요?

의사F 세상에 없는 약물입니다.

연재 (이건 무슨 소리?..) 잠깐 뵐까요?

S#8. 주택/마당 - 밤

현관문 열고 나오는 박상무, 그 뒤로 초로의 의사도 나온다.
박상무, 의사를 안내해 정원석 밟고 지하실 쪽문으로 인도한다.

S#9. 동/거실 - 밤

테이블에 놓인 찻잔 세 개를 치우는 상주 직원이 안쪽으로 들어가면,
연재 혼자 남는다. 차고 문 열렸다 닫히는 소리 희미하게 울린다.

의사E **아직 허가도 안 난 신약입니다. 학계에 처음 발표된 건 2014년인데 여전히 연구개발 상태라, 아마 미국에서 몰래 들여왔을 겁니다.**

연재 (손에 쥔 약병 본다. 동재가 이성재 집 쓰레기통에서 본 것과 같은데
이건 라벨이 모두 붙은 새 거다. 가볍게 흔들면 안에 알약이 가득하다)

의사E **외상 후 스트레스 장애 치료용, 제 짐작엔 이윤범 회장님께서 8개월간 옥고를 치르셨으니 그 후유증인 듯한데, 워낙 천차만별인 질환이라 이 약 처방 하나만으론 증세를 단언하기 어렵습니다.**

연재 (현관문 열리는 소리 나자 약병 내려놓는다)

박상무　(들어온다. 연재가 먼저 입 열 때까지 가만 기다린다)

연재　이름도 없는 약을 밀수해서 복용할 정도면 심하신 걸까, 그렇겠지?..
풀려나실 때 정말 아파 보였어. 사방에서 연극이다, 쇼다, 비웃었는데..
그런 분을 언제든지 복귀 가능한 것처럼 이용해먹는 게 아들이라니,.

연재, 속상하다. 감정 추스르려 몇 발자국 맴돌다가 갑자기 박상무 쪽으로 몸 돌린다.

박상무　(눈 마주치자 바로) 예 회장님.

연재　그 인간이 아버지를 병원에는 보낼까?
사람들 볼까 봐 집 안에만 가둬두면 어쩌지?
아무리 좋은 의사가 드나들어도 병원에서 케어받는 것보단 못할 텐데.
그런 것도 자식이라고 뭐가 이쁘다고 대신 감옥살이까지 해줘?

박상무　.. 전 회장님께서 다소 불편하신 건지 아님 정말 의식에도 영향이
있는 건지 저희한텐 지금 그게 관건입니다만.

연재　내 얼굴 보기도 거부하시는데 당신 얼마나 아픈지 말해달랄 수도 없고.

박상무　이성재 사장이 안고 있는 리스크는 확인했지만 이걸 주총에서 써먹을
수 있느냐는 전 회장님 증세가 어느 정도냐에 달렸습니다.

연재　(심사숙고하다가) 사내 게시판에,

박상무　예.

연재　이성재가 낸 상정안을 공지하세요. 이사회 의장과 대표를 분리하겠다,
(워딩을 어떻게 꾸밀 것인가, 한 마디씩 생각하느라 좀 끊어서 말하는)
우리 한조 본사의 결정권자를 한조자동차에서 갈아치우려고 한다,
이 뉘앙스로. (이제 끊지 않고 쫙 말하는) 공장 직원들까지 전부 인트라넷에
접속하는 순간 바로 한눈에 들어오게 팝업창으로 띄워요.
직원들하곤 상관없는 재벌가 권력싸움이 아니라 하부 계열사가 본사에,
외부세력이 우리 회사 내정에, 간섭한다, 이게 확 와닿게. 대신,

S#10. 한조 본사/회장 비서실 - 낮

비서, 빠르게 입력 중이다. '안녕하십니까, ㈜한조 우리사주 여러분.'이 찍히는 모니터.

연재E　**감정에 호소가 아니라 이런 상정안이 나왔는데 우리사주 조합원들은 주총이 근무시간이라 100% 참석은 어려울 테니 전자투표로 소중한 권리를 행사해달라. 이걸로.**

비서 뒤에 선 박상무, 종이에 미리 작성한 공지 내용 읊어준다.

박상무　한조자동차의 상정안이 가결될 시 아니 통과될 시로, 응, 본사와 계열사의 지배구조가 전복되어 ㈜한조는 자동차 생산을 위한 하청업체로 전락될 것입니다.

데스크탑 모니터에는 박상무의 말들이 그대로 공지 텍스트 란에 입력되고 있다.

연재E　**하단엔 우리사주가 아닌 전체 직원들도 현 대표이사 연임에 대한 찬반을 같이 투표하게 하세요.**

데스크탑 화면에 각 항목에 체크할 수 있는 투표란 삽입된다.
〈이연재 대표이사의 이사회 의장 유지에 찬성합니다. (　　)〉
〈이연재 대표이사의 이사회 의장 유지에 반대합니다. (　　)〉

S#11. 동/사무실1 - 낮

S#10의 데스크탑 화면이 팝업창으로 떴다.
일하던 직원들 몇몇, 이게 뭐지? 표정으로 전자투표 독려문과 찬반투표 내용을 읽는다.
문가 자리 직원1, 잘 읽지도 않고 곧장 팝업창 닫기로 마우스 커서 가져가는데, 옆에 쓱 나타나는 전무1.
직원1, 얼른 일어나 인사하는데 전무1, 직원1의 모니터 본다.
마치 처음 본다는 듯 자연스럽게 마우스 잡으며 허리 굽혀 팝업창 읽는 전무1, 다 읽더니 어정쩡히 선 직원1에게 격려하듯 고개 끄덕여 보이고 가는데, 직원1이 보면, 전무1이 건드린 마우스 커서가 연임 찬성한다는 투표 칸에 가 있다.

직원1, 멀어지는 전무1 슬쩍 보더니 연임 찬성에 체크한다.

S#12. 동/사무실2 - 낮

전무2, 파티션마다 직원들로 들어찬 사무실을 주유하듯 거닌다.
그가 다가오자 파도타기처럼 직원들 모니터에 나타나는 팝업창.

연재E **투표는 무기명으로 하되 어차피 인트라넷은 로그인해야 되니까, 어떡하란 건지 알아들 듣겠지.**

직원들 모니터에는 유지 찬성 란에 체크되는 쐐기 행렬이 이어진다.

S#13. 주택/거실 - 밤(현재)

연재 우리사주 지분이 얼마지?
박상무 3.14%입니다. 거기에 회장님 우호지분을 다 합쳐도 38% 안팎이니 이걸론 안 됩니다. 뜻대로 하시려면 출석 주주의 67%가 필요합니다.
연재 67이 필요한 건 내가 아니라 이성재야. 개야말로 3분의 2를 획득해야 날 퇴출시키지.
박상무 그쪽 우호지분이 전부 뭉친다면.. 41%입니다. 문제는 성문 사장이 가진 7%인데 이게 어디로 가느냐가 결정타가 될 듯합니다.
연재 또 성문 사장이야? (짧은 탄식하는데)
박상무 제 생각엔 회장님께서 성문 사장을 한 번 만나보시는 게, (연재 눈초리에 힘이 들어간 것 보더니 입 다무는)
연재 직세국이랑 국세청 출신을 내가 사외이사로 영입한단 것도 공시하고.
박상무 시행하겠습니다.
연재 (끝이 없는 결정이 힘들다. 목이 뻐근하다)

S#14. 동부지검/검사장실 앞 복도 - 밤

원철, 바삐 온다. 시목, 검사실 문 앞에서 기다리다 인사한다.

원철 얌마, 니 땜에 나가다 도로 왔다. (말은 그렇게 해도 그대로 들어가는)

시목 죄송합니다. (따라 들어간다)

S#15. 동/검사장실 - 밤

원철 형사3부 남인태.. 서부지검에서 전세 사기 영장 안 내준 게 남인태야?

시목 예. 6시간 후면 사기범이 풀려납니다.

원철 으음.. 그래 남인태 기억은 나는데 나더러 어쩌라고.

시목 검사장님,

원철 왜 여기로 왔어? 관여를 하려면 서부지검으로 갔어야지.
엄연히 주임검사가 있고 거기도 장이 있는데 이러면 안 되네,
그럼 잘못이네, 나더러 남에 지검에 압력이라도 넣으라는 거야?

시목 사문서 인감 위조, 위조 공문서 행사, 주민등록법 위반.
놔줘야 합니까?

원철 황시목, 나야말로 전관이야.

시목 (순간 뭔가 놓쳤단 생각이 드는 얼굴)

원철 너 지금 나한테 영향력 행사하라고 하는 거라고.
누가 여기로 띡 전화해서 나 전에 거기 지검장 했던 사람인데 이래라
저래라 하면 그게 맞는 거야? 물론 남인태가 경찰한테 드럽게 치졸하게
군 건 맞는데 (말하다 시목 보는데) .. 뭐야?

시목 (생각에 잠겨서 원철 말 안 듣고 있는 거 같은..)

원철 이게 퇴근하는 사람 도로 주저앉혀선 남 말하는데 듣지도 않아?

시목 ... 그러네요.

원철 내 말 진짜 안 들었다고?

시목 직전에 서부지검장이셨으니.. 여기로 오는 게 가장 즉효라고
생각했습니다.

원철 내가 직빵이긴 하지, 만,

시목 저도 전관예우를 당연시했네요, 너무 당연하게 전임자한테 기댔네요.

원철 뭔 뜬금없이 자아비판이야? 너는 사적인 이익을 노리고 위법을 하고 그런 건 아니잖아.

시목 다른 사람들도 그랬겠죠. 출입통제선을 뽑은 사람도 전관 출신 변호인을 찾아갈 때 자기가 대단한 잘못을 저지른다고 생각 안 했을 겁니다.
자기 일을 제일 잘 해결해줄 사람을 찾았겠죠. 제가 여기 온 거처럼.

원철 나는 절대 그런 사람 아니다, 생각했어, 스스로를?

시목 그런 생각 자체를 안 해본 거 같습니다.
제가 청탁으로 결과를 바꾸려는 경우의 수는 넣어본 적이 없어서요.

원철 .. 이게 진짜 폐단이 되려면 말야, 내가 이번에 니 부탁을 들어줬어, 남인태한테 지랄해서 용산서에 영장 내줬대, 근데 다음에 내가 곤란한 일이 생긴 거야. 그래서 너한테 야 이거 좀 어떻게 해줘, 나 좀 살려줘, 내가 그래, 그러면 너는? 해줄 거야?

시목 (보는)

원철 나도 전에 니 부탁 들어줬잖아, 내가 그거 해결하느라고 얼마나 욕봤는지 아냐? 그러면서 슥삭슥삭 해달라고 하면?

시목 안 됩니다.

원철 (훗!) 됐어 그럼마, 별것도 아닌 거 같고.

시목 ...

원철 (미소 사라지고 본인도 여러 생각이 드는) 전관예우가 케이스로 늘어 놓으면 되게 나쁜 짓 같은데 막상은, 자연스러워..

두 사람, 서로 쳐다본다.

S#16. 동/복도 - 밤

시목과 원철, 검사실에서 나와서 간다. 둘 다 생각이 발목을 잡아 그 속도 빠르지 않다.

시목E **저희는 지검장을 넘어 저 위에서부터 명령이 내려옵니다.**

독립성을 어떻게 지키실 겁니까?

원철E **황시목, 나야말로 전관이야.**

시목 (아래를 보며 묵묵히 가는)

시목E **영장청구권을 갖는 기관은 해라 말아라 압력이 반드시 옵니다.**
이걸 어떻게 배제하실 겁니까?

원철E **너 지금 나한테 영향력 행사하라고 하는 거라고.**

원철 성문한테 하고 싶은 말 있냐?

시목 (고개 드는)

원철 (털레털레 가는) 따로 붙이고 싶은 말 없어? 내가 대신 쏴붙여줄게.

시목 벌써 한바탕하셨잖아요, 반박기사 내신 거 봤는데 또 하시려고요?

원철 그놈들은 시리즈로 우릴 모욕했는데 한 번으로 성이 차?
이눔 시키들 성문하고 한조 이성재, 내가 끝까지 밟아줄 거야. 좋지?

시목 한조 본사에서 좋아하겠네요.

원철 (빠직!..) 내일 2차 기사 뜰 거야. 댓글 달어!

시목 (눈알 옆으로 굴려서 보지만 대답은 않는)

S#17. 동/건물 앞 - 밤

시목, 인사하고 가고 원철도 다른 쪽으로 가는데 잠깐 멈추더니 전화 꺼낸다.
통화목록에서 '서부지검장'을 선택하는데 할까 말까.. 하다 결국 통화 버튼 누른다.

S#18. 찻길 + 시목의 차 안 - 밤

내비 켜놓고 달리는 시목의 차. 미리 설정했던 휴대폰 알람 울린다.
알람 끄고 계기판 시계 보면 마침 딱 9:59에서 10:00으로 변한다.
라디오 켜는 시목, 찾는 채널이 있는 듯 채널 버튼 두어 번 누르는데,

진행자E .. 소속의 한 변호사는 이렇게 말했습니다. 검경 간의 수사권 조정 문제는

시목 (찾던 채널이다. 버튼에서 손 뗀다)

진행자E 이번에 못 하면 앞으로도 영원히 못 할 것이다, 라고요.
오늘 바로 이 수사권 문제를 두고 검찰과 경찰이 마주 앉았는데요,
검경협의회에 직접 참여하신 대검찰청 우태하 검사님과 지금 전화
연결이 돼 있습니다. 안녕하세요, 우검사님.

태하E 안녕하세요, 형사법제단 우태하입니다.

진행자E 오늘 있었던 협의회 첫 만남, 어떠셨나요?

태하E 상당히 좋은 출발이었다고 생각합니다.
일단 검경이 만났다는 게 고무적이고요.

진행자E 시작이 반이라는데 좋은 출발 하셨네요. 하지만 서로 예민한 부분이
있지 않습니까, 사실? 혹시 갈등은 없었나요?

태하E 아무래도 첫날이고 또 갈등이 있는 것도 서로 의견을 조율하는 과정
이니까, 그래서 저희 검찰은 일단 듣자, 경청하자, 이런 입장이고요.

시목, 묵묵히 라디오 들으며 간다.

S#19. 의정부지검/당직실 앞 복도 - 밤

조용한 복도에 당직실 팻말 달린 문.

진행자E 오늘 협의회는 어떤 분들이 참석하셨나요,

S#20. 동/당직실 - 밤

편한 옷차림의 동재, 수건 걸고 작은 침대에 눕는 동안, 폰에서 흘러나오는 라디오.

태하E 저희 쪽만 말씀드리자면 저를 비롯해서 법사위 전문위원 김사현 검사가
있고요, 또 이름 들어보신 분도 계실 거 같은데 황시목 검사 또한
이번 협의회 협의위원입니다.

진행자E 2년 전 특임을 역임했던 그 검사님이시죠? 얼마 전 통영 익사사건

때도 내부의견서를 올린 걸로 다시 화제가 됐던 기억이 나네요.

동재 흠!...

태하E 예, 거기다 작년 국무총리 특검 때도 참여했었으니까요.
중립성, 객관성에 있어선 최적의 인물이라 판단해서 합류시켰습니다.

진행자E 검찰 에이스가 모였다고 해도 과언이 아니네요?

동재 좋겠다, 에이스.. 너는 무슨 복이냐?..

진행자E 반면에 경찰 쪽에서는 경찰청 소속 간부들과 일선 수사경찰까지
참여했다고 하는데, 오늘 협의회에선 어떤 얘기가 오갔는지요?

S#21. 검찰청 관사/주차장 - 밤

특색 없이 선 몇 채의 아파트. 어디서나 볼 수 있는 흔한 소규모 단지다.
이곳에 시목의 차가 들어온다. 빈자리로 들어가는 차.
후미 등이 빨갛게 빛나다 꺼진다.

S#22. 관사 2층/마루 - 밤

조용한 관사, 어두워서 잘 안 보이지만 낡은 설비에 마루도 굉장히 좁다.
현관문 여는 소리. 시목 들어온다.
배낭과 여행가방 하나, 커버 씌운 수트 등 당장 필요한 것만 가져왔는데
남의 신발을 밟을 뻔하는 시목, 아래 보면,
현관 센서 등에 밝아진 현관은 가뜩이나 좁은 데다 정리 안 된 남자 신발,
슬리퍼와 구두가 뒹굴고 묶어놓은 채 내다버리지 않은 종량제 쓰레기봉투도 있다.
시목, 마루로 올라서면,
좁은 싱크대, 골동품 같은 가스레인지, 작은 냉장고가 있는 부엌이 바로 앞이고,
화장실 문도 훌쩍 열렸는데 오래된 세탁기와 샤워꼭지 보인다. 욕조는 없는 듯.
성인 남자 두엇이면 꽉 찰 거실 양쪽에 문 두 개가 있는데,
나름 안방에 해당할 마루 건너편 문에서 드르렁드르렁 코 고는 소리 난다.
시목, 현관 옆에 붙은 방으로 들어간다.

S#23. 동/시목의 방 - 밤

시목, 들어와 불 켜는데 전구 하나가 수명이 다했는지 깜빡깜빡한다.
침대와 장 한 칸, 작은 책상.. 불 꺼버리는 시목, 짐은 놓고 창문으로 간다.
창문 열고 내다보면 흔한 아파트 단지 풍경이다.
창으로 들어오는 외등 빛, 외등이 만드는 시목 얼굴의 음영.

S#24. 안양교도소/외경 - 아침

S#25. 동/사무실 - 아침

여진, 준비해 온 서류 꺼내 교도관1에게 준다.
교도관1, 서류 내용 짧게 확인하면 〈접견기록 정보공개 요청 협조공문〉이다.
발신은 경찰청, 수신은 안양교도소로 돼 있다.

교도관1 예. (서류 넣고 미리 준비한 서류봉투 준다)
여진 감사합니다. (봉투 안의 인쇄물 꺼내서 보면)

〈제목 : 수용자 접견현황 조회〉 전부 이대성이란 이름의 수용자의 접견기록이다.

여진 (인쇄물 넘겨보며) 요 근래에 혹시 검찰청에선 접촉 없었나요? 이대성씨한테?
교도관1 접견기록에 없나요? 저희 시설로 온 날부터 어제 날짜 거까지 다 뽑은 거니까 거기 없으면 없는 건데요.
여진 일반면회 말고 검찰청에서 사람이 직접 왔다든가요.
교도관1 아.. (생각해보지만) 뇨?
여진 예, (일어난다) 감사합니다. (가방에 파일 넣는데)

교도관1 (CCTV 모니터 보더니) 나오네요.

여진 (교도소 곳곳을 잡은 많은 CCTV 모니터 중 교도관1이 가리킨 것 복도 모니터 보면 지구대원1과 교도관4가 오고 있다) 니가 이대성이구나?..

교도관1 가시죠.

여진 (교도관1 따라서 가려는데)

여진, 뭘 봤는지 여러 모니터 중 하나에 돌연 얼굴을 바짝 들이댄다.
커다래진 눈으로 한 화면을 뚫어져라 들여다보자 교도관1도 그 모니터를 보는데, 내부 통로 어딘가의 CCTV 화면으로 똑같은 복장의 수용자들이 교도관을 따라가고 있다.
행렬 앞쪽에 가는 수용자는 이미 CCTV 밑을 지나 뒷모습만 보이고 몇몇은 그 밑을 지금 막 지나가고 있다.

여진 여기 어딥니까??

교도관1 왜 그러세요?

S#26. 동/접견 접수실 - 아침

창구직원, 접견 신청 창구 앞에 선 동재와 시목에게 두 사람 주민증을 도로 내민다.

직원 신청하신 수용자는 지금 접견 중이고 그게 끝나도 1일 1회만 가능해서 오늘은 더 안 되는데요.

동재 아니 이 아침부터 누가 왔어, 쯧 (검찰 신분증 내밀며) 지금 거 끝나고 1시간짜리 특별면회로 갑시다, 에? 미제사건 용의자예요.

직원 (검찰 신분증 가져가서 보더니 돌려줬던 주민증까지 거둬서 일어나며) 잠깐만요, 여쭤볼게요. (가면)

동재 아 예약하고 올걸.

시목 예약해도 오전엔 가족 우선인 데다가 원래 어제 자로 예약했었는데요.

동재 (째리는)

S#27. 동/내부 통로 - 아침

S#25의 모니터에서 본 수용자들이 가고 있다.
맨 앞엔 교도관2가, 맨 뒤에는 교도관3이 앞뒤로 수용자들을 지키며 가는데,
인쇄물이 든 봉투를 들고 빠르게 오는 여진. 교도관1도 여진을 뒤따라온다.
수용자 행렬 맨 뒤에 교도관3, 여진이 오자 더 접근 못 하게 막는다.

교도관3 더 오시면 안 돼요, 누구세요?

그 말에 앞서가던 수용자들과 맨 앞에 교도관2도 멈춰 돌아보고,
수용자들, 갑작스런 여인의 등장에 노골적으로 호기심 드러내는데,
중간쯤에 선 수용자 한 명만은 돌아보지도 않고 약간 고개 숙인 채 그대로 가만 섰다.

교도관2 전방주시, 전방주시!
수용자들 (귓등으로도 안 듣고 여진 훑는데)
여진 (경찰공무원증 들어 보이는) 경찰청에서 나왔습니다.

에잇, 일거에 흥미 잃는 수용자들, 못 볼 거라도 본 양 고개 돌리는데,
중간에 수용자, 문득 고개 드는 뒷모습.

교도관3 무슨 일이신데, 뭐 조사 나오셨어요?

중간에 수용자, 천천히 돌아보며 옆모습이 드러나는데 윤과장이다.

cut to. 고개 돌리는 윤과장, 그 뒤에 아웃포커스로 보이는 여진,
윤과장 동작에 맞춰 여진 포커스가 선명해진다.
윤과장, 처음엔 놀라지만 인사처럼 입가에 미소를 담는다. 하지만 그 미소 아주 흐리다.

여진 (웃지 못하고 바라만 보는)
교도관2 자 이동합니다. 계속 이동!

교도관들 재촉에 수용자들, 꾸물꾸물 다시 발을 뗀다.
교도관2, 윤과장 등을 밀듯이 쳐서 앞을 보게 하면,
이동해야 하는 윤과장, 말없는 목례로 대신하고 발을 뗀다.
멀어지는 윤과장과 여진 사이의 거리.

교도관1 가시죠? 면회 시간 다 됐는데..
여진 (교도관1 따라서 발 돌리지만...) 잠깐만요!

윤과장도 교도관들도 멈춘다.

cut to. 통로 일각.
윤과장과 마주 선 여진. 교도관1이 근처에 있다.
교도관1을 등지고 선 여진, 뒤에선 안 보이게 손을 들어 작게 흔든다.
흰색 수형자 번호표를 단 윤과장, 자길 보고 있는 교도관1을 일별할 뿐.

여진 (뒤에 교도관1을 의식해) 음, 여기 재소자 중에 이대성이라고 알아요? 원랜 경찰인데.
윤과장 경찰 출신 있단 건 듣긴 했습니다만,
여진 그 인간 어때요? 여기서도 같은 방 사람 괴롭히고 왕따시킨다거나 그런단 얘기 돌아요?
윤과장 글쎄요, 방도 다르고 저흰 이름으론 안 불러서.. 죄송합니다.
여진 .. (교도관1에게) 죄송한데 좀, (더 떨어져달라, 손짓)
교도관1 (몇 발자국 더 물러나는)
여진 (좀 작게) 죄송은요, 제가 갑자기 물어본 건데, (겸연쩍게 웃는) 물어보는 것도 갑자기, 찾아오는 것도 갑자기죠?
윤과장 .. 바깥사람, 오랜만에 보네요.
여진 (아.. 어색해서 공무원증 줄을 계속 감는) 얼마 만이죠? 햇수로 3년인가?
윤과장 예.. 잘 지내셨어요?
여진 저는, 에, 과장님도 잘 (아 이게 아니다, 꿀꺽)
윤과장 ...

여진　(얼굴이며 마른 손이며, 몰골을 살피게 되는 눈길)

윤과장　(그 시선 느꼈다. 무색해서) 어떻게, 경위님, 잘 지내시죠? (하다) 아, 했지..

여진　.. 예, (웃는) 했어요.

두 사람, 잠시 서로 쳐다본다. 이제 서로 보고 웃지만 좀 서글프다.

윤과장　(눈길 내리다가 여진 공무원증이 눈에 들어오자) 아.. 경감님 되셨네요.

여진　예, 그때 (하다 생각해보니..) 뭐, 예.

윤과장　축하드립니다.

여진　... .. 미안해요.

윤과장　(뭐가? 하는 얼굴로 물끄러미 보다가) 혹시 얼마 전에 물품, 경위님이 아니 경감님이 보내주셨어요?

여진　무슨 물품이요?

윤과장　아니세요? 올해 초에 내복이랑 그런 거..

여진　아뇨? 뭐가 왔는데 발신자를 몰라요?

윤과장　안 씌어 있었어요.

여진　그.. 분 아닐까요? (조심스레) 전 부인께서..

윤과장　(담담히) 그 사람은 아녜요.

여진　에에. (보고 있자니 먹먹해지는) ... .. 잘 견디셔야 돼요. 몸도 챙기시고.

윤과장　경감님도요.

여진　(웃어 보이는) 나야 뭐. (탕탕 쳐 보이는데)

교도관1　(와서) 죄송한데, 앞에 신청하신 접견은 그럼 취소할까요?

여진　아뇨!..

교도관1　근데 그 접견도 지금이면 원래 끝날 시간인데요.

윤과장　.. 또, 봬요. (교도관1 쪽으로 가는)

여진　아니 저기,

교도관1　(윤과장 데려가며) 접견실 아시죠? 민원실 쪽으로 가시면 됩니다.

윤과장, 마지막으로 목례해 보이고 교도관1 따른다.
얼결에 윤과장을 보내는 여진, 잡을 수도 없고.

등을 보이며 가는 윤과장, 그러다 이쪽을 돌아보는가 싶은데,
하지만 얼굴이 미처 다 돌려지기 전에 모퉁이 돌아 사라진다.

여진 ... 필요한 거 있냐고 물어볼걸, 바보같이.
(안타깝지만 발길 돌려 윤과장과 반대방향으로 뛰어간다)

S#28. 동/접견 전 대기실 - 낮

좁은 대기실 3면의 벽을 따라 쭉 둘러진 의자에 수용자들이 촘촘히 앉았다.
나머지 한 면은 접견실로 통하는 유리문이다.
등받이 없이 긴 의자는 함부로 옮기거나 들 수 없도록 바닥에 고정돼 있다.
이 중 벽에 머리 대고 앉아 습관적으로 다리 떠는 지구대원1(이대성), 지루하다.
고개 돌리는데 바닥에 뭔가 꿈틀대고 있다. 다리가 수십 개인 지네다. 꼼짝 않고
그 움직임 보는 지구대원1, 지네가 발 근처로 온 순간 사정없이 뭉개버린다.
신발바닥을 찍 보더니 바닥에 신발을 찍찍 문질러 지네 잔해를 털어내는 지구대원1.

S#29. 세곡지구대/사무실 - 아침 (4회 S#56 직후의 상황. 2년 전)

지구대원1, 지구대원6에게 눈짓한다.
지구대원6이 망설이는데도 자꾸 을러메듯 눈짓하는 지구대원1.
그가 눈짓하는 쪽엔 송경사가 커피를 타 먹고 있다.
지구대원6이 마지못해 일어나 송경사 쪽으로 가자 난 모른다는 듯,
퇴근 전에 자기 자리 정리하는 지구대원1.

그사이 지구대원6이 쏟은 물에 송경사가 손을 데이고
백팀장이 물 치우라고 하는 소리가 오가지만
남의 일인 양 그쪽엔 신경도 안 쓰던 지구대원1, 책상에 놔뒀던 종이컵을 구긴다.
농구 슛 포즈 취하며 휴지통으로 종이컵을 던지는 지구대원1,
손등 빨게진 손으로 마대 잡은 송경사가 정수기 아래를 닦고 있는데,

바로 그 옆에 있는 휴지통으로 들어가는 종이컵.

노려보는 송경사. 지구대원1은 태연히 '골인.'이라고 할 뿐, 미안한 표정도 없다.
지구대원1 책상 옆에도 버젓이 휴지통이 있는 걸 보는 지구대원7, 아무 소리 안 한다.
지구대원1, 아무렇지 않게 순찰조끼 벗으면 경찰복에 드러나는 이름, 〈이대성〉이다.

S#30. 안양교도소/접견실 - 낮(현재)

지구대원1의 가슴팍에 이름 대신 새겨진 하얀색 수형번호.
여진, 그 수형번호를 보다 시선 올리면 수의를 입고 아크릴판 너머에 앉은 지구대원1.

지구대원1 (표정은 태연하고 온화한 미소까지 머금은) 다 알고 오셨네요.
여진 조원 여럿이 한 명을 괴롭히는데 주변에서 모르기 쉽지 않죠.
지구대원1 우리 굳이 안 숨겼는데요?
여진 (되도록 감정 안 드러내고 질문만 하는) 공개적으로 했습니까?
지구대원1 그래야 송경사가 강해지죠, 살아남으려면. 우리 일이 그렇잖아요.
여진 유흥업소에서 거둔 뇌물, 송경사한테도 나눠주려고 했나요?
그런데 송경사가 거부하고 조원들 뒷조사를 해서 빡쳤어요?
지구대원1 송경사가 어떤 사람인지는 모르고 오셨네요.
여진 알고 싶은데 기회가 없네요, 이미 이 세상 사람이 아녀서.
지구대원1 ... (또 온화한 미소) 뭣 때문에 이 세상 사람 아닌 일을 물으시는데요?
여진 조원 중에 유일하게 뒷돈 안 먹은 사람이 죽었으니까요.
지구대원1 유이한 사람이죠. 저희 팀장님도 안 먹었으니까.
여진 몇 년을 계속 한 조원들 행태를 팀장만 몰랐다고 하면 그게 팀장을
감싸주는 걸까요, 눈치 더럽게 없는 상사라고 멕이는 걸까요?
지구대원1 어차피 다 인정한 거, 뭐, 업소 16개에서 달에 500씩 거뒀습니다.
팀장님 빼고 나머지 조원 다섯이 100씩 딱 떨어지게 가르려고.
여진 ...

S#31. 경찰청/수사혁신단 - 밤(S#6 이후의 상황. 여진의 회상)

책상에 앉은 여진, 복사된 재판 진술기록을 읽는다.
구어체 그대로 기록된 피고인 진술 부분을 쭉 따라가 보는 여진의 손가락.

〈기록 C.U.〉
피고인 김수항 : 16개 점포에서 달에 500 받았습니다. 다섯이 100씩 나눠 가지려고요. 상납금은 우리 비번 날하고 업주들 휴무일에 맞춰 거둬서 팀장님은 모르시게 했습니다. 아시면 못 하게 할 게 분명해서..

지구대원1E **상납금은 우리 비번 날하고 업주들 휴무일에 맞춰서 따로 만났으니**

S#32. 안양교도소/접견실 - 낮(현재)

지구대원1 따로 만났으니 팀장님은 알 수가 없었죠. 알면 못 하게 하실 거니까.
여진 ... 저 다른 분들 만나기 전에 여기부터 왔습니다.
이대성씨 얘길 먼저 듣고 싶어서. 그때 못 한 말, 저한테 다 하세요.
지구대원1 하고 있는데요?
여진 김수항 순경. 둘이 죄목도 같고 법정진술도 짠 듯이 일치하는데 김순경은 6개월 댁은 1년 8개월. 왜 본인만 형량을 3배로 때려 맞았는지.
지구대원1 ...
여진 그때 두 분을 감찰한 데가 동두천서였죠.
김순경 삼촌이 서장으로 있던. .. 억울하지 않으세요?
지구대원1 (몸을 앞으로 기울이더니) 우리 지구대가요.
여진 (무슨 말 할까, 집중하는) 예 말씀하세요.
지구대원1 우리 지구대가 동두천에 있습니다. 그래서 동두천서가 맡았어요.
(몸 뒤로 하며 빤히 보는)
여진 (슬슬 올라오는..) 백팀장은 왜 감싸주죠? 협박당했습니까?
지구대원1 (실소 터뜨리지만 점잖은 말투) 경감님 참 딱하십니다.
아니 동료 관계가 어떻길래 같은 식구한테 협박당한단 생각을 해요?

여진 송경사 왕따, 백팀장이 시켰죠? 그 외에 또 뭘 시켰습니까?

지구대원1 하긴 경감께서도 그 자리까지 가는 동안 볼 꼴 못 볼 꼴 좀 봤겠어요?

여진 자기에 대해서 입 다물어라 말고 또 뭘 명령했어요?

지구대원1 우리 일이 워낙 빡신 데다 유혹도 많으니 뭐, 저 경감님 이해합니다.

여진 송경사를 제일 처음 발견한.. ... .. 아까부터 우리 일 우리 일 하는데, 우리 일이 뭐요?

지구대원1 알잖아요, 뭐든지 성과주의면서 하지 말란 건 많고 대민 서비스는 높이라면서 막상 우리 직무 환경은 엉망이고, 근데 유혹은 사방에 깔렸지, 솔직히요, 그냥 남이 주는 거 한 달에 백만 원씩만 챙긴다 칩시다, 그러고 한 2, 30년 있다 은퇴하면 누군 몇 억이 기냥 생기네? 근데 그거 안 받는다고 알아주던가요? 나라에서 상 줘요? 경찰도 사람인데 엄한 짓 안 하게 보상을 충분히 해주든가

여진 (더 못 참겠다. 결국) 야.

지구대원1 (뭐?)

여진 이런 것도 같은 경찰이라고 참아주려고 했더니 이게 어디서 터진 여물통이라고, (일어난다)

지구대원1도 일어나려는데,
여진이 일어났을 때 뒤에서 어라? 일어난 교도관4가 그를 제지시킨다.

여진 빵에 처박혀서도 쪽 팔린 줄 모르고 뭘 잘했다고, 니 대갈통에 똥만 처들었냐? 이게 자랑거리야 새꺄? 어디서 고생하는 동료들 싸잡아서 범죄자 만들면서 환경 탓을 하고 나라 탓을 해? 미쳐도 혼자 곱게 미치고 썩어도 여기서 혼자 썩어. 멀쩡한 사람들한테까지 썩은 물 튀기지 말고 씨. (의자 박차고 돌아선다)

교도관4 (여진이 돌아서자 지구대원1을 일으켜 세우는데)

지구대원1 (나가는 여진 등 뒤로) 어쩌나, 썩고 싶어도 인제 두 달만 있음 출손데. 좀 일찍 오시지, 한 댓 개월 남았을 때.

여진 두 달 장담 마. 만에 하나 니가 또 한 짓이 있으면 낱낱이 밝혀서 도로 썩게 해줄 거니까. 그땐 첫 빠따로 와줄게. (나간다)

S#33. 동/복도 - 낮

여진 (접견실 나오자) 아 이게 아닌데, 죽인 게 아니어야 되는데 아이...

S#34. 동/야외 벤치 - 낮

민원실 건물 인근 벤치에 앉은 동재.
비닐봉지 들고 오는 시목, 옆에 앉으며 봉지째 건넨다.
동재, 몇 개 안 되는 와중에도 마음에 드는 빵을 골라 꺼내고 시목에게 봉지 준다.
두 사람, 말없이 빵과 음료수 뜯어서 먹는다.

동재 (질겅질겅) 이럴 줄 알았으면 아침 먹고 올걸.
시목 (그냥 먹는)

잠시 그러고 있노라니 민원실을 드나드는 이들도 있고,
여기선 안 보이는 운동장에선 운동하는 소리도 들리고 새소리도 나고,
큰 나무도 있고 조경을 잘 해놓아 꽃도 많이 피었고 바람도 선선히 분다.

동재 .. 야 너랑 둘이 나와서 이러고 있으니까 꼭 옛날 같다.
시목 이런 적 없는데요?
동재 뭐가 없어? 얘가 기억력이 많이 상했네. (음료수 마시는데, 없었나?..)
시목 (다시 그냥 먹는)
동재 ... 협의회 끝나면 넌 어떻게 되는 거야?
시목 원래 부임지로 가겠죠.
동재 그럼 지금 니 자리는?
시목 누가 오겠죠.
동재 요새 한창 대검에 연구관 채운단 소리가 있던데?
시목 글쎄요.
동재 듣는 게 있을 거 아냐?

시목 형사부 전문화 방안으로 형사부 연구관을 발탁할 거라곤 하는데

동재 (말 끊고) 너도 들었구나, 총장님이 직접 말씀하신 거니까 많이 뽑겠지?
국외 연수 대상자도 선발한다던데?

시목 저는 선발 조건 같은 건 모릅니다.

동재 넌 어떻게 들어왔어?

시목 ...

동재 응? 니가 뭐 윗선에 비비고 그래서 온 건 아닐 거 아냐?
어떻게 그 먼 데서 쭉 올라왔어?

시목 우부장님께 물어보시죠?

동재 (.. 관자놀이 정도를 긁기도 하다가) 우부장님 뭐 좋아하니?
취미라든가. 골프? 라운딩 주로 어디서 하셔?

시목 모르는데요.

동재 같은 부서면서 왜 몰라? 대답에 영혼을 좀 쏟아봐!

시목 ... 내장 좋아하시던데요?

동재 뭐? (내가 이런 앨 데리고.. 하는 표정으로 보는데)

시목 (보거나 말거나 오물오물 먹는)

동재 맛있냐?

시목 빵인데 짜네요.

동재 ... .. 다시 가면 그래서 또 어딘데.

시목 원주로 가겠죠.

동재 아휴 너나 나나 참... 우리가 팽이도 아니고..

시목 형사부를 오래 한 검사를,

동재 (금세 또 귀가 쫑긋해서 쳐다본다)

시목 공안 전문검사로 선발한다곤 하지만 그래도 수도권에만 계실 순
없을 텐데요.

동재 그렇겠지..

시목 왜 대검에 오려고 하십니까.

동재 (대답 대신 퀭하니 쳐다보다가) 내가 서부에 있다가 지금 의정부야.
다음엔 어디겠냐.

시목 지방 가시겠죠.

동재 (너무 그대로 대답하자 째리는)

시목　연속해서 수도권 근무는 인제 안 된다잖습니까.

동재　너는 멀리 가도 가슴에 그게 확 꽂히고 고달프고 그런 거 없지?

시목　네.

동재　2년에 한 번씩 사람을 돌리니 애들을 그때마다 데리고 다닐 수도 없고 이러니까 와이프랑도.. 서로 뭘 하고 사는지 알 수가 있나, 이렇게 몇 번 외곽으로 돌다 보면 7, 8년 후딱 가. 그럼 애들이 벌써 몇 살이야? 중학교 때 한 번 고등학교 때 한 번 보겠어, 내 자식 얼굴을. 일이나 적어서 자주 왔다 갔다 할 수 있는 것도 아니고. 그러다 부장 되면 그땐 더하잖아, 1년에 한 번씩 바뀌니. 그 머리 터지게 공부해서 맨날 보따리 쌌다 풀렀다 이게 뭐 하는 짓인지 모르겠어. 밖에서는 뭐가 대단한 줄 아는데.

시목　지역하고 유착을 막으려면 어쩔 수 없지 않습니까?

동재　돌린다고 안 해먹냐? 할 놈은 다 하지? 왜 대검으로 오려고 하냐긴. 왜 좋은 자릴 못 가서 안달들인데, 나는 오히려 이 제도가 출세욕 없는 사람도 출세하고 싶게 만드는 거 같아. 가뜩이나 검사가 됐다는 거 자체가 출발부터 벌써 관운을 바라는 사람들인데, 그런 사람들 모아 놓고 뺑뺑이를 돌리니 중앙지검 대검을 어떻게 안 바라보겠어?

동재, 입맛 잃었다. 빵은 비닐봉지에 던져놓고 음료수도 마지막으로 마신다.
시목도 먹기를 멈추고 시계 본다.

동재　뭐 이렇게 오래 걸려?

시목　저쪽도 일반면회가 아니네요.

동재　.. 설마 면회 온 인간이 백팀장은 아니겠지? 우리 올 거라고 지금 경고해주고 있는 건 아니겠지??

시목　(동재 봤다가 민원실 쳐다보는데)

동재　(문자 온다) 끝났나 보다. (얼른 보는데) 뭐야? 접견 거부했다는데? (일어나는) 진짜 백팀장인가?

동재, 민원실로 성큼 가고 시목도 봉지 걷어 휴지통에 버리는 결 그대로 민원실로 간다.

S#35. 동/민원실 건물 입구 - 낮

동재 (들어서다) 어?

여진 (마침 나오다) 어?

시목 ?

셋 다 예상치 못한 만남이다. 특히 여진, 동재와 같이 나타난 시목을 보는 눈.. 그러다 짧게 목례하고 나간다.

동재 ... 우연인가? 용산서하곤 상관없잖아?

시목 용산서 아닙니다.

동재 (시목 쳐다보는. 그러다 여진 간 쪽으로 나간다)

시목 .. (나간다)

S#36. 동/민원실 앞마당 - 낮

여진 (차 키 꺼내며 가는데)

동재E **접견 잘 했어요?**

여진 (돌아보면)

동재, 바지 주머니에 손 넣고 꽃구경하듯 갈之자로 오고 그 옆에 시목도 온다.

여진 (대답도 안 했는데)

동재 좋겠네. 덕분에 난 허탕인데. 내가 찍은 사람을 하필 오늘 어떤 경찰이 신새벽부터 부지런을 떨고서 먼저 만나버렸다네요?

여진 네에.

동재 한경감이 시켰죠? 검찰에서 오면 만나주지 말라고.

여진 (무슨 소리야?)

시목 (동재 일별하지만, 여진에게) 이대성씨가 접견을 거부했습니다.

동재 뭘까? (여진을 지나쳐가며) 무슨 얘길 들었길래 우릴 못 만나게 할까?

여진 (뭐야?.. 계속 가는)

어쩌다 보니 앞서거니 뒤서거니 함께 걷는 양상이 돼버린 세 사람.

동재 여기까지 온 거 보면, 내가 뭔 일로 백팀장을 불렀는지도 들었을 거고, 그럼 그다음 코스는 당연히 여기일 테니까 선수 친 거지. 그쵸?

여진 의정부지검 얘긴 들었는데 대검에서도 뛰어든 건 지금 알았네요?

동재 대검 아네요? 얘 내 어시. (시목 어깨에 둘러서 팔 걸치는) 내 조수.

시목 (어깨 빼는데)

여진 (걸음 멈추는) 공식적으로는 소환할 수가 없는 거죠?

동재 (뚱해지는 표정)

여진 지검으로 소환하면 될 걸 뭐 하러 이 먼 데까지 와서 접견을 합니까, 귀한 분들이.

동재 별로 안 먼데?

여진 백팀장이야 관할경찰을 관할지검으로 부르는 거지만 확정판결까지 난 재소자를 소환하는 건 다른 얘기니까.. 검찰은 (차 키 누르고) 짐작만 있을 뿐 (차 문 여는) 아직 확실한 게 없다.

동재 내가 진짜 확실한 게 없을까?

여진/시목 (동시에 동재 쳐다보는)

동재 원하는 방향은 달라도 여기 다들, 실체를 밝혀야 되는 사람들이잖아? 서로 아는 것 좀 풉시다?

여진 뭘 아시는데요. 먼저 풀어보시죠.

동재 그쪽은 풀 게 있고?

여진 저 갑니다. (타려고 하자)

동재 백팀장도 돈 받았어, 확실해.

시목 어떻게 아세요?

동재 업주한테 내가 직접 확인했어, 근데 조원 여섯이 전부 입을 모아서 팀장은 결백하대, 한 푼도 안 먹었대. 이게 단순한 의리 같아?.. 겁먹은 거야. 왜 겁을 먹었을까? 팀장이 무슨 짓을 했길래?

시목 .. (여진에게) 면회는 어땠습니까? 이대성이 무슨 말을 했나요?

여진 말은 많이 했죠. 자기 합리화, 전부 남 탓.

(전화 온다. 발신자 보고 잠시만요, 손 들어 보이고 바로 받는다)
예! .. 아직 안양인데요.. 예. (재빨리 차에 오르는)

동재 저 먹튀! 잡아!

시목 (응? 내가?)

빠르게 후진해서 나오는 여진 차, 잡기는커녕 이를 피하는 동재와 시목.
여진의 차, 뒤로 두 남자를 남기고 달려 나간다.

동재 이건 아니지 간 게 있는데!! (하지만 멀어지는 차) 저 전화 온 거 맞아? 알람 맞춰놓은 거 아냐?

시목 부장 전화 같은데요.

동재 무슨 부장?

S#37. 경찰청/수사국장실 - 낮

최빛 (전화 중) 출발했어? 지금 바로 경기남부경찰청으로 가.
남부청 정보1계장한테 가서 내 이름 말하면 파일 하나 줄 거야.
그걸 내가 지금 찍어주는 주소로 가져와.

수사국장 (화가 머리끝까지 치민 표정으로 최빛이 통화하는 걸 보는)

최빛 안은 절대 열어보지 마. 그대로 들고만 와야 돼. (끊는)

수사국장 에이, 그걸 벌써 써먹긴 아까운데, 쯧.

최빛 어차피 깔 때 됐어요. (주소 찍느라 입력하며)

수사국장 미친놈, 지가 어딜 날 고소해?..

S#38. 여진의 차 안 - 낮

최빛E **안은 절대 열어보지 마. 그대로 들고만 와야 돼.**

여진 (표정 심각해진..)

S#39. 안양교도소/민원실 앞마당 - 낮

동재 한여진이 정보국이라고?

시목 그렇다고도.. 할 수 있죠.

동재 아 일찍 말하지, 더 뽑아먹었어야 됐는데!.. 그럼 넌 어떡하냐?

시목 제가 왜요?

동재 우부장님이 너, 대검 들키지 말랬는데 정통으로 정보국이랑 부닥쳤네?

시목 절 보낼 때 경찰이 곧 눈치챌 거란 걸 우부장님이 정말 몰랐을까요?

동재 ... (차로 가는) 부장님이 너 진짜 에이스로 믿나 보다..

시목 ?

동재 (부러움이 좀 묻어나는) 알려져도 보내는 게 낫다는 거잖아,
난 솔직히 처음엔 우리 둘을 경쟁시키려고 하시나, 그랬는데.

시목 (생각..) 그런 식으로 말씀은 하셨죠. (전화 온다. 받는) 예 경감님... 네?

동재 (보는)

시목 예... (끊는)

동재 먹튀야? 뭐래?

시목 왜 다음 코스가 당연히 여기여야 되냐고 하는데요.

동재 뭔 소리야?

시목 그거뿐이었습니다. 자기 먹튀 아니란 말이랑.

동재 (차 문 열면서 뭐지? 하는 얼굴)

시목 (역시 반추해보는데)

동재 .. 우부장님한테 내 얘기 좀 해.

시목 자주 합니다.

동재 진짜?

시목 오늘도 보고할 거고요.

동재 (이런... 됐다, 차에 타는)

시목도 거의 동시에 차에 타고 시동도 둘이 비슷하게 거는데,

동재 (창문 내리고) 너 서울 오고서 동부지검 아직 안 갔지?

언제 지검장님 뵈러 가자! 한번 뭉쳐야지!

동재가 말하는 사이 시목 전화 울린다.
전화 꺼내느라 동재한테 제대로 인사 못 하는 시목.
그런 시목 모습에 먼저 출발해서 가는 동재.

시목 (받는) 예 부장님. (하고 옆을 보면)

이미 출발해서 가는 동재. 차만 보이고 사람은 잘 안 보인다.

태하F 안양이니?
시목 네.

S#40. 시목의 차 안 - 낮

시목 예.
태하F 지금 바로 국회로 와.
시목 여의도요? 시간이 좀 걸릴 텐데요.
태하F 나도 좀 걸려. 의원회관에서 보자. (끊는)
시목 (무슨 일일까.. .. 출발하고 라디오 켠다)

광고 나온다. 돌리고 문화계 인사 인터뷰 나오자 돌리고 그러자 뉴스가 나오는데 시목, 라디오 들으면서 간다.

S#41. 국회의원회관/앞마당 - 낮

시목, 이미 도착해서 차에서 내려 있다. 폰으로 뭔가 검색 중인데.
〈휴대전화 화면〉 - C.U. 기사 내용이 보인다.
〈헤드라인〉 - 남재익 의원 채용청탁 혐의 최종 무혐의

〈소제목〉 - 1년 반 만에 검찰에서 무혐의 결론
제목 밑에는 시중은행 사진이 떠 있고, 기사의 게재 날짜 2019/03/22다.

태하의 차가 빠르게 들어와 멈춘다. 전화 중인 태하, 시목에게 타라는 손짓.

S#42. 태하의 차 안 - 낮

시목 (태하 차에 탄다)

태하 (전화) 아냐, 김부장 오늘 종일 본회의라며, 내가 할게.
어 황프로 만났어. 음. (끊는) 저 안에 남재익이라고 있어, 국회의원.

시목 방금 기사 뜬 거 봤습니다. 채용청탁이 무혐의 났다고요, 오늘.

태하 남재익이 경찰청 수사국장을 고소했어.

시목 협의회에 나온 수사국장이요?

태하 남재익이 아들을 시중은행에 불법 취업시켰다는 소문이 돌아서
본청 수사국장이 직접 수사했어. 죄가 있다고 판단해서 기소의견으로
넘겼고. 그게 1년 반 전이야.

시목 그게 오늘 최종 무혐의 난 거네요. 수사국장을 고소한 사유 뭐랍니까?

태하 표적수사. 국장이 증거가 없는데도 국회의원인 자길 미구 파헤쳤다,
정치적 음해다.

시목 남재익 의원 지금 법제사법위원회 위원장이지 않습니까?

태하 그리고 우리 선배지, 17기. 그게 표적수사를 주장하는 이유야.
수사권 조정 법안이 경찰한테 유리한 쪽으로 빠진다 해도 법사위에서
법안 통과 안 시켜주면 말짱 도루묵인데 법사위 위원장인 자기가 검사
출신이니까 그러면 경찰한테 절대적으로 불리하니까 자길 끌어내리려고
국장이 막무가내로 수사했다. 자, 감 잡았지? (내린다)

S#43. 국회의원회관/앞마당 - 낮

차에서 내린 두 사람, 의원회관으로 향한다.

시목　　국회의원이 아들을 불법으로 취업시킨 의혹을 수사국에서 수사했고 오늘 최종 무혐의가 났고, 의원은 그간의 수사가 정치적 음해라면서 수사국장을 고소했습니다.

태하　　그래 그거.

시목　　저는 여기 왜 왔습니까?

태하　　이제부터 너는 나랑 남재익이한테 가서, 난 걔를 어를 거야. 좋은 말로 다독이고 고소 취하하게. 근데도 그게 말 안 듣고 뻗댕기면 넌 옆에 있다가 내가 신호하면 형법 123조를 읊어줘.

시목　　직권남용이요? 오히려 그 반대를 알려줘야 하는 거 아닌가요?

태하　　내 말이 그거야. 의원 니가, 물론 니가라고 하면 안 되고, 의원님께서 수사국장을 직권남용으로 고소하시겠다는데 표적수사라곤 하지만

옆에 사람 지나가자 태하, 잠깐 입 다문다.

태하　　(사람 없어지자 다시 하는) 표적수사를 주장하시지만 현재 법사위 위원장으로 잘 재임하고 계시지 않냐, 애초에 직권남용이란 게 입증하기 모호한 걸 잘 아시는 율사 출신 의원님께서 괜히 고소했다간 본전도 못 건진다, 정확히 짚어서 분명히 말해줘.
법사위 위원장 임기가 길지도 않은데 경찰 수사국장을 고소했다간 정말로 위원장에서 밀려난다, 이것도.

시목　　고소를 하면 경찰도 막무가내 수사가 아녔단 걸 증명하려고 더 철저히 뒤질 텐데 그러다 정말 취업청탁이 까발려져도 괜찮냐고 묻진 않고요?

태하　　(무섭게 한 번 보는) 시키는 것만 해.

시목　　네.

의원회관 정문으로 들어가는 두 사람.

S#44. 동/1층 로비 - 낮

태하와 시목, 가방을 검색대에 올려놓고 검색대 통과한다. 승강기로 간다.

S#45. 동/3층 복도 - 낮

대리석 복도. 빛이 반사되는 그곳에 울리는 발소리. 빠르게 드리우는 그림자.
복도 높은 곳에 달린 검은색 명패에 포커스 맞춰지면, '310 남재익 의원'
명패 밑에서 포커스아웃 된 태하, 짧고 굵은 노크 한 번. 바로 들어간다.
시목도 따른다.

S#46. 동/남재익 의원실 - 낮

들어서면 다수의 보좌관, 비서관, 비서들 책상이 가장자리를 쭉 둘렀는데,
가운데 둥그런 탁자에 앉아 있던 사람과 눈 마주치는 태하와 시목.
탁자에 앉았던 사람도 둘을 본다. 여진이다.
서류봉투를 무릎께에 올려놓고 두 손으로 잡고 있던 여진,
어, 하는 표정. 먼저 태하를 그 뒤에 시목을 본다.
시목도 멈춘다.

여진 ... (일어난다. 눈은 떼지 않고 고개만 움직여 태하에게 목례)
태하 (여진이 있든 말든 보좌관에게) 의원님 계시죠?
보좌관 죄송하지만 지금은 어렵습니다, 부장님. 말씀 전해드리겠습니다.
태하 잠깐이면 됩니다.

보좌관뿐 아니라 다른 이들도 다 일어난다. 전부 막을 태세인데,
보좌관 자리 전화 울린다. 이를 받은 보좌관 '예, 예.' 짧게 두 번 하고 끊는다.

보좌관 (여진에게) 들어오시랍니다.
태하 같이
보좌관 (몸으로 막아서는) 죄송합니다.

여진 (몸을 돌려 의원실로 향하는데)
태하 (거의 동시에 큰 소리로) 저 우태하입니다, 의원님!

그러자 안에서 울려나오는 큰 소리.

남의원E **들여보내지 마!**

여진, 움찔하지도 않는다. 그대로 문 열고 의원 집무실로 들어간다.
태하와 시목이 선 곳에선 여진이 문을 열었어도 안에 가구만 얼핏 보인다.
시목도 태하도 돌아보지 않는 여진, 그대로 들어가고,

S#47. 동/남재익 의원 집무실 - 낮

문으로 들어오는 여진, 그 뒤에서 이쪽을 보는 집무실 밖 태하와 시목.
여진이 닫는 문에 사라지는 두 사람.

S#48. 동/남재익 의원실 - 낮

닫히는 문. 태하, 입을 꽉 다물고 섰더니 갑자기 의원실을 나간다.
시목도 비서실 사람들에게 짧게 목례하고 나간다.

S#49. 동/3층 복도 - 낮

시목 (태하보다 몇 걸음 뒤에 나오는데)
태하 (시목 잡으며) 너 한주임 알지. 같이 특임도 했잖아? 잘 알지?!
시목 네.
태하 걔 분명히 혼자 안 왔어, 수사국장한테든 최빛한테든 뭔가 갖고 온 거야. 손에 들고 있던 거, 봉투 안에 든 거, 뭔지 알아내.

시목　(태하가 잡은 어깨를 뒤로 물리는데)

태하　(가뜩이나 커다란 손으로 콱 잡는) 반드시 알아내. 대답해!

시목　... ..

S#50. 동부지검/검사장실 - 낮

차장검사　원랜, 서류도 통과 못 한 탈락자들이 분당지점에 신입으로 들어왔단 소문이 은행 내부에 돌면서 시작됐답니다. 남부경찰청에서 착수했고 불법으로 취업청탁 넣은 몇몇이랑 그걸 받아준 은행 임원이 기소의견으로 류프로가 있던 성남지청에 넘어왔고요.

원철　그쪽은 기소돼서 항소심 중이고.

차장검사　근데 그때 신입 중에 남재익 의원 아들도 있었는데 실은 첨부터 얘가 몸통이다, 나머진 쩌리다, 이 소문이 계속 커지면서 남재익까지 수사가 확대됐습니다. 문제는 남부경찰청을 어떻게 믿고 또 맡기냐, 딴 애들 점수 조작한 거 뒤질 때 남재익 것도 나왔을 텐데 남부청이 일부러 고것만 쏙 빼놓은 거 아니냐, 이런 논란이 제기되면서 남부청 대신 경찰청 수사국이 개입됐고 그게 이번에도 류시영한테 배정됐답니다.

원철　경찰청 결론은 뭐였는데.

차장검사　기소의견이요. 근데 류프로가 저한테 보고한 바로는 혐의를 입증하기엔 경찰 조서에 미흡한 부분이 있었답니다.

원철　어디 기자들 앞에서나 써먹는 소릴, 걔 입장 발표한대니? 남재익이 그때 예산결산위원회 간사였어, 예결위 간사 아들이 은행엘 취직해, 그러더니 걔가 원랜 서류심사도 떨어졌는데 대졸 공채가 됐다, 직원들 사이에서 말이 돌아. 이게 진짜 아니 땐 굴뚝이라고?

차장검사　류프로가 여러 군데서 전화를 받은 모양입니다. 대검에서도 연락이 왔다고 하고요.

원철　(행태에 한숨)

차장검사　처음엔 수고가 많다로 시작해서 결론은 다들 가만있어라, 였답니다.

원철　(창문 쪽으로 몸을 트는...) 그때가 언제야.

차장검사　작년 7월이요. 아무튼 류프로 말은 이겁니다. 자기는 남재익이를 수사하던

도중에 우리 지검으로 발령이 났다. 후임한테 다 주고 왔으니
시작은 자기가 했지만 무혐의 낸 건 후임이니까 의원이 누굴 고소하든
그래서 경찰이 어떻게 나오든 자기 때문에 저희 동부지검이 곤란해질
일은 절대 없다고요, 검사장님.

원철 ...

차장검사 어디서 전활 받았느니 그딴 소리 오늘 이후론 절대 하지 말라고
류프로한텐 제가 일렀습니다.

원철 (그 말에 창문에 반사된 차장검사를 보는) 그러니 애들이 뭘 배워..

차장검사 애들이 배울 게 없는 게 전화한 인간들입니까, 입 닥치라고 한 접니까?

원철 (대답 대신 여전히 창밖 보며) 작년 7월 대검이면.. 우태하네.

차장검사 남의원이.. 17기인데 우부장일까요? 기수가 너무 까마득한데요.

원철 (이제 돌아보는) 왜 가만있으라고 했겠어. 덮어줘야 아들자식은 은행에
출근하고 애비는 법사위원장에 앉고 그래야 대검에서 주무르지.
(여기까지! 하듯 성큼 책상으로 가는) 우리랑은 관계없어, 끝!

차장검사 예!

S#51. 뷰티살롱 - 낮

화장대 거울 프레임을 따라 자리한 금빛 조명.
화장대엔 수많은 메이크업 제품이 전시회처럼 펼쳐졌다.
거울 앞 화장대 자리에 앉은 이, 연재다.
연재 얼굴 위를 조심스레 오가는 브러시, 머리카락 한 올 한 올 정리하는 디자이너들.
아늑하고도 화려한 곳에서 정성스런 서비스를 받는 것이 너무나 당연하고 익숙한 연재,
화장에 잠시 감았던 눈을 뜨면, 조명 반사된 눈동자는 별보다 빛난다.
그 모습이 화장대 거울에 비쳐지는데,

S#52. 호텔/스카이 바 - 저녁 무렵

손님은 하나 없는 넓은 홀. 테이블, 꽃 장식, 소품들 정리하느라 바쁜 직원들.

전화 받던 매니저가 얼른 끊으며 '올라오신대!' 하면 직원들, 정리 끝내고 도열한다.
잠시 후, 완벽한 성장을 마친 연재가 들어선다. 직원들 일제히 인사하고.
연재, 매니저 안내에 따라 호텔 상층부 전면에 둘러진 통유리 자리로 간다.
박상무는 여기까지만. 통유리 자리까지는 따라 들어가지 않는다.

창가 자리로 들어선 연재. 발아래에는 눈부신 노을과 야경이 펼쳐졌다.
이제 막 저무는 하루 해가 그려놓은 형형색색이 유리에 반사된 연재와 겹쳐 보인다.
하지만 노을 보지 않는 연재, 딱히 어느 것도 보지 않은 채 창가를 향해 선 채다.

S#53. 국회의원회관/3층 복도 + 3층 계단 난간 - 저녁 무렵

3층에 위치한 남재익 의원실. 거기서 위로 있는 3, 4층 사이 난간에 태하와 시목 보인다.

cut to. 돌난간에 우뚝 서서 의원실을 주시하는 태하, 시목.
곧게 뻗은 3층 홀이 그들 발아래 길게 펼쳐졌다.

태하 .. 이 좁은 땅에 정보경찰만 3천4백 명이야. 그 인원이 매일 모으는 정보가 모조리 최빛한테 올라와, 수사뿐 아니라 민간사찰, 대공분야까지 전부. 저 안에 있는 게 수사국장은 아닐 거야. 나라면 날 고소한단 인간한테 바로 안 튀어와. 최빛이 한주임을 시켜서 뭔갈 갖고 왔어, 남재익이 약점을, 의원이 켕겨하는 뭔가를. .. 뭐가 됐든 (시목 보는)

시목 ..

태하 알아 와. 법사위원장이 경찰 손아귀에 들어가면 안 돼. (다시 아래 본다) 여론 때문에 우리가 협의회에선 경찰한테 좀 양보한다 해도 법사위에서 막으면 수사권 조정안은 국회 근처도 못 가.

시목 법안이 국회에 상정되는 방식은 다양합니다.

태하 국회를 통과하는 방식은 표결뿐이지, 찬, 반.
사법고시 출신 현역 의원이 지금 이 안에 마흔여덟 명이야,
경찰 출신은 일곱. 김사현이 왜 매일 여길 와서 점심을 하는데?

시목 뭘 얼마나 무마시켜주셨나요.

태하 !

시목 나가서 기자들을 만나셔야죠, 전국에 경찰을 대표해서 협의회에 나온, 것도 그중에 제일 고위급인 국장이 부당수사를 하다 고소당했다, 널리 알리셔야죠. 부장님께선 고소를 막을 게 아니라 부추기셔야죠.

태하 조용히 해라?..

시목 수사권 조정 문제는 검찰한테 영토 문제하고 같다고 하셨습니다. 굳이 건드릴 필요가 없다고요. 국장이 고소당하면 협의회도 브레이크가 걸릴 거고 그럼 영토 문제는 가라앉는 것 아닙니까? 아예 정지시킬 수도 있겠네요, 고소가 진행돼서 새롭게 조사하다 보니까 이번엔 검찰 쪽 부장까지 의원 비리를 덮어준 게 드러나서 검경협의회가 엎어진다, 이걸로요. 불명예스럽지만 자연스럽게.

태하 야. (주변에 듣는 귀는 없지만 혹시나 돌아보며 한발 다가오는데)

시목 부장님께선 남재익 의원 무혐의에 직접 개입하셨습니다. 그게 고소당한 수사국장은 안 튀어 와도 부장님은 즉시 왔어야 했던 이윱니다.

태하 (위압적으로 보는데.. 돌연 표정 풀어버린다. 너무나 가볍게) 아냐. (바지 주머니에서 손 빼고 난간 짚는. 그 상태로 아래 볼 뿐)

시목 경찰이 법사위원장을 손에 넣는 방법으로 지금 저 안에서 압박을 택했다면 검찰은 이미 훨씬 전에 구워삶는 쪽을 택했나요?

태하 (아래를 보며 싱긋 웃을 뿐 더 이상 상대 않는다. 여유롭다)

그러나 이때 울리는 문자 알림음에 태하가 전화 꺼내서 보는데,
시목 눈에 얼핏 뜬 발신자 '의정부 서동재'다. 태하, 신경질 내며 확 끊어버린다.
시목 앞에서 유지하던 평정이 잠시 깨졌고, 시목은 이를 지켜보는데
남재익 의원실 문 열린다. 시목, 태하 시선 그리 쏠리는...
여진, 최빛 나온다.

태하 (낮게) 빈손.

시목 (역시 아무것도 안 들린 여진 손 보는)

태하 인맥도 능력이야. 써먹어.

cut to. 최빛과 여진, 태하가 있는 3층 난간을 등지고 긴 홀을 간다.

최빛 봉투 안에, 봤지.

여진 아니요.

최빛 그런데 아무것도 안 묻는다?

여진 나중에 말씀드리겠습니다.

최빛 (알 수 없는 대답에 여진 보는데)

소리E〉 (대리석을 울리는 구두소리 탁, 탁, 탁)

최빛, 여진, 동시에 돌아보면,
먼저 태하가, 두어 칸 뒤에선 시목이, 계단을 내려오고 있다.
몸을 튼 채로 서서 이들을 지켜보는 최빛.
계단 아래까지 다 내려온 태하, 나 여기 있소 하는 자세로 최빛을 향해 멈추고.
정면으로 돌아서지 않는 최빛, 몸만 반 정도 돌린 그대로 쳐다볼 뿐.
그리고 각각의 옆에 선 여진과 시목.
경찰과 검찰로 갈려 서로를 향해 선 네 사람에서 엔딩.

6회

정말 양심에 걸린다면 그래서 니가 괴롭다면,

그래 나가서 다 밝혀.

니가 옳은 일 하겠다는데 내가 어떻게 말리겠니,

지금 나가서 까.

S#1. 경기남부경찰청/정보계 - 낮

여진, 한가하지도 너무 바쁘지도 않은 경찰들 사이를 움직여 간다.
'정보1계' 푯말 보인다. 계장 자리까지 가서 이동 멈춘다.
정보1계장, 고개 든다. 위에서 그를 보고 있는 이를 향해 치켜드는 눈.

여진 (1계장 파티션에서 내려다보고 있는) 최빛 단장께서 보내셨습니다.
(이미 손에 꺼내놨던 본인 명함 책상에 놓는)
1계장 (눈빛 미묘하게 달라진다. 명함에 눈길만 줬다가 다시 여진에게로)

cut to. 정보계를 빠져나가는 여진.
저 뒤 배경에 이쪽을 응시하는 정보1계장 섰다. 유선전화를 거는 모습.
여진 얼굴, 어깨, 팔을 타고 내려와 손을 비추면, 서류봉투 들렸다.
주소 쓰는 윗면이 아니라 아무 인쇄 없는 밑면이 보이도록 들었는데,
서류를 넣고 입구에 달린 실을 동그란 종이단추에 감아 닫아걸도록 돼 있는 봉투다.
여진의 손, 박자를 타듯 봉투를 앞뒤로 움직이며 가고 있다.
봉투 안에 있는 뭔가가 그 동작에 따라 움직인다.
각도가 바뀔 때마다 앞으로 쏠렸다 뒤로 쏠렸다 하는 것이, 매우 작고 가벼운 물건이다.
움직일 때마다 스륵 쓸리는 소리, 여진 귀에는 커다랗게 울린다.

눈은 앞을 보며 걷고 있지만 모든 감각은 봉투 속 움직임을 향한 여진.

S#2. 여진의 차 안 - 낮

운전석에 오른 여진, 조수석에 서류봉투를 툭 놓는다.

최빛E **안은 절대 열어보지 마.**
여진 (봉투 보는)
최빛E **그대로 들고만 와야 돼.**
여진 (.. 벨트 매고 시동 켠다)

S#3. 국회의원회관/복도 - 저녁 무렵

남재익 의원실에서 나오는 최빛과 여진.
그 뒤 위쪽으로 보이는 계단참에 흐릿한 두 개의 형체는 태하와 시목이다.
최빛과 여진, 태하가 있는 3층 계단을 등지고 긴 홀을 간다.

최빛 봉투 안에, 봤지.
여진 아니요.
최빛 그런데 아무것도 안 묻는다?
여진 나중에 말씀드리겠습니다.
최빛 (알 수 없는 대답에 여진 보는데)

뒤에서 울리는 구두소리에 최빛과 여진, 동시에 돌아본다.
계단을 다 내려와 그들 앞에 서는 태하와 시목.

태하 (급할 것 없다는 표정. 일부러 턱을 살짝 쳐들고 경찰들 보는)
최빛 (정면으로 보지도 않고 여전히 몸만 좀 튼 채 별 관심 없다는 표정)
태하 흥. (보란 듯이 남재익 의원실로 향하는데)

최빛 (니가 먼저 움직이게 놔둘쏘냐, 하듯 거의 동시에 자리 떠버린다)

여진 .. (곧 최빛을 따른다)

태하는 이제 의원실로 들어가고 시목, 여진 가는 쪽 보는.. 발걸음 뗀다.

S#4. 국회 앞 도로 - 저녁 무렵

도로를 달리는 차량 중에 여진과 최빛이 각각 운전하는 차가 있고,
좀 떨어진 뒤에 오는 시목의 차도 있다.
여진과 최빛, 시목 차가 쫓아오는 것 같아 신경 쓰인다. 돌아보거나 리어뷰미러로 보는.
두 대의 경찰들 차가 앞뒤로 나란히 좌회전 차선에 서는데,
그 오른편 직진 차선에 와 서는 시목의 차.
경찰들, 옆 레인 시목 차를 보게 된다.
그러다 직진과 좌회전 동시신호 떨어지면
여진과 최빛의 차는 좌회전하고 시목의 차는 직진해 앞으로 나간다.
그렇게 벌어져서 가는 경검의 차량.

S#5. 국회의원회관/남재익 의원 집무실 - 저녁 무렵

여진이 가져온 서류봉투를 여는 남의원, 이미 얼굴이 시뻘겋다.
종이단추에 꽁꽁 묶은 실을 풀다 성질이 나 위를 부욱 찢어버리고 봉투 거꾸로 세우면
툭 떨어지는 USB. 남의원, 손바닥에 든 그것을 차라리 안 보고 싶지만..
소파 자리에서 일어난 남의원이 소파 너머 책상으로 가 노트북에 USB를 꽂는 사이,
입구가 찢겨진 채 소파 탁자에 놓인 서류봉투, 주소 쓰는 겉면이 위로 놓였는데
겉면에 경찰 마크가 찍혔고 〈경기남부경찰청〉 로고가 선명하다.

S#6. 경기남부경찰청/외경 - 밤

S#5의 마크, 글씨체와 똑같은 〈경기남부경찰청〉 표시가 상단에 큼지막이 붙은 건물.
이를 올려다보고 있는 시목, 건물로 간다. 중앙 문으로 들어가는데,

Insert〉 - 5회 S#46. 국회의원회관/남재익 의원실
여진은 혼자 의원 집무실로 향하고,
태하는 '저 우태하입니다, 의원님!' 하던 바로 그때다.
내내 아무 표시 없는 봉투 밑면이 보이게 들었던 여진이 의원실로 몸을 트는 찰나,
여진을 따라 봉투도 각이 틀어지면서 주소 쓰는 윗면이 찰나에 노출되는데,
이때 확연히 보이는 경찰 마크와 〈경기남부경찰청〉 로고.
남의원이 안에서 "들여보내지 마!" 호통하는 바람에 모두의 시선은 집무실로 쏠리지만
시목만은 봉투에 찍힌 글씨를 보고 있다.

S#7. 동/1층 로비 - 밤

ID 카드 찍는 보안게이트를 경계로 나누어진 로비.
로비 벽에 붙은 층별 부서 〈경기남부경찰청〉 안내판 앞에 서서 이를 보는 시목.
지하부터 5층까지 각종 부서에 XX실이 수십 개고 화살표 따라 별관도 있다.
시목, 이 중에 어디로 여진이 왔을까.. 그러다 안내판에 3층을 보는 눈.
그 시선 따라 안내판 C.U.하면 차례대로 커지는 〈정보1계, 정보2계, 정보과장실〉 글자.

태하E　**이 좁은 땅에 정보경찰만 3천4백 명이야.**
그 인원이 매일 모으는 정보가 모조리 최빛한테 올라와.

하지만 정보계 옆에 써진 보안계로 옮겨지는 시목의 눈길. 1층에는 또 수사계도 있다.
이 중에 어디일까, 가늠하는 시목 뒤로 다급한 발소리 들린다.
시목, 돌아보면 여진이다.

S#8. 동/1층 로비 - 낮(시목의 상상)

조금 전 시목이 들어온 중앙 문으로 여진이 급히 들어온다.
여진이 ID 찍고 보안게이트까지 통과하는 걸 지켜보는 시목.

cut to. 게이트 통과한 여진, 때마침 도착한 승강기에서 사람들 내리자 빨리 가는데,
어느새 뒤에서 따라오는 시목.
여진 서둘러 타고 시목도 함께 탄다.

S#9. 동/승강기 안 - 낮(시목의 상상)

사람들 많다. 마지막에 탄 여진, '실례합니다.' 층수 누르려 사람들 사이로 손 뻗고,
옆에 시목, 그 손이 어디 닿는지 어느 층 버튼을 누르는지 봐야 하는데,

경비E **무슨 일로 오셨어요?**

S#10. 동/1층 로비 - 밤(현재)

여전히 안내판 앞에 선 시목, 그 옆에 와 선 경비.

경비 어디 찾으세요?
시목 저도 그게 알고 싶네요. (목례. 스르르 중앙 문으로 간다)
경비 에에..? (의심스러운 눈길로 끝까지 쳐다보는)

S#11. 동/시목의 차 안 - 밤

시목, 차에 오른다. 가방에서 노트북 꺼내 켠다.
잠시 생각하다 부팅된 노트북에서 인터넷 포털 창에 '경기남부경찰청' 서치하면
경기남부경찰청 공식 홈페이지, 위치 지도가 제일 위에 뜨는데 이런 건 지나치는 시목,
스크롤 내려 뉴스 기사를 본다.

뉴스 제목들 - 〈경비계 XX 경위 부친상〉 〈경기남부경찰청 홍보단 기념촬영〉 등 주로 내부 소식들이다.
이 화면에서 〈뉴스 더보기〉를 누르면,
여전히 〈남부경찰청 수사 요원들에게 새로운 인권 교육 실시〉
〈주민들 위해 경찰청 견학 프로그램 개설〉 같은 제목들이 뜨는데,
쭉 훑다 기사 하나를 클릭하는 시목.
기사 제목 - 〈경기남부경찰청 지능범죄 수사대 경산그룹 임직원 검찰에 송치〉
'경산그룹 임직원 도박장 개설, 운영'이란 소제목의 기사.

시목, 기사 보면서 수첩에다 메모한다.
그룹명, 임원 이름, 도박장, 날짜 정도의 간단한 키워드만 적는 손길.
메모 끝나면 계속 기사 검색하고 그러다 다른 기사 클릭.
이번 기사도 역시 화면에 뜨는데, 〈마약 투약 혐의 의사 체포〉 기사다.
키워드 메모하는 시목.

시목 (전화 진동 울린다. 동재다. 계속 검색하느라 스피커폰으로 받는다) 예.

동재F 먹튀 아닌 거 인정.

시목 예?

S#12. 의정부지검/동재의 검사실 - 밤

홀로 일하는 동재, 넥타이도 느슨하게 풀고 셔츠 소맷귀도 훌훌 말아 올렸다.
통화하면서도 골무 낀 다른 손으론 서류 검토 중이다. 책상에 서류도 많다.

동재 안양교도소가 다음 코스인 게 왜 당연하냐고 했잖아, 낮에 한여진이. 그 말이 무슨 뜻이겠냐?

시목F 김수항 순경이요?

동재 (일하던 손 멈추는. 입이 약간 삐죽 나온다)

시목F 여보세요?

동재 (부루퉁) 너 어떻게 알았어.

시목F 안양교도소가 백팀장 다음 코스인 게 당연하지 않단 건 안양에 수감된 사람보다 더 핵심 인물이 있다는 뜻일 테니까요.

동재 (더 부루퉁해지는)

S#13. 경기남부경찰청/시목의 차 안 - 밤

시목 백팀장은 저희가 이미 만난 후니까 그다음으로 핵심 인물이 될 수 있는 건 송경사 시신을 처음 발견한 김순경이겠지요.

동재F 얌마 그래서가 아니고! 김순경이 동두천경찰서장 조카야.

시목 (검색하고 메모하던 손 멈춘다)

동재F 이놈을 찾아야 돼. 거주지가 불분명한 게 더 수상해.

시목 사람 찾는 건 경찰이 더 빠르지 않을까요.

동재F 그랬다가 또 한여진이 선수 치라고? 누가 먼저 찾아내는지 봐. (끊는)

시목 (끊고 검색 작업 계속한다)

S#14. 의정부지검/동재의 검사실 - 밤

동재, 검토한 서류뭉치를 계장 자리에 갖다 놓고 다시 앉기 바쁘게 새 서류 펼치는데, 휴대폰 울린다. 발신자 - 〈심의섭 부장님〉이다

동재 (잽싸게 받는) 예 부장님!

의정부부장F (살짝 혀 꼬인) 어어 서프로, 지금 좀 나올 수 있어?

동재 예 어디신데요?

의정부부장F 여기 그 뭐냐 여기 플레이 가라오케. 좀 와. 넌 술 안 마셨지?

동재 마셨어도 또 마셔야죠, 부장님께서 불러주시는데.

의정부부장F 아니 와서 마시란 게 아니라 지금 동문회 중인데 아씨 또 2찰 가자네? 근데 지검 애들 거의가 여길 와 있으니 맨 정신에 운전할 사람이 없어.

동재 아 운전이요.. 지금 바로 갑니다. (끊는)

말과는 달리 바로 일어서지 않는 동재... .. 할 수 없다.
소맷귀 정리하고 넥타이도 바로 매면서 일어나는. 차 키도 챙긴다.

S#15. 호텔/스카이 바 - 밤

유리에 반사된 연재 이미지가 창 너머 보이는 하늘 위로 겹쳐 보인다.
발아래 펼쳐진 눈부신 야경은 이젠 노을은 사라지고 완전히 어두워졌다.
연재 뒤의 홀은 손님 하나 없이 고요하다. 그렇게 얼마나 있었을까,
연재 뒤로 웨이터가 어른대더니 안내받아 들어오는 남자.
유리창에 비치는 그 모습, 성문 사장 김병현이다.

cut to. 지금 들어온 성문 사장의 시각으로 본 모습.
등지고 선 연재, 그 너머 창문에 비치는 연재 얼굴.

성문사장 ...
연재 .. (돌아선다)

시선 닿는 두 사람.

성문사장 ... (가볍게 뒤에 홀을 보며 툭) 여기 원래 복잡한데.
연재 치웠어. (앉는다)
성문사장 어떻게 지냈어? (편하게 앉는)
연재 알잖아, 내가 어떻게 지내는지. 들었잖아, 라고 해야 되나?
성문사장 (픽 웃지만) 내가 누구 통해 듣는지 다 알면서 날 왜 만나재.
연재 언제부터 이렇게 상도가 없어지셨나, 궁금해서.
같은 기업인끼리 경쟁사 주식은 안 건드리잖아? 무슨 의도야?
성문사장 의도는, 투자. 한조 주식이 한때 워낙 바닥이었어야지. 그렇다고
초일류기업 한조가 망할 것도 아니고 아니나 다를까, (연재 쪽에 손짓)
덕분에 쭉쭉 오르지, 내가 캐쉬가 급한 사람도 아니지, 놔두고 있어.
연재 나는 돈이 없어서 성문 주식을 안 샀을까?

성문사장　돈 없단 소리 들리던데?

연재　(아주 조금 있던 웃음기나마 사라지는데)

성문사장　물론 정말로 자금줄이 마르기야 했겠어? 돈 없어서 추징금 못 낸다고 나라 상대로 소송 중이신데 회장님 경영권 방어에는 펑펑 써대면, 나라에서 이연재 회장님 주머니 좀 다시 보자고 할 거 아냐. 쪼들리는 척하느라 힘들지?

연재　(바깥쪽은 보지도 않고 손만 가볍게 들면)

웨이터, 그 즉시 샴페인 갖고 들어온다.
연재도 성문 사장도, 웨이터를 짧게 보기만 할 뿐 잔 같은 건 잡지 않는다.
웨이터, 샴페인 따르고 바로 나가면,

성문사장　술이나 마시자. (잔 잡는) 오랜만인데.

연재　술부터 마시자. (가볍게 잔 부딪히는)

크리스털 잔 부딪히는 소리. 한 모금씩 하는 두 사람, 잠시 말 없다가...

연재　내가 어떻게 했음 좋겠어?

성문사장　(웃는) 뭘 해?

연재　언제까지 이성재하고 붙어 다닐 거냐고.

성문사장　나 원래 성재형하고 친했어. 안 친했다 해도 없는 친분도 만들겠지. 미래에 한조그룹 회장이 될 사람인데.

연재　나는.

성문사장　너 뭐. 너야말로 내가 어떻게 했으면 좋겠냐.

연재　날 한 사람의 기업인으로 봐줘.

성문사장　(보기만 하는데)

연재　네 말대로 완전 바닥이었어, 아버지 구속되고 나서 한조 이미지나 주가만이 아니라 실질지수가 엉망이었다고, 자본이익률은 1/3로 쪼그라들었고 유동성 확보도 어려웠는데 그걸 내가 살렸어, 이만큼 끌어왔어.

성문사장　알아.

연재　1분기 영업이익이 4조 3200억이야, 아버지 계실 때부터 포함해서

2015년 2분기 이후에 최고라고!

성문사장 이회장,

연재 (O.L) 여자 회장 위상 세우려면 저런 년 정신 상태부터 뜯어고쳐라.
남편 죽고 애빈 감옥 가서 동정표로 회장 됐으면 적당히 날뛰어야지.

성문사장 (표정 굳는)

연재 아줌마 맨날 드라마만 처보니까 회사가 쉬운 줄 아네,
인제 연하남 본부장이랑 연애만 하면 되냐?

성문사장 그만해.

연재 이해가 안 되네요. 오너가 단지 여자라고 편들어줘야 되나요?
외국 투자가들한테 웃음거리 되고 국가 이미지 망치기 전에 물러나요.

성문사장 그만하라고! 그런 걸 왜 읽어 쓸데없이!

연재 너네 뉴스에 달린 거잖아! 내가 남편이랑 짜고 아버지 몰아내고
회사 뺏었다는 성문 기사에 댓글!

성문사장 알지도 못하는 것들이 씹어뱉는 게 뭐라고 신경 써!

연재 (이제 가만히 바라보는)

성문사장 (화가 난 건지 속상한 건지 알 수 없는 얼굴이다)

연재 투자라고 했지? 그럼 이익을 봐야 되잖아? 날 기업인으로 봐줘.
기업가로 평가해서 성문일보가 이연재 편인 게 유리할지 아니면 계속
이성재일지, 너도 회사를 책임진 대표로서 판단해.

성문사장 .. .. (심각한 시선 거둬버리더니 웃음으로 때워버린다)
기업인으로 보기엔 입술이 너무 빨갛다, 야.

연재 (냅킨 잡아 입술로 가져간다)

세게 문질러버리는 입술. 벌겋게 번지는 립스틱.
성문 사장, 말리려 손이 반쯤 들리는데,
거기서 멈추지 않는 연재, 눈, 얼굴까지 세게 문지른다.
얼굴이 일그러져도 아랑곳 않고 그토록 공들여 했던 화장을 지워낸다.
성문 사장, 이젠 말리거나 뭐라고도 않고 쳐다보기만 한다.
이윽고 냅킨 쥔 연재 손이 내려진다. 손 놔버리면 바닥에 떨어지는 얼룩진 냅킨.

연재 (입술은 붉게 번졌고 검은 눈화장 얼룩진 얼굴로 응시하는)

성문사장 ... (야경이 빛나는 창턱에 걸터앉는다. 연재를 등졌다)
연재 ... .. 우리 아버지 어떤 상태야?
성문사장 (홱 돌아본다. 뜨악함 반, 황당함 반)
연재 어떤 상태야.
성문사장 (왠지 상처받은 얼굴이 된다)

S#16. 동/바 입구 - 밤

고요하다. 입구에 세운 작은 알림판에 '죄송합니다. 금일 영업 종료입니다.'라고 한글과 영어로 써놨다.
박상무, 안락해 보이는 소파지만 깊지 않게 무릎에 양 팔꿈치를 대고 앉았다.
그의 시선은 적당한 거리로 떨어진 자기 두 발에 머문다.
적막을 깨고, 대리석을 누르는 하이힐 소리 가까워온다.
고개 드는 박상무, 자리에서 일어나다 멈칫한다.
화장 얼룩지고 번진 연재가 똑바로 온다.
박상무, 비록 잠깐 멈칫했지만 그대로 일어나 기다린다.
연재가 오면 먼저 승강기로 가는 박상무, 하강 버튼 누른다. 바로 열리는 승강기.

S#17. 동/승강기 안 - 밤

연재가 먼저 타고 박상무 탄다.
당연히 1층 버튼으로 향하던 박상무의 손가락, 잠깐의 멈춤 뒤에 지하 3층 버튼 누른다.

박상무 (전화 거는.. 상대가 받으면) 차 두고 들어가. 회장님 내가 모셔. (끊는)

조용한 승강기 안. 그런데 곧 알림음과 함께 어느 층엔가 선다. 두엇의 외국인 타는데,
박상무, 시선은 앞에 둔 채 발만 한 걸음 옮겨 연재 앞에 선다.
타인의 눈에 연재가 안 보이도록 막듯이 선 박상무.
연재, 박상무 움직임에 짧게 올려봤다가 시선 내리면,

연재 앞에 굳건히 선 박상무 등 정도에 연재 시선이 가닿는다.
소소히 얘기하는 외국인들 뒤에서 두 사람, 그렇게 내려간다.

S#18. 동/지하주차장 입구 - 밤

주차장 출구를 돌아 나오는 연재의 차.

S#19. 연재의 차 안 - 밤

운전하는 박상무 뒤에 연재, 거울 없이 클렌징티슈로 번진 화장을 지우고 있다.
호텔을 끼고 크게 턴하며 도로에 합류하는 차.
차창 밖에 방금까지 연재가 있었던 호텔이 보이지만 차가 달림에 따라 뒤로 물러난다.
상층부에 불빛이 환한데..

S#20. 호텔/스카이 바 - 밤(방금 전. 연재의 회상)

연재 (가방 든다. 성문 사장과의 자리를 떠나려고 몇 걸음 떼는데)
성문사장 (연재 뒤에서 이쪽을 바라보는 모습 보인다) 돌아가고 싶니?
연재 (보는)
성문사장 남편이 있고 넌 그 옆에만 있으면 되던 때로 돌아가고 싶어?
연재 ...
성문사장 난 있어, 돌아가고 싶은 때.
연재 언제?
성문사장 (대답 대신 바라보기만 하는)
연재 ... ..

연재, 성문 사장에게 천천히 다가간다.
성문 사장, 다가오는 연재를 보는 눈만 움직이는데,

연재, 한쪽 팔을 그의 어깨에 둘러 안아준다.
그러곤 다독인다. 애정보다는 위로 혹은 다정함의 동작이지만,
하지만 성문 사장, 눈 감는다. 연재 팔이 둘러질 때 꽉 쥐었던 손이 저도 모르게 조금 풀어지지만 함께 안지 않고 팔을 늘어뜨린 채 그대로 안겨 있다.

S#21. 연재의 차 안 - 밤

연재 (화장기 없어지고 이제 말간 얼굴이 된...) 아버지, 화병이시네.

박상무 (집중하느라 미간이 약간 좁아지는)

연재 우울증에 사람에 대한 적개심이 겹쳐서 화가 나는 걸 조절 못 하신다네.
자제력은 강하셨는데.. 구속까지 된 게 굉장히 부당하게 느껴지셨나 봐.
(질문보다는 혼잣말 같은) 어떡하면 사람들이 볼 수 있을까?

박상무 ...

연재 온전치 못하단 걸 드러내려면.. 자극을 해야 하나? 죄송하네?
(그러나 바로) 아버지 상태를 포착해 와요.
집어던지고 부수는 장면이든 욕을 하는 순간이든.
특히 이성재랑 같이 있을 때 분노가 극에 달하는 게 제일 좋아.
분명히 집을 들고 나실 때가 있을 거야.
어떤 주치의가 들락대는지 어떤 처방전이 들어가는지 뭐든 다.

박상무 알겠습니다.

S#22. 대검찰청/법제단장실 - 밤

데스크탑 앞에 나란히 선 사현과 태하, 뉴스 보고 있다.
모니터 - 수사국장실 소파에 앉은 수사국장, 뒤론 태극기와 경찰 깃발이 보이는데.
뉴스 자막 - 〈남재익 의원 수사국장 고소 취하, 표적수사 주장은 계속〉

수사국장 정당한 수사가 수사권 독립하고 맞물렸단 이유로 정치 공세용 도구로 전락하고야 말았습니다. 불법 취업청탁에 무혐의가 내려졌단 건 경찰이

편파수사를 했단 남재익 의원 주장에 검찰도 동의했단 뜻이에요, 이 나라 검찰이 과연 합리적 판단을 하는 집단 맞습니까?

사현 왜 저래? 왜 저렇게 막나가?

태하 모냥 떨고 있네. (꺼버리는) 최부장이 남재익일 제대로 후려쳤나 보지.

사현 뭘로 쳤을까.. 황프로가 그 요령으로 뭘 빼올 수 있을까요, 경찰한테서? 고렇게 생겨갖고 입도 뻥끗 못 할 거 같은데?

태하 입도 뻥끗 못 하긴 야 아까 국회에선 나한테 얼마나 뭐라고 했는데, 니가 그걸 봤어야 돼, 나 걔한테 아까 야단맞았어.

사현 그니까 그딴 소리나 잘하지, 한주임 입장에선 자기 상사 배신하고 경찰 기밀 흘려주는 건데 그게 보통 매달려서 되겠어요? 아는 사이 아냐 부부 사이에도 안 알려줄 거 같은데?

태하 .. 얜 왜 연락이 없어?

S#23. 수원지검/정문 외경 - 밤

수원지방검찰청 명패 붙은 정문. 그 너머엔 높지 않은 석조 건물들이 모여 있다.
앞마당 외등보다 더 많이 켜진 창문 불빛이 어두운 밤을 밝힌다.
그중에 한 창문을 빠르게 줌 인 해서 크게 보여주면,
창문 안 부장검사실에 마주 선 시목과 부장검사.

S#24. 동/형사1부 부장검사실 - 밤

부장검사 (시목 명함 보는) 우리 보존계 말이, 갑자기 대검에서 왔다고 하길래, 따로 전산 올라온 것도 없었는데. 그래서 내가 보자고 했어요.

시목 대출이 필요한 건 아니어서 전산은 안 올렸습니다. 안에서 간단히 확인만 하면 돼서요.

부장검사 간단할 거였음 이 시간에 안 왔을 거 같은데? 뭐 담당 연결해주면 되는 건가?

시목 아닙니다. 몇 가지 기록만 보면 됩니다.

부장검사 담당검사도 지 껄 대검에서 조회했다, 그 정돈 알아야지.
(유선전화 잡으며) 담당 불러줄게. 어떤 건데?

시목 (그러자 수첩 펼친다) 일단 열아홉 건입니다.

부장검사 몇 가지라며?

시목 형사1부 전담 12건, 부동산, 방화 등 형사 2, 3부 전담 3건,
중요경제범죄조사단, 산업기술범죄수사부 관련 4건입니다.

부장검사 (.. 유선전화 놓는)

시목 (수첩 내리고) 여기까지가 결정문 조회로 뽑아 온 거고요,
이 중에 없다면 더 이전 것도 봐야 합니다.

부장검사 찾는 게 뭔데?

시목 찾아서 말씀드리겠습니다.

부장검사 (뭐 이런..) 별관 4층으로 가요, 공판기록 열람실.

시목 공판까지 가지 않았을 확률이 큽니다.

부장검사, 시목 훑는데 그 눈길을 그냥 같이 물끄러미 보는 시목.
되받아쳐 보는 것도 무념무상도 아니다.

부장검사 (시목 명함 보며 거기 유선번호로 전화 거는) 단장이 누구더라?

시목 우태하 부장님이십니다.

부장검사 (전화) ... 아 안녕하세요, 수원지검인데 우태하 부장님 계십니까?
예 부탁드립니다.

시목 (기다리며 공손히 선)

부장검사 안녕하십니까, 수원지검 형사1부 김원태라고 합니다. (듣다가)
제 방에 지금 황시목 검사가 와서요? 사건기록이 필요하다는데.

시목 오늘 말씀하신 일 때문이다, 라고 좀,

부장검사 오늘 말씀하신 일 때문이라고요, 근데 어떤 건지도 말 안 하고
(말 끊고 듣는) ... 알겠습니다, 예. (끊고) .. 보존계로 가요,
당직한테 말해놓을 테니까.

시목 감사합니다 부장님.

S#25. 동/보존계 - 밤

어두운 공간. 열쇠로 여는 소리, 문 여는 소리에 이어 일제히 점등되면,
레일 맞춰 빼곡한 책장마다 서류상자가 들어찬 서고다.
방금 불을 켠 당직 실무관과 시목이 이 공간으로 들어온다.
상자 전면부에는 〈보존계 입고 날짜〉 〈처리부서〉 〈사건번호〉를 크게 써놨고
상자들은 사건번호순으로 정리돼 있다.

시목 (사건번호 적은 수첩 보여주는) 여기까지 봐주시면 이 아랜 제가 찾죠.
당직 예, 잠시만요. (폰으로 시목 수첩 찍는)

사진 찍은 당직이 다른 쪽으로 가고 시목도 사건번호를 하나하나 훑는다.
그러다 묵직한 상자 하나를 일단 근처에 내리고 수첩에 사건번호 하나를 지운다.
이내 다음 사건번호 상자를 향해 움직이는 시목.

S#26. 여진의 집 - 밤

노트북 앞에 앉은 여진, 뭘 보는진 알 수 없지만 모니터 보는 표정이 심각하다.
집 안 어디에선가 울리는 핸드폰 소리.
폰 찾는 여진, 침대에 벗어놓은 외투 주머니에서 꺼내 보면 발신자 〈황시목 검사〉인데.

Flashback〉 - 5회 엔딩. 최빛 여진의 경찰, 우부장 시목의 검찰로 갈라선 대치 국면.

여진 ... (받는) 네 검사님.. .. 지금 어딘데요.

S#27. 시목의 차 안 - 밤

시목 (블루투스 통화 중) 남산 쪽으로 옮기셨다고 하셨죠,
지금 가서 봬도 될까요?

여진F　　.. 내일 아침에 많이 바빠요?

시목　　나오시기 그러신 거면.. 전화로 여쭤도 되고요.

여진F　　(대답 없다)

시목　　(기다리는)

여진F　　주소 찍어드릴게요. (뚝 끊긴다)

S#28. 여진의 집 - 밤

전화 끊으며 한숨 토하는 여진, 얼굴도 문지르지만.. 문자 보낸다.

S#29. 동/대문 앞 - 밤

여진네 담벼락에 차를 세우고 내리는 시목. 맞나? 보면서 대문으로 가는데,
벨 누르기도 전에 대문이 알아서 열린다.
시목, 위가 보이도록 대문에서 몇 걸음 물러나 올려다보면,
다세대 주택 2층 난간에 동그란 여진 머리통이 빠끔 보인다.

S#30. 동/2층 난간 - 밤

여진, 난간 밖으로 얼굴 내밀고 섰다. 계단 올라오는 시목 보이는데..

Insert.1〉 - 여진의 차 안 - 낮(S#2와 이어지는 상황)
신호 대기에 서는 여진, 그대로 핸들 잡고 있다가 돌연 서류봉투 잡아든다.
감겨진 끈 풀고 탁 털어보면 USB 하나가 손바닥에 툭 떨어진다.
봉투 안을 봐도 다른 건 없다.
굳은 얼굴로 USB 보는 여진.

시목, 계단을 다 올라와 난간 쪽에 야경을 향해 선 여진에게 온다. 목례.

Insert.2〉 - 찻길 달리는 여진. 옆 조수석엔 노트북이 펼쳐졌고 방금 전 USB가 꽂혔다. USB가 바탕화면으로 복사되고 있다.

여진 .. (난간에 미리 올려놓은 2개의 캔음료 중 하나를 준다)

시목 (받는...) 휴양지 탈의실에서 불법촬영을 한 20대 남자 다섯 명이 작년 여름에 입건됐어요.

여진 (갑자기 무슨 소린가 쳐다보는)

시목 올해 설 직후엔 관내 음주사고 취약지역에서 일제 단속을 벌여서 총 37명이 적발됐습니다. 그중 하나인가요?

여진 어디 관내요?

시목 경기남부경찰청이요.

여진 (무슨 소리지? 하던 표정은 사라진다. 이제 짐작이 된다)

시목 아니면 이겁니까? 경기남부경찰청에서 올해 2월에 마약 공급책을 체포했습니다. 이후에 공급책의 제보로 회사원, 학원선생 등등의 마약사범이 구속됐죠.

여진 (대답 대신 캔음료 딴다)

시목 남부경찰청이 맡은 사건 중에 현역 의원을 압박할 수 있을 정도로 덩어리가 큰 게 있었다면 매체나 뉴스에도 보도가 됐겠죠.

Insert.3〉 - S#11. 차 안에서 노트북으로 남부경찰청 관련 뉴스 찾아보는 시목.

시목E **그에 비해서 결론은 미미한 건, 공판까지 못 가고 유야무야된 건.**

시목 불법촬영 남성 다섯은 돌아가며 촬영을 한 정황이 분명한데도 남부경찰청에선 둘만 기소의견, 나머진 불기소로 수원지검에 넘겼습니다. 남재익 아들이 그 나머지 중에 하나였을까요? 그렇지만 생각해보면,

S#31. 수원지검/보존계 - 밤(몇 시간 전)

사건번호 확인하며 서고를 거니는 시목.

시목E **아무리 불기소로 넘긴다 해도 경찰 조서에 어쨌든 의원 아들 이름 석 자는 분명히 들어가 있을 테니 검찰에서 완전히 모르긴 어렵겠네요.**

시목, 새로운 상자를 내린다. 그가 지나온 길엔 먼저 내려진 상자들이 몇 개 보인다.

시목E **남재익 의원이 음주단속에 걸린 걸 수도 있죠. 경찰에서 마음만 먹으면 이름을 빼줄 수도 있고. 그런데 그게 과연 법제위원장까지 올라간 의원이 큰 위협을 느낄 거리가 될까..**

S#32. 여진의 집/2층 난간 - 밤(현재)

시목 본청 정보국이 직접 나섰는데, 수사국장을 고소한단 의원한테 음주운전으로 맞장을 뜰까? ... 아들 문제라면 다르죠. 이미 불법채용으로 구설에 올랐는데 거기다 또 마약이라면. 체포된 공급책이 밀수이력이 거창한 데 비해서 후속타로 검거된 이들은 소위 말하는 보험뿐이었습니다.
형사한테 팔아넘겨도 되는 만만한 초짜들뿐, VIP는 없었어요.

여진 그런 일이 있었구나.

시목 제가 말씀드린 거에 없나요?

여진 (묵묵부답)

시목 다시 찾아야겠네요. 아직 작년 거까지밖에 못 봤거든요.
다시 찾아보겠습니다.

여진 언제 거까지 보게요?

시목 모르죠.

여진 나한테 올 게 아니라 (3층으로 이어지는 계단에 걸터앉는)
그쪽 상사한테 갔어야죠, 남재익, 불법 취업청탁 확실한데,
그건 경찰이 알아서 무마시키지도 않았는데 왜 잘못 없는 걸로
처리했냐고 검사님 상사한테 먼저 가서 따져 물었어야죠.

시목 물었습니다.

여진 난 안 했어요. 오늘 일 안 물어봤어요, 내일도 안 물어볼 거야.

시목　.. .. 요즘엔 그림 안 그립니까?

여진　(뜬금없이?) ...

잠시 말이 없는 두 사람.

시목　... 해안 출입통제선이 사라진 걸 봤을 때 사고가 날 수도 있겠구나, 그 생각이 들었습니다. 그러고 그냥 지나쳤어요, 조처를 안 취하고.

여진　왜요?

시목　안개가 짙고 밤이고 기온이 상당히 낮았어요.
이런 날 굳이 물에 들어간다면 그건 죽겠단 사람이며 그렇다면 통제선 유무와 관계없다, 잠깐 그 생각이 스친 게 기억납니다.

여진　그 생각이 스쳤으니까 더 조처를 취하려고 한 게 아니고요?

시목　제가 이 세상의 모든 자살을 막을 순 없습니다.

여진　... 그런데 결과는 자살이 아녔고..

시목　예. 뭔가 잘못됐단 걸 알았어요. 어긋난 게 보였고, 아무것도 안 했습니다.

여진　검사님이나 나는, 해안선을 지켜볼 의무가 있는 사람들이라고요?

시목　그렇게 말할 수도 있겠네요.

여진　(고개 젓는) 아무리 지켜봐도 안개는 못 막아요.
아무리 잡아도 나쁜 놈들은 줄지 않고.

시목, 여진 본다. 앞만 보는 여진, 달관한 건지 체념한 건지.

여진　내가 여기서 하날 잡는 새에 저기서 둘로 증식하는 거 같아.

시목　그래서 수사과를 떠났습니까?

여진　(대답하기까지는 좀 걸리지만) 안 떠났어요, 내 자리 아직 있습니다.

시목　네. (열지 않은 캔을 주머니에 넣는다. 목례하고 간다)

여진　(등 굽히고 계단으로 가는 시목 보다가) 답은 검사님이 갖고 왔어요.

시목　.. 예. (계단 쪽으로 사라진다)

여진　.. (긴 숨) 자자, 안 잔다고 뭐가 달라지냐..

하지만 그렇게 말하고도 계속 그대로인 여진. 밖에 시목이 가는 소리가 작아진다.

S#33. 경찰청/외경 - 낮

S#34. 동/정보국장실 - 낮

제복 입은 최빛, 들어오면서 뒤로 문 닫는데 누군가 따라 들어와 닫히는 문을 잡는다.
돌아보면, 여진이다.
최빛, 여진을 보는 한편 '정보국장 김명한'이라고 돼 있는 책상 위 명패 치운다.
쓰레기통에 버리진 않지만 거둬가는 형상이다.

여진 정보국장님이 드디어 새로 오시나요?

최빛 새로 오실 분한테 볼일 있어?

여진 1년 반 전이면 단장님께서 여기 본청에 오시기 전이죠.

최빛 왜 시점이 1년 반 전인데?

여진 서류전형도 떨어진 남재익 의원 아들이 무려 193:1의 경쟁률을 뚫고 금융권 공채로 뽑힌 땝니다, 단장님께선 정보부장이 되시기 전이고요.

최빛 그래, 나 남양주경찰서 시절이지.

여진 예, 그래서 불법 취업청탁이 의심되는 국회의원을 본청에서 어떻게 처리할 건지 단장님께서도 확실히는 모르셨을 겁니다. 그치만 올해 2월 7일에는 이 자리에 계셨습니다. 모든 수사정보가 올라오는 정보국에.

최빛 2월 7일. 마약사범 건을 알고 있었냐고?

여진 예.

최빛 안 봤다며? 봉투 안에 안 봤다며?

여진 어제 물으실 땐 안 봤습니다.
빨리 갖다드리는 게 우선이라 판단해서 시간 끌지 않았습니다.

최빛 카피했구나? 국회에서 나온 다음에 봤어?

여진 제가 보길 원하셨잖아요?

최빛 서로 기억하는 게 반대네?

여진 USB뿐이었습니다. 안에 글씨 한 줄만 씌어 있었어도 열지 말란 단장님 말씀이 타당했겠죠. 내막을 알아선 안 되는 제가 내용을 읽어버리니까. 그치만 봉투 안에 내용물은 그냥 맨손으로 들고 와도 되는 거였어요. 절대 안을 보지 마라, 넌 그대로 가져오기만 해라,
단장님은 일부러 저한테 그 말씀을 던지신 겁니다.
금기할 필요가 없는 걸 금기하신 의도, 제가 볼 걸 아셨잖아요.

최빛 알면서 왜 내가 의도한 대로 움직였는데?

여진 왜 절 끌어들이셨습니까?

최빛 니가 남부경찰청에서 제일 가까워서. 안양에 있었잖아?

여진 (계속해서 쳐다보는)

최빛 혁신단은 한시적 조직이야. 수사권 독립이란 목적을 달성하는 순간 해체돼야 돼. 한여진 주임, 그다음을 생각해봤나?

여진 ...

최빛 혁신단이 사라져도 나는 계속 여기 있겠지. 너는 어디 있을까?
(보란 듯 정보국장 책상에 몸을 걸친다)

여진 (잠깐 흔들리는 눈동자. 그러나) 사건현장에 있겠죠.

최빛 한주임, 나 때는 말야, 참 기회가 없었어. 근데 더 안타까운 건 쓸모 있는 사람이 큰 뜻이 없는 거야. 우리 인사적체가 얼마나 심한지 몰라?

여진 이런 결탁을 통해서 밀어주고 끌어주는 게 인사적체를 해소하는 겁니까? 불법에 같이 손 담는 게 뜻이 큰 거예요?

최빛 그럼 어떡해야 했을까, 검찰이 우리 상전 노릇을 한 게 벌써 70년인데 이제 좀 그걸 벗어나려는데 법사위원장에 검사 출신이 앉을 거래. 그 자리가 어떤 자린데? 위원장 동의 없이는 법안이 회부되지도 못해, 우리가 검찰하고 머리채 잡아가며 수사권 조정안 만들어봐야 다 헛짓이라고. 법사위에 우리 쪽 사람을 앉히려고 위에서 얼마나 애를 썼는데 검찰이라고 가만있었겠니? 걔들이 바보멍청이라서 한창 불법 청탁으로 조사받고 있는 인간을 위원장에 밀어 넣었겠어?

S#35. 동 장소 - 밤(몇 개월 전. 최빛의 회상)

정보국장실에 둘러앉은 수사국장, 정보국장, 최빛, 머리 모으고 토론 중이다.

최빛E　**남재익일 위원장으로 밀면서 대검에서 둘 다한테 메시지를 보낸 거야.**
남재익한텐 너는 검찰에서 보호해줄게, 대신 말 잘 들어,
우리한텐 니들 수사 소용없어, 남재익이 기소 안 해.
우린 그 메시지를 받았어, 그렇다고 어차피 안 될 거, 불기소로
넘기자 하면, 여론이 먼저 들끓어서 시작한 수산데 모든 욕은 우리가
처먹겠지. 그런데 그때 남부경찰청에서 연락이 와.

한창 토론 중이던 세 사람, 동시에 정보국장 책상을 힐끗 본다. 전화가 울린 것이다.
정보국장, 책상으로 가 유선전화 받는데.. 최빛과 수사국장을 돌연 돌아본다.

최빛E　**마약 공급책 입에서 남재익이 아들 이름이 나왔어.**

S#36. 경찰청/정보국장실 - 낮(현재)

최빛　니가 내 위치라면 어떻게 했겠니?
여진　마약사범을 검거하라고 했겠죠.
최빛　아들이 약 했다고 아버지 안 물러나. 법사위원장은 우리랑 완전히 웬수가 될 뿐이고 모든 수사는 검사가 지휘한다는 조항은 영원히 못 지워.
여진　저 용산서에 있었습니다. 이태원을 끼고 있어서 마약사범을 전국에서 가장 많이 다루는 곳이죠. 상선이라고 불리는 마약 공급책들은 VIP는 불지 않습니다. 암묵적 룰이지요, 상선은 피라미만 경찰에 넘기고 경찰은 그걸로 실적을 챙기고 이름을 숨긴 VIP들은 상선의 감옥살이와 변호사 비용을 댑니다.
최빛　...
여진　국회의원 아들이면 VIP인데 공급책 입에서 자발적으로 나온 거 맞습니까?
최빛　우리가 날조했을까 봐? 의원 아들이 하지도 않은 약을 했다고?
여진　남재익 아들은 전부터 약을 했고 정보국에선 알고 있었고 남재익이

위원장에 내정된 딱 그 시기에 남부서가 움직여서 상선을 체포했고

최빛 (O.L) 그런데 경찰에서 함구했다. 그래 맞아. 그래서?

여진 ...

최빛 나가서 폭로하게? 어떻게 될까?

여진 남의 일자리를 뺏어도 필로폰을 건드려도 털끝 하나 안 다치는 인간을 세상에 내시게요?

최빛 누가 그 꼴 봐준대? 많이 다뤘으면 알 거 아냐? 마약은 절대 한 번으로 안 끝나. 법사위도 반년이면 바뀌고. 남재익 물러나면 그때 니가 잡아. 몇 개월을 못 기다려서 70년 숙원사업을 망쳐놓는 그런 인간이야, 너?

여진 ...

최빛 정말 양심에 걸린다면 그래서 니가 괴롭다면, 그래 나가서 다 밝혀. 니가 옳은 일 하겠다는데 내가 어떻게 말리겠니, 지금 나가서 까.

여진 (... 그러지 못하는..)

최빛 (컴퓨터 켠다) 정보경찰 보고서는 기밀이야.
새로 올 국장이 누구든 그 전까진 내가 이걸 봐야 하고. (문에 턱짓)

여진 ... .. (목례. 돌아서 나가는데)

최빛 몇 년 후엔,

여진 (돌아보면)

최빛 니가 여기 앉을 수 있어. (제복 재킷 벗는다) 오랜만에 찾았다고 생각했어, (행어에서 옷걸이 빼 재킷을 건다) 널 끌어들인 게 아니라 끌어줄 가치가 있는 후배를. (자리에 앉는다) 목표는 네가 세워.

방금 걸려 흔들리는 최빛 제복과 삐딱하게 치워진 정보국장의 명패를 보는 여진.

여진 왜 굳이 이 방에서 보고서를 보세요?
패스워드도 아시겠다, 단장님 자리도 되는데.

최빛 (... 냉기 뿜어내는) 진짜 끌어들인단 게 뭔지도 모르면서.
니가 겪은 건 아무것도 아냐.

여진 (몸을 돌려 나가버린다)

최빛 (무서워지는 얼굴)

S#37. 동/정보국 - 낮

국장실에서 나온 여진, 망설이는 기색. 허나 정보국 직원이 쳐다보자 결국 그냥 나간다.

S#38. 대검찰청/법제단장실 - 낮

탁자에 둘러앉은 시목, 태하에게 어제 일을 보고 중이다.

태하　.. 머저리 같은 아들새끼가 약을 해선.. 경찰한테 넘어갔네, 완전히.
(생각하느라 탁자를 손끝으로 치다가) 한주임이 또 뭐래? 다른 말은?
시목　한여진 주임은 누설한 것 없습니다.
태하　대외적으론 물론 그렇겠지, 최부장한테 안 일러, 걱정 마.
시목　제가 남부청에서 시작했습니다. 한주임이 흘린 것 아닙니다.
태하　거긴 건 어떻게 알고?
시목　봉투에 경기남부경찰청이라고 찍혀 있었잖습니까.
태하　(언제..? 흠, 일어나 책상으로 간다) 서동재는?
시목　세곡지구대원을 찾느라 바쁩니다. (일어난다)
팀장보다 더 유력한 사람이 있다고요.
태하　(음..) 2차 협의회 정해졌어. 다음 주 목요일, 장소 인원 그대로. 준비해.

태하, 시목이 답이 없자 돌아보는데 시목, 빤히 쳐다보고 있다.

태하　뭐?
시목　.. 준비하겠습니다. (인사하고 나간다)

태하, 뭐 묻었나? 유리창에 비춰보더니 왜 저래? 하는 눈길 보내며 휴대폰 집는다.

S#39. 동/법제단 복도 - 낮

시목	(뭔가 생각하면서 법제단에서 나오는데 문자 온다. 보면)
동재E	**진짜 내 얘기 해줄지 몰랐는데 덕분이다!**
시목	(뭐지? 하는데)
사현E	황프로!
시목	(인사)
사현	(앞에서 오고 있다. 대뜸) 너 무슨 빽 있냐?
시목	네?
사현	(시비 거는 게 아니라 그냥 일상의 말투다) 있음 말해.
	서로 뭘 밟지 말아야 되는지는 알아야지.
시목	없는데요.
사현	전에 그건 누구 찬데.
시목	무슨 차요?
사현	내가 부장님한텐 말씀 안 드렸는데 다 봤어 인마.
시목	뭘 보셨는데요?
사현	너 대검 앞에서 고급차 얻어 타는 거. 누구냐? 수행원까지 있던데.
시목	밝힐 이유 없는 분입니다.
사현	(어라?..) 너 벌써부터 그러는 거 아니야 인마.
시목	제가 뭘 벌써부터 그랬는데요?
사현	몰라서 물어? 우리가 널 왜 뽑았는데, 니 이미지 하나 본 거 아냐?
시목	우리라고 하시네요?
사현	뭔 소리야?
시목	제가 법제단에 온 다음에 김부장님이 결정되셨는데요.
	여러 후보를 놓고 선정과정을 거쳤는데요. 그런데 우리가 뽑았다고
	하시네요, 역시 김부장님으로 내정이 돼 있었나 보죠? 동기끼리.
사현	!.. 그래서 뭐! 돼 있었음 뭐?!
시목	우부장님께 보고하셔도 됩니다. (말갛게 보는)
사현	왜 눈을 똥그랗게 뜨고 쳐다봐? 어쩌라고?
시목	(너무 평온하게) 안 들어가십니까?
사현	(이... 쿵쾅대며 법제단으로 가고)
시목	(가던 길 가는)

S#40. 동/법제단장실 - 낮

태하　(전화 거는데)

사현　(들어오는) 아 저 자식 왜 저래?

태하　(전화 내리고) 어느 자식? 점심때 누가 뭐랬어?

사현　거기에 뭐랄 사람이 어딨어요, 다 누이 좋고 매부 좋자고 만나는 거.

태하　손기혁인 안 나왔다며, 나한테 못 온다고 문자 왔던데.

사현　안 나왔어도 뭐 월례회의에서 대검에 반기를 들 것도 아니고.
동부지검에서도 한조 수사하는 거 우리랑 타이밍 맞추겠다고 했어요.

태하　강원철이 그러겠대?

사현　재벌 수사 성과 내는 것도 좋지만 검찰이 사정정국을 주도해나가는
상황이 길게 이어져야 역시 검찰이 잘하는구나, 수사권 나눠주면
안 되는구나, 국민들이 느끼니까 너무 빨리 털진 말라고 했으니까
그 정도면 알아듣죠.

태하　근데 왜 툴툴대?

사현　강원철, 부장님이 왜 껄끄러워하는지 알겠더라고.

태하　사람이 좀 빽빽하지?

사현　빽빽한 것도 있지만.. 거기 출신들은 다 저러나?

태하　어디?

사현　서부지검.

S#41. 호텔 식당/룸 - 낮(약 한 시간 전. 사현의 회상)

사현과 원철, 동부지검 차장검사와 서넛 정도의 검사장급들이 더 둘러앉았다.

사현　특히 한조처럼 대기업이 얽힌 굵직한 사건을 보여줘야 이번에 우리
검찰의 수사 의지가 얼마나 강한지 어필되고요, 적폐 청산이 어렵다는
걸 국민들도 느껴야 그럴수록 검찰에 전권이 있어야겠구나,

저 일을 하려면 수사권이 집중돼야겠구나, 로 몰아지지 않겠습니까.

차장검사 그렇죠, 사실 우릴 대체할 기관이 어딨습니까.
나라에 수사기관이라 봐야 경찰 아님 검찰인데.

사현 그쵸, 그렇다고 이런 일을 경찰이 하겠습니까? 우리도 우리 잘못한 거 알고, 이제부터 진짜 하겠다, 기회를 달라, 보여줘야죠.

사현, 만족스럽고 나머지들도 화기애애한 분위기인데.

S#42. 동/화장실 앞 복도 - 낮(약 한 시간 전. 사현의 회상)

사현, 화장실로 가는데 원철, 물 아직 덜 마른 손 문지르며 화장실에서 나온다.
사현, 가벼운 눈짓 정도로 스치는데 뒤에서 들리는 소리.

원철 황시목 프로는 잘하죠?

사현 예? 예. (가려는데)

원철 얼굴마담 아니죠? 그런 식으로 썼다간 곤란해질 수 있는 인물입니다.

사현 (대충) 예, 황프로 곤란할 일 없게 하겠습니다.

원철 얼굴마담으로 갖다 쓴 사람들이 곤란해진다고요,
잘 써야 돼요 그 후배는.

사현 (멈춰서) 평검사 하나 땜에 나머지가 곤란해질 일이 있겠습니까?

원철 (좀 쳐다보더니) 그렇게 생각한다면야. (간다)

사현 (뭐야?..)

S#43. 대검찰청/법제단장실 - 낮(현재)

사현 묘하게 재수 없어?.. 근데 강원철 말을 가만 생각해보니까 황프로,
무슨 빽이 있나 싶은 거예요?

태하 재가 무슨.

사현 아니 애가 좀 지 맘대로인 것도 그렇고 눈치를 안 보잖아,

얼마나 대단한 뭐가 있길래, 그래서 빽 있냐고 물어봤더니

태하 그걸 대놓고 물어봤어? 뭐래디 그러니까?

사현 아 이 자식이 없으면 없는 거지, 우리 땐 부장님 눈만 마주쳐도 백 미터 전부터 무릎으로 기어왔는데 끝까지 바득바득 말대답이야? 요즘 젊은 검사들이 아무리 우리 때랑 달라도, 쟤 암만 봐도 이상해?

태하 뭐가 암만 봐도 이상하냐? 난 전에 TV 나왔을 때부터 이상했는데.

사현 근데 왜 데려왔어요.

태하 튀기 좋아하는 앤 줄 알았지, 나중에 정계 진출하려고 저러나, 그래 주목받게 해줄게, 니 이미지를 줘, 써먹기 딱인 줄 알았지.

사현 여의도는 뭐 아무나 가나. 옛날 같으면 대검 근처에도 못 올 거 그 추운 데서 불러올려줬으면 벌써 손에 지문이 없어졌을 텐데.

태하 그런 게 좋아? 손이 닳게 아부하는 후배.

사현 좋기야, (픽 웃는) 근데 사람이 웃겨요? 백이면 백 다 조아리는데 혼자만 팽팽해서 있으면 그게 또 아주 이뻐 보이진 않더라고?

태하 황시목이.. 빽 같은 건 아닐 거야.

사현 아닌가 부지. (나가며) 상전이 둘이야 내가. (그 뒤로 문 닫히면)

태하 (다시 전화한다. 상대가 받자 바로 엄격해지는 목소리) 접니다, 의원님, 이제 정리 좀 되셨습니까? .. 제가 찾아뵐까요?..

S#44. 성재의 집/마당 + 골목 - 낮

낮은 기계음과 함께 성재 집이 보인다.
지붕 꼭대기가 보이는 것이 마치 하늘에서 새가 내려다보는 각도인데,
집을 찍고 있는 것, 드론이다.
고도 낮추는 드론이 좀 더 성재네 집에 접근한다.
2층 창가를 찍으면 창문 커튼 무늬까지 보이는데 안에 사람이 있는지는 알 수 없다.
돌연 현관문 열린다. 관리인이 나와 위를 쳐다보자 유유히 사라지는 드론.

cut to. 담을 넘어온 드론, 골목으로 빠져나가는데,
드론이 내려다본 골목에는 성재 집 인근 전봇대에 안전모 쓰고 올라간 남자1이 스친다.

S#45. 한조자동차 사옥/외경 - 낮

카메라 뷰파인더에 잡힌 화면. 건물 상단부에 회사 로고와 '한조자동차' 표시.
카메라 줌 인 된다. 잔뜩 당겨지는 꼭대기 층 창문.

S#46. 반대편 건물/옥상 - 낮

난간에 바싹 붙은 남자2. 대포카메라로 맞은편에 한조자동차 사옥을 겨누고 있다.
다시 뷰파인더 화면 보여주면 창문 너머 셔츠 차림 남자 실루엣이 언뜻 보인다.

S#47. 성재의 집/골목 - 낮

차 한 대가 성재 집 앞에 섰다. 중년남자가 차에서 내려 대문으로 간다.
손에 서류가방 치곤 좀 큰 가방도 들었다. 이를 위에서 잡은 화면인데,
S#44의 전봇대 남자1, 천으로 가려서 변압기에 올려놓은 대포카메라로 연속 촬영한다.
중년남자가 대문으로 들어가면 대포카메라, 남자의 차 앞 유리를 잔뜩 당기는데
하단에 스티커가 붙었다, 한 번 더 완전히 줌 인 하면 대학병원 주차 스티커다.
뷰파인더 안에 크게 잡힌 대학병원 스티커를 찍는 렌즈가 빠르게 깜빡인다.

S#48. 한조 본사/회장실 - 낮

박상무 의사를 알아냈습니다만 협조를 거부했습니다. 근데 병원기록을
우회적으로 뚫어봤더니 큰 회장님 진단명이, 간헐적 폭발장애입니다.

박상무와 연재, 탁자에 둘러앉았다.
임원들과 회의할 때 같은 공개적이고 권위적 분위기가 아니라 두 사람,

경영권을 지키고 이기기 위해 머리를 짜내고 있다.

연재 간헐적.. 얼마나 간헐적일까??
박상무 알아내려면 폭발을.. 하시게 만들어야 하는데요?
연재 ... 주주총회에, (딴 데 보며 또 생각)
박상무 (기다리는)
연재 이성재나 아버지가 대리인을 안 쓰고 직접 온다면 나 역시 대리인 없이 직접 참석해서 두 분을 맞이하겠다, 발표해요. 그리고 또.. 뭐가... 시위대가 필요해.
박상무 주총 시작 전에요? 어떻게 배치할까요?
연재 (창문 쪽으로 손가락 뻗는) 여기, 사옥 앞에. 고성방가를 하든 몸싸움을 하든 아버지 오시는 길을 환영해드리자고.
박상무 배치하겠습니다, 회장님.

S#49. 도로/성문 사장의 차 안 - 낮

차 뒷좌석에 앉은 성문 사장, 쓰디쓴 얼굴이다.

성문대리인E 현재까지 밝혀진 이윤범 전 한조그룹 회장의 병증은,

목소리가 들려오는 성문 사장 옆자리를 보여주면,
나이 지긋해 뵈는 중년여인(성문 대리인)이 휴대폰 들고서 읽고 있다.

성문대리인 일종의 울화병으로 감정 조절에 어려움을
성문사장E **(성문 대리인 말끝과 조금 겹치며) 감정 조절이 어려우시다고 들었어.**

S#50. 호텔/스카이 바 - 밤(S#15 직후의 상황. 성문 사장의 회상)

연재 어떤 상태야. .. 우리 아버지,

성문사장 (상처받은 얼굴로) 그거 알아내려고, (연재 그리고 본인을 가리키는)

연재 우울증 많이 심하셔?

성문사장 성재형이 그래? 회장님 우울증이라고?

연재 그 인간이 나한테 무슨, 뵙지 못한다고 내가 듣는 얘기가 아주 없겠어? (한숨) 넌 인사드리러 가지 않았을까 했는데. 아버지 풀려나시고 나서.

성문사장 (고개 젓는)

연재 아아.. (실망이 그대로 드러나는. 그만 가려는지 외투로 손 뻗는데)

성문사장 (가려는 동작에 단어가 먼저 튀어나오는) 울화병, .. 같은 거래, 일종의.

연재 울화병? (외투로 뻗던 손 내려가고)

성문사장 (그 손에 시선 가닿는) 갑자기 폭발하시기도 하고 뭘.. 던지시나 봐. 감정 조절이 어려우시다고 들었어. 급격히 다운되기도 하고.

연재 ...

성문사장 나라도 그럴 거야, 배신당했잖아. 내 사람이라고 믿은 상대한테. 평생의 심복으로 여긴 가족한테.

연재 ..

연재, 가방 든다. 성문 사장 눈에 연재가 두 사람이 있는 스카이 뷰 테이블을 벗어나 이제 넓은 홀로 나가려는 뒷모습이 보이는데,

성문사장 돌아가고 싶니?

멈추는 연재 뒷모습.. 돌아보려는 찰나에서,

S#51. 도로/성문 사장의 차 안 + 찻길 - 낮(현재)

성문대리인 한 관계자에 따르면 물건을 던지거나 갑자기 분노를 폭발시키는 등, 폭력적인 행태를 보이는 것으로 알려졌다.

성문사장 헛, 관계자..

성문대리인 (그 반응에 읽던 것 잠시 멈췄다 다시 읽는다) 사실상 남매의 난에서 이윤범 전 회장을 내세운 이성재 대표의 우세승이 점쳐지지만 이윤범

전 회장이 법률적으론 이미 심신상실 상태란 의혹이 새롭게 제기되면서 한조그룹의 주인이 누가 될 것인지는 어느 쪽도 장담할 수 없게 됐다.

성문사장 (입 꽉 다물어 입술 얇아진다. 발등 찍힌 느낌이다)

성문 사장이 쏘아보는 창밖에 이제 한조 본사 건물이 보인다.

S#52. 한조 본사/사옥 앞 - 낮

사옥 뒤편에서부터 돌아 나와 정문까지 구불구불 이어진 긴 줄은 소액주주들이다.
직원들이 일일이 주주총회 참석장을 확인하고 소액주주용 입구로 들여보내고 있다.
인도 쪽엔 시위대가 늘어섰다. 전경도 배치됐다.
'탈세, 횡령, 비리 저지르고 감빵 살다 아프다고 풀려난 범법자가 어떻게 다시 경영을 하겠다고 나서냐!' 등의 시위대 외침이 울린다.
소액주주들 중에도 '아침부터 몇 시간을 세워놓는 거냐.'
'이 큰 회사에서 주주 대접이 이게 뭐냐.' 등의 항의가 나와 복작복작하다.
이 와중에 취재진도 많이 보인다.
차량이 들어올 때마다 주목하는 취재진, '이윤범이야?' 하는 주고받는 소리 들린다.
사람 버글버글하고 총회 참석하는 차량도 많이 밀렸다. 의경 배치된 것도 보이고.
이곳으로 오던 차 중에 하나, 길이 영 막히자 운전석에서 고개 내미는 이, 오변호사다.

S#53. 오변호사의 차 안 - 낮

오변호사 (번잡한 사옥 풍경에) 뭐야 저거?

찻길에서 정리하는 직원들이 많은데, 그중 한 명이 다가와 유리 두드린다.

오변호사 (조수석 창문 내리고 주총 초대장 들어 보이는데) 총회 참석이요.
직원 죄송합니다, 안전상 이유로 여기서 내리셔야 됩니다.
오변호사 무슨 안전이요?

직원　　시위대가 지하주차장으로 잠입을 시도해서요, 폐쇄됐거든요,
키 주시면 저희가 주차해드릴게요.
오변호사　(앞을 봐도 영 뚫릴 기미가 안 보이고. 할 수 없다. 내릴 준비)

S#54. 한조 본사/사옥 앞 - 낮

차에서 내리는 오변호사, 차 키 주며 발걸음 떼려다 좀 멈칫한다.
오변호사가 내리는 순간 기삿거리가 될 만한 사람인가?? 주목하는 카메라들,
하지만 에이 아니다, 금방 관심 거두고 그다음 차에서 내리는 인물들에 주목한다.

오변호사　(둘러보며 가는) 안전상 이유는 무슨, 지 아버지 공개 망신시키자는
자리지.. 하는 짓이 딱 재벌이네.

뒤로 급작스런 호루라기 소리. 오변호사 옆에 기자들, 일제히 카메라 든다.
그 동작과 소리에 오변호사도 돌아보면, 고급차가 오고 있다.
그리 뛰어가는 직원들, 다른 차량을 전부 통제한다.
기자들, '왔나 보다!' '이윤범인가?' 하는 불특정한 수군거림.
무엇보다 시위대가 가장 긴장했다. 구호도 멈추고 당장 달려갈 듯 고급차를 주시한다.
모두의 시선이 쏠린 차 문이 드디어 열리는데!

박상무E　**전 회장님, 이성재 사장, 두 분**

S#55. 동/회장실 - 낮

사옥 앞을 위에서 내려다본 화면. 복잡한 광경이 면면이 보인다.

박상무　모두 대리인 참석을 통보했습니다.
이성재 사장이 내세운 의장 후보는 말씀대로, 이윤범 전 회장님이십니다.
연재　.. 시위대 조용히 시켜요.

S#56. 동/주총실 - 낮

대형 스크린에 〈㈜한조그룹 제42기 정기주주총회 - 2019년 3월 26일〉 문구.
그 바로 앞은 VIP용 자리다. 전무1, 2가 앉았고 다른 대리인이 예닐곱 정도 된다.
그들 앞엔 소액주주들이 VIP들을 마주 보는 방향으로 앉았다.
전무1이 인사하고 있다. 그 앞에는 '㈜한조 전무'라고 써진 임시 종이 명패가 놓였다.
그사이 전무2, 옆의 남자를 불쾌한 기색도 안 숨기고 아래서부터 쓱 훑는데,
남자 앞에 놓인 명패, '한조자동차 주주 대리'라고 써 있다.
사회자가 다음 사람을 소개하는 모습.
자리에서 일어나는 성문 대리인, 인사한다. 그녀의 명패는 '성문일보 주주 대리'다.

박상무E　**시작했습니다.**

'제1호 의안, 한조자동차 그룹 이성재 주주의 정관 변경안부터 상정하겠습니다.'
하는 사회자의 마이크 소리가 배경음으로 들리는 위로,

박상무E　**성문일보 김병현 사장도 대리인 참석입니다.**

cut to. 동 장소. 주주1이 일어나서 마이크 들고 발언하고 있다.
주주1, '주주들이나 그룹에 무슨 이득이 된다고 일방적으로 정관을 변경하고'
까지 하면 다른 주주2, 일어나서 삿대질로 말 자른다.
주주2 옆에 앉은 오변호사도 얼핏 보이는데,
주주2는 뭐가 일방적이냐고 항의하고,
주주1은 나도 발언권이 있다고 주장하고,
강당 뒤편에서 '집에서 살림이나 하라고 해!'와 같은 수준 이하의 말이 나오자,
몇몇 주주들, 벌떡 일어나 '방금 누구야!' '퇴장시켜!' 등등,
생중계되는 카메라 앞에서도 도떼기시장 같은 분위기다.
조용히 해달라는 사회자, 결국 10분간 휴식을 선언한다.

박상무E **잠시 후에 의장 교체에 대한 찬반을 투표로 진행하고 찬성으로 가결될 시, 그 자리에서 새 의장 선출까지 속결됩니다.**

S#57. 동/복도 - 낮

주주들로 북적거리는 복도.
한 귀퉁이에서 성문 대리인이 나지막하게 통화 중이다.
통화 중 시선 느끼고 고개 들면, 아까부터 이쪽을 보고 있던 한조자동차 대리인이 알지? 하는 표정과 함께 친밀한 미소를 보낸다.
성문 대리인 역시 미소로 답하는데,

박상무E **전 회장님께서 정말 오실 거라면 찬성으로 가결된 뒤가 아닐까요? 처음부터 오셨다가 의장 교체가 무산되면 모양새가 몹시 나빠지니까요.**

S#58. 성문 사장의 차 안 - 낮

성문사장 (전화를 귀에 댄)
성문대리인F 이제 결정하셔야 합니다, 사장님.
박상무E **관건은, 성문 사장이 보유한 7%, 일천이백십일만 주의 향방입니다.**
성문대리인F 어떻게 할까요?

S#59. 한조 본사/주총실 - 낮

기표소 안, OMR 카드를 들여다보는 성문 대리인.
'한조그룹 제42기 정기주주총회', '제1호 안건' 제목 아래 주주/대리인 성명, 생년월일을 쓰는 칸이 있고 그 아래 해당 안건에 대한 찬성/반대 칸이 있다.
맨 왼쪽에는 주주번호를 마킹할 수 있는 숫자들이 길게 늘어서 있는데, 주주번호를 마킹하곤 찬성/반대 칸으로 가는 성문 대리인의 손.

S#60. 동/회장실 - 낮

창문 앞에 연재, 블라인드 고리를 천천히 돌린다. 빛이 차단되는 창가.
그대로 섰는데, 문자 알림음. 빠르게 보는데,

동재E **회장님, 좋은 소식 있을 거라 확신하며 응원하고 있습니다!**
정리되시면 언제든 불러주세요!

연재 (표정이 더 안 좋아진다. 찡그리는) .. 하나 더 있었네..

S#61. 국회의원회관/외경 - 밤

S#62. 동/남재익 의원 집무실 - 밤

대면해서 앉은 태하와 남재익 의원.

태하 이 자리에 앉았겠죠, 그날 최빛 부장.

남의원 ..

태하 (옆자리 매만지듯 짚으며) 여긴 한주임이었을 거고..
남부경찰청에서 잘 협조해준 자료는, 이쯤에. (탁자 짚는)
일 벌어진 게 2월 초던가요? 최부장이 따끈따끈한 걸 갖고 왔네요.

남의원 (별로 꿇리지 않고 보지만)

Insert〉 - 동 장소. (S#3 전의 상황)
남의원과 최빛이 앉았다. 아직 여진이 남부경찰청 서류를 가져오기 전이다.

최빛 **재벌 3세들 무혐의로 풀려나는 게 경찰이 정말 수사를 못해서겠습니까.**
의원님 자제분은 그중에서도 저희가 상당 기간 주시해온 관계로
입증 자료가 꽤 됩니다. 그래도 이렇게 빨리 뵙게 될 줄은 몰랐네요.

본래는 법사위가 열릴 즈음에 찾아뵐 계획이었는데요.

남의원 우리 애가 무, 뭔 말도 안 되는 소릴! (정말 몰랐던 얼굴인데)

최빛 지금 밖에 와 있습니다. 들어오라고 하시죠.

태하 의원님이야 저희 한참 선배님이시고 대쪽 같은 분이시니 경찰이 재주 좀 피웠다고 법사위가 한쪽으로 기우는 일이야 없겠지만요. 저도 나이가 드니까 노파심이란 게 생기네요, 의원님.

남의원 우부장.

태하 예 의원님.

남의원 우부장도 안사람이 한 일이지? 본인은 전혀 모르지?

태하 어떤 걸 말씀하시는지.

남의원 2월 초라고 하니까 나도 생각나는 게 있어서. 가상화폐 거래소가 폐지될 거란 소문이 돈 게 그때잖아?

태하 (표정이 많이 변하진 않지만 무슨 말이 나올지 알아차리는 기색)

남의원 아니지, 내부에 알려진 건 그보다 전이었지, 뉴스가 나가기 훨씬 전에 관계자는 다 알았어, 법무부에서 폐지를 검토 중이다, 가상화폐가 형편없이 폭락할 것이다.. 미리 발 뺐잖아, 우부장. 다 팔아치웠어,

태하 ..

남의원 물론 법적으로야 잘 주물러놨겠지, 현직 검사가 투기라니 그런 일은 없는 걸로. 근데 말야 일반인들은 자기 돈이 반에 반 토막이 되는 것도 모르고 당했는데 대검 부장이란 사람이 법무부 내부정보를 입수해선 와이프를 시켜서 혼자만 빠져나갔다고 하면, 그게 용서가 될까? 그걸로 알거지 된 사람들이 알아봐, 우부장 돌 맞아.

태하 ..

남의원 우리 의원들이 하는 일 없이 세금만 갉아먹는 인사들이 아냐. (보란 듯이 등받이에 기댄다) 경찰이 나랑 여기서 무슨 용무였는지 우부장이 알았으니 나랑 우부장 사이 이 용무도 경찰이 알아야지? 내가 그쪽에 거래소 폐지 얘길 해줘야 검경이 서로 공평해지지?

태하 (웃는) 현직 검사가 투기라니, 말씀대로 그런 일은 없습니다, 의원님.

남의원 (같이 웃어주는) 그렇지.

S#63. 동/복도 - 밤

드문드문 켜진 조명이 최소한으로 밝히고 있는 복도.
걸음 따라 얼굴에 그늘이 드리웠다 거둬졌다 하는 태하,
복도를 울리며 가는 단단한 구두소리.

S#64. 동부지검/검사장실 - 밤

원철 (일하는 중인데 노크소리 들린다) 음!
차장검사 (들어온다) 저, 남재익 의원 일 땜에 류프로 방으로 연락이 왔답니다.
원철 (허리가 절로 펴지는) 어디서? 경찰?
차장검사 대검이요, 황시목 검사.
원철 그 이름이 왜 또 나와??
차장검사 성남지청 있을 때 남의원 불법 취업청탁 건을 처음 맡은 담당이 맞냐고 류시영한테 확인하더니, 황검사가 찾아오겠다고 했답니다.
원철 야 안 돼. 오지 말라고 해. 오지 말랬지?
차장검사 그러긴 했는데 류시영이 말이 그쪽에서 말을 들어먹을 거 같지가 않다는데요?
원철 아이.. 알았어. 내가 할게.
차장검사 네 알겠습니다. (목례 후 나가면)
원철 증말.. 걔는 지 버릇 언제 개 주니..?..

S#65. 검찰청 관사/시목의 방 - 밤

불 끄고 침대에 누운 시목. 낡은 방문 아래로 거실 불빛이 들어오는데,
밖에서 설거지를 하는지 물소리, 그릇 아무렇게나 놓는 소리가 고스란히 들린다.
시목, 눈 더 꽉 감는다. 잠들려고 하는데,
핸드폰 진동 울린다.

시목 … .. (결국 눈 뜨는. 책상 더듬어 전화 집어서 받는) 네 검사장님.
원철F 회사야 집이야?
시목 관산데요.
원철F 관사? 니가 거길 왜?.. (하다가) 잠깐 보자.
시목 지금요?
원철F 술 마시잔 거 아니니까 나와 그냥. 장소 보내줄게.
시목 네 알겠습니다. (핸드폰 놓는) ..

시목, 상반신을 세운다. 까무룩한 얼굴로 잠깐 창문 쪽을 본다.

소리E〉 **경찰차 사이렌**

S#66. 용산 주택가 골목 - 밤

외진 골목. 평소라면 어둡고 한적했을 골목이 지금은 불빛이 번쩍댄다.
경찰차 한 대가 와 있고 용산서 강력3팀이 타고 다니는 봉고차도 와 있다.
정복경찰, 길에 세워진 중형차 주변에 삼각대 세운다.
장형사가 플래시 비춰보는 중형차는 겉보기엔 멀쩡한데,
차 뒤쪽에 검은색으로 변하기 시작한 붉은 반점이 조금 튀었다.
길에도 한두 개 정도 같은 방향으로 떨어진 반점. 서형사가 면봉으로 채취하고 있다.
장형사는 차에 튄 반점에 면봉 문지르고 최팀장, 이를 위에서 굽어본다.

서형사 (면봉 들어보면 피로 보인다) 몇 시간 안 된 거 같은데요.
순창 (주변 둘러보다가) 이거 말곤 없습니다. 혈흔은 요기만 있어요.
최팀장 차량번호 조회.
순창 예.

최팀장, 장갑 끼며 운전석으로 향한다.
운전석 열고 플래시로 실내 비추면,

가장 먼저 블랙박스로 향하는 플래시 불빛.
이미 강제로 떼어가서 연결 줄만 있고 블랙박스 본체는 없다.
최팀장, 글러브 박스로 손 뻗다가 어, 중간에 멈춘다.
운전석 옆 음료수 놓는 곳에 목에 거는 ID 카드가 줄에 돌돌 감겨 꽂혀 있다.
줄을 잡아들자, 감겼던 줄이 휘리릭 풀리면서 맨 끝에 달린 카드가 허공에 대롱대는데,
최팀장, ID 카드 사진에 플래시 비춰서 보다가 놀란다.
뒤를 뒤집어봐도 아니 이게 뭔가 싶은 최팀장.

최팀장 (카드 든 채 차에서 몸을 빼는. 트렁크 뒤 장형사에게) 야 이거,

장형사 (트렁크 쪽을 조사하다 고개 드는) 네?

최팀장 이 차 주인.. 설마

순창 팀장님! 이거, (당황해서 오는) 이 차, 그 사람 거 같은데요?

최팀장 맞냐?

장형사 누군데?

순창 전에 그, 서동재 검사요..

장형사, 무슨 소린가 해서 일어서고 길바닥을 조사하던 서형사도 다가오는데,
최팀장, ... 손에 들린 ID 카드 들어 본다.
자신만만한 표정의 남자 사진, 동재다.
그 밑에 '서동재'란 한글과 영문이름도 또렷하다.
형사들, 사진 봤다가 돌아본다.
차 뒤편과 바닥의, 핏자국.
이를 배경으로 흔들리는 ID 카드 속 동재 사진.

7회

제가, 검사장님을 피곤하게 해드렸나 보네요.

전에도 그랬겠죠? 저는 아마 끝까지 깨닫질 못할 겁니다,

알 만한 나이에 알 만한 걸.

좋아서 그러는 건 아닙니다.

S#1. 상가 건물/복도 - 밤

늦은 시각. 밥집 같은 대부분 점포는 불이 꺼졌다.
조용한 복도를 따라 오던 시목, 따뜻한 빛이 새어 나오는 선술집 문을 연다.

S#2. 동/선술집 안 - 밤

한산한 실내. 손님이 찬 건 두 테이블뿐이다.
입구 쪽에 직장인 손님들, 자기들끼리 얘기에 빠져 문소리가 나도 쳐다보지 않는다.
거기서 제일 떨어진 구석 테이블에 홀로 앉은 원철, 술잔 기울이는데 인기척.
올려다보면 시목이다. 인사하는 시목.

cut to. 마주 앉은 시목과 원철.

원철 끝났어. 끝난 대로 둬.

시목 ...

원철 남재익 실컷 욕먹었고 아들 은행 관뒀고, 무덤 들어간 걸 왜 굳이 다시 꺼내?

시목　왜 왜가 필요합니까?

원철　야,

시목　각자 출발선이 다르면 노력으로 따라잡을 수 있게 골라인만큼은 평등해야 한다, 남재익이 청년 일자리 확보하겠다면서 한 말입니다. 그러고서 본인 아들 꽂아 넣은 그 은행 자리에, 그해에만 2800명이 몰렸다고 하는데요. 15명 뽑는데 구직자가 2800명이요.

원철　그거 아니라도 떨어질 놈은 떨어져, 될 놈은 되고.

시목　변호사 시험 떨어진 사람을 의원 아들이란 이유로 검사복 입혀놔도 지금처럼 말씀하실까요? 끝난 게 아닙니다, 쉬쉬해주고 있는 거지.

원철　이거 너네 우부장도 걸렸어.

시목　저의 뭐라는 건, 없습니다.

원철　... 그럼 나한테도 기대하는 거 없겠네. 자기 동생을 사외이사로 갖다 쓰라고 압력 넣다가 걸린 정치인도 처벌받기는커녕 담당검사를 명예훼손죄, 통신비밀보호법 위반, 공무상비밀누설죄로 고소했어. 근데 검찰 확대간부회의에서 무슨 소리가 나왔는지 알아? 고소당한 검사 징계해야 되는 거 아니냐고. 너라고 다르겠니? 너 이거 못 해. 그때 가서 나 찾아올 생각 마.

시목　이 자리 나오라 하실 때 그 생각은 버렸습니다.

원철　야 인마! (직장인 테이블 쪽 일별) 너도 나이도 그렇고 사회생활 이만큼 했으면 알 만한 건 알아라 좀. 그렇게 평생 주변 사람 피곤하게 하면 좋냐? 넌 이게 좋아?

시목　제가, 검사장님을 피곤하게 해드렸나 보네요. 전에도 그랬겠죠?

원철　전엔 (하다) 지금은 위치도 변했고 너나 나나, 응?

시목　(끄덕..) 저는 아마 끝까지 깨닫질 못할 겁니다, 알 만한 나이에 알 만한 걸. 좋아서 그러는 건 아닙니다.

원철　그럼 안 하면 되잖아? 그쪽으로 안 가면 되잖아?

시목　(물끄러미 보기만 하는)

원철　... 일어나라.

시목, 일어난다. 인사하고 올 때처럼 조용히 나간다.
그 모습을 반은 거슬려서, 반은 묵직한 마음으로 바라보던 원철, 쓰게 술 넘긴다.

S#3. 길거리 - 밤

밤의 불빛이 흐르는 차 창문 안에 보이는 시목, 잠잠히 운전한다.
조금 더 가면, 끝없이 높은 한조 본사가 차 앞 유리에 비친다.
그 맞은편에서 오는 차(성문 사장의 차). 틴팅이 짙어 한조 건물이 유난히 더 반사된다.
시목 차와 교차될 때, 차 뒷좌석에 깊게 앉은 성문 사장 얼굴이 보이는데,
그 얼굴을 따라 본사 꼭대기에서 빛나는 한조그룹의 로고가 반사돼 흐른다.

시목 차에서 방향 꺾는 카메라, 이제 성문 사장 차를 따라간다.
뒤로 멀어져가는 한조 건물과 성문 사장의 차가 함께 보이는데,

연재E **고마워.**

성문 사장의 차는 한조그룹 사옥에서 점차 멀어지고..

성문사장E **같은 기업인으로 봐달라며.**

S#4. 한조 본사/회장실 - 밤

연재 (야경 펼쳐진 창문 앞에 섰다)
성문사장E **어느 쪽이 나한테 유리할지 선택하라고 했잖아. 그거뿐이야. 니가 아냐.**
연재 ... (등 돌리고 책상으로 간다)

맨 위에 파일, 《㈜한조그룹 2019년 3월 제42기 정기주주총회 보고서》 제목 아래,
마치 승리를 확인한 결정문처럼 〈의장·회장 분리안 부결〉 문구가 크게 찍혔다.
그 아래엔 상정안 찬성 41.9%(71,795,650주), 반대 43.8%(75,051,300주)
기권 14.3%(24,503,050주) 등, 주주총회 안건 표결 결과가 나와 있다.
그러나 이 파일은 밀어버리는 연재, 그러자 밑에 있던 파일이 드러나는데,

최빛 사진이 붙었다. 그녀를 뒷조사한 내용이다.
이를 들어서 읽는 연재.

S#5. 대검찰청/정문 계단 - 낮

태하 출근하는데 뒤에서 시목도 온다.

시목　　안녕하십니까, 부장님.
태하　　음. (간단히 인사받고 계단 오르며) 걔 뭐냐?
시목　　(보면)
태하　　서동재 원래 그래? 만나달라고 하도 그래서 시간 빼줬더니
　　　　코빼기도 안 보이고.
시목　　안 왔다고요? 부장님 뵙는 자리에요?
태하　　안 오기만 해? 연락도 없고 내 전화도 안 받고 사람이 말야,

태하, 울리는 전화에 말 멈춘다.
저장 안 된 번호지만 발신번호 식별 서비스에 뜬 발신처, '용산경찰서'다.

태하　　뭐야? 아침부터. (받는) 네.
시목　　(한 계단 뒤에서 따라온다. 동재 행동이 납득이 안 되는데)
태하　　.. 장건 형사? (듣다가) 나예요, 우태하. 난지 모르고 전화한 거야?
시목　　(쳐다보는)
태하　　서동재랑? (듣더니) 예, 어제 전화했어요, 그런데 이걸 왜 묻는데?

통화하면서 성큼 계단 오르던 태하, 우뚝 멈춘다. 시목도 멈추는.

태하　　걔가 왜 없어져? .. 그런, (옆에 느껴지는 그림자)
시목　　(옆으로 와 섰다. 들여다보고 있다)
태하　　(안 믿겨서 시목 보는) 실종이 확실해?
시목　　....

S#6. 경찰청/수사혁신단 - 낮

여진 (전화 중)

장형사F (주변이 좀 시끄럽다) 예!

여진 바빠요? 우리 다음 협의회 날짜 나와서

장형사F 잠깐만요, 지금 전화 중이라, 다시 드릴게요!

여진 미안 내가 방해했구나?

장형사F 아뇨 서검사가 실종돼서, 다시 할게요!

여진 에? (이미 끊긴 전화)

여진, 이게 무슨 일! 바로 일어나는데 그 눈에 들어오는 단장실.
단장실 안에는 최빛이 있고 주변도 보면 주임1, 2 등 조용히 일하고 있다.

여진 ... (도로 앉는) 서검사가 한둘이야?..
(다시 일어날 듯 들썩. 마음은 이미 현장으로 달려가는데)

최빛 (단장실에서 나와 문으로 가며) 나 성과 보고회니까 연락은 3시 이후에.

여진 예!

다녀오십쇼, 예, 정도 대답하는 주임1, 2보다 크게 대답한 여진,
꾸욱 버티다 최빛이 완전히 나가자마자 경찰수첩 등 챙겨서 튀어나간다.

S#7. 동/승강기 앞 - 낮

승강기로 가는 최빛, 그 뒤로 혁신단에서 나온 여진이 최빛 보더니 계단으로 쏙 빠진다.

S#8. 대검찰청/복도 - 낮

법제단으로 가는 기다란 복도의 시목. 그 반 보 정도 앞에 태하가 가고 있다.
묵묵한 시목에 비해 태하는 방금 들은 소식의 충격파가 아직 가시지 않은 얼굴이다.

태하 (돌연 화를 내듯) 뭘 하고 다녔길래!

시목 (평소처럼 차분) 제가 아는 건 부장님께서도 아시는데요,
다 말씀드렸습니다.

태하 근데 왜 온데간데가 없대? 애도 아니고 다 큰 남자가??

태하, 질문이 아니라 본인도 당혹스럽다. 시목, 그런 태하를 보는데,

Insert〉 - 6회 S#39. 대검찰청/법제단 복도 - 낮
'서동재 검사'에게서 온 전화 문자 - '진짜 내 얘기 해줄지 몰랐는데 덕분이다!'

시목 서검사, 무슨 일로 만나려고 하셨습니까?

복도 끝에 다른 사람들 말소리, 구두소리가 울린다.
그쪽으로 눈이 잠깐 들리는 태하, 다시 시목 보지만 그대로 돌아서 간다.
따르는 시목. 법제단으로 들어가는 두 사람.

S#9. 동/형사법제단 사무실 - 낮

사현은 실무관에게 경비 영수증 넘겨주며 농담하고 있는데,
잔뜩 굳은 얼굴로 들어서는 태하, 바로 그 뒤에 오는 시목.
실무관과 수사관, 아침인사 하고 사현도 알은체하는데,
태하, 곧장 단장실로 들어가버린다.
목례하는 시목도 가방만 책상에 밀어놓고 단장실로 들어간다.

사현 무슨...

S#10. 동/법제단장실 - 낮

태하 같이 다니면서 이상한 낌새 없었어?

시목 없었습니다.

사현 (들어온다)

태하 서프로가 위협을 받는다든가 걱정하는 일이 있다든가, 그런 얘기?

시목 아뇨.

태하 지검 일 때문일까? 거기서도 형사부니까 별의별 사기꾼 조폭 다 다루고 얽힐 거 아냐?

사현 (대화에 끼지 않고 문가에 기대 듣기만)

시목 서검사, 왜 만나려고 하셨습니까?

태하 뭐 들었어? 하도 만나달래서

시목 아뇨, 이번엔 부장님께서 먼저 연락하셨습니다. 무슨 일이었습니까.

태하 야 너 지금 나 취조해?

시목 (담담히) 취조였다면 어젯밤 서검사를 못 봤다는 부장님 주장이 사실인지부터 따졌겠죠. 무슨 일 때문이셨습니까?

태하 (시목을 이상하게 보더니) 너 뭐 알고 있지.

시목 제가요?

태하 바로 어제까지 붙어 다닌 선배가 핏자국만 남기고 실종이라는데 태도가 이게 뭐야?

사현 ?!

태하 옆집 개가 없어져도 이거보단 놀라.
미리 알고 있던 게 아니면 사람이 어떻게 이래? 둘이 짰니?

시목 (그냥 쳐다보는)

태하 (긴가 민가 해서 훑는)

시목 몇 시에 만나기로 하셨죠? 장소는요?

태하 이게 진짜.. 10시, 여의도 근처. (질문하기 전에 먼저 쫙 쏟아놓는)
너한테 들을 얘기 다르고 걔한테 들을 얘기 다르지,
사람이 둘인데 내가 니 말만 들었겠냐?

시목 올 사람이 안 오니 밤 10시 무렵에 전화 여러 번 하셨겠네요.
안 받던가요, 아예 꺼져 있던가요.

태하 (뭐라 하려다.. 생각난) 꺼져 있었네, 처음부터.

시목 부장님 말씀대로 이번 범죄는.. 의정부지검이 시작일 수도 있죠, 서검사가 갑자기 세곡지구대에 조사를 들어간 거하곤 무관하게요.

태하 (젠장..) 너 지금 의정부지검으로 가.

시목 저는 의정부지검 일을 들여다볼 권한이 없는데요, 부장님께서도 대검에선 직접수사를 안 한다고 하셨잖습니까.

태하 그놈 참! 가라면 좀 가라!

시목 예. (태하와 사현에게 목례하며 나가고)

사현 ... (탁자에 몸을 걸치는 사이)

태하 (내선 전화 건다) 차장님 계신가? .. 지금 말씀드려요. 지방 검사 하나한테 일이 생겼는데 대검에서 지휘해야 한다고. 응, 기다릴게. (전화 쥔 채 기다리는데)

사현 .. 적임자한테 시켜야지. 저게 황프로한테 갈 일인가?

태하 뭐가 (하다가 얼른) 차장님, 지금 제가 올라가도 될까요?

사현 (곁눈으로 태하 보는..)

S#11. 동/형사법제단 사무실 - 낮

시목, 책상 위 가방 들고 문으로 간다.

Flashback〉 - 5회 S#36. 안양교도소 민원실 앞마당에서 여진에게 "백팀장도 돈 받았어, 업주한테 내가 직접 확인했어." 말하던 동재.

그런 시목을 시선으로만 좇는 실무관과 수사관, 뭔가 심각한 분위기에 서로들 본다.

S#12. 동/법제단 복도 - 낮

Flashback.1〉 - 6회 S#13. 시목의 차 안. 전화로 들리는 동재 목소리. "김순경이 동두천경찰서장 조카야. 이놈을 찾아야 돼. 누가 먼저 찾아내는지 봐."

시목 (폰 연락처에서 서동재 찾는데 휴대폰이 아닌 검사실 번호로 전화한다)

Flashback.2〉 - 3회 S#59. 의정부지검 영상녹화실에서 심문 당시, 동재를 원수처럼 노려보던 백팀장.

시목 (전화) 전에 뵀던 황시목입니다. 제가 지금 (하다 상대 말에) 예, 들었습니다. 그래서 그쪽으로 가고 있는데요, 서검사님이 올해 맡은 사건 번호 리스트업 해주시고요, 세곡지구대 파일은 따로 추려주십시오. 회사 컴퓨터도 풀어놔주세요. 끊습니다.

승강기 앞에 서서도 쉬지 않는 손가락, 연락처에서 '장건 형사' 찾아 통화 버튼 누른다.

시목 (전화) 황시목입니다. 서검사 실종에 관한 사항을 전부 대검 법제단으로 보내주세요. (듣는) 예 저희가 맡습니다. 지금까지 나온 걸 보내주십쇼. (끊는)

S#13. 용산 주택가 골목 - 밤(어젯밤)

장형사E **동네에서 주점을 하는 부부가 자정 넘어 집에 왔는데 대문 앞에 주차가 돼 있었대요.**

중년부부, 낡은 주택 대문 앞을 삐딱하게 가로막은 동재 차에 찌푸리고 있다. 차고 앞엔 무단주차를 막으려 커다란 화분에 빨간 벽돌(3개)까지 올려놨다.

남편 누가 차를 남에 집 대문 앞에 이따위로 대놨어?

부인 앞에 번호 없어? 뒤에도 없.. 여보! 여보 이거!

남편 (차 뒤로 와서 보면 부인이 가리키는 것, 핏자국이다)

S#14. 병원/진료실 - 아침(오늘)

초등 5학년 정도의 동재 아들한테서 입 속 상피세포도 면봉으로 긁어내고
머리를 빗겨 머리카락도 꽤 많이 수거해 가는 병원 직원.
문가에 동재妻, 그걸 지켜보고 옆에는 장형사가 있다.
(동재妻, 젤네일을 받은 손이지만 C.U.이 아닌 손 보일 때 자연스레 보이는 정도)

장형사 (아이가 들을까 조용히) 남편분 혈액이 맞는지 확인해야 돼서요.
저희가 비교 대상이 없어서..

동재妻 (평소라면 세련되고 깔끔했을 타입이지만 방향 잃은 눈길. 파래진 입술)
제가 남편 쓰던 걸 가져왔는데 그걸로 하시지, 애가 놀랄 텐데요..

장형사E **검사 부인이라 강심장인가.. 남편 없어졌다는데 아들 걱정이 먼저긴 하더라고요.**

S#15. 의정부지검/동재의 검사실 - 낮(오늘)

서형사, 동재 방의 계장1, 실무관1에게 '최근에 이상한 거 없었냐.' 묻고 있다.

장형사E **특별한 일도 없었대고, 근데 서검사가 원래 뭘 공유하는 타입은 아닌가 봐요, 그 방 직원들 말이.**

S#16. 용산경찰서/복도 - 낮(방금 전)

장형사 (전화하며 강력팀에서 나오는데)

순창 (자기 자리 컴퓨터 앞에 선) 장형사님! 실종자 통화기록 왔어요.

장형사 (얼른 도로 들어간다)

S#17. 동/강력3팀 - 낮(방금 전)

프린터 앞에 선 장형사와 순창. 줄줄이 인쇄돼 나오는 동재의 통화기록.
장형사, 일단 첫 장부터 낚아채면 가장 최근 기록부터 역순으로 쭉 찍혔다.
제일 위에 있는 핸드폰 번호, 발신이 아닌 수신인데 연달아 두 번 찍혔다.
장형사, 손끝으로 짚은 번호 확인하며 핸드폰 누른다.

장형사 ... 예, 수고하십니다, 여기 용산경찰선데요, 여쭤볼 게 있어서요,
서동재씨 아시죠? 어제 혹시 서동재씨랑 (하다 상대 말에 어? 하는)
네 저 맞는데요, (상대 번호 다시 보는) 누구시죠? ... 우부장님이요??

S#18. 동/강력3팀 - 낮(현재)

순창 (자리에 앉아 유선전화로 통화 중) 예 의정부지검 서동재 검사요,
그분이랑 어제 통화하셨죠? 거기가 어디신지,.. 아, 예 알겠습니다.

순창, 전화 끊고 지금 번호를 형광펜으로 긋는다. 번호 끝에 미용실 예약이라 적는다.
맨 위에 〈핸드폰〉이라고 갈겨쓴 동재 통화기록 펼쳐놓고 일일이 확인 전화 중인데,
이미 확인된 건 형광펜으로 그었고 반복되는 번호엔 부인, 집 등 써놨다.
그 옆엔 〈지검 유선전화〉라고 쓴 통화목록 종이도 따로 있다.

장형사 (통화 중) 서검사 통화기록 맨 위에 있는 게 우태하 부장이더라고요,
.. 에, 협의회 그 우태하. 무게 잡는 인간.

순창 (목록에 다음 번호에 전화 거는데 신호음만 가고 안 받는다)

장형사 어젯밤에 만나기로 했는데 서검사가 안 나왔다고요, .. 10시요.

장형사 자리 유선전화 울린다.

장형사 잠깐만요. (핸드폰 잡은 손 내리고 다른 손으로 유선전화 받는)
네, 용산섭니다. ... 예, 전데요, .. 아 나왔어요?!

S#19. 용산 주택가 골목 - 낮

주택 대문 앞에 세워졌던 동재 차는 없어졌고 폴리스 라인 설치됐다.

장형사F (유선전화에 대고 하는 소리라 거리감 있는) 서동재씨 피가 맞아요?

라인 앞에 선 여진. 핸드폰 통해 들리는 동재 피가 맞다는 선고와 여진이 보고 있는, 이미 까맣게 굳은 길바닥 혈흔.

장형사F 예 알겠습니다. (이제 정확히 들리는) 경감님, 서검사 피 맞대네요.
여진 (자리 뜨며) 현장 사진 갖고 있죠? 나 좀 볼 수 있을까.
장형사F 에.. 경감님도 엄밀히는 지금은 외부 사람인데, 뭐 쯧, 복사해놓을게요.
여진 쌩큐. 지금 갈게요. (끊는)

그녀가 가는 현장 골목엔 형광조끼 입은 많은 정복경찰들이 깔렸다.

주민1 모른다고요, 본 거 없다는데 자꾸 눌러대요, 애 겨우 재웠는데.

근처 빌라 1층 주민1, 경찰1 면전에서 문 닫는 게 빌라 유리문 너머로 보이다.
이런 걸 늘 겪는 경찰1, 바로 옆집으로 걸음 옮기고.
여진도 익숙한 광경이라 이를 스쳐가고,
옆으로 난 샛길 안에는 쓰레기 더미 뒤를 살피는 경찰도 있고,
지나가는 행인을 탐문하며 목격자 찾는 경찰도 있다.
여진이 지나는 다세대 옥상에도 경찰이 올라가 있는데,

cut to. 다세대 옥상.
경찰, 위에서 보면 뭔가 보일까, 위에서 둘러보는 모습.
그의 시선에 따라 동네 전경 360도로 담으면,
오밀조밀한 주택들이 다닥다닥 붙어 있고 전선과 골목은 미로처럼 엉켜 있다.
그 사이를 지나 차에 오르는 여진도 작게 보인다.

S#20. 용산경찰서/강력반 - 낮

S#19 옥상 위 시점에서 내려다본 동네 전경,
장형사 데스크탑 모니터에 항공뷰 지도 화면으로 전환된다.
동재 차가 발견된 곳이 깃발로 표시됐고 그 주변을 기점으로 좁은 범위의 빨간 원,
그 바깥에 중간 범위의 파란 원, 더 바깥에 큰 범위의 노란 원으로 구분되어 있다.
지도 앞에 모여 선 강력3팀 형사들.

최팀장 핏자국이 남았으니까 일단 여기서 시작은 됐는데..

서형사 일은 다른 데서 치고 은폐 장소로 여길 고른 걸까요?
이 동네에 아직 있긴 하려나?

장형사 피가 끌린 흔적이 없으니 (현장 사진 보는) 슷, 뭐에다 실어서 옮겼나?

순창 공범이랑 같이 들어서 옮겼을 수도 있잖아요.
그 검사 체격을 생각하면 혼자 옮기기 쉽지 않을 거 같은데.

최팀장 저기 (모니터에 턱짓) 안에 아직 있나, 벌써 튀었나,
머리카락 하나 나오질 않으니..

장형사 어떻게 보면 다행이죠. 살인이었으면 사체 유기부터 했을 텐데,
아직 뭐 안 나온 거 보면..

최팀장 그치만 실종자 핸드폰 신호가 끊겼단 얘긴... 신호 끊긴 게 몇 시라고?

순창 8시 50분이요.

최팀장 7시 못 돼서 지검에서 나가서 보광동에서 마지막으로 핸드폰이 꺼지기까지 1시간 50분.. 밤 10시에 대검 검사랑 만나기로 한 사람이 저긴 왜 갔을까.. 아이 뜬구름 잡기도 중말, 이 안에 집집마다 영장 받아다 뒤져볼 수도 없고 쯧.. (그대로) 나가자, 현장밖에 기댈 게 더 있냐.

순창 (같이 움직이는데)

최팀장 넌 의정부에서부터 서검사 차 동선 따고.

순창 네.

최팀장과 순창, 서형사 나가는 뒤로,

장형사, 차 열쇠 등 챙기면서 키보드 밑에 파일 하나를 깔아둔다.
문자 보내며 나가는 모습.

cut to. 장형사 책상의 키보드. 그 밑에 깔린 파일 끄트머리가 보이는데.
잠시 후, 키보드 밑 파일 걷는 손, 여진이다.
장형사 의자에 앉아 파일 펼쳐보는 여진.
가장 먼저 동재 차가 찍힌 현장 사진 들어 본다. 그 밑에 통화목록 복사본도 있다.
사진 각도를 틀어 이리저리 살피는 여진, 핸드폰에 현장 사진을 찍어서 담기도 한다.

S#21. 교통계/모니터실 - 낮

순창 (CCTV 화면 모니터링 중인데)
여진E 고추장.
순창 어 경감님! (꾸벅)
여진 (S#20의 파일 들고 나타난) 어느 게 서검사 차야? (모니터 보는) 이거?
순창 어 경감님도 이거 (하다) 아 돌아오신 거예요, 인제 그럼?
여진 (찡긋, 고개 저어 보이고 모니터 들여다보는)

〈모니터1 영상〉
의정부지검 정문을 빠져나가는 동재 차가 찍혔다.
찍힌 시각 - 2019/03/26 18:54.

〈모니터2 영상〉
고가도로 입구에서 찍힌 동재 차.
찍힌 시각 - 2019/03/26 19:04 표기.

순창 (모니터1, 2 가리키며) 의정부지검 정문에서 여기까지만 찾았고 이다음부터 모르겠어요.
여진 차가 발견된 데 근처는? 현장?
순창 이제부터 봐야죠. 근데 현장으로 들어가는 골목이 큰 길에서부터 세 군데인데 거긴 CCTV가 없대요.

여진 아이..

핸드폰 진동 울린다. 액정 보면, '최빛 단장님'이다.

여진 어 벌써 3신가? (일단 빨리 받는) 네 단장님. .. 네? 지금요?

순창 (여진이 통화하는 사이 시계 보면 아직 3시 훨씬 전인데)

여진 (아이고! 순창에겐 손만 들어 보이고 급히 나간다)
5분 아니 10분 안에 가겠습니다!

순창 (좀 작게) 가세요! (여진 돌아보다가 다시 모니터 보고)
(옆에 경찰에게) 현장 걸로 돌려주실래요. 보광동 초입부터.

그러자 빠르게 돌아가는 모니터. 수많은 차, 이 중에서 어찌 찾을지...

S#22. 의정부지검/외경 - 낮

S#23. 동/로비 - 낮

시목, 큰 보폭으로 들어서면 젊은 의정부 검사, 시목 향해 온다.
3회 S#31. 백팀장 취조차 시목이 의정부에 왔을 때 동재에게 인사하던 젊은 검사다.

의정부검사 황시목 검사님이시죠?

시목 (걸음 멈추지 않고) 예.

의정부검사 (그 옆에 합류해 따르는) 안녕하십니까, 형사1부 정민하입니다.
대검에서 연락받았습니다.
(보안게이트에 시목 먼저 들어가게 하고 뒤따라와 승강기 버튼 누른다)
저희 지검장님께서 많이 걱정하고 계십니다, 먼저 인사를

시목 나중에요. 어제 서검사가 퇴근 직전에 마지막으로 한 일은 뭡니까?

S#24. 동/동재의 검사실 - 낮(어제 저녁)

조사받고 있는 남학생1, 덩치는 크지만 얼굴은 어린 게 묘하게 매치가 안 된다. 건너편에 동재가 앉았는데도 남학생1, 발 떨고 주억거리고 한시도 가만 못 있다. 초조해서가 아닌 원래 수시로 몸 어딘가는 꼼지락거리는 듯.

동재 (조서 보며 읽는) 아이 재수 없게 진짜, 넌 기초수급 받는 게 자랑이냐?

남학생1 ..

동재 니가 티를 벅벅 내잖아? 니 집 드럽게 가난한 거? (조서 내리는)

남학생1 (그냥 맥없이) 거 걍 장난으로 한 말인데요?

동재 옷 벗겨서 여자화장실에 가둔 것도 장난이야?
피해학생도 장난으로 생각했을 거 같아?

남학생1 딴 애들도 다 그러는데요?

동재 딴 애들 다 그러는데 여긴 왜 너만 왔을까?
(남학생1 눈앞에 깨알 같은 손글씨가 빼곡한 진술서 들어 보인다)
너 이게 사람이 사람한테 할 수 있는 짓이라고 생각해?
기초생활 수급자라고, 임대아파트 산다고 소문낸 것도 너라며?

남학생1 (진심 뭐가 문제지?) 걔 임대 사는 거 맞는데요?

동재 ....

같이 듣는 직원들도 넌덜머리가 난다.

남학생1 근데요, 저 촉법소년인데 언제 끝나요?

계장1 집에는 가고 싶냐?

남학생1 집 아니고 학원 가는데요?

계장1 촉법소년 얘긴 누가 하디? 부모님이 가르쳐주셨어?

남학생1 법 체험 캠프에서 배웠는데요? 14살 안 되면 처벌 안 받는다고.

동재 (미치겠다.. 사진 한 장 놓는다. 작은 아이가 병원에 입원한 사진이다)
50분을 두들겨 팼어, 니 반도 안 되는 애를. 진심으로 한번 물어보자.
너는 사람 때리는 게 좋았니? 니 주먹에 니 신발 끝에 다른 사람 살이

닿아서 그 사람이 아파하는 게 정말 좋아?

남학생1 ... 걔 근데 원래 멍청한데요.

동재 ... .. 너는?

남학생1 (에? 하는 표정으로 보기만. 잘 못 알아들었나 보다)

동재 .. 학원 가라, 가는데 촉법소년 말고 하나 더 알고 가.
법원에서 너 같은 애한텐 보호처분이란 걸 내릴 수 있어.
감호위탁, 수강명령, 사회봉사, 소년원 송치, 이런 게 보호처분이야.
소년부 판사가 얘는 소년원을 보내야겠다 하면 너는 가는 거야.

남학생1 (멍하니 쳐다보며 역시 좀 멍한 말투로) 수강명령으로 해주실래요?

동재 (뭐??)

남학생1 수강명령은 100시간 이내죠? 맞죠?

동재 (기가 막혀서 대답 못 하자)

남학생1 맞네. (하며 마지막에 돌연 히쭉 웃는데)

그 웃음, 소악마 같다. 좀 전까지의 뭘 몰라하던 멍한 표정이 차라리 나을 정도.

동재 ... (계장1 쳐다보자)

계장1, 와서 남학생1을 툭툭 쳐 세운다. 데리고 검사실을 나가고.
남학생1, 다시 맥없는 모습이 되어 털레털레 따라가는.

실무관1 어떻게 저런 애들이 점점 많아지죠?

동재 애 학교 보내기 무서워서 진짜.. 내가 말한 거 주거지는 찾았어?

실무관1 그게 김수항이란 이름으로 주소지는 있는데

계장1 (들어온다)

동재 주소지 있는 건 아는데 거기 안 사는 거 같다고 했잖아?

실무관1 그래서 찾아보고 있는 중이라

동재 (컴퓨터 끄고 일어난다. 재킷 입으며)
됐어! 내가 직접 물어보는 게 빠르겠네. 약속이 있어서 먼저. (나가고)

'내일 봬요.' 등 인사하는 직원들. 나가는 동재 뒤로 문이 닫히는데.

S#25. 동/동재의 검사실 - 낮(현재)

실무관1 그게 마지막이셨는데요.

동재 책상엔 전산실 기사가 앉아 데스크탑 로그인 패스워드를 해제하고 있다.
시목, 가운데 테이블에 쌓아놓은 파일 훑다가 계장1 쳐다본다.

시목 김수항 주거지, 어디에 물어본다고 했습니까?
실무관1 그 말씀은 없으셨어요.
시목 약속 있다면서 퇴근한 시간이 언제죠?
실무관1 .. 7시 좀 안 돼서요.
시목 ... (컴퓨터 쪽 잠깐 보는)
계장1 이게, 전화 주시고 나서 바로 전산실에 연락했는데 패스워드를 모르다 보니 금방은 잘 안 되네요?
시목 (파일 손에서 놓는) 세곡지구대 건 전부 전임이 쓴 거뿐인데 서검사님이 새로 맡고 나서 직접 작성한 건 없나요?
실무관1 저희 검사님이 새로 맡았다고 하기 좀 그런 게요, 공식적으로 뭘 재개하신 게 아니라서요. 그래서 경찰한테도 일단 그 얘긴, 안 했어요.
의정부검사 (얼른) 저희 지검장님께서도요, 서선배님이 최근에 어떤 건을 다뤘냐고 물으셨는데, 그 지구대 자살 건을 다시 보셨단 얘기를 들으시고 그건 일단 윤곽 잡힐 때까진 경찰한텐 함구하는 게 좋겠다고 하셨습니다.
실무관1 오늘 아침에 왔던 용산서 경찰한테 그래서 지구대 얘긴 안 했습니다.
의정부검사 정말 그 일 때문일까요, 서선배님?
시목 다른 짐작 가는 거 있으면 말씀하세요.
의정부검사 (멈칫하는 기색) 아뇨 그건 아니고요,
시목 (그 기색이 느껴져서 쳐다보는데)
전산실기사 (작은 혼잣말) 어 됐다.
계장1 (얼른 가보며) 됐어요? 로그인 돼요?
전산실기사 예. (반쯤 일어서며 바탕화면 나오게 한다) 인제 하시면 돼요.

계장1　수고하셨습니다.

기사는 인사하고 나가고 계장1, 책상에 앉아 동재 컴퓨터에 히스토리 연다.
시목도 와서 들여다본다.
계장1, 히스토리 맨 위 기록 누르면 형사사법포털 사이트(KICS) 로그인 화면이 뜬다.

계장1　(아래 기록들로 커서 쭉 옮겨보면 맨 위와 파일 명이 비슷하다)
거의.. 킥스인데요, 일 때문에 접속한 거. 그거 말고는..
의정부검사　이건 뭐죠? 동영상 보신 건가?
계장1　어제 낮에 보셨네?.. (해당 항목 누르면)
시목　(전화 진동 울린다. 용산서 3팀장으로 뜨는 발신자. 받는다) 예.

시목, 받으며 모니터 힐끗 보면 2회 S#16의 뉴스가 재생된다.
통영 익사자 집 공동현관 앞에서 인터뷰하는 최빛 모습도,
자막 - 〈경찰청 간부, 통영 익사사고 유가족 방문〉도 예전 뉴스와 똑같은데,

최팀장F　용산서 최윤숩니다. 지금 통화 괜찮으세요?
시목　네.
최팀장F　우리 막내형사한테 연락이 와서요,

S#26. 병원/응급실 - 낮

최팀장　실종자 통화목록에 번호가 황검사님 꺼 같다고.

응급실이라 주변이 좀 시끄러운데, 동재 신분증 사진을 확대해서 들고 있는 최팀장,
통화하면서도 지나가는 간호사한테 동재 사진 가리키며 보여준다.
간호사, 손 저으며 간다.

최팀장　무슨 용건으로 통화하셨는지 기억나세요? (대답 없자) 여보세요?
시목F　사건 서류를 대검으로 보내주십사 요청드렸는데 보내셨습니까.

최팀장　(소리 없이 '에이' 하는. 미간에도 주름 좀 잡힌다)
아직, 저희가 밖이라, 들어가는 대로 넘기겠습니다.

시목F　아뇨.

S#27. 의정부지검/동재의 검사실 - 낮

시목　제가 용산서로 가죠, 몇 시쯤이면 될까요?

최팀장F　직접 오신다고요? 어.. 한 시간 후요?

시목　서에서 뵙겠습니다. (끊는. 동재 방 직원들에게)
서검사님이 어제 이 방을 나가기 전까지 접속한 기록을 전부 보셔야 합니다. 히스토리만 말고 쿠키도요. (테이블에 파일 가리키는)
이건 제가 다시 와서 보겠습니다. 세곡지구대에서 뇌물 수수로 걸린 지구대원 6명 신원 전부 확보해주시고요, 서검사님 주변 인물 중에 현장하고 관련 있는 사람 있는지도 봐주세요. 용산구 보광동입니다.
전에 거기 살았든, 친척이 있든.
(예, 대답하는 직원들 뒤로하고 문으로 가는데)

의정부검사　(따라오며) 그때 보신 백경사는 휴가랍니다. 며칠 전부터요.

시목　(멈추는..) 나오라고 하세요. (나가는)

S#28. 동/복도 - 낮

의정부검사　(따라 나와) 영장 신청하실 건가요?

시목　(가며) 무슨 영장이요.

의정부검사　수색영장이요, 현장에서 선배님을 차로 옮긴 거 같다는데
세곡지구대원하고 관련성을 보려면 압수수색해야 되잖아요,
블랙박스를 보든 예를 들어 백경사 차에 선배님 DNA가 있는지 보든.

시목　용의자는 아직 특정되지 않았습니다.

의정부검사　그니까 특정하려면

시목　신청할 순 있지만 받아들여지지 않을 겁니다.

법원에선 압색의 필요성과 상당성을 인정하기 어렵다고 할 거예요.

의정부검사 현직 검사가 실종됐는데 법원에서도 감안해주지 않을까요?

시목 현직 경찰이 검사 한 명을 내사하다 실종됐다,
그러니 그 검사를 압색해야겠다고 경찰이 수색영장을 내달라고 하면
(상대방 가리키며) 영장 청구하시겠습니까? 지금 정황만으로?

의정부검사 .. 보완 지시할 거 같습니다.

시목 (승강기 버튼 누르고 선다)

의정부검사 대검에서 가져가는 게 세곡지구대 일만인가요,
아님 선배님 찾는 것도 포함인가요?

시목 둘 다요.

의정부검사 다행이네요, 저희가 안 해도 돼서.

시목 (짧게 보는) 일이 많습니까?

의정부검사 아아뇨 그 뜻이 아니라, 저희 지검에서 하면 이거 수사를
동두천경찰서에서 하게 되잖아요, 세곡지구대가 거기 속하니까.
근데 그건 고양이한테 생선을 맡기는 거고, 그렇다고 저희 쪽 다른
관할서에 토스한다 해도 같은 경찰인데 어디서 제대로 할까 싶어서요.

시목 ... 주 관할서는 생각해봅시다. (승강기 선다. 타려는데)

의정부검사 서선배님 제 지도검사님이셨어요. 시보 시절을 그분 방에서 보냈습니다.

시목 (건조하게) 저도요. (승강기에 오른다)

의정부검사 (닫히는 문에 대고 인사하는)

허리 펴는 의정부 검사, 시목이 탄 승강기는 이미 문 닫혔는데 자리 안 뜨고 그대로 선..

S#29. 병원/응급실 밖 - 낮

최팀장 (응급실에서 나오는데 전화 울린다. 받는) 어.

장형사F 팀장님 흉기 찾은 거 같아요.

최팀장 뭔데? 어디서?

S#30. 용산 주택가 골목 - 낮

현장. 동재 차가 주차됐던 집 앞이다. 정복경찰 하나가 차고 앞에 웅크려 앉아 차고 셔터 앞자리를 차지한 커다란 화분에 올려진 벽돌 3개를 수거하고 있다. 집주인인 중년부인이 경찰에게 설명하는 소리가 근처 장형사에게도 들린다.

중년부인 어제 아침에 나갈 때만 해도 분명히 4개 다 있었거든요.
근데 어젯밤엔 몰랐는데 오늘 보니까 이게 3개만 있잖아요.
장형사 (전화) 실물이 확보된 건 아니고요, 현장에 있던 벽돌 같아요.
중년부인 울 집 남자는 차 꺼내고 난 맨날 이거(화분) 치우는데 내가 왜 몰라요?
항상 4개였는데 딱 오늘 하나가 없더라니까?
장형사 (수거되는 벽돌 보는) 벽돌로 내려쳤나 봐요...

S#31. 경찰청/수사혁신단 - 낮

들어오는 여진, 용산서에서 가져온 사건 파일 끼고 곧장 단장실로 향한다.

S#32. 동/수사혁신단장실 - 낮

책상 앞에 선 주임1, 2, 최빛에게 보고 중인데 서둘러 들어오는 여진.

주임1 (농담인 척) 누가 보면 땡땡이치다 걸린 줄 알겠어요?
주임2 또 멀리 있었나 봐요?
여진 (취급 안 하고) 드릴 말씀 있습니다.
최빛 (주임1, 2에게 나가라는 눈짓)
여진 (한 발 옮긴다. 나가라, 길 터주는 무언의 동작)

기분 좋을 리 없는 주임1, 2, 스치며 여진을 흘낏하지만 여진은 굳건히 최빛만 본다.

여진　(문 닫히자마자) 단장님

최빛　(O.L) 납치야?

여진　.. 그래 보입니다.

최빛　일격 당했단 것도?

여진　(파일 펼쳐서 주는) 예, 현장에서 나온 피가 차 주인하고 일치합니다.

최빛　(현장 사진과 통화목록 등이 보이지만 대충만 훑는. 한동안 말 없다가)
별일이 다 생기는 세상이니까. 길에서 미친놈이 쫓아오기도 하고.

여진　예.

최빛　강도도 당하고. 상대가 검사인지 알 게 뭐야.

여진　...

최빛　아니겠지?

여진　.. 모를 일이죠.

최빛　검찰이 우릴 궁지에 몰려고 꾸민 거면?

여진　(대답 안 한다)

최빛　(스스로 끄덕이는) 너무 갔네. (사건 파일 돌려주는) 한주임.

여진　예.

최빛　송경사 죽음도 검사 실종도, 경찰하곤 무관하단 걸 입증해 와.

여진　그러길 바라지만 무관하지 않다면요? 범인을 잡았는데

최빛　(말 끊고) 너더러 범인 잡으란 거 아냐, 실종자 찾아 오란 것도 아니고.
그건 형사들이 해, 넌 (유선전화 울린다) 잠깐. (받는) 네.. 예 국장님.
(듣다) 갑자기 협의회를 왜 연기하재요? 날짜도 나온 걸?

여진　?

최빛　무슨, 지방 검사 하나 실종된 거랑 협의회랑 무슨 상관이라고,
우부장이 그래요?.. 원래대로 하자고 할게요, 미룰 수 없다고. .. 예.
(끊지만 바로 핸드폰 잡는) 이 인간 핑계도 진짜, 어떻게든 안 하려고.

여진　경찰에 불리한 쪽으로 결론 나도 지난번처럼은 할 수 없습니다.

최빛　무슨 지난번.

여진　서검사 일에 만약 세곡이 연관된 걸로 밝혀져도 협의회 끝난 다음에
진범을 잡거나 수사권을 가져온 다음에 실체를 드러내자, 그런 거요.

최빛　한주임, (잠시 쳐다보는) 내가 만약 그딴 소릴 하면 니가 날 찔러 넣어.
사람 목숨 달린 일에 농간 부리는 건 상사 대접해줄 이유가 없어.

여진 죄송합니다, 단장님.

최빛 실체를 알아 와.

여진 예. (목례하고 돌아서고)

최빛 (여진이 완전히 나가면 전화 건다) 우부장님, 접니다.
검사 실종된 거 때문에 협의회를 못 하겠다고 하셨다면서요? 무슨,
(말을 중간에 멈추고 얘기 듣는데 표정 변한다) 그게 언젠데요??

S#33. 동/수사혁신단 - 낮

자리에 앉은 여진, 사건 파일을 자세히 보는데,
그 뒤 단장실 창문 너머로 아직 통화 중인 최빛이 일어서는 것 보인다.
이쪽으로 고개 돌리더니 여진을 응시하는 최빛, 표정이 완전히 굳었다.

S#34. 용산경찰서/1층 입구 + 계단 - 낮

최팀장, 밖에서 들어온다. 계단으로 가 두 칸씩 성큼 밟으면서 올라가는데,
몇 계단 위에 시목이 팀장만큼 빠르게 올라가고 있다.

최팀장 황검사님! (훌쩍 올라가) 오랜만에 뵙네요.

시목 (가볍게 목례) 예.

최팀장 서울 오셨단 소리는 들었는데, 하필 이런 일로..

시목 ..

최팀장 이번엔 별일 없겠죠, 설마 (적당한 말 고르다가) 또 그러겠습니까.

시목 예.

S#35. 동/강력반 회의실 - 낮

시목, 먼저 들어와 앉는데 문자 울린다. 보면,

'서검사님 컴퓨터 히스토리 방금 메일로 보내드렸습니다.'란 내용이다.

최팀장 (관련 파일 들고 들어온다. 파일 내려놓고 앉으려다) 아 커피?
시목 아닙니다.
최팀장 (앉는) 이게 지금까지 나온 내용이고요, (파일에서 통화목록 꺼낸다)
시목 (파일 맨 위에, 동재 차가 발견된 당시의 골목 사진 집어 들자)
최팀장 거기 주민들은 개별로 확인 중입니다. 실종자랑 뭐든 엮인 게 있는지.

시목, 뜯겨진 블랙박스 위주로 찍힌 차 내부 사진 들어 보는 순간,
차 내부 사진에서 배경이 확장된다. 사진에 나오지 않은 골목 부분까지 화면에 번지듯 나타나면서 회의실이 동재 차 안에서 바라본 사건현장 골목으로 변한다.

S#36. 동재의 차 안 + 용산 주택가 골목 - 밤(시목의 추측)

장갑 낀 손이 동재 차의 블랙박스를 뜯고 있다.
현재 박스를 뜯는 사람의 시선이 곧 화면이라서, 사람은 안 보이고 손과 팔만 보인다.
운전석에 정식으로 앉은 각도가 아니라 되도록 차에 몸이 안 닿게 상반신만 차 안에 밀어 넣은 상태의 각도다.
한 손으로 뜯다가 다른 손도 쓰는데 그 손에 차 키가 들렸다.

시목E **차 키도 있겠다, 범인이 이 동네 주민이면 현장에서 차부터 치우지 않았을까요, 차만 발견 안 됐으면 이 동네는 사건에서 완전히 비껴나는 건데.**

그러자 시목의 말을 들은 양, 블랙박스 뜯기를 관두는 손. 대신 운전석에 앉는다.
차 문 닫고 키를 꽂고 시동 건다. 움직이는 차.

최팀장E **그랬을 수도 있죠, 근데 저희 관할에서 이 동네가 CCTV 보급률이 제일 떨어지는 뎁니다. 재개발 소리 나오고부터는 새로 설치를 안 해서요.**

그 말에 다시 변하는 배경.

cut to. 주택가 골목. 이번엔 위를 보는 각도다.
복잡하게 얽힌 전선줄 끝에 전봇대. 전봇대마다 보는 시선. CCTV 같은 건 없다.
시선 내려 골목 보면, 동재 차는 원래대로 대문 앞에 있고 주차된 다른 차도 없다.

최팀장E **몇 달 전에도 좀도둑 신고가 계속되는데 CCTV가 없어서 애먹었어요, 거길 일부러 골랐다면 동네를 아는 놈 같기도 하고 무엇보다..**

S#37. 용산경찰서/강력반 회의실 - 낮(현재)

시목 무엇보다요? 뭐가 또 있습니까?
최팀장 있는 게 아니라 너무 없어요, 지금 붙잡을 끈이 현장밖에 없어요. 사람을 찾아야 되는데. 그래서 (통화목록 내미는) 전화드린 이유가, 실종자 핸드폰 통화목록에 여기, 황검사님도 있어서요.
시목 (통화목록 보면)

최팀장이 가리키는 곳에 '메시지' 표시와 번호 찍혔고 '황시목 검사'란 손글씨 적혔다.
그러나 시목의 눈길은 맨 위에 체크된 태하 번호로 옮겨진다.
형광펜으로 그어진 번호는 연달아 두 번 착신됐고 손글씨로 '대검 우태하'라고 메모됐다.
2019/03/26 22:09, 22:15에 각각 걸렸다.

Insert〉- 길 - 밤.
짜증난 태하, 차로 오면서 발신하던 전화 끊는데 그때 액정의 시각, 10시 15분이다.

시목 ... 의정부지검 일을 제가 서검사랑 같이 논의했습니다.
최팀장 어떤 일요?
시목 수사권 조정하고 관련된 거요.
최팀장 어어.. 그때 뭐 특별한 얘기 없었습니까, 이상한 거나?
시목 (떠올려보는) 근무지가 자주 바뀌어서 힘들다,

아이들이랑 많이 떨어져 있다, 그런 얘길 했는데요.

최팀장 음.. 스..

시목 (다시 통화목록 보다) 이건 뭡니까? (번호 하나 가리키는)

역시 형광펜으로 그었는데 03/25 통화 번호 옆에 '김후정(통영)'으로 손글씨 메모됐다.

시목 통영이요?

최팀장 그게, 3월 초에 통영에서 대학생 둘이 죽었는데요, 익사로,

시목 압니다, 제가 있던 뎁니다.

최팀장 아 그랬었죠? 그때 생존자예요. 같이 놀러 간 애들 셋 중에 하나.

시목 그때 생존자한테 서검사가 전화를요?

최팀장 얘가 그러는데 서검사한테 연락 온 게 이게(통화목록)
처음이 아녔답니다.

시목 무슨 얘길 했는데요?

최팀장 얘가 처음엔 그렇게 생각했대요. 물에 빠져 죽은 내 친구들 불쌍하다,
난 다신 술 안 마신다. 근데 알고 보니까 출입금지 뽑은 인간이 있대고
그놈들은 전관예우로 풀려났다고 하니까, 아 사고가 아녔구나,
억울하게 갔구나.

S#38. 동/강력반 - 낮(몇 시간 전)

대학생1F 근데 그때쯤에 갑자기 의정부 검사란 분이 전화를 해선 사고 얘길
하길래 처음 통화 때는 뭔가 도와주려는 분인가 보다, 했어요.

순창 (유선전화로 통화 중이다) 처음 통화 때가 언젠데요?

대학생1F 그.. 검찰이 일 대충 했다고 막 뉴스 나고 그럴 때쯤? 그때요.
근데 막상 들어보니까 이상한 소리만 하잖아요.

순창 무슨 이상한 소리요?

S#39. 동/강력반 회의실 - 낮(현재)

최팀장 친구들 죽은 게 검찰이 잘못해서가 아니다, 뭐 그런 변명을 하더니 최빛이란 경찰이 너는 안 찾아왔냐, 그런 것도 묻고요.

시목 그 말을 하려고 서검사가 일부러 생존자한테 연락을 했다고요? 다른 말은 없이요?

최팀장 다른 말은 뭐.. (고개 젓는. 하지만 시목 눈길 피해 서류 보는데)

S#40. 승합차 안 - 낮(몇 시간 전)

장형사가 운전하고 옆에 최팀장, 뒤에 순창과 서형사 탔는데,

서형사 검사가 애한테 대고 그런 소릴 왜 해? 걔가 검찰 고소한다고 난리친 것도 아닌데?

순창 걔한테만 그런 게 아니고요, 서검사가 통영에서 죽은 애 아버지한테도 연락해선 오늘 찾아온 최빛이란 경찰이 혹시 검사들에 대해서 안 좋은 얘길 먼저 일러주더냐, 댁은 가만있는데 인터뷰하라고 시키지 않더냐, 그런 걸 물었대요. 통화기록에 죽은 애 집에 전화한 것도 있더라고요.

장형사 아이 트집거리 찾은 거네, 최부장 망신 주려고.

S#41. 용산경찰서/강력반 회의실 - 낮(현재)

최팀장 다른 말은 뭐.. (고개 젓는. 하지만 시목 눈길 피해 서류 보면서) 통영에서 죽은 친구 집에도 서검사가 똑같은 소릴 했다니까요.

시목 거기도 전화로요? (통화목록 보게 되는)

최팀장 예, (통화목록 맨 위 페이지를 쥐고 그 아래로 몇 장 더 넘기는) 그 기록은 여기 어디 그 있었는데.. 암튼 통영 생존자 애 말이 황당해서 앞으론 서검사란 사람 전화는 받지 말아야지, 했던 게 기억난다고, 어제도 모르는 번호로 떴길래 안 받으려다 받았더니 서검사가 또 비슷한 소릴 하더랍니다. 그래서 대충 끊었대요.

시목 (김후정(통영)으로 돼 있는 통화시간 짚어보면 2분 조금 넘는다) ...

Flashback〉 - S#25. 의정부지검/동재의 검사실 - 낮
계장1이 동영상을 재생시켰을 때 떴던 뉴스. 유족을 찾아간 최빛의 인터뷰 모습.

시목, 그때를 떠올리는데 그런 시목을 힐끗 보는 최팀장 안색도 밝진 않다.

장형사E **수사권 조정에서 최부장이 지금 경찰을 대표하는 얼굴이니까**

S#42. 승합차 안 - 낮(몇 시간 전)

장형사 그런 경찰이 뒤론 유족들 옆구리 찔러서 검찰 까내렸다고 하면
망신이야 줄 수 있겠지만 쩨쩨하게 그런 걸 뒤지고 다녀, 치사한 놈.
순창 (표정 이상한. 자신 없이) 근데요..
최팀장 욕은 사람 찾은 다음에 해.
순창 저기요,
최팀장 뭐? 말해?
순창 이거.. 최부장님 털려고 하다 서검사가 실종된 거면,
관련이.. 아예 없는 거예요? 최부장님은?
최팀장 ... 야, 자기 뒤 좀 턴다고 경찰 경무관이 사람 막 갈기고 납치하냐?
그러기로 치면 검사는 벌써 씨가 말라야 돼, 수사권 얘기 나올 때마다
검사들이 경찰청장 출신을 밥 먹듯이 구속했는데,
니 말대로면 그분들은 왜 그냥 구속됐냐?
서형사 그래, 니 말대로면 그분들이야말로 자기 터는 검사 뚝배기를 깼어야지.
장형사 너 최부장님한테 이른다?
순창 아니 저는 그냥 한번 말해본 거..

그러나 순창에게서 시선 돌려 밖을 보는 최팀장, 꺼림직해진다.

S#43. 용산경찰서/강력반 회의실 - 낮(현재)

최팀장 (생각 지워버리고) 검사님은 혹시 한조그룹이랑 연락될까요?

최팀장, 통화목록을 한 페이지 넘겨서 다음 장 보여주는데,
그가 가리키는 번호에는 '한조그룹 비서실'이라고 메모돼 있다.

최팀장 이거 말고도 일주일 전에도 서검사랑 한조랑 직접 통화한 게 꽤 돼요,
(몇 장 넘겨) 여기, 서검사가 먼저 한 것도 있고 한조에서 건 것도 있고.
근데 확인이 안 돼요. 한조에서 우리 전화를 계속 튕겨서.

시목 .. 알아보겠습니다.

최팀장 에에, 뭐 듣게 되시면 저희한테도 좀,

시목 예. (통화목록 뒤의 다른 서류도 넘겨보면)

〈실종자 차량 내비 목적지〉 제목 아래 안양교도소 등을 포함한 여러 주소가 떴다.

최팀장 서검사 차 내비에서 최근 입력된 목적지들 뽑은 건데요, 근데 막상
어제 건 없어요. 어젠 내비를 안 쓴 건지 범인 놈이 지우고 튄 건지.

시목 ... (서류 추리자)

최팀장 복사해드릴게요, 경황이 없어갖고 우리도 이게 원본이라. (파일 챙기는)

S#44. 동/강력반 - 낮

최팀장, 회의실에서 나와 복사기로 가고 시목도 최팀장을 따라 나온다.
시목, 강력3팀 자리를 지나가게 되는데 순창 자리에 낯익은 스타일의 그림이 붙었다.
'지켜보고 있다.'라는 문구와 함께 커다란 눈 두 개와 순창 고추장이 그려진 그림이다.

시목 (그걸 잠시 보는...)

의정부검사E **이거 수사를 동두천경찰서에 맡겨야 하잖아요,**
근데 그건 고양이한테 생선을 맡기는 거고,

시목　　…

의정부검사E　**같은 경찰인데 어디서 제대로 할까 싶어서요.**

최팀장　아참, 아직 파일링은 못했는데 흉기 나온 거 같습니다.

시목　　뭡니까 흉기가?

S#45. 용산 주택가 골목 - 밤

핸드폰 속 사진이 화면에 커다랗게 떴다.
차고 셔터 앞에 놓인 화분과 벽돌 3개를 오늘 낮에 찍은 사진이다.
핸드폰 뒤 실제 배경은 낮밤만 다를 뿐, 사진 속 배경과 같은 차고 셔터 앞이다.
핸드폰 내리는 손, 여진이다. 현재의 셔터 앞을 보면,
이제는 화분도 벽돌도 모두 없이, 화분 있던 자리에 흙 모양 링만 조금 남았다.
이전 사진으로 넘기는 여진, 이젠 각도를 틀어 골목 배경에 맞춰서 핸드폰 드는데,
이번 사진은 골목에서 동재 차가 발견된 직후(밤)에 경찰이 찍은 현장 사진이다.
실제 골목과 사진 속 각도를 딱 맞춰서 들어 보는 여진.
현재 시간과 사진이 모두 밤이라 얼핏 보면 그냥 현재 모습 같은데,
핸드폰 내려지면 그 뒤에 드러나는 골목엔, 사진 속에 삐딱하게 주차된 동재 차가 없다.

소리E〉　뒤에서 나는 차소리.

여진, 돌아보면 차가 와서 서고 시목이 내린다.
시목, 손에 파일 들고 여진 쪽으로 온다.
인사 대신 묵묵히 보는 여진 옆에 와 서는 시목,
그 역시 말 대신 파일에서 현장 사진 꺼내 방금 전 여진처럼 동재 차 사진을 들어 본다.

여진　　서검사가 평소에 주차를 뭣같이 했어요?

시목　　아뇨, 자기 차나 소지품, 몸에 걸치는 건 굉장히 챙겼어요.
(사진 내리는) 시간만 충분했다면 차를 똑바로 세웠을 겁니다.

여진　　중간에 급히 세우고 내린 건데.. 피가 튄 현장도 골목이고.

시목　　…

여진　여기 집들 중에 하나를 찾아온 게 아니라 골목에서 누구를 봤나?

S#46. 용산 주택가 골목 - 밤(시목의 상상)

차고 셔터 앞의 화분을 피해 대문 앞에 급히 주차되는 차. 동재가 내린다.
이 장면을 범인 눈으로 본 화면이다.
범인, 동재에게 다가간다. 그 움직임에 따라 동재 차 트렁크 쪽으로 다가가는 화면.
동재도 이쪽으로 온다. 화면에 대고 뭐라 말하는 입 모양, 뭐라는지는 알 수 없다.
그러자 범인 시선, 아래 옆으로 돌려진다. 셔터 앞 화분에 꽂히는 시선.

여진E　**흉기..**

화분에 벽돌 4개가 모두 올려져 있다.
벽돌 집어 드는 손, 끄트머리 정도만 보이지만 맨손임을 알 수 있다.
놀라는 동재, 그의 머리를 향해 날아드는 벽돌.

여진E　**정면이었을까요?**

정면으로 가격당하기 직전, 범인 손목을 콱 잡는 동재.
동재가 발로 차자 화면이 휙 뒤로 넘어간다. 동재 힘에 범인이 자빠진 것.
바닥에 벽돌 떨어지는데, 범인 위로 올라타는 동시에 그 벽돌을 잡아 드는 동재,
어떻게든 반항하는 범인 팔 보이지만 동재가 벽돌을 쥐고 내려친다. 화면에 튀는 피.

S#47. 용산 주택가 골목 - 밤(현재)

시목　(동재 핏자국이 남은 바닥 본다) 상대가 아주 거구가 아닌 이상..
여진　서검사도 그냥 당할 체격은 아닌데 본인 피만 흘려졌다는 건,

시목, 현장 사진 보더니 동재 차 트렁크가 있던 부분쯤으로 발걸음 옮긴다.

그 자리에서 여진을 똑바로 보는. 여진도 시목 보는데,
시목, 여진에게 등을 보이며 돌아서는 순간,

S#48. 용산 주택가 골목 - 밤(시목의 상상)

돌아서는 동재. 그의 등 뒤로 화분의 벽돌을 낚아채는 손.
동재 뒤통수를 향해 날아드는 벽돌의 뾰족한 모서리.

시목E　　**범인 앞에서 등을 보이고, 범인은 흉기를 미리 준비하지 않았다는 건,**

골목 바닥과 차 트렁크에 튀는 피. 벽돌이 머리를 가격하는 소리.
트렁크에서 옆을 보여주면, 길바닥엔 머리에서 피를 흘리며 쓰러진 동재.
화면, 흔들린다. 손에 들린 벽돌 봤다가 동재 봤다가 범인도 당황한 듯.
그러다 돌연, 동재 차를 본다.
벽돌 놓고 동재 주머니 뒤지는 손, 차 키 찾아낸다.
급히 차로 가는 화면.

S#49. 용산 주택가 골목 - 밤(현재)

여진　　(모퉁이 보는) 피가 차 뒤에서 튀었으니까..
(반대편에 가 선다. 모퉁이 가리키는) 차는 저쪽에서 이 방향으로 왔고,

시목, 여진이 가리키는 모퉁이 보면,
현실에서 구상하는 거라 실사보다는 흐릿한 동재 차, 모퉁이 돌아 골목으로 들어온다.

여진　　범인이 여기(여진이 현재 선 자리) 서 있는 걸 보고

동재 차, 급히 선다. 여진을 좀 지나쳐 대문 앞에 세운다.

여진 (동재 차로 가는. 차 트렁크가 위치했던 곳에 선다) 역시 여기서
우연히 만난 거라면 범인이 이 동네 근처 사람이어야 되고,
그럼 서검사 차부터 치웠을 텐데? 내 집 앞에 안 놔둘 텐데?

시목 이 동네 사람이 아니라면 여기까지 유인을 했겠죠.

여진 차에 탄 사람을 유인하려면 범인도 자기 차로 왔겠.. 아니다.

시목 (보는)

여진 서검사가 범인을 태우고 여기까지 왔으면요? 여기서 내려준 거라면?

시목 내려준 거면 본인 차를 제대로 세우지 않았을까요?

여진 범인이랑 다투다가 화가 나서 확 세웠으면?

시목 차 보조석에서 인체 반응 나왔습니까?

여진 지금 하고 있나 보더라고요, 근데 좀 걸릴 거예요,
차라는 게 워낙 분석할 게 많아서.

시목 .. 서검사랑 범인이 한 차로 여기까지 왔다면 서검사가 쓰러진 다음에
범인은 뭘 했을까요?

여진 쓰러진 사람을 옮겨야죠, 누가 보기 전에 (하다) 으음..

시목 서검사 차에 실어서 옮겼겠죠, 들쳐 메고 여기 바로 앞집 정도로
바로 들어갈 게 아니라면. (주변 집 보는)

여진 (같이 주변 집 보지만) 그랬다면, 여기 집들 중에 하나로 들어갔다면
금방 다시 나와서 서검사 차를 어디다 갖다 버렸을 거예요,
내 집 앞에 안 두지. 다만,

시목 (보면)

여진 공범이 있었다면, 어느 쪽이든 얘기가 다 가능해지죠.

마주 보는 두 사람, 너무 많은 가능성이다.

여진 아아 빨리 찾아야 되는데, 하루가 다 갔는데..

시목 ... 동두천경찰서장, 어디 있는지 아세요?

여진 (고개 저으며 왜? 쳐다보면)

시목 서검사가 서장을 실종 직전에 만났을지도 모르는데요.

여진 !.. (바로 차로 가며 동시에 전화하는데)

S#50. 경찰청/수사혁신단 - 밤

불 꺼진 사무실. 기계 소리만 들린다. 복사기 소리다.
복사기 틈새로 나온 하얀 빛이 일정 너비를 오가며 어둠을 부순다.
막 복사돼서 토해져 나온 종이 낚아채는 손가락, 그 손을 따라 올라가면 최빛이다.
복사기 빛에 파랗게 반사되는 최빛, 그녀가 눈을 빛내며 보고 있는 것은,
동재의 지검 유선전화 통화목록이다. 종이 끄트머리에 대충 지운 낙서가 보인다.
최빛, 목록 중에서 '남양주경찰서' 혹은 '남'이라고 표시된 것만 쭉 따라서 짚어보는데,
복사도 끝나서 고요한 사무실에 돌연 울리는 전화벨.
펄 듯이 놀라는 최빛, 전화 끄려는데 발신자, 한주임이다.
최빛, 순간 망설이지만 전화 꺼버리고 복사본을 옆구리에 낀다.
원본은 얼른 추려 파일에 다시 넣고 여진 책상으로 가 원래 자리에 꽂는다.
여진 책상에서 사라지는 그림자. 황급히 멀어지는 발소리. 문 열렸다 닫히는 소리.

S#51. 용산 주택가 골목 - 밤

여진 (본인 차 문까지 연 상태지만 아직 타지 않고 전화 끊는)
서검사가 동두천서장을 왜 만나요?

시목 서검사 방 직원 말이, 김순경 소재를 서검사 본인이 직접 물어보겠다고 했답니다. 물어볼 대상은 당연히 서장이었겠죠.

여진 .. 둘이 무슨 사인지 알아냈구나. (차에 타는) 일단 갑시다.

시목 (저 앞에 주차된 본인 차를 보지만 조수석으로 가 여진 차에 오르자)

여진 (거치대에 핸드폰 걸며) 나 이따 여기로 다시 안 올 건데?

S#52. 여진의 차 안 - 밤

시목 올 땐 택시 타죠.

여진 무슨! 동두천에서 여기까지 택시 값이 얼만데욧! (출발)

시목　(책망에 여진 쪽으로 눈알만 도로록..) 동두천으로 가는지 몰랐는데요.
여진　아 그런가? 단장님이 얼핏 동두천서장이 동네로 옮겨갔다고 했거든요.
시목　어느 동네요?
여진　(다시 최빛에게 전화) 고걸 물어봐야죠.
(이번엔 통화 중이란 안내 나온다. 끊는) 우리 단장님 바쁘시네.
시목　서장하고 김순경이 삼촌 조카 사이란 것도 최부장님이 알려주셨나요?
여진　예.
시목　.. 확실히 최부장님이 정보가 빠르네요..
여진　당연하죠, 정보경찰 중에 탑인데, 아까도 (하다) 아!
시목　?

S#53. 경찰청/수사혁신단 - 오늘 낮(S#33 이후의 상황)

자기 책상에 앉아 동재의 통화목록을 들여다보는 여진.
지금 훑는 건 핸드폰 통화목록이고, 지검 유선전화 목록은 책상에 내려놨다.
내려놓은 유선전화 목록 귀퉁이에다 보지도 않고 습관처럼 낙서하는 여진,
최빛이 다가오자 낙서 부분을 손바닥으로 가리는데,

최빛　(메모한 것을 유선전화 목록 위에 놓는다) 김순경 있는 데.
여진　(메모 들어 보며) 벌써 찾으셨어요?
최빛　(이미 가버린)

여진, 유선전화 통화목록 종이에 한 낙서를 볼펜으로 벅벅 지운다.
그때 낙서 옆에 보이는, 어느 전화번호 옆에 순창이 쓴 손글씨 - 〈의정부경찰서 경무과〉

S#54. 여진의 차 안 - 밤(현재)

여진　맞다 그랬겠네, 서장을 만날 거였으면 서검사가 연락을 미리 했었겠네.
그거 사건 파일이죠?

시목 (갖고 있던 파일 편다. 통화목록 짚는다)

여진 서검사 책상 전화로 한 거요. 핸드폰 말고. 의정부경찰서 있죠?

시목 (보다가) 있네요.

여진 거기 같은데? 동두천서장이 옮겨진 옆 동네가?

시목 경무과. (그 번호로 전화 거는)

S#55. 의정부경찰서/앞마당 - 밤

차에서 내리는 여진과 시목, 경찰서 건물로 거의 동시에 발걸음 뗀다.

S#56. 동/복도 - 밤

복도에 붙인 포스터에 보이는 의정부경찰서 마크. 이를 배경으로 시목과 여진이 섰다.

시목 (전화 중) 아까 전화드렸을 땐 회장님께서 다시 들어온다고 분명히 그러셨는데요. (듣는) 아뇨, 회의 끝나고 들어오신다고 하셨습니다, 지금 전화 받는 분께서. (듣는) .. 알겠습니다. (끊는)

여진 한조그룹 회장님 용안 한번 알현하기 참 힘드네.

시목 내일 회사로 가야겠어요.

여진 간다고 통과가 될까요? 1층 로비에서부터 막을 텐데.

시목 ...

前동두천서장E 댁들이요?

그 소리에 여진, 시목, 고개 돌리는 순간 동작이 멈춰진다.
사복경찰 하나가 오는데 덩치가 세로든 가로든 보통사람 두 배다. 엄청난 거구.

前동두천서장 (쿵쿵 다가온다. 부은 소시지 같은 손가락으로 둘 가리키며) 날 보자고 했어요?

시목 ...

여진　... 전승표 과장님? (명함 건네고) 한여진입니다.
前동두천서장 (명함 보는데) 혁신단? (여진 찍 보는 눈길이 유난히 안 좋다)
시목　(그 눈빛 보더니) 황시목입니다. 검찰청 소속입니다.
여진　조카분에 대해서 여쭐 게 있는데요, 김수항씨요.
前동두천서장 ... 오세요. (돌아서 앞장서 가는데)
여진　(前동두천서장 등발에 가려서 앞이 안 보인다) .. 이 정도면,
시목　네에.
前동두천서장 뭐요? (굵은 목으로 돌아보는)
여진　(합죽이처럼 입 콱 다무는)

S#57. 동/휴게실 - 밤

쾅! 하는 소리와 함께 의자 2개가 동시에 나동그라진다. 박차고 일어나는 前동두천서장.

前동두천서장 아니라면 아니지, 내가 보낸 게 아니라니까! 송기현이 그게 언제 적 얘긴데 인제 와서, 내가 세곡으로 보낸 게 아니라고요!
여진　서검사한테도 그렇게 얘기하셨어요?
前동두천서장 누구?
여진　언제 적 송기현 경사 얘기, 인제 와서 다시 한 사람 또 있었죠? 의정부지검 서동재 검사. 이틀 전에 통화하셨습니다. 무슨 얘기 하셨습니까.
前동두천서장 통화야 뭐 하루에 백 번도 하는데, 기억 안 나요!
여진　무슨 얘기 했냐고요.
前동두천서장 사람 말을 귀때기로 듣나, 기억 안 난다니까요! 경무과가 을마나 정신없는데? 예산, 응? 그리고 저기 뭐냐, 기획! 안 하는 게 읎다고요, 바빠!
여진　저희도 전화 수십 통 받습니다. 그런데 지금 계시는 데가 검사 전화가 그렇게 다이렉트로 꽂히는 부서던가요?
前동두천서장 (꿈틀!)
여진　밀려나신 걸로 아는데요, 경무과 중에서도 한직.
前동두천서장 아나 씨, 그래 나 밀려났다, 그래도 인마 야 너! 내가 너보다 위야,

같은 경찰이 (시목 일별하며) 어? 몰려와서 이럼 안 되지!

시목 (뭐라 하려는데)

여진 (가벼운 손짓으로 시목 말을 막으며) 그럼 본청 가시죠?
와서 이러는 게 안 되면?

前동두천서장 본청 위세 떠냐? (가소로운 헛웃음 토하더니) 그치, 그 싹수가 어디 가?

여진 (무슨?)

前동두천서장 너 최빛 밑에 있는 애지?

여진 (최빛 이름 듣는 순간 붙을 기세로 일어나는) 이름 부르지 맙시다.

시목 (손을 좀 여진 앞으로 뻗으며 일어나고)

前동두천서장 뭐뭐? 한때 저기 뭐냐, 걔가 나랑 나란히 서장이었어, 이름도 못 불러?

여진 한때 무슨 빌어먹을 한때, 댁은 폭행으로 징계 먹고 총경에서도
미끄러졌고 최단장님은 지금 경무관입니다.
똑바로 안 하면 나도 댁 이름 찍찍 불러요?

前동두천서장 (붉으락푸르락)

시목 (혼자 차분한) 뉴스 보셨죠.

前동두천서장 (뭐야 또 이건?)

시목 서검사 실종입니다. 납치로 추정.

前동두천서장 .. 야 나 씨 미치겠네, 그래서 나, 나더러 아 씨 기가 막혀서 말도
헷갈리네, 지금 내가 어떻게 했다는 거예요, 그 검살?
전화 통화 좀 했다고 내가 납치범이라고 이러고 몰려온 거요 지금?

여진 통화 안 했다면서요?

前동두천서장 왜, 내가 왜?! 내가 얼굴 한 번 못 본 사람을 내가 미친놈이야?
왜 납치를 해? 왜! 나도 경찰이야 이 사람들아!

여진 송경사 세곡으로 발령 냈죠?
조카네 팀에서 괴롭힘 당하고 우울증에 시달리는 것도 알았죠?

前동두천서장 검사가 어쨌다더니 인제 또 세곡?

시목 전직 동두천서장에 대해선 의구심이 있었습니다.

여진 무슨.

시목 송경사 때문에 징계는 당했지만 그게 상대를 죽일 정도의 원한일까?
내내 앙심을 품다 조카한테 죽이라고 시켰을까, 경찰서장을 한 사람이?
살인으로 가기엔 동기가 약하다, 서장은 지구대원들에 비해선

용의선상에서 비껴나 있다, 라고 생각했습니다.

前동두천서장 (약간 그렇지 하는 얼굴이 되는데)

여진 예상도 못 한 일이 터졌다면? 아무리 삼촌이라도 조카가 유흥가 뒷돈을 받아먹는진 몰랐는데, 고문관 취급이나 당하라고 보낸 송경사가 조카 비리를 알아내서 단독 조사하다가 바로 그 조카 손에 죽었다면.

前동두천서장 (다시 인상 험악해지고)

여진 설상가상, 2년이나 지나서 이걸 들춰내겠단 검사가 눈앞에 나타났다면.

시목 조카가 범인인 걸 알고 있었다면 가슴이 철렁했겠죠.
조카가 걱정돼서든 본인이 사주한 게 들통날까 봐서든.

前동두천서장, 마지막 말이 끝나기 무섭게 돌주먹으로 테이블 쾅 내리친다.
탁자가 갈라지는 소리 내며 뒤집히는 순간,

S#58. 용산 주택가 골목 - 밤(여진과 시목의 상상)

화분 위 벽돌 4개 중 하나를 그러쥐는 솥뚜껑 같은 손.
동재, 피할 새도 없다. 위로 향해진 채 놀란 그의 얼굴에 거대한 팔 그림자가 정면으로 덮쳐온다.

cut to. 힘도 안 들이고 단숨에 내리찍는 前동두천서장의 무서운 얼굴.
퍽! 하는 소리가 그의 얼굴이 C.U.된 화면 밖에서 들린다.

cut to. 골목 멀리서 본 모습. 벽돌 쥐고 선 前동두천서장.
그 앞에 쓰러진 동재.

S#59. 의정부경찰서/휴게실 - 밤(현재)

前동두천서장 (엎어진 탁자 뒤에서 씩씩대는)

여진 어젯밤에 어디 있었습니까.

前동두천서장 가져올 테니까 기다려. (쿵쿵 휴게실 나가며) 나한테 사과할 준비 하고.

여진 .. 알리바이를 가져온다?..

시목 ... 준비가 잘돼 있네요.

S#60. 동/휴게실 밖 - 밤

나오는 순간 표정 변하는 前동두천서장, 방금 전까지의 분노가 아닌 불안감이다.
휴게실 돌아보더니 큰 보폭으로 성급히 가면서 어디론가 전화한다.

S#61. 밀폐된 공간 - 밤

좁고 어두운 공간. 위아래로 길고 가는 한 줄기 빛이 정 가운데에만 비친다.
빛의 형태로 보아 양문 틈새로 바깥 불빛이 새어 들어오는 듯하다.
어둠에 익숙해지면 사람 형체가 보인다. 잔뜩 웅크려 누운 형체, 움직임은 전혀 없는데.
발소리 다가온다. 가까이 온다. 발소리 그치고 1초, 2초, 3초... 끼이익 열리는 문짝.

화면을 가로로 길게 쪼개던 빛이 전체로 확장된다.
밝아진 이곳은 옷장 내부 같은 느낌인데, 바닥에 동재가 눕혀져 있다.
손은 뒤로 돌려져 묶였고 눈도 셔츠 천 같은 걸로 칭칭 감아놨고 입도 재갈이 물렸다.
이마에 엉겨 붙은 점점의 피는 굳었고 빛이 쏟아져 들어와도 전혀 반응 없는 동재.
잠시 기절한 걸까, 의식을 잃은 걸까, 죽은 걸까.
동재 몸 위로 늘어진 그림자. 문을 연 사람이 그를 들여다보고 있다.
그림자가 내려오더니 작은 생수병 끝이 동재를 쿡쿡 찔러댄다.
문을 연 사람이 내려앉아 손에 든 생수병으로 동재를 건드리는 것이다.
그러고 보니 동재 옆에 빈 생수병 몇 개가 구르고 있다.
동재, 전혀 반응 없다.

그림자, 다시 일어나더니 문짝 닫힌다. 멀어지는 발소리.
그러더니 밖에서 불을 껐는지 가늘게 들어오던 한 줄기 빛마저 사라진다. 완벽한 어둠.

이어 방문 열리고 닫히는 소리가 멀게 들린다.
... 숨소리조차 없던 동재에게서 미동이 느껴진다.
고개를 쳐들더니 소리 없이 몸을 돌리고 있다.

cut to. 동재의 눈. 겁에 질린 와중에도 고개를 최대한 쳐들고 눈을 아래로 내리면,
동재가 보는 화면. 칭칭 묶였지만 눈과 코 사이에 천이 아주 약간 들뜬 틈이 있다.
그 사이로 보이는 불분명한 화면. 동재 발이 문을 밀고 있다. 천천히 문이 열린다.
흔들리는 화면. 동재가 몸의 옆면을 바닥에 대고 안간힘을 써 움직이는 대로 흔들린다.
옷장 밖으로 나온 듯한데 어두워서 잘 안 보이지만, 여기는 나무 문양 마룻바닥 같다.
바닥에서 이리저리 돌려지는 동재의 시선, 어두운 와중에도 저 앞에 문 같은 게 보인다.
누운 상태에서 보는 화면이라 바닥에서 겨우 10cm 위 정도까지 보이지만 분명 문이다.
어떻게든 문을 향해 움직이는 화면. 동재의 거친 숨소리가 그 위로 울리고.
그런데 벌컥 문이 열린다! 공포에 들이삼켜지는 동재 숨소리!
... 천 틈 사이로 보이는 형체, 사람 발이다.
완전히 굳어버린 동재처럼 멈춰진 화면에... 이제 사람 발이 화면 중앙으로 다가온다.
그 발이 가까이 올수록 눈과 코 사이 작은 틈으로 보이는 화면은 뿌옇게 채워진다.
너무 가까워져서 형체 구분이 안 되는 것. 오직 한 발 한 발 다가오는 발소리뿐.

cut to. 완전히 굳은 동재 얼굴. 피가 엉겨 붙은 이마에 긴장의 땀방울이 반사되는데.
돌연 동재 발목을 콱 잡는 손. 크지도 작지도 않고 매끈한 손이 동재 발목을 잡았다.
너무나 놀란 동재, 발버둥 치며 발을 확 뻗는데,
동재 귀에, 상대가 발에 맞는 둔탁한 소리가 난다. 이어 사람이 나동그라지는 소리도.
그러더니 조용... 동재, 보이지 않는 눈 대신 귀를 이리저리 움직이는데,
둔탁한 몽둥이 같은 게 바닥을 긁으며 끌려오는 소리가 나더니...
뭘 어떻게 할 수도 없고 어떻게 할 시간도 없이 동재 위로 가해지는 타격.

어두운 공간을 채우는, 퍽퍽 때리는 소리.
입에 재갈 물려진 동재의 비명 아닌 비명.
벽에도, 벽에 기대놓은 박스에도 피가 몇 방울 튄다.
(박스, 악기용 키보드 상자이지만 어두워서 아주 자세히 봐야 구분할 수 있을 정도)
이윽고 소리 멈춰지고. 움직임 없어진 동재. 그 위의 그림자가 사라지더니.

동재 상반신이 보이는 고정된 앵글에서 동재가 옆으로 질질 끌려간다.
캔버스에 그어지듯 바닥에 생겨나는 가느다란 피의 선.
마룻바닥에 고정된 화면에서 점점 끌려 나가는 동재, 마침내 화면에서 완전히 사라진다.
엔딩.

8회

제 남편은 사명을 다하던 검사였고 성실한 아버지였습니다.

그런 사람이 돌아오지 못하고 있어요.

같이 있던 사람을 목격하셨거나 말소리 같은 작은 거라도

저희에겐 너무나 간절합니다.

S#1. 용산 주택가 골목 - 밤

모두 잠든 주택가. 인적 없다. 이곳으로 여진 차가 와서 선다.

시목 감사합니다. (내린다. 본인 차로 가려는데)

여진 저기요 황검사님.

시목 (보는)

여진 이런 일은 일생에 그렇게 자주 일어나지 않아요.

시목 이런 일이요.

여진 동료가 둘씩이나 어떻게 되고 그런 건, (고개 젓는)

시목 (평탄한 목소리) 살아 있다고요?

여진 살아 있어야죠.

시목 찾으면 알게 되겠죠.

여진 예.. 들어가세요. (차 몰고 간다)

시목 (가는 차에 목례. 돌아서다 뭘 봤는지 멈춘다)

S#2. 여진의 차 안 - 밤

골목을 빠져나가는 여진, 사이드미러로 보면 어두운 골목에 동그마니 홀로 선 시목.

S#3. 용산 주택가 골목 - 밤

시목, 바닥에 아직 얼룩으로 남은 동재 핏자국을 물끄러미 본다.
저 멀리 희미해지는 여진 차의 불빛. 시목, 조용히 자기 차로 간다.

S#4. 찻길 + 여진의 차 안 - 밤

네온도 차 불빛도 많은 큰 길이다. 이곳을 달리는 여진의 차.

최빛F 제정신이니? 폭행 휘두른 서장을 만나러 가면서 검사를 데려가?
여진 데리고 다니면서 봐야 검찰이 뭘 하는지 제가 알죠,
백전백승하려고 지피한 거뿐입니다,
최빛F 붙어 다니고 싶어서 그런 거 아니고? 너네 둘이 무슨 사이니?
여진 사이라뇨, 단장님!

S#5. 최빛의 아파트/다용도실 - 밤

아주 정리가 잘 돼 있진 않은 다용도실.
헐렁한 옷차림의 최빛, 들어오며 전화 받는다.

여진F 이 시간까지 열심히 돌아댕긴 결과가 이런 오해면 저 억울합니다요?
최빛 (문 꾹 닫으며) 서장 출신을 검찰한테 용의자로 갖다 바칠 뻔했잖아.
여진F 알리바이가 확실해서 그럴 염려 없었습니다.
서장이 밤 11시 넘어서까지 초과 근무한 기록 확인했고요,

S#6. 여진의 차 안 - 밤

여진 그 시간에 의정부에서 출발해서 범죄 추정시간 내에 용산에 도착할 순 없다고 황검사랑도 얘기했습니다.

최빛F 그랬더니 뭐래 서장이?

여진 사과하라던데요?

최빛F 미친놈, 지는 수사하면서 의심했던 사람한테 일일이 사과한대?

여진 (웃는) 근데 단장님, 서검사가 단장님에 대해서 묻고 다닌 정황이 나왔습니다.

S#7. 최빛의 아파트/다용도실 - 밤

최빛 !! (소리가 질러질 뻔한 걸 입 막고..) 나에 대해서 뭘.

여진F 별건 아니고요, 그때 만나신 통영 유가족한테 단장님이 집에 왔을 때 뭐라고 하셨냐, 서검사가 그런 걸 물었대요. 그래서 내일 저도 그쪽을 좀 만나보려고요. 유가족 얘기 듣고 나서 자세히 말씀드릴게요.

최빛 (소리 없는 안도의 한숨) 그래.

전화 내리는 최빛.. 세탁기에 던져 걸쳐진 빨래를 안으로 넣지만 거의 무의식적인 행동.
머릿속은 다른 생각으로 가득 찼는데.. 밖에서 엄마! 하는 소리.
최빛, 어! 하며 얼른 나간다.

S#8. 대검찰청/형사법제단 사무실 - 밤

키보드 소리. 빠르게 입력되는 글자가 모니터에 하나씩 나타난다.
모두가 퇴근한 사무실에 홀로 자리한 시목이 영장신청 란을 채우는 중이다.

대검찰청

(02-348-2000)

제 2019-126호

수 신 : 서울중앙지법원장 발 신 : 대검찰청

제 목 : **압수·수색·검증영장청구(사전)** 검사 황시목 ㉙

피 의 자	성명 백중기 ( )
	주민등록번호 (세)
	직업 세곡지구대 소속 경사
	주거
변 호 인	
위의 피의자에 대한 폭행 등 피의사건에 관하여 아래와 같이 압수·수색·검증 하고자 2019. 4. 4. 까지 유효한 압수·수색·검증영장의 발부를 청구합니다.	
압 수 할 물 건	개인차량 블랙박스 영상 및 근무기록 외
수색·검증할 장소, 신체 또는 물건	거주지 및 세곡지구대
범죄사실 및 압수·수색·검증을 필요로 하는 사유	별지와 같음
7일을 넘는 유효기간을 필요로 하는 취지와 사유	-
둘 이상의 영장을 청구하는 취지와 사유	-
일출 전 일몰 후 집행을 필요로 하는 취지와 사유	-
신체검사를 받을 자의 성별·건강상태	-
발부하지 아니하는 취지 및 이유	판사 ㉙

시목 (블랙박스 영상 및 근무기록 외 입력하는데)

의정부검사E **현직 검사가 실종됐는데 법원에서도 감안해주지 않을까요?**

시목 (거주지 및 세곡지구대 입력)

시목E **검사를 압색해야겠다고 경찰이 수색영장을 내달라고 하면 영장 청구하시겠습니까?**

최빛E **아무것도 못 했어요, 수색영장이 안 나와서. 경찰이 몇 번이나 다시 청구했는데도 검찰이 계속 기각시켰습니다.**

시목 (입력하던 손, 멈춘다. 깜빡이는 커서. 그걸 보다 다시 일하려는데)

소리E〉 (문 열리는 소리)

시목 고개 들면, 사현 방문이 열리면서 사현 나온다.
사현, 머리는 눌리고 얼굴엔 엎디어 잔 자국이 짙다.
반으로 접은 재킷은 대충 어깨에 걸치고 몽롱한 얼굴로 나오다 시목 보고 어? 한다.

시목 (일어나) 계셨습니까?

사현 어 오늘 계속 여의도 있느라 일을 못 해서 (하품) 깜빡했나 보네..
(흐트러진 꼴이 걸려서 재킷 내리고 머리도 만지며) 집에 안 가고?

시목 여기가 일이 더 잘 됩니다.

사현 (그제야 기억난) 아아 관사.. 그래 수고해라.

시목 들어가십시오. (인사하고 앉으려는데)

사현 .. (시목에게 돌아서는) 나, 이선배님이랑 같이 지낸 적 있어.
지금 너 있는 관사 같은 데서.

시목 이선배님이요?

사현 이창준 선배.

시목 네에.

사현 이선배가 아마.. 한 5, 6년 차 때일 거야, 난 첫 부임 때니까 1학년이고.
그땐 참 이렇게 곱상해서 어떻게 형사부 하냐 소리도 많이 들었는데.

시목 (사현이 제 얼굴 쓰다듬는 걸 보는) 예에.

사현 그때 무슨 공안사건인가 터져갖고 여러 지검에서 차출을 해서 아예
외부랑 접촉 끊고 합숙을 하게 했는데, 이창준 선배가 내 룸메였어.
.. 별거 없었어. (재킷과 가방을 테이블에 놓는) 그냥 일하고 그러다
시간 나면 빨래하고 같이 라면 끓여 먹고, 그랬던 거 같아...
어느 날 주말에 나와서 일을 하는데 사람들이 이선배가 죽었다는 거야,
뛰어내렸다고. 헛, 13년 만에 그렇게 다시 봤네?

시목 ...

사현 실종된 사람이랑 같은 데 있었다며.

시목 예.

사현 아는 사람이 행불이니 더 매달려서 하겠지.
효율성만 놓고 보면 네가 하는 게 효과적이지. 그치만 13년 공백이
있었는데도 난 힘들더라, 이선배 일을 삼키는 게. (시목 보는데)

시목 (무표정하게 선)

사현　내색 안 하는 게 무조건 좋은 거 아냐. 우부장님 지시라서 거절 못 하는 거면 얘기해. 서프로 찾는 거 니가 하긴 버겁다고.

시목　괜찮습니다.

사현　.. (으쓱할 뿐. 여기서 그만 재킷 잡는데)

시목　우부장님께서,

사현　응?

시목　우부장님이라면, 저쪽 최빛 부장에 대해서 파고들까요, 직접 하시진 않아도 남을 시켜서든.

사현　파고들어? 약점 잡으려고 뒤를 캔다고?

시목　예, 근데 그게 치명타가 될 수 없는 거라면요? 그냥, 평판을 깎아내리는 정도에 소소한 수준이라면.

사현　잽도 계속 날리면 치명타 돼. 자꾸 때리는데 버틸 장사 없어.

시목　예..

사현　2011년에 수사권 조정 논란 때는 전임 경찰청장이 구속됐어, 물론 없는 혐의를 뒤집어씌운 건 아냐. 그치만 이번에도 봤잖아, 조정 시작하니까 정보국장 구속 때리는 거. 최빛 정도면 캐고도 남지. 요는 캐는 게 아니라 우리가 캐도 지들이 안 걸려들어야 되는 거 아냐?

시목　없으면 만들어서 캐면요, 그거야말로 버틸 장사 있을까요?

사현　(잠시 쳐다보지만) 걔네는 안 만들겠냐? 정보부장이면, 국장도 날아간 마당에 최빛이 다 해먹고 있을 텐데 그쪽은 벌써 우리 내장까지 들여다보고 있는지도 몰라. 우리도 대비를 해야지.

시목　대비입니까?

사현　대비지. (이제 정말 문으로 가지만) 찜찜하네?

시목　?

사현　벌써 만 하루가 다 갔으니 사람 찾기만도 발등에 불일 텐데 그런 걸 묻는다... (나가는)

시목　내일 뵙겠습니다. (자리에 앉아 키보드 당기는데)

사현E　**사람 찾기만도 발등에 불일 텐데.**

돌연 다시 울리는 사현의 말, 그런데 그 끝이 돌연 날카롭게 올라가며 엄청 커지더니 귀를 찌르는 소리가 울린다. 이명이다.

시목, 진정하려고 힘주는. 이명은 더 커지지만 꾹 참고 창문으로 간다.
창을 열고 크게 심호흡하는. 일정하게 들이마시고 내쉬고.
힘을 줘서 반복하다 보면 조금씩 낮아지는 이명, 사그라진다.

시목 (창틀을 꽉 잡았던 손에서도 힘이 내려가는) .. 왜..

창가에 시목, 대검 아래 펼쳐진 번쩍이는 강남대로 야경과는 대조적으로 그늘졌다.

S#9. 검찰청 관사/아파트 주차장 - 낮

구름 한 점 없는 하늘, 쨍한 햇살. 그 햇살 아래 시목이 차로 가며 전화한다.

시목 회장님께 지금 전해주십쇼. 검찰 서류를 접수하셔야 합니다.
우편으론 안 돼요. (듣는) 그럼 비서실에서 직접 수령하시고 서명하세요.
지금 갑니다. (끊고 차에 오르는)

S#10. 한조 본사/1층 로비 - 낮

사원증 찍고 보안게이트 오가는 그룹 직원들.
이곳으로 시목 온다. 검찰청 신분증 들어 보이고 게이트 경비에게 열어달란 수신호.

경비 (그냥 열어줄 리 없는. 다가오는데)
시목 회장 비서실이 몇 층입니까?
경비 (신분증 보지만) 말씀이 돼 있으신가요?
시목 예.
경비 잠시만요, 확인만 하겠습니다. (몇 걸음 떨어져 가며 전화한다)

경비가 전화로 '검찰에서 왔다, 약속돼 있느냐.' 묻는 것 들리더니 전화 끊는다.
열리는 게이트, 지체 없이 들어가는 시목.

S#11. 동/비서실 - 낮

데스크의 비서1, 업무를 보다가도 신경이 쓰여 곁눈 흘깃한다.
시목이 손님용 소파에 앉았다. 무릎에 노트북 올리고선 자리 잡고 일하는 중이다.

비서1 (안 되겠다, 와서) 우편물이 있다면서요, 주고 가시면 전해드릴게요.
시목 괜찮습니다.
비서1 저희가 안 괜찮
시목 (노트북 반쯤 가리며) 수사 기밀인데 비켜주시겠습니까?
비서1 아니 여긴 저희, (아이 참.. 자리로 가는)

비서1, 2, 서로 눈짓 나누지만 신경 안 쓰는 시목, 수신 메일에서 첨부파일 다운받는다.
메일 제목 - 〈서검사님이 기소 결정한 사건 리스트입니다(01/01~3/26)〉
메일 내용 - 〈죄송하지만 구체적 내용은 외부 유출이 안 돼서 간략히만 정리했습니다.
저희 지검에 오셔서 조서를 보시는 건 언제든 가능합니다. 미리 연락만 주세요.
- 정민하 올림〉이라 돼 있다.
시목, 다운 파일 열면 1, 2, 3번.. 번호 붙여서 동재가 맡은 사건이 간단히 나열돼 있다.
거의 200개에 달하는데 뺑소니, 해킹 사기, 학원폭력 등 참고사항이 적혔고,
전체 글씨가 빨간색인 항목도 있다.
빨간 항목에는 피고인 행패, 보이스피싱 연루, 사기전과 11범 등의 참고사항이 붙었다.
시목, 항목을 하나하나 살피느라 비서 책상에 전화가 짧게 울리는 것도 듣지 못하는데,

시목 (다가온 사람 그림자에 노트북 가리며 올려다보면)
비서1 들어가시죠.
시목 (노트북은 넣고 미리 꺼내놨던 서류 들고 비서 따라서 회장실로 간다)

S#12. 동/회장실 - 낮

책상에 앉은 연재. 비서의 노크에 이어 들어오는 시목을 탐탁지 않은 얼굴로 본다. 시목, 가방은 소파에 놓고 근처에 와 목례하는 사이, 비서는 문 닫고 사라진다.

연재 들어서 밖에 던져버릴 수도 있었어요.
시목 안 그러신 것 감사드립니다. 바쁘실 테니 용건만 여쭙죠.
서동재 검사가 실종됐습니다.
연재 알아요.
시목 행적을 추적 중인데 실종 당일에 한조그룹과 서검사 사이에 문자와 전화 통화가 오갔습니다. 어떤 용무인지 알 수 있을까요.
연재 이걸 황검사가 맡았어요?
시목 예. 어떤 용무셨죠?
연재 주주총회 즈음해서 날 응원한다, 자긴 내 편이다, 뭐 그런 거.
원래 처세를 잘하는 사람이니까.
시목 (서류 들어 보이는) 서검사 통화기록입니다.
실종 당일이 아닌 일주일 전에도 한조그룹 비서실에서 먼저 발신한 걸 포함해서 그날 오후에만 서검사와 한조 간에 5차례 통화가 오갔습니다.
응원 통화를 하루에 5번 하셨습니까?
연재 ...
시목 (기다리는)
연재 (대답 없는)
시목 회장님께서 납치하셨나요?
연재 (치켜보면)
시목 아니라면 여기서 시간 낭비하지 않게 해주십시오. 조금에 단서만 나와도 당장 나가서 찾아야 합니다. 벌써 이틀이 지나고 있어요.
연재 .. 아버지 병세를 (일어난다) 알아내는 데 서검사 손을 약간 빌렸어요.
개인적으로 하고 개인적으로 들어준 부탁이에요, 서로, 흔쾌히.
시목 실종 당일 저녁은요? 역시 한조에서 먼저 서검사한테 연락했는데요.
연재 ... ...
시목 이연재 회장님,

노크소리. 연재가 대답도 안 했는데 박상무가 들어온다.

박상무 죄송합니다, 회장님. (시목에게) 제가 답을 드려도 될까요?

시목 제가 뭘 여쭸는데요?

박상무 (연재에게) 제가 서검사한테 연락을 넣었습니다, 실종 당일에요.
미리 보고드리지 못해 죄송합니다. (시목에게) 대답 됐죠?

연재 둘이 왜 나 모르게 통화했는데?

박상무 죄송합니다, 제가 얼마 전에 서검사한테 부탁한 게 있었습니다.
동부지검에 대해서 저희가 알면 좋을 게 있을지, 살펴봐달라고요.

시목 알면 좋을 거요?

박상무 저희 그룹이 법인세 소송으로 동부지검하고 몇 년째 얽혀서요.
(얼른 붙이는) 제가 제안했습니다, 회장님 지시가 아니라.

시목 그러니까 소송에 유리하도록 관할지검에 대한 정보를, 한조가 동부지검을
공격할 거리가 있는지 알아봐달라고 했다고요, 서검사한테?

박상무 공격이 아니라 저희가 참고할 게 있는지, 였습니다.

시목 그래서 무슨 참고를 하시게 됐는데요?

박상무 서검사께선 확인해보겠다 하셨고, 하지만 실제로 오간 건 없습니다.
실종 전 통화가 그거였습니다. 시간이 좀 더 걸린다,
아직 동부지검장을 만나지 못했다, 그게 서검사의 마지막 통화입니다.

시목 두 분이 그날 전화로 얘기만 한 거 맞습니까? 직접 만난 게 아니라?

박상무 얘기만요. 당일 밤 제 행적은 얼마든지요,
알리바이 입증에 필요한 걸 말씀해주시면 제출하죠.

연재 이렇게 자신 있게 말하는 사람이 알리바이 정도야 다 마련해뒀겠지?

박상무 (연재 보는데 살짝 당황한 듯)

연재 황시목 검사, 아무래도 시간 낭비가 될 거 같은데요?

시목 ... (누구에게랄 것 없는 얕은 목례. 가방 채서 자리 뜬다)

연재 서검사하고 약속을 했어요.

시목 (멈추고 돌아보면)

연재 얼굴 보면서 밥 먹자고. 다 편해진 다음에.
약속 지키게 해줘요. 찾아요.

시목 (연재 말이 끝나자 나가버린다)

연재 ... .. 동부지검장, 방금 나간 사람, 없어진 사람.

박상무 ..

연재 셋 다 같은 시절을 겪었어, 그때 지검에 같이 있었어.
박상무는 그런 사람을.. 후배 선배한테 다 배신자로 만든 거야,
이젠 자기변명도 못 하게 된 사람을.

박상무 죄송합니다.

연재 죄송한 건 별개고 애써 한 거짓말이 아무 소용 없을 수도 있어.
하필 저 인간이 맡아서..

박상무 저희 뜻대로 새겨들은 거 같은데요.

연재 그럴 사람이면, (돌아선다. 박상무에게는 잘 안 들릴 정도의 혼잣말)
그렇게 다 맡기고 안 갔어.

S#13. 동/지하주차장 - 낮

어두운 주차장을 뚜벅뚜벅 걸어 차로 가는 시목.

박상무E **서검사께선 확인해보겠다 하셨고.. 실종 전 통화가 그거였습니다.**
시간이 좀 더 걸린다, 아직 동부지검장을 만나지 못했다,

Flashback〉- 5회 S#39. 안양교도소를 떠나기 직전 차 안에서 동재가 한 말.

동재 **너 서울 오고서 동부지검 아직 안 갔지?**
언제 지검장님 뵈러 가자!

시목, 차 문 여는데 전화 온다.

S#14. 대검찰청/법제단장실 - 낮

실무관 (유선전화 중) 오늘 아침에 신청해달라고 하셨던 영장 있잖아요,

단장실에서 같이 나오는 태하와 사현, 문으로 가고

실무관은 전화하면서 다녀오세요, 고갯짓으로 인사.

실무관 그거 기각됐어요, 검사님.

태하 황프로?

실무관 (끄덕)

태하 용산서래 지금?

실무관 검사님 지금 용선서세요? (얘기 듣고) 잠시만요.
(태하에게) 용산서 지금 가시는 중이래요, 한조 먼저 들르셨다고.

태하 응, (하다 돌연 실무관 전화 낚아채듯 가져간다) 한조를 왜 가?
(듣는데.. 순간적으로 얼굴에 피가 몰리며 무서운 얼굴이 된다)

전화기 내주고 바로 앞에 섰다가 그걸 본 실무관, 어? 하는 얼굴이 되고.
이를 눈만 들어서 본 태하, 곧 눈 내리고 격한 반응 자제한다.
그러나 두어 발 떨어져서 기다리던 사현도 태하의 표정 변화를 봤다.
사현... 태하 손이 눈에 들어온다. 전화를 쥔 마디가 튀어나도록 힘이 잔뜩 들어간 손.
다른 손 넘겨보면, 실무관 책상 파티션을 잡은 그 손도 보통 힘이 들어간 게 아니다.

사현 (태하를 의미심장하게 살피는)

태하 들어와서 얘기해. (듣다가) .. 알았어, 들렀다 와. (끊는)

실무관 전화를 잘 돌려놔주는 태하, 짐짓 웃어 보이기까지. 문으로 간다.

실무관 다녀오세요..

S#15. 동/복도 - 낮

법제단에서 나와 나란히 걷는 사현과 태하.
태하, 고개 당당히 들고 가지만 생각에 잠긴 듯 말이 없다.

사현 (무심히 던지는 양) 서동재가 한조랑도 뭐가 있었나 보죠?

태하　뭐가 있을 게, (스스로에게 반문하듯) 뭐가 있었을까?

사현　.. 이창준 선배요.

태하　응? (멈추는)

사현　걔가 이선배랑 친했다면서요, 선배 와이프한테 인사할 수 있죠.

태하　.. 그건가? (... 다시 간다) 그런 건가..

사현　(옆에서 살피다 모르는 척) 황프로도 속이 타겠네, 찾아야 될 사람 마지막 동선이 만만한 데가 없어갖고, 하필 경찰청에 재벌그룹에.

태하　서동재 마지막 동선이 왜 경찰청이야??

사현　아니에요? 서프로, 최부장도 캐고 다닌 거?

태하　(다시 멈추는) 누가 그런 소릴 해? 걔가 최부장 뭘?

사현　아니 잘 쑤시고 다닌 사람이라길래 당연히 거기도 갔겠지 했지 난.

태하　... (시선 거두고 가는)

사현　(사람 좋은 미소 띠우며 같이 걷는)

S#16. 용산경찰서/복도 - 낮

지능범죄팀, 수사지원팀 팻말이 달린 문에서 수첩 쥔 형사들이 속속 나온다.
강력팀으로 들어간다.

S#17. 동/강력반 - 낮

실종현장 사진, 현장을 중심으로 만든 동심원 지도 등, 보드에 붙은 자료가 흔들린다.
순창과 서형사, 제일 안쪽 강력3팀 쪽에 있던 보드를 밀어 중앙으로 옮기는 중이다.
사건 자료가 떨어지지 않도록 조심한다.

S#18. 동/조사실 - 낮

더 파리해진 동재妻와 마주한 장형사, 실종 전단 양식을 노트북에 띄웠다.

'실종자를 찾습니다' 밑에 인적사항, 인상착의 등을 기입하도록 된 양식이다.

장형사 남편분 키요.

동재妻 181이요.

장형사 (인상착의에 '키 181' 입력하는데)

동재妻 공개수사가.. 되면 우리 애들도 노출될 수 있는 건가요?..

장형사 (기계적으로 줄줄) 가족이나 주변인의 신상정보를 공개하거나 모욕적인 글을 게시하면 명예훼손, 모욕죄 혐의를 적용해서 수사할 수 있습니다. (입력하며) 체형은 좀 마른 편이시죠?

동재妻 그 얘긴 가족 신상정보가 많이 공개된단 얘기잖아요? 가뜩이나 애들이 충격을 많이 받았는데 학교나 그런 데서 알게 되면,

장형사 (입력 멈추는) 혹시 동의, 안 하시는 건가요? 그럼 저희가 공개수사로 전환할 수가 없는데요.

동재妻 그게 아니라.. .. 골든타임이란 게 있다고 하던데요?

장형사 (불안한 듯 자꾸 틀어쥐는 동재妻 손을 짧게 본다. 젤네일은 그대로다)

S#19. 동/모니터실 - 낮

일방투명경 너머 동재妻와 장형사를 지켜보는 시목.

동재妻 보통 48시간까지를, 그 안에 못 찾으면..

장형사 그거야 평균 얘기니까요. 저 근데 공개수사 동의하시는 거죠?

동재妻 .. 예..

장형사 (다시 입력 태세) 실종 당일 입고 나간 복장은요?

동재妻 (대답 못 하는)

장형사 (.. 노트북 닫는) 남편분이 마지막으로 찍힌 CCTV 확인해서 옷차림은 제가 나중에 따로 적을게요. 잠깐만요. (노트북 들고 나간다)

동재妻 (힘없는 어깨로 장형사 나가는 걸 따라 보더니 전화 꺼내 문자 보낸다)

시목 ... (나간다)

S#20. 동/조사실 - 낮

동재妻, 문자 보내는데 문 열리는 소리에 고개 들면 시목이다.
시목이 앞에 앉아도 누군지 모르는 동재妻, 그의 검찰 신분증 보더니 시목을 다시 본다.

시목 서검사님 후배 황시목이라고 합니다, 몇 가지 여쭤도 될까요?
동재妻 아 예..
시목 서검사님하고 떨어져 사신 지 얼마나 되셨죠?
동재妻 네?
시목 현주소지는 송도신도시 남편분 근무진 의정부. 매일 출퇴근하셨나요?
동재妻 .. 야근할 땐 지검에 당직실이 있어서 그이가 거기서
장형사 (다시 들어오는데 시목이 있자 등 뒤로 문 닫으며 지켜본다)
시목 아이들 얼굴을 잘 못 본다고 했는데요, 서검사께서.
동재妻 !... 그게, 부부 사이 일은, 겉으론 그래 보여도 남들은 모르는 거예요, 함부로 말하지 마세요.
시목 남편분을 마지막으로 본 게 언젭니까.
동재妻 왜, 왜 나한테 이런 걸 물어요? 내가 무슨, 내가 설마 애들 아빠를
시목 남들은 모르는 거니까요, 부부 사이 일은.
동재妻 ! (당황해서 장형사도 쳐다보게 되지만)
장형사 (지켜볼 뿐)
시목 왜 납치범이 몸값을 요구해 오지 않을까요?
동재妻 내가 어떻게 알아요!
시목 방금 전에 누구한테 문자 하셨습니까?
동재妻 (전화 던져준다) 엄마한테요! 막내 올 시간이라!
시목 만나시는 분 있습니까?
동재妻 내가요? (기가 막혀서 쳐다보다) 나한테 이럴 게 아니라 그 사람이 밖에서 어떻게 하고 다녔는지 그것부터 알아봐요!
시목 (냉정한 응시)
장형사 ... 어떻게 하고 다녔는데요?
동재妻 (마지막 외침이 경검에게 어떻게 들렸을지 깨닫는다. 표정 흐려지는)

S#21. 동/강력반 - 낮

중앙으로 옮겨진 보드 앞에 선 최팀장.
각기 자기 책상 자리에서 일어나 최팀장을 바라보는 강력1, 2, 3팀 형사들과,
입구에서 중앙까지 공간에 몰려선 다른 팀 형사들.
지금 들어오는 장형사.

최팀장 (숫자가 잔뜩 적힌 종이 뭉텅이 흔드는) 실종자 카드 사용 내역서, (뭉텅이째 옆 형사에게 준다) 결제 장소 탐문은 3팀하고 지능팀.

형사들 (내역서 돌려서 나눠 갖고 3팀과 지능팀의 몇 명은 네, 대답한다)

최팀장 (서류에 시선 주고) 가족, 친인척, 동료, 주변 인물 중에 돈 급한 사람, 실종자하고 안 좋았던 사람, 측근 조사는 가만있어봐, 이건 2팀에서 (하다) 서장님!

용산서장 들어선다. 문을 향해 섰던 최팀장과 형사들이 인사하자,
등지고 섰던 형사들도 돌아보더니 인사한다.
입구에 섰던 이들은 안으로 들어오시라, 길 터주는데,
안으로 오지 않는 서장. 뒤를 보면 서장 뒤로 들어서는 사람, 여진이다.
서장 옆에 선다.
여진을 본 순창은 옆에 서형사 보면서 경감님? 하는 입 모양.

용산서장 수고들 많다. 자, 이 건은 내가 설명 안 해도 특수 케이스인 거 알 거고 따라서, 뭐 따라선지 그래선지 암튼 본청에서 맡기로 했다.
한여진 경감, 수사본부장이다.

형사들, 소리는 안 내지만 어? 하는. 최팀장을 흘낏하기도 한다.
3팀 형사들은 더 곤란한데 제일 당황한 건 최팀장이다. 티 안 내려 입 꾹 다문다.

용산서장 실종자 직업이 직업이니만큼 이목이 많이 쏠렸어.

잘들 해서 요즘같이 민감한 시기에 우리 용산서 역량을 보여줍시다.

형사들 예.

용산서장 수고. (나간다)

여진 (쭈뼛대지 않고 최팀장 옆으로 와 나란히 선다)
오랜만에 다시 보니까 엄청 좋으시죠? (어물어물 대답 신경 안 쓰는)
서로 다 아는데 형식적인 인산 생략하고 자, 수사 인력을 두 팀으로
나눠서 가겠습니다. 실종자 동선 추적에 주력하는 팀이 하나,
실종자 업무와의 관련성을 파악하는 팀 하나, 이렇게 둘.
동선 추적 팀은 (최팀장에게) 지휘를 부탁드려도 되겠습니까?

최팀장 (네, 도 아니고 응, 도 아닌 애매하지만 긍정의 대답)

여진 두 번째 팀은 저랑 같이 동두천에 세곡지구대를 맡습니다.

모두 (의아해하는)

최팀장 지구대를 맡는다니?

여진 장건 형사, 서상원 형사, 원진훈 형사, 지구대 담당입니다.

여진, 가져온 파일에서 사진을 한 장 빼 보드에 붙인다.
사진으로 쏠리는 형사들의 날카로운 눈.
샤워실에서 죽은 송경사 사진. 송경사 제복을 한눈에 알아보는 형사들.
누군가 '경찰이잖아?' 하는 소리도 들린다.

서형사 (낮은) 지구대원이네..

최팀장 이거랑(송경사 사진) 이거랑(현장에 동재 차 사진) 관련 있다고?

S#22. 동/복도 - 낮

계단을 올라오는 빠른 발소리. 복도로 꺾어 들어오는 시목, 강력반으로 곧장 온다.
강력반 철제문이 보이고 그 안에선 지금 여러 사람의 목소리가 엉켜 시끄러운데,
문을 여는 순간,

S#23. 동/강력반 - 낮

일제히 문을 향해 돌려지는 형사들 얼굴, 말소리는 일순간에 끊겼다.
그 사이로 들어서는 시목. 그리고 발걸음 옮기는 시목을 쭉 따라가는 적대적 시선들.
시목이 들어오는 길목에 형사들, 길을 터주는 대신 등을 돌리거나 어깨를 빼는
동작으로 시목과 닿는 걸 막는다. 위에서 내려다보면,
같은 공간에서도 섬처럼 동떨어진 시목. 그 주변을 둘러쌌지만 확실히 갈라진 형사들.

서형사 실종자가 형사부 검사였잖아요? 맨날 다루는 게 강력사건일 텐데 이거 말고 딴 거 땜에 원한을 샀는지 어떻게 알아요?

여진 실종자가 기소 결정을 함으로써 원한을 샀을 만한 다른 형사 건들은 지금 실종자 소속 지검에서 개별 탐문 중입니다.

형사1 아무리 혈흔이 나왔다지만 성인 남자 실종은 솔직히 일주일은 지나야 신고를 받아주는데 아니 피 나온 것도 그래, 자기 피 뿌려놓고 잠수 탔을 가능성은요. 우리 그런 거 한두 번 봐? 돈 안 갚으려고, 인간관계에서 도망치려고, 죽은 척하고 없어진 척하는 거?

시목 대검으로, 인사 발령을 원했습니다.

모두 (쳐다본다)

시목 실종자는 재경지검에 계속 있길 원했고 그중에서도 대검찰청을 바라 봤습니다. 그래서 대검 부장하고도 자리를 마련하려고 상당 기간 애썼죠. 실종 당일은 바로 그렇게 애쓴 자리가 성사되기 직전이었습니다. 그런 사람이 자기 피 뿌려놓고 납치된 척 잠수를 탈까요?

장형사 이러고 있다 극적으로 나타나면요? 더 주목받고 격려받을 거 아녜요, 이게 다 쇼면?

여진 이게 다 실종자가 꾸민 짓이라고 진짜로 믿어서 하는 말이에요?

장형사 그럴 수 있는 사람이잖아요? 용산서 형사과에서 서동재 검사 안 겪어본 사람 있어요? 딴 데로 가서 잘됐다 했더니 그 먼 데 가서도 경찰끼리 서로 죽였네 마네 그러다 갔네.

시목 어딜 갔습니까?

장형사 ....

여진 (시목에게 눈동자만 옮기게 되는데)

시목　　(역시 여진에게 향하는 시선)

시목과 여진, 잠시 시선이 엉킨다. 이심전심인지 동상이몽인지는 알 수 없는 눈길들.

여진　　이 순간에도 실종자는 어딘가에서 계속 피를 흘리고 있을지 모릅니다.
　　　　지금은 남에 인생에 대한 평가를 할 시간이 아녜요. 찾읍시다.
순창　　저, (손 들더니) 목격자가 너무 안 나와서 그러는데요,
　　　　실종자 아내분이요, 직접 호소하는 영상 같은 걸 만들어도 될까요?
최팀장　어떻게?
순창　　만드는 거야 우리가 찍어서 유튜브에 올리면 되고요.
최팀장　얼굴을 찍어서? 너무 적나라하지 않냐? 가족한테 기대는 거 같고.
서형사　근데 결혼한 사람한테 뭔 일 생기면 열에 예닐곱은 배우자 짓인데?

그 말에 그렇긴 하지, 등의 반응이 형사들 사이에서 흘러나온다.

순창　　요즘엔 동영상 안 보는 사람 없잖아요?
　　　　전단지 같은 거보단 몇백 배는 더 빨리 퍼질 건데요.
여진　　(안 내키지만) .. 가족들한테 물어보고 동의하면.
순창　　예!

형사들, 이제 나가고 아까 이름 불린 세 형사는 여진에게 모인다.

시목　　(입구로 오는 최팀장에게 다가간다) 한조그룹 만났습니다.
최팀장　아 뭐래요?
시목　　이윤범 상태를 알아내려고 했대요, 서검사를 통해서.
최팀장　자기네 회장 상탤 왜 남을 통해서요?
시목　　부녀지간에 사이가 완전히 갈렸나 봅니다.
최팀장　뉴스 나오는 거 보면 그래는 보이지만 그게 다려나?..
시목　　계속 알아봐야죠.
최팀장　예. (끄덕이고 목례. 나간다)
시목　　(여진 쪽으로 가는)

여진　(형사 셋에게 각각 파일 나눠줬다. 그중 서형사에게 준 USB 가리키며)
근데 이건 3일 전 거까지만 있어요, 서검사 실종 전에 받아 온 거라.
안양교도소에다 그 이후에 접견기록도 달라고 하세요.

대답한 형사 셋도 자리 뜬다.
파일 이외에 메모지도 받은 장형사, 메모지 보며 가는데.
시목, 장형사와 스칠 때 그의 손에 메모지(7회 S#53에서 최빛이 여진에게 준 것) 보면, 김수항이란 이름과 함께 경기도 주소가 써져 있다.

시목　장형사가 김순경을 만납니까?
여진　아뇨. (파일에서 세곡지구대원들 사진 꺼내 보드에 붙이고 이름도 쓰는)
내가요. 김순경 여기로 불렀어요. (이름 쓰던 팔이 뚝 떨어지는)
... 시간 낭비 아니겠죠?
시목　김순경도 용의잔데요. 왜 시간 낭비를 걱정하시죠.
여진　이러고 있으면 안 될 거 같아서. 나가서 찾아야지, 벌써 실종 40시간이
넘었는데 근데 난 (지금 붙인 보드 보는) 물론 이것도 할 일이지만,
시목　이러고 있지 않으면 뭘 할까요.
여진　나가서 야산을 뒤지든가, 그게 더 마음 편할 거 같아.
시목　그래서 편해지는 건 수사경찰의 마음입니다.
여진　(시목 보는)
시목　행정경찰을 원했던 거 아닙니까?
여진　...
시목　(지금 붙인 지구대원들 사진에 눈길) 송경사가 정말 살해당한 거면
이 사람들한테 이건 뇌물 들킨 정도하곤 차원이 다르니까,
여진　덮을 수만 있다면 무슨 짓이든 했겠죠, 상대가 검사든 뭐든.
그렇지만 자살이 맞다면,
시목　용의자를 추린다고 생각해야죠, 아니면.. 실종 3일이 되도록 서검사
그림자도 못 보고 있는 걸 납득시킬 수가 없지 않습니까,
여진　누구한테 납득시키는데요.
시목　(대답 대신 물끄러미 여진 보다가) 전 의정부지검으로 갑니다.
여진　.. (다시 세곡대원들 이름 쓰며) 거긴 왜요.

시목 백팀장이요.

여진 으응, .. 화이팅!

시목 .. (발걸음 옮긴다)

여진 (파일에서 다른 서류도 꺼내 붙이다가) 차 가져왔죠?

시목 네, 의정부까지 택시 안 탑니다. (나가는)

여진 (피식 웃는)

S#24. 동/복도 - 낮

계단으로 가는 시목, 그런데 올라오는 남자가 있다.

Flashback〉 - 방금 전 여진이 보드에 붙인 사진. 그 밑에 쓰는 이름 '김수항'

김순경 (계단 다 올라와 어느 쪽으로 가야 되나, 좌우 보는데)

시목 (손만 들어서 강력팀 가리키는)

김순경 (반사적으로) 감사 (하다가, 뭐지? 쳐다본다)

시목 (같이 보는)

김순경 .. 합니다. (가는)

쭉 따라서 보는 시목, 머리부터 발끝까지 김순경 살피면,
특징 없이 수수한 차림, 더벅머리, 순한 얼굴, 마른 몸,
김순경, 뒤통수로도 시목 시선이 느껴져 돌아보는 소심한 눈빛, 주눅 들어 보인다.

S#25. 복지시설/복도 - 낮

알록달록한 복도를 따라 걷는 직원(女)과 장형사.

직원 김수항 형제님도 주로 방문 봉사를 하시는데 사회복지사들이랑 같이 나가서 쪽방촌을 도신다든가, 성실하세요, 어르신들도 좋아하구.

장형사 전과자인 건 알고 채용하셨어요?
직원 그럼요, 저희도 이력서 받고 다 정식이에요,
장형사 김수항씨 이력서도 있으세요? 좀 봐도 될까요?
직원 그게 어디 있긴 있을 텐데, 찾아볼게요.
장형사 감사합니다.

S#26. 용산경찰서/강력반 회의실 - 낮

소심하고 주눅 들어 뵈는 얼굴 그대로 화면 보면서 얘기하는 김순경.

김순경 3월 26일이요?
여진E **(화면 밖에서 들리는) 19시부터 24시까지.**
김순경 맨날 똑같아서, 아 그날은!

S#27. 복지시설/복도 - 낮

장형사 그럼 이틀 전 저녁에 김수항씨도 근무를 했습니까?
직원 이틀 전.
장형사 3월 26일이요, 밤 7시부터 자정 정도까지?
직원 아, 그날 그거 갔네, 목욕. 저도 같이 갔어요.
장형사 김수항씨랑 가셨다고요? 그걸? 같이요?
직원 네에!
장형사 (아주머니 직원의 푸근한 몸매를 보게 되는)

S#28. 용산경찰서/강력반 회의실 - 낮

김순경 단체목욕 하는 날이요. 한 달에 두 번씩 시설에서 다 같이 가요.

S#29. 복지시설/사무실 - 낮

'이 달의 활동표' 달력 칠판을 보여주는 시설 직원.
3월 26일에 '9시 목욕'이라 돼 있다.

장형사 아침 9시도 아니고, 아니 무슨 목욕을 저녁 9시에 가세요?
직원 거동이 불편한 분들이잖아요, 일반손님 오는 시간은 목욕탕에서 우릴 안 받아준다구, 영업 끝나기 직전에 가야 돼요. 그래도 그게 어디야, 돈 내고 간다는데도 오지 말란 데가 얼마나 많은데요.
장형사 김수항씨가 이날 나온 게 분명하세요?
직원 그럼요. 안 그래도 우리가 남자 일손이 부족해서, 우리 여자들이 할아버지 기저귀는 갈아드려도 암만 남탕은 안 되잖아요?
장형사 보통 몇 시간 정도 걸립니까? 어르신들이 그렇게 많아 보이진 않던데.
직원 그게 목욕하는 시간보단 왔다 갔다 하고 뭐 옷 입혀드리고 몸 말리고 그런 게 일이라서.. 못해도 두어 시간은 걸리죠?
장형사 두어 시간..

S#30. 용산경찰서/강력반 회의실 - 낮

김순경 (눈물범벅이다) 삼촌은 아무 말씀 안 하셨어요, 다 제 탓이에요. 제가 그때 미쳤었나 봐요, 제가 안 그랬음 송경사님도 그렇게까진, 저희 팀장님도 말리셨는데, 송경사님 내버려두라고..

S#31. 의정부지검/영상녹화실 - 낮

의정부 검사와 백팀장이 마주 앉았고 시목은 의정부 검사 뒤쪽에 섰다.

백팀장 송기현이는 자살입니다. 지가 지 손으로 죽었어요.

우리 팀원들 걔한테 신경 많이 써줬습니다. 정신과 약 먹는대서
멘탈 안 깨지게 우리도 걔 때문에 애 진짜 많이 썼다고요.

의정부검사 서동재 검사님 언제 마지막으로 봤습니까.

백팀장 마지막이고 뭐고 없네요. 여기서 본 게 처음이자 마지막이라서.

시목 (백팀장 눈에서부터 테이블 위에 깍지 낀 손까지 천천히 내려 보는..)

백팀장 (깍지 낀 손을 작게 비틀기도 하고 무의식중에 살짝 긁기도 한다)

의정부검사 3월 26일 퇴근 후에 들른 데를 전부 말씀해보시겠어요?

시목 (천천히 움직여 백팀장과 의정부 검사 사이 정도에 위치하기도 하고)

백팀장 (말도 없이 계속 쳐다보는 시목이 거슬린다. 흘낏하는 눈에 든 성깔)
집이요, 퇴근해서 바로 집으로 갔고 계속 집에만 있었습니다.

의정부검사 바로요? 딴 덴 전혀 안 들리시고?

백팀장 바로요, 전혀요.

의정부검사 다음 날 아침에도 바로 출근하셨습니까, 집에서 지구대로?

백팀장 네!

의정부검사 증명해줄 사람은요.

백팀장 식구들이요! 애들, 집사람 다!

의정부검사 알리바이를 증명해줄 사람이 가족뿐이네요,
이런 용의자를 만나면 어떻게 하십니까, 백중기 경사께선?

시목 (그 질문에 의정부 검사를 짧게 보는)

백팀장 용의자요? 내가 왜 용의잔데요? 난 돈 한 푼 안 먹었는데.

의정부검사 지금 서동재 검사 일을 물었잖아요?!

백팀장 그니까 내가 왜 검사를 어떻게 하냐고요? 여기 바로 이 건물에,
검사님 선배들이! 날 무혐의라고 했어요, 뇌물죄 아니라고,
그니까 송경사도 날 캐고 말고 할 것도 없었다고요, 근데 내가 뭐가
찔려서 검사를 해쳐요? 선배들이 판단 잘못했단 거예요, 지금?
그 한참 선배들이 한 걸 인제 와서 검사님이 뒤집으시게? 이 손으로?

의정부검사 (그 말에 기분은 나쁘지만 잠깐 말이 막히는데)

시목 (의정부 검사가 주춤하는 게 느껴진다) 이름이 뭐였죠.

의정부검사 ?

백팀장 (손가락 끝이 손바닥에 파고들도록 주먹 꽉 쥐다 쳐다보는. 강한 눈빛)

시목 전당포 노파를 죽이면서 백해무익하고 이기적인 이 늙은이 돈으로 젊고

창창한 내가 법률공부를 하는 게 인간무리에 더 이익이다, 했던 사람.

백팀장 무슨 말씀인지 모르겠네요?!

시목 형제 같은 팀원들을 뒷조사해서 밀고하겠단 인간,
이기적인 송경사를 처리하는 게 전체를 위해 이익이다,
하나를 희생시켜서 팀 전체를 구하자, 그거였나요?

백팀장 여전히 무슨 말씀인지.

시목 서동재 검사 말은 이해했습니까?
어떻게 동료한테 그럴 수 있었냐 하던가요?

백팀장 그때 무슨 말을 했는진 찾아보십쇼, 녹화했을 거 아닙니까?

시목 저도 있었습니다, 그때, 여기.

백팀장 (없었는데?.. 문득 일방투명경을 봤다 다시 시목 보는 날카로운 눈)

S#32. 용산경찰서/강력반 회의실 - 낮

김순경과 여진. 김순경은 여전히 울고 여진은 그런 김순경을 가만 응시한다.

김순경 교도소에서 목회활동을 접하면서 많이 반성하고 깨달았습니다.
제가 경사님을 죽인 거나 마찬가지에요, 정말 죄송합니다..

여진 ... 삼촌이 경고해줬죠?

김순경 (눈물 닦으며 고개 젓는데)

여진 내가 댁에 삼촌을 만나서 그랬는데, 댁이랑 댁 조카가 짜고 송경사를 세곡으로 보내고 괴롭히고 죽이고 검사까지 납치했다고, 경찰한테 그런 말을 듣고도 조카한테 삼촌이 밤새도록 연락 한 번 없었다고요?

김순경 저도 그렇고 삼촌도 힘든 일 겪고 그러면서 별로 교류가 없어져갔고.

여진 삼촌은 아무 말도 안 했고 교류도 없죠? 근데 똑같이 뇌물 수수로 걸린 경찰 동료는 1년 8개월 때려 맞고 아직도 복역 중인데 서장 조카인 댁은 6개월만 살았어요. 왜? 동두천서가 그때 세곡지구대를 감찰했으니까.
이건 부인 못 하죠?

김순경 저희 그거 때는 진짜, 삼촌은 딴 데로 옮겨가셨을 땐데요.

여진 삼촌 입김이 전혀 작용 안 했다고? 거짓말이 집안 전통인가?

S#33. 의정부지검/영상녹화실 - 낮

백팀장 아니 내가 똥오줌 못 가리는 애예요? 관할청 검사를 납치하게?

시목 사람은 똥오줌 못 가리게 될 때가 있죠, 예를 들어 범죄를 완벽하게 덮었다고 2년이나 안심하고 살았는데 그걸 갑자기 캐내겠단 사람을 다시 맞닥뜨렸을 때.

백팀장 벌써 몇 번을 말합니까? 내가 강등된 건 팀장으로서 관리를 소홀히 했다고 해서지 돈을 받아서가 아니라고요, 난 애초에 동기가 없다고요. (얘기 사이사이 주먹을 꽉 쥐기도 하고 코끝도 닦듯이 스친다)

시목 .. 간지러우세요? 아까부터 그러시는데.

백팀장 인젠 간지러운 것도 안 됩니까?

시목 모세혈관에 피가 제대로 공급 안 되면 제일 말단에 손끝 코끝 이런 데가 저리게 되죠.

백팀장 (뭔 소리야?)

의정부검사 (눈은 백팀장에 고정시켰지만 표정엔 살짝 의문이 스치는데)

시목 지금 경사님 머리, 심장으로, 피가 최대한 몰리고 있는 걸까요?

백팀장 무슨 말씀을 하시는 거예요?

시목 의외로 에너지가 많이 든다고 말씀드리는 겁니다, 거짓말이란 건. 거짓을 짜아내고 있는 뇌가 손끝에 피를 끌어다 쓰고 있다고.

백팀장 (적의가 드러나는..) 서검산 딱 한 번 봤어요. 그때도 말했어요, 송기현이 자살이라고. 내 알리바인 군이 안 믿겠다면 나도 인제 모르겠으니까 맘대로 해요. (등받이에 확 기대며 고개 돌려버린다. 더 이상 입 열지 않는다)

시목 ..

의정부검사 (시목 보는..)

시목 (의정부 검사 보는)

S#34. 용산경찰서/강력반 회의실 - 낮

김순경　(탁자에 놓인 동재 사진 보지만 누군지 모르는 표정으로 여진 본다)

여진　....

Insert〉 - 4회 S#58. 세곡지구대/당직실 - 아침(2년 전)

송경사에게 막말해대던 김순경.

지구대원7E　**지랄한다고 하고, 사람 취급 안 하고..**

김순경　(여전히 훌쩍이는 눈물 닦는. 탁자에 떨어진 눈물도 훔치는데)

지구대원7E　**김순경님이 송경사님한테 제일 못됐게 굴었어요.**

여진　(탁자에 번진 눈물 자국 본다. 저 눈물이 진짜일까, 악어의 눈물일까..)

S#35. 동/주차장 - 낮

작고 오래된 차에 오르는 김순경, 용산서를 떠나는데,
이를 보고 있다가 뒤를 따르는 차에는 서형사가 타고 있다.
용산서 건물 2층 창가를 보여주면, 건물 안에서 이를 내려다보고 있는 여진.

S#36. 의정부지검/정문 - 낮

경찰차를 탄 백팀장이 정문을 빠져나온다.
약간 거리를 두고 뒤에 따라 나오는 차엔 동재 방의 계장1이 타고 있다.

S#37. 동/1층 출입구 앞 - 낮

지금 막 정문을 빠져나가는 계장1 차를 바라보는 의정부 검사와 시목.

의정부검사　사람을 납치해서 가둬놨다면 한 번은 들여다보겠죠?

이렇게 조사까지 받았으니 들킬까 봐 불안해서라도.

시목 그러길 바래야죠.

의정부검사 .. 선배님 혹시 1학년 때 법철학 강의 들으셨어요? 김문식 교수님 꺼.

시목 (보는)

의정부검사 아까 죄와 벌 얘기하셔서요. 저희 때도 법철학, 그걸로 강의하셨거든요.

시목 예. (간단한 대답. 하지만 .. 옆에 선 의정부 검사를 다시 보는)

S#38. 주유소 - 낮

CCTV 영상 - 2019-03-26/12:48:05. 주유기 위에서 내려다보는 각도.
또렷하진 않은데 주유소에 들어서는 차 운전석에 동재가 탄 건 식별된다.
직원 오고 창문 내리고 동재가 카드 내미는 일련의 과정.
형사1이 주유소 영상을 살피고 있다.

S#39. 밥집 - 낮

최팀장이 지켜보는 가운데 밥집 주인이 빨리 돌리는 카운터 CCTV 영상.
사람이 작게 보여서 그렇지 다른 CCTV 영상에 비해 색깔 등은 비교적 선명하다.

최팀장 결제한 시간이... 어 지금요 지금!

밥집 주인, 놓칠세라 멈춘다. 2019/03/26-12:32:42
카운터로 오는 CCTV 속 동재, 카드 꺼내서 내미는데 그 뒤에 여자가 하나 더 있다.
동행으로 보이는 두 사람, 결제되는 동안 짧게 얘기도 하고. 그러더니 같이 나간다.

최팀장 실례합니다. (밥집 주인에게서 리모컨 가져가 영상을 백워드 하면)

영상, 카메라에서 멀어지긴 했지만 동재와 여자가 같이 앉은 게 보인다.
최팀장, 이번엔 포워드 시킨다. 밥집 밖으로 나가느라 동행한 여자가 카메라에 최대한 가까이 잡혔을 때에서 영상 멈춘다. 여자 얼굴을 가까이 들여다보는 최팀장.
여자 얼굴, 의정부 검사다.

S#40. 용산경찰서/조사실 - 낮

화면 가득한 동재妻 얼굴. 캠코더 LCD 화면에 담긴 모습이다.

순창E 얼마든지 다시 찍으면 되니까요. 긴장 마시고 됐다 싶을 때 시작하세요.

화면 밖을 향하는 동재妻의 눈동자, 끄덕여 보이고 화면 똑바로 보자,
화면에 붉은 버튼이 들어온다.

동재妻 저는 2019년 3월 26일 저녁 보광동에서 실종된 서동재 검사의 아내이자
두 아이의 엄마입니다. 3월 26일 저녁 7시에서 밤 12시 사이 저희
남편을 목격하신 분이 계시다면 부탁드립니다, 제발 제보해주세요.

동재妻, 한 자 한 자 짜내듯 눌러 입에 담는다.
이를 고스란히 담는 순창, 삼각대에 캠코더 놓고 내용 적힌 스케치북 펼쳐 들었다.

동재妻 제 남편은 사명을 다하던 검사였고 성실한 아버지였습니다.
그런 사람이 돌아오지 못하고 있어요. 같이 있던 사람을 목격하셨거나
말소리 같은 작은 거라도 저희에겐 너무나 간절합니다.

S#41. 한조 본사/회장실 - 낮

노트북 모니터에 동재妻의 유튜브 영상이 재생되는 중이다.
화면 아래에 동재 증명사진과 그의 차가 작은 컷으로 분리돼 나오고 있다.

동재妻 제발 기억을 더듬어봐 주세요, 아이들이 아빠가 돌아오기만

(결국 방울방울 떨어지는 눈물. 잠시 말을 잇지 못하지만 꿋꿋이 하는)
기다리고 있습니다. 이름 서동재, 회색 양복에 작은 무늬가 있는
노란색 넥타이를 했습니다. 부탁드립니다. 감사합니다.

S#39 밥집에서 찍힌 모습 중 카메라에 제일 가까이 찍힌 동재 스틸 컷도 화면에 뜬다.
회색 계열 양복, 차분한 노란색에 작고 둥근 무늬가 있는 넥타이 차림.
멈춰진 동재妻 얼굴에서 화면 어두워지고 제보받는 번호와 사이트 공지에 이어
〈제보자 포상금 1,000만 원 지급〉 자막도 뜬다.
그 외 음악이나 자막 같은 건 전혀 없는 영상이 끝나고.
노트북 닫는 연재, 착잡하지만 동시에 심란하다. 옆에 대기하던 비서1을 쳐다본다.

S#42. 동/복도 - 낮

연재, 회장실에서 나와서 간다. 비서1, 2가 뒤따르는데,
반대쪽에서 박상무가 급히 와 따라붙는다.

연재 (손을 들어서 막는) 있어요.
박상무 ... (허리 굽히고) 다녀오십쇼, 회장님.
연재 (좀 서늘한 눈초리 남기고 가는)

박상무가 고개 들면 전용 승강기에 탄 연재와 비서2.
비서1은 90도로 인사하고 둘을 보낸다.

박상무 (도로 들어가며 격의 없는) 어디 가시는 거예요?
비서1 (역시 별로 딱딱하지 않게) 모르겠어요.
박상무 뭐 하고 계셨는데 회장님?
비서1 동영상 보셨는데요? (말하며 비서실로 들어가고)
박상무E (문 열어주고 자연스레 들어가며 들리는 소리) 어떤 동영상?

S#43. 주택가/골목길 - 낮

연재의 차, 골목길 안으로 들어온다. 주택 차고 문이 자동으로 열린다.
수평이었던 카메라 시점이 위에서 내려다보는 구도로 바뀌면서,
주택 마당부터 인근 골목길까지 한눈에 들어오는데,
연재의 차가 차고 안으로 사라질 때, 저 뒤 골목 끝에 차 한 대가 나타난다.
주택에서 좀 떨어진 곳에 세워지는 차. 그걸로 끝. 더 이상 움직임 없다.

S#44. 박상무의 차 안 - 낮

차 앞 유리 너머 보이는 주택. 이제 차고 문이 닫히고 있다.
이를 배경으로 차 앞 유리에 달린 리어뷰미러에 잡히는 박상무의 얼굴 일부.
운전석에 가만 앉은 박상무, 잠시 그렇게 있다가 돌연 눈동자 든다.
리어뷰미러에 지금 골목 초입에 들어오는 차가 비친다.
돌아보는 박상무. 곧 옆으로 다가와 스쳐가는 차의 운전자, 오변호사다.
연재가 들어간 주택에 오변호사 차가 근접하자 차고 열리는 소리가 희미하게 울린다.
오직 눈앞에 주택만을 응시하는 박상무...

S#45. 바 - 밤

넓지만 조용한 몰트바. 가운데 홀 자리 테이블들은 다 보이는 탁 트인 구조지만
벽면 자리는 전부 기둥으로 자리마다 분리돼 있다. 살짝 비치는 커튼도 달렸다.
커튼 안에 앉은 태하 옆모습이 얼핏 보인다.

cut to. 커튼 안.
커다란 소파 좌석에 앉아 위스키 시켜놓은 태하, 마시진 않고 생각에 빠져 있다.
커튼 움직인다. 올려다보는 태하.

cut to. 커튼 밖. 홀.

최빛이 커튼 안으로 들어가고 있다.
이 각도에선 기둥에 가려 잘 안 보이지만 태하 맞은편에 앉고 있다.
그녀가 앉으면 고개 들어 그녀를 보는 태하 얼굴은 보인다.
그 맞은편에서 정장 바지 입은 하반신이 보이는 최빛.

S#46. 동/커튼 안 자리 - 밤

반투명한 커튼 밖으로 인기척이 스치자 최빛, 사라지길 기다렸다가 입 연다.

최빛　허전하시겠어요, 수족처럼 부리던 사람이 사라져서.
태하　...
최빛　나한테 직접 물어보시지, 내 뒤를 캐는 수고는 덜어드렸을 텐데.
그래 서검사 말이 내가 어떤 인간이래요?
태하　(바로 대답 않고 좀 바라보다) 그걸 내가 시켰을까요?
최빛　글쎄.
태하　글쎄 아녜요, 서동재한테든 누구한테든 최부장 캐라고 한 적 없습니다.
내가 그랬음 걔가 박광수 사건 들고 온 것도 최부장한테 말 안 해줬지.
그리고 나한테 뭐랄 게 아니라 남양주서에서 (커튼 쪽 보며 소리 낮춰)
우리 서장이 변호사 죽은 거 빨리 접으라고 했다고 서동재한테 떠든
인간이 누군지 또 뭘 흘렸는지, 그거부터 색출해야 되는 거 아녜요?
최빛　색출했어요. 남양주서 교통조사팀장.
태하　조사팀장?
최빛　서검사 통화기록에 최근에 둘이 통화한 게 있길래 내가 우회해서 추궁
했더니 실토하더라고요. 근데 검사한테 말한 내용 자체 별거 아녜요.
태하　별게 아닌 게 뭔지 나도 구체적으로 좀 압시다.
최빛　어차피 심장마비로 죽은 걸 갖고 검사가 귀찮게 구니까 그냥 핑계 김으로
날 거론했대요. 우리 서장님도 다 끝난 걸 왜 질질 끄냐고 하더라,
그래서 담당인 나도 빨리 끝냈다, 그 정도로만.
태하　옛날 서장이 추궁하는데 어느 경찰이 곧이곧대로 내가 검사한테
다 까발렸소, 합니까? 최부장 앞에선 별 얘기 안 했다고 해도 서프로랑

조사팀장 사이에 무슨 얘기가 오갔는진 우린 영원히 모르는 거라.

최빛 왜 영원히 몰라요? 경찰 얘길 못 믿겠으면 서검사를 찾아서 부장님이 직접 물어보면 되지?

태하 (시선 술잔으로 자연스레 내린다. 술 마시는)

최빛 하긴 찾아도 못 물어볼지도 모르지만.

태하 왜 못 물어요? 최부장이야말로 서프로가 죽었을 거 같은가 보지?

최빛 성인 남자가 벌써 꼬박 이틀째에요. 길 잃은 것도 아닐 건데. 내 경험상 (전화 온다. 발신자 보더니 태하에게 보내는 양해의 눈)

태하 (받으란 손짓. 술잔에 각 얼음 넣는)

최빛 (받는) 응. (일어나 커튼 밖으로 나간다) 뭐래?

태하 (.. 술 마신다)

S#47. 동/커튼 바깥 자리 - 밤

최빛, 태하가 있는 자리에서 좀 떨어진 곳에 가 통화한다.

여진F 지금 통영 희생자 집에서 나오는 길인데요, 서검사가 유족한테 접촉을 시도한 것도 맞고 말씀드린 대로 검찰에 대해서 경찰이 무슨 말을 해줬냐, 그런 걸 물었답니다.

최빛 다른 건?

묻는 최빛 등지고 직선거리 홀 테이블에 한 남자가 앉았는데 남자, 오변호사다. 미간에 주름이 잔뜩 잡혔다.

Insert.1〉 - 주택/거실 - 낮(S#44 이후의 상황)

연재를 대하고 앉은 오변호사.

오변호사 **최빛 부장이요?**

연재 **작년에 심장마비로 죽은 박광수 변호사랑 어떤 관계였는지를 가져와요.**

오변호사 **최빛이면.. (작게 혼잣말) 아 그,**

연재 **알아요?**

오변호사 **아뇨, 개인적으론 딱히 연이 없습니다만,**

죄송하지만 회장님 두 사람의 그.. 관계라는 건 어떤 의미이신지?

연재 **그걸 내가 묻고 있잖아요.**

오변호사 **아 예 근데 조금의 언질이라도 주시면 제가 알아내기가 훨씬**

연재 **(O.L. 당연한 말처럼 건조하게) 독립 안 하세요?**

오변호사 **네?**

오변호사 뒤로 보이는 최빛, 서성이며 전화 받다 빈 테이블에 앉고 있다.

최빛 검사란 인간이 나랏밥 먹고 할 일 드럽게 없었나 보네.

오변호사 (최빛을 등지고 앉아 고민하는)

Insert.2〉 - 주택/거실 - 낮

오변호사 **독립해서 골치 썩느니, 지금 있는 데가 썩 괜찮습니다**

연재 **(농담이라도 들은 양 웃는) 왜 골치를 썩을 거라 생각하시지?**

우리 계열사 걸로 부족할까 봐요?

오변호사 **(입 벌어지는)**

연재 **오변호사님이 대표가 되면 내가 설마 손 놓고 보기만 할까?**

오변호사 한조 전문 로펌.. (상상만으로 벌써 좋은) 수백억은 쉽게 벌 텐데..

최빛 알았어, 내일 봐.

오변호사 (뒤에 소리 따위 안 들리는) 어떻게 뚫지?...

Insert.3〉 - 오변호사 차 안 - 낮

"전관 출신 변호사가 맡은 지 단 며칠 만에 동부지검에서 사건이 종결된..."

2회 S#16. TV에서 인터뷰하던 최빛 뉴스 화면 모습

오변호사, 뉴스를 폰으로 보면서 안전벨트 맨다. '지가 뭘 안다고 염병이야.' 욕도 하는.

오변호사 최빛... (생각할수록 아까운) 그르지 말고 쫌 알아둘걸!..

최빛 (전화 끊으며 일어선다. 원래 자리로 가는데)

오변호사, 위스키 잡다가 순간 섬광이 스친 듯 아! 서둘러 일어난다.
카운터로 급히 가는 오변호사, 자리로 돌아가는 최빛,
마음 급한 오변호사는 옆에 사람 지나가는지도 모르고 최빛은 그를 모르고.
두 사람, 그대로 스친다.

S#48. 동/커튼 안 자리 - 밤

최빛 (커튼 안으로 들어와 다시 앉는)

태하 (본인 마시던 것 놓고 작은 술잔에 스트레이트로 따라 최빛에게 준다)

최빛 (받지만 마시지는 않는)

태하 (술 넘기는 얼굴이 영 어둡더니 돌연) 한조에도 갔어요.

최빛 누가요?!

태하 서동재.

최빛 !! 도대체 그 사람은 어디까지 안 거예요?

태하 한조에서 사실대로 털어놓을 리는 절대 없으니까 그건 그렇다 쳐도,
(찡그린 미간 누른다)

최빛 한조 짓일까 봐?

태하 (부정하지 않는 눈길로 보다가) 진짜 그쪽에서 서동재한테 손댄 거면,
(가망 없다, 고개 젓는다)

최빛 .. 사체가 남극에 가 있다 해도 이상할 거 없죠. 거기서 했으면.
(하지만 표정 바뀌는) 내가 했다면 미적지근했을까요?

태하 !

최빛 내가 납치했다면 내가 범인이라면.

태하 떠보깁니까, 자백입니까?

최빛 떠보는 거요.

태하 왜 떠보는데?

최빛 나 의심했죠? 하고 있죠?

태하 (이제 허리 펴고 의자에 기대더니) 최부장이 날 의심한다는 거네.

최빛 ... .. (입을 여는데 의외로 차분하게 가라앉은 목소리다)
지금 이 자리에, 이젠 다 가라앉혔다고 믿었던 두 사람이 있어요.

근데 제3자가 그걸 다시 띄우는 거예요, 그러다 갑자기 사라졌어.
둘 중 하나 아니겠어요? 그런데 난 아니니까

태하 (O.L) 최부장 아닌 건 난 모르겠고, 나는 아닙니다.

최빛 아녀야죠, 나도 아니니까. 둘 중 하나만 엮어도 같이 물려 들어갈 건데.
사람들은 다 알게 되고 우린 망할 건데.

태하 사람들은 모르고 우린 안 망합니다, 영원히.
우리 입 다물고 한조는 당연히 입 다물 거고, 그럼 누가 알아요?

최빛 (술 한 입에 털어 넣고 잔 놓는다)

태하 (잔 가져가 따르지만 건네주지 않고 최빛이 둔 자리에 다시 놓는다.
본인 잔에 얼음 추가하며) 정말 한조 짓이면 근데 내가 한조 얘길
아무한테도 말 안 해서 서동재를.. 영영 못 찾으면?

최빛 지금 경찰한테 말했잖아요?

태하 허! (마시다가 가만...) 최부장 고질병이네.

최빛 내가 뭐가요?

태하 떠맡는 거, 떠맡아주는 거, 지금은 내 죄책감, 그때는.. 그때도.

최빛 (... 또 한 잔 완전히 비운다)

S#49. 방 안 - 밤

완전히 소등된 실내 어딘가에 켜진 노트북.
용산경찰서에서 만든 동재妻 유튜브 영상이 나오고 있다.
'제 남편은 사명을 다하던 검사였고 성실한 아버지였습니다.
그런 사람이 돌아오지 못하고 있어요.'라며 모니터 속 동재妻가 호소하고 있는데.
그 밑 댓글엔 '꼭 찾으세요.' 같은 기원도 있지만 대부분 납치범을 향한 온갖 욕이다.

공개 댓글 달기로 옮겨지는 커서, 클릭.
댓글 입력 창 열린다.
키보드 소리. 천천히 입력되는 내용.
'양심을 저버린 너 같은 것들 때문에...' 그러다 다시 하나하나 지워지는 내용.

모니터에 얼핏 비치는 실루엣, 성별조차 구분할 수 없는 그림자 수준.
언뜻 번뜩이는 것은 안경테인가? 그조차 분명치 않다.

S#50. 남부구치소 외경 - 낮

S#51. 동/접견실 - 낮

오변호사가 앉았다. 기다리고 있노라면 교도관이 경찰청 정보국장을 데리고 들어온다.
잠깐 일어나 인사하는 오변호사를 보는 정보국장, 누구지? 하는 얼굴.

cut to. 마주 앉은 오변호사와 정보국장.

정보국장 (오변호사의 로펌 명함을 보다가) 전 변호사가 이미 있는데요.

오변호사 있으시죠, 불구속도 못 받아내서 무려 경찰청 정보국장님을 이렇게 구치소로 내몬 변호사요.

정보국장 ... 왭니까? 이런 대형 로펌에서 먼저, 날 어떻게 알고.

오변호사 공무 수행하시다 불거진 일이시잖습니까? 지금 책임지시는 일이. 거기에 대해 안타까워하시는 분들이 위에 계십니다.

정보국장 위요?

오변호사 저희 회사로 위에서 연락이 왔습니다. 국장님께서 당시 일을 너무 소상히 밝히지 않아도 되게끔 해달라. 아, 어디까지나 비공식 루트니까 당시 윗분들께 이 일을 직접 언급하시거나 저희 회사에도 변호사 교체에 대한 직접적 문의는 일절 삼가해주시는 게 국장님께 유리합니다. 어떻게, 교체하실래요, 변호사?

정보국장 (얼른) 에에.

오변호사 그럼 내용은 제가 익히 들었으니까, 당시에 댓글 용역을 맺으셨죠? 이 업무를 가장 가까이서 보고 프로세스를 잘 아는 동료가 있을까요?

정보국장 있죠, 당연히 있죠!

S#52. 경찰청/수사혁신단장실 - 낮

최빛 (책상에서 유선통화 중인) 국장님 변호사요?
(포스트잇 가져와 '오주선' 이름 적는) 벌써 출발했으면 금방 오겠네요?
(벽시계 보게 되는) .. 네 알겠습니다, 만날게요. 저 국장님,
몸 관리 잘 하시고 계세요, 네? .. 예. (끊고) 갑자기 통보를 해..

노크소리, 여진 들어온다.

여진 (결재 판 건네는) 어제 통영 유가족이랑 김수항 순경 면담 내용입니다.

최빛 김순경이란 애도 지 삼촌 같아? 덩치 엄청나? (결재 판 보는 사이)

여진 완전 딴판이던데요. 한 1/3 되나?
(형광색 포스트잇에 눈이 간다. 거기 적힌 글자 '오주선')

최빛 그때 서장이 억울하다고 했던 거 같아. 자긴 운전병을 폭행한 게
아니라 그냥 화가 나서 딱 한 대 깠다고, 근데 그 덩치로 운전병 다리
안 뿌러먹은 게 다행이다, 내가 속으로 그 생각을 했던 기억이 나거든.
그걸 최초로 폭로한 게 하필 송경사였구나.. 쯧 . (결재 판 닫는)

여진 저 용산서 외근 나가려고요, 단장님.

최빛 수고해.

여진 옙! (인사하고 나간다)

S#53. 동/수사혁신단 - 낮

여진, 단장실에서 나오는데 지금 들어오는 오변호사.
안에서 최빛이 오주선 변호사님이세요? 하는 서로의 인사 소리가 문 닫히기 전 들린다.

여진 (돌아보며 가는) .. 어디서 들었지..

S#54. 동/수사혁신단장실 - 낮

오변호사와 최빛, 서로 명함 교환하며 인사한다.

최빛 국장님께 말씀 들었습니다. 앉으시죠.

오변호사 정보국장님 일을 본인만큼 잘 아시는 분이 누구시냐 여쭸더니 단번에 최부장님을 말씀하셔서요. 미리 연락 못 드리고 왔습니다.

최빛 괜찮습니다. (소파에 앉고) 그래서 어떤 게 필요하십니까?

오변호사 두 분 서로 아신 지 오래되셨다고요. (사람 좋은 미소 짓는)

최빛 예.

오변호사 근데요 제가 듣기론 본청에 오시기 전에 남양주서에 계셨다는데, 그럼 국장님이 한창 그, 수사 기밀을 일러줬다는 후배하고 연락하실 때도 부장님은 남양주에 계실 땐지?

최빛 아뇨, 여기 있을 땝니다, 그러니까 제가 전말을 잘 알죠.

오변호사 아 다행입니다. 저는 남양주라고 하면 가슴 아픈 기억부터 떠올라서.

최빛 무슨?

오변호사 전에 알던 선배 생각이 나서요. 바쁘단 핑계로 연락도 못 했는데 작년 초에 남양주 국도에서 교통사고

그 순간 최빛 휴대폰이 요란하게 울린다.

최빛 어머 죄송합니다.

오변호사 아닙니다, 받으시죠.

최빛 (받는) 응.

여진F (목소리 크지 않지만) 단장님 혹시 알고 만나시는 거예요, 오주선?

최빛 (.. 태연히) 음, 그래서?

여진F 통영 사건 오주선이요, 부장판사 출신 전관예우. 그 사람이에요.

최빛 .. 알았어. (끊는)

오변호사 그 선배가 이제 남양주 국도에서

최빛 제가 뭘 말씀드릴까요? (일어나 책상으로 가며) 바로 회의가 있어서요?

오변호사 ...

최빛 (책상에 아무거나 펼쳐보며 차갑고 사무적인) 네?
오변호사 (분위기가 바뀌었다는 게 느껴지는...)

S#55. 동/승강기 안 - 낮

여진 (전화 끊고 넣는다 다시 울리는 전화. 받는) 예, 장형사님. ... 뭐가 와?!

승강기, 지하 2층에서 멈춘다. 튀어나가는 여진.

S#56. 동/수사혁신단 - 낮

여기저기서 전화 울리고 직원들 분위기 심상치 않다.
전화 받는 직원들, '확인된 것 없다.' '그런 게 아니다.' '어디서 들으셨냐.' 등등.
주임1의 책상 전화도 울리지만 놔두고 모니터만 주목.
포털 메인창의 뉴스 항목 중에서도 맨 위 빨간 박스로 된 〈ISSUE〉를 보는 주임1.
Issue 제목은 〈검사 실종 용의자는 경찰〉이다.
Issue 밑 뉴스 제목들도 비슷하다.
〈속보 : 검사 납치 혐의로 조사받은 용의자 현직 경찰로 밝혀져〉
〈서모 검사 용의자는 경찰? 경찰 수사 객관성 지켜질까〉

건너 책상에서 실시간 주요 이슈 목록을 훑는 주임2도 미간이 좁아졌다.
여러 이슈 중에서도 HOT 표시가 뜬 썸네일은 세곡 이름만 모자이크된 지구대 사진.
사진 제목은 〈의정부 검사 실종 수사〉인데 관련기사가 10,257건이나 된다.
그 옆 많이 본 뉴스도 1위가 〈검사 실종수사 진전 있나 용의자는 현직 경찰...〉
2위 역시 〈서모 검사 실종 유력 용의자 이미 어제 조사받았..〉
주임2, 책상 전화가 울리자 수화기를 들었다가 그대로 놓는다.
서로 쳐다보는 주임1, 2, 매우 쎄한 날벼락을 맞은 느낌이다.

S#57. 동/수사혁신단장실 - 낮

최빛 (전화 중) 바로 어젯밤에 내 앞에서 죄책감이 어떻다느니 그런 소릴 해놓고 이렇게 뒤통수를 쳐요?

태하F 나 아니라니까요.

최빛 흘린 사람이 있고 의도한 게 있으니까 이런 기사가 나죠!

태하F 그러기로 치면 이름 뭐야 세곡에 그 사람, 팀장, 지검에 와서 조사받은 거 의정부 사람들 다 아는데,

S#58. 대검찰청/복도 - 낮

태하 (여유롭게 가고 있는) 의정부야말로 얼마나 말이 많겠어요? 자기네 사람이 없어졌는데 불려온 게 경찰이니, 그쪽에다 경찰 조사받는 거 비밀로 해달라고 미리 요청을 하든가.

최빛F 비밀로 해달라고 하는 거까지 신나서 떠들라고요?

태하 나도 어디서 새어 나갔는지 막 알아보던 중이에요, 이 전화 붙잡고 있느라 시간만 가고 있다니까?

S#59. 경찰청/수사혁신단장실 - 낮

태하F 기다려봐요, 내가 다시 전화 줄게.

최빛 (대답 않고 끊어버린다. 답답함에 욕이 절로 나온다)

S#60. 대검찰청/복도 - 낮

통화 내용과는 달리 전화 넣는 태하.
차장검사실 앞이다. 노크 없이 들어가고 안에서 직원이 인사하는 소리 난다.

S#61. 동/형사법제단 사무실 - 낮

실무관과 수사관, 마우스를 이리저리 클릭하는 소리. 그 앞에 선 사현.
시목은 자기 자리에서 일한다.

실무관 아직 용의자일 뿐이다, 왜 미리 흑색선전이냐, 이런 건 경찰이 올린 거 같고.. 다른 댓글은 죄다 경찰 욕이에요, 막장도 이런 막장이 없다고요.

사현 우리 쪽은 어때. 이프로스 올라온 거 있어?

수사관 실체 확인이 먼저라고 하시는 분들도 있긴 한데 전체적으론 엄청 부글부글하는데요?

사현 ... (천천히 자기 방으로 가는. 머릿속에 여러 생각이다)

실무관 (문자 알림음에 문자 확인하더니) 어 왔다.

수사관 같이 가요.

실무관과 수사관, 같이 일어나 나가면.

사현 (시목 쪽으로 몸 돌리는) 지구대원들이 진짜 범인 같다?

시목 다들 알리바이는 있습니다. (일어나서 대답) 하나씩 확인 중이고요.

사현 .. 정말 현직 경찰이 현직 검사를 때리고 끌고 가고 (중앙 탁자에 걸터앉는) 그래서 이 시각까지 실종인 거면 수사권은.. 완전 끝났어. 어떤 세력도 우리한테 넘겨주란 소리 못 해. 만약에 정말 서동재가 시체로 돌아온다, 근데 그게 경찰 짓이다, 그런데도 정부에서 수사권은 경찰 줘라 하면,

시목 전면전이겠네요. (탁자 쪽으로 가는)

사현 그치.. 검경 국지전이 검찰 대 정부로 전면전 되는 거지.
사회 분위기 땜에 참고 있던 평검사들 다 들고 일어설 거고.
근데 정부도 못 그럴 거야. 이번 정권도 수사권 못 건드려..

시목 ...

사현 (시목이 쳐다보는 것 느낀) 아 서프로가 진짜 그렇게 되란 게 아니라.
(일어나 의자에 앉는) 부장님이 넘어오질 않더라고?

S#62. 대검찰청/정문 계단 - 낮

1층 앞 계단을 열심히 올라가는 음식 배달원.
법제단 수사관과 실무관이 나와서 음식 받고 계산한다.

사현E **서동재가 최빛 뒤를 캐고 다닌 거 아니냐, 던졌는데 답이 없더라고.**
시목E **그걸 우부장님께 직접 물어보셨어요?**

S#63. 동/형사법제단 사무실 - 낮

중앙 탁자에 둘러앉은 사현과 시목.

사현 그러라고 나한테 말한 거잖아? 최빛 부장 뒤를 우부장이 캘 거 같으냐, 니가 나한테 물은 거. 너 대신 나더러 물어봐달라고.
시목 티가 많이 났습니까?
사현 이게 누굴 물로 봐.
시목 죄송합니다.
사현 오 사과하네? 진짜 물로 봤어?
시목 아니요.
사현 영혼 한 개도 없어 씨.. 나도 내가 사적으로 슬쩍 묻는 게 진짜 답을 끌어내기 더 좋겠단 생각은 했어, 근데 것보다는.. 왜 그렇게 뾰족하지?
시목 우부장님이요?
사현 걱정돼서 그러나? 물론 자기가 시킨 일을 하던 후배가 핏자국만 남기고 사라졌단 게 보통 일은 아니지만.
시목 그럼 우부장님 지금 반응은 순수한 걱정의 차원인 건가요?
사현 니가 보긴 어때?
시목 제가 보기요?
사현 너도 이런데, 원래 실종자랑 친했던 너도 걱정 땜에 사람이 막 동요하진 않는데.

시목　　친하지 않습니다.

사현　　응?.. 그럼 니가 보기엔 우부장이 그냥 걱정하는 거 같아?

시목　　걱정하면 어떻게 되는데요?

사현　　잉?

시목　　걱정의 증상을 알아야 상대가 걱정하는 상태인지를 알지 않습니까? 사람이 걱정을 하면 어떻게 되는데요?

사현　　어떻게 되긴 어떻게 돼, 걱정이지??

수사관과 실무관이 음식 갖고 들어오면 시목, 음식 받는다.
그런 시목을 별? 하는 시선으로 쳐다보던 사현, 시선 거두고 샌드위치 펼친다.
직원들도 테이블에 같이 앉고, 시목도 샌드위치 포장을 풀어 한입 가까이 가져가는데, 재킷 안에서 울리는 전화.
시목, 한 손으로 샌드위치 잡고 한 손으로 확인하면 여진이다.
사현은 전화 따위 관심 없이 콜라부터 벌컥벌컥 들이켜고 시목, 전화 받는다.

시목　　예 경감님. ... ... (일어서는 동시에 바람처럼 나간다)

모두　　???

시목은 벌써 나갔고 그가 놔둔 샌드위치만 덩그마니 자리에 남은.
사현... 시목의 샌드위치를 다시 싸둔다. 본인 걸 와앙, 먹으며 시목 나간 문 쳐다보는.

S#64. 동/법제단 복도 - 낮

시목　　(전화 받으며 가는)

여진F　　**메시지가 왔어요. 범인이 보낸 메시지.**

S#65. 용산경찰서/강력반 - 낮

보드에 커다랗게 인쇄되어 붙은 사진.

나는 설거지를 한 것이다. 너무 늦었다. 단 두 문장이 적힌 A4 용지.
그리고 그 종이 위에 놓인, 피에 절은 노란빛 넥타이.